DORETTE DEUTSCH
Die Mondschein-Lagune

aufbau taschenbuch

DORETTE DEUTSCH hat Germanistik und Philosophie studiert, war Dozentin an der Universität Bologna und arbeitet als Autorin und Journalistin. Bei ihren Recherchen zu dem Brand am berühmten Opernhaus »La Fenice« hat sie den Zauber Venedigs für sich entdeckt und in zahlreichen Reportagen über die Stadt berichtet. Sie ist Autorin vielgelesener Reportage-Bände über Italien. Dorette Deutsch lebt in München und Genua, kehrt aber immer wieder gern nach Venedig zurück.
Mehr zur Autorin unter www.dorette-deutsch.de

Die junge Archäologin Antonia lässt ihr eingefahrenes Leben in Berlin hinter sich und reist nach Venedig, um über die Laguneninseln zu forschen. Schon bald schließt sie Freundschaft mit Ada Foscarini. Die Contessa bittet sie um Hilfe, ein Rätsel ihrer Familiengeschichte zu lösen, das sie seit vielen Jahren beschäftigt. Bei dem Besuch einer Laguneninsel findet Antonia zusammen mit dem charmanten Venezianer Dario einen Hinweis auf ein altes Schiff, das Adas Urgroßvater gehört haben könnte. Er hat scheinbar grundlos vor vielen Jahren seine Familie im Stich gelassen. Als Antonia weiterforscht, macht sie eine unglaubliche Entdeckung – und kommt Dario dabei immer näher.

DORETTE DEUTSCH

Die Mondschein-Lagune

EIN VENEDIG-ROMAN

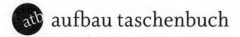 aufbau taschenbuch

ISBN 978-3-7466-3482-1

Aufbau Taschenbuch ist eine Marke
der Aufbau Verlag GmbH & Co. KG

1. Auflage 2019
© Aufbau Verlag GmbH & Co. KG, Berlin 2019
Umschlaggestaltung www.buerosued.de, München
unter Verwendung eines Bildes von
Rekha Garton / Trevillion Images
Gesetzt in der Minion Pro durch die LVD GmbH, Berlin
Druck und Binden CPI books GmbH, Leck, Germany
Printed in Germany

www.aufbau-verlag.de

KAPITEL 1

Für Contessa Ada Foscarini war es zu einer lieben Gewohnheit geworden, im Morgengrauen durch die verwinkelten Räume ihres Palazzo zu gehen, der von ihrer Familie – dem Teil davon, der die Wirren der Geschichte ohne größere Schäden überlebt hatte – in ihren Besitz übergegangen war. Ada liebte den Geruch nach altem Holz, nach schweren Seidenvorhängen und vergilbten Bildern, der sich in den Räumen des Ca' Foscarini mit der Geschichte von ein paar nie gelüfteten Geheimnissen mischte. Denn Geschichte konnte man riechen, fand Ada, genauso wie Menschen nach Glück, Liebe oder Verzweiflung riechen und das Fell junger Katzen den Geruch von Wohlbefinden, Hunger oder Regen ausströmt.

Über San Giorgio war gerade die Sonne aufgegangen, als Ada auf der Steinbank unter der schmalen Palme Platz nahm. Mehr als alles liebte die alte Contessa den Duft der Lagune, der sich auch an diesem Morgen als salziger Tau auf die Agaven und den Oleander in ihrem Garten gelegt hatte. Es war Ende März, und die Luft roch bereits nach Frühling. Nachdem die Schatten der Nacht verschwunden waren, atmete sie erleichtert die salzige Luft ein und streichelte ihre Katze Mimi, die neben ihr auf der Bank kauerte.

Wie so oft war die Dunkelheit voller Gestalten der Vergangenheit gewesen, die regelmäßig ihre Träume aufsuchten.

Manchmal war Ada fast erstaunt über ihr eigenes seelisches Gleichgewicht, wenn sie aufwachte; denn auch wenn die Gestalten aus ihren Träumen erschreckend waren, hatten sie längst keine Macht mehr über sie. Manche waren ihr einfach nur fern und lästig geworden, wie die Fresken an der Decke ihres Schlafzimmers, die von kuriosen Faunen und halbnackten Damen in sündigen Umarmungen erzählten. Ada hatte nie herausgefunden, wer in ihrer weitläufigen Verwandtschaft diese geschmacklich eher zweifelhaften Abbildungen in Auftrag gegeben hatte. Sie musste mit ihnen leben, ebenso wie mit den Gestalten aus ihren Träumen.

Manchmal gelang es ihr, ein paar Traumfetzen wie bunte Gobelins in schweren Rahmen in den beginnenden Tag hinüberzuretten: die Bilder ihrer Schwester Agnese im weißen Sommerkleid aus feiner Seide, edel und elegant wie alles, was Agnese trug. Vom ersten Augenblick ihres Lebens an hatte Ada Agnese als Konkurrenz empfunden, die ältere, schönere Schwester, die Ada lange Zeit nur einen Platz im Schatten gelassen hatte. Agnese war vor sechs Jahren gestorben, und Ada fragte sich manchmal, ob es möglich gewesen wäre, die ambivalenten Gefühle in Liebe zu verwandeln, wenn beide nur rechtzeitig die Güte des Alters in ihrem Verhältnis zueinander entdeckt hätten. Manchmal fragte sie sich, warum sie das selbst nicht rechtzeitig erkannt hatte. Aber Agnese war tot, wie die meisten Mitglieder ihrer Familie, und Ada wusste schon lange nicht mehr, an welche Vergangenheit sie eigentlich anknüpfen sollte. An die ihres charismatischen Großvaters, der dem Alkohol erlegen war? Oder an die ihres Urgroßvaters Nicolò, dessen Spuren sich auf dem Meer verloren hatten? An die ihrer unglücklichen Mutter, deren Leben die Melancholie bestimmt hatte?

Ada seufzte und streichelte ihre Katze. Die ersten Sonnenstrahlen hüllten ihren Garten in kupferfarbenes Morgenlicht. Gebannt starrte Mimi auf das Tor zum Kanal, während Ada etwas nervös und mit wenig Erfolg an ihrem Hörgerät herumfingerte. Sie mochte es überhaupt nicht, wenn sie schon am frühen Morgen auf die Schwächen des Alters hingewiesen wurde. Dieses blöde Ding, am liebsten hätte sie es in hohem Bogen in den Kanal geworfen! Und wieso musste dieser Akustiker ausgerechnet in einem ziemlich hässlichen Neubaugebiet am Rand von Mestre wohnen, das Ada ganz und gar nicht mochte? In unmittelbarer Nähe des Viertels war vor vielen Jahren der *prosindaco*, der Mestriner Vizebürgermeister, entführt worden. Ada verabscheute heute noch den Gedanken an diese gemeine Tat. Wenn es nach ihr ginge, würde sie die ruhige Welt ihres Viertels überhaupt nicht mehr verlassen. Obwohl ihr Stadtteil, ihr *sestiere*, auf schwankendem Boden und wie ganz Venedig inmitten von Wasser erbaut war, war es die einzige Welt, in der sie sich sicher fühlte. Denn schon lange war sie davon überzeugt, dass es Sicherheit in dieser schwierigen Zeit nur in der Unsicherheit gab.

Ada lächelte, wenn sie daran dachte, dass für ihre Verwandtschaft vom Festland oder ihre seltenen Gäste das Wasser immer auch etwas Bedrohliches hatte.

Mimi gähnte und blinzelte Ada aufmunternd zu. Nach mehreren erfolglosen Versuchen gab sie es schließlich auf, ihr Hörgerät besser einstellen zu wollen, und warf ihrer Katze einen resignierten Blick zu. Ungeduld war eine Eigenschaft, die sie mit ihrer Katze gemeinsam hatte.

Mit einem Satz hastete Mimi zu dem eisernen Gittertor, noch bevor Ada das leise Geräusch des herannahenden Motorboots überhaupt wahrnehmen konnte. Was für ein Glück, fand Ada, mit einer Katze zusammenzuleben. Katzen bellen nicht und sind dabei mindestens genauso aufmerksam wie Wachhunde.

Ada stand auf, um das Tor zum Kanal zu öffnen. Als sie behutsam den verrosteten Riegel zurückschob, dem das Salzwasser zugesetzt hatte, war Dario gerade dabei, sein Boot an einer der beiden Holzbaken mit dem Wappen der Foscarini festzumachen. Wenn ich jünger wäre, würde ich mich sofort in ihn verlieben, dachte Ada und ging ihm entgegen. Mit seinem graumelierten Stoppelhaar und der schwarzen Lederjacke sah er wie ein Abenteurer aus, der gerade von einer weiten Fahrt über das Meer zurückgekehrt war. Sobald Dario seine Freundin Ada erblickte, setzte er sein strahlendstes Lächeln auf. Wie jeden Morgen trug sie ein lavendelblaues Wollkleid und hatte einen winzigen Lockenwickler in ihrem aschblonden Haar vergessen, was Dario, übernächtigt wie er war, sofort in gute Laune versetzte. Das dunkle Blond einer echten Venezianerin, wie es Tizian und Tintoretto gemalt hatten, dachte er bewundernd, obwohl er sich für Frauen und ihr Aussehen derzeit nicht besonders interessierte. Wahrscheinlich hat sie ihr Haar in ihrer Jugend bei jedem Sonnenstrahl auf der *altana*, dem geschützten Dach ihres Palazzo, trocknen lassen. Man muss eben rechtzeitig vorsorgen, wenn man noch im Alter gut aussehen will. Sicher ist sie die einzige Venezianerin, die in ihrem Toilettenschrank immer noch eine mit geblümtem Stoff ausgeschlagene Schublade besitzt, in der sie ausschließlich Lockenwickler aufbewahrt.

Ada küsste ihn auf beide Wangen, während Mimi um Darios Beine strich. Unter seinen Augen waren tiefe schwarze Ringe zu sehen.

»Guten Morgen, Dario«, sagte Ada und blickte forschend in sein Gesicht, »du siehst nicht unbedingt wie jemand aus, der eine ruhige Nacht verbracht hat. Das fällt mir allerdings nicht erst seit heute auf.« Statt einer Antwort berührte Dario sanft Adas Arm, während sie nebeneinander den kurzen Weg zu der Steinbank im Garten zurücklegten. Mimi ging vor den beiden her und gab ein fröhliches Miauen von sich.

»Ich kann es nicht verhindern, dass mein Doppelleben Spuren hinterlässt. Diese Archäologen werden außerdem immer anspruchsvoller. Heute Morgen musste ich sie schon um halb sieben auf die Insel hinausbegleiten. Und gestern habe ich bis Mitternacht wieder eine der Endlosdebatten mit Marinella geführt. Seitdem die Scheidung beschlossene Sache ist, ruft sie fast jeden Abend heulend bei mir an und will, dass ich mich mit ihr auseinandersetze. Wenn ich das Wort schon höre.«

Dario blickte nach oben und sah einen Ausschnitt blauen Himmels über sich.

»Manchmal finde ich diese Streitereien einfach unerträglich. Wieso können wir nicht einfach unser Leben genießen? Wir leben in Venedig, der schönsten Stadt der Welt, die Luft riecht nach Frühling, also was soll das? Aber Marinella klagt unentwegt und behauptet, ich hätte ihr Leben zerstört!«

»Die Ärmste. Wahrscheinlich hat das alles gar nichts mit dir zu tun. In der Liebe lebt man immer nur, was man in sich trägt«, bemerkte Ada bedauernd, »bei deiner Exfrau ist es offensichtlich die Zerstörungswut.«

»Ja, liebe Ada, wahrscheinlich hast du recht. Aber lassen wir das. Hast du gestern Abend die Diskussion im Fernsehen über die Kommunalwahlen gesehen? Irgendjemand kam wieder auf die absurde Idee, Venedig von Mestre zu trennen! Das Vorhaben ist mindestens so alt wie dein Landungssteg und hat schon Moos angesetzt! Als wenn eine solche Aktion zu irgendetwas führen würde. Es ist wirklich ein Wunder, dass sich unsere Politiker noch nicht die Köpfe eingeschlagen haben.«

Dario setzte sich neben Ada auf die Steinbank.

»Schade, was zwischen dir und Marinella geschehen ist«, kommentierte Ada und hielt ihn immer noch am Arm fest. »Aber vielleicht kommt irgendwann der Tag, an dem sie schätzt, was war, und einfach loslassen kann.«

»Vielleicht nach der Scheidung. Aber ich glaube, dass bei meiner Exfrau der Hass bestehen bleiben wird, da ist nichts zu machen«, bemerkte Dario resigniert.

»Wenn eine Liebe zu Ende ist, geht es nur noch um Macht und darum, wer das letzte Wort behält«, seufzte Ada.

»Du müsstest einmal hören, wie sie mit mir spricht, das Geschrei der Politiker im Fernsehen war nichts dagegen. Erst gestern meinte sie wieder, sie habe durch mich Jahre ihres Lebens verloren«, berichtete Dario.

»Und trotz ihres Grolls will Marinella, dass du bei ihr bleibst?«

»Ja, genau das ist es, was ich nicht verstehe.«

»Wie schade«, bedauerte Ada.

»In deiner Jugend und in deinen Kreisen war das sicher alles ganz anders. Da haben die Familien sich schon darum gekümmert, dass die richtigen Paare zusammenfinden.«

»Ja, obwohl es nicht immer die große Liebe war. Vielleicht war es nicht das schlechteste System«, erinnerte sich Ada.

»Da hat man sich im Winter in prachtvollen Ballsälen kennengelernt, und im Frühling ist man zum Picknick in die Lagune gefahren. Und ab dann nahmen die Dinge einfach ihren Lauf. Hab ich recht?«, erkundigte sich Dario, wieder gutgelaunt.

»Manchmal war es so, aber nicht immer«, antwortete Ada ausweichend.

»Und die Familien haben dafür gesorgt, dass das Vermögen zusammenblieb.«

»Auch wenn in meinem Fall außer ein paar alten Gemäuern nicht viel von dem Vermögen übriggeblieben ist«, stellte Ada mit einem Blick auf ihre Umgebung fest.

»Wenn ich mich hier so umsehe, wäre ich mir da nicht so sicher«, entgegnete Dario.

Ada hatte es schon immer vermieden, allzu viel von sich zu erzählen.

»Vielleicht solltest du den Gedanken an Marinella einfach beiseiteschieben, mit etwas Abstand regeln sich die Dinge manchmal von allein. Kannst du nicht eine Reise machen?«

»Eine Reise?«, fragte Dario erstaunt. »Ich könnte natürlich nach Mestre fahren und den alten Vinicio besuchen.«

»Dario, nach Mestre sind es gerade einmal zwanzig Minuten mit dem Bus! Ist das das Einzige, was dir zum Thema Reise einfällt?«, bemerkte Ada spöttisch.

»Ich war schon lange nicht mehr in Mestre. Du könntest mich begleiten, arbeitet dein Akustiker nicht dort?«

»Es ist nicht sehr charmant, dass du mich ausgerechnet auf mein Hörgerät ansprichst!«

»Aber dann auch keine Gespräche über meine Exfrau mehr.«

Dario grinste und hob kaum merklich die Hand, als ob er trotz seines vertraulichen Gesprächs mit Ada keine weiteren Fragen über seine Auseinandersetzungen mit Marinella mehr hören wollte. Im Grunde genommen interessierte sich Ada auch nicht besonders dafür. Hoffentlich verliebt er sich bald wieder, dachte sie. Männer, die so gut aussehen wie er und in ihrem Herzen trotzdem keine Machos sind, sind selten.

Seitdem Dario jeden Morgen in die Lagune hinausfuhr, war es ihm zur lieben Gewohnheit geworden, auf dem Rückweg auf einen *caffè* bei seiner Freundin Ada vorbeizuschauen.

Vor zwei Monaten hatte Ada den Kontakt zwischen Dario und dem Forscherteam der Ca' Foscari-Universität hergestellt. Die vierköpfige Forschergruppe, zwei Archäologen und zwei Assistenten, hatte nach einem Wassertaxifahrer gesucht, der sie in die Lagune hinausfuhr.

Ihre Gespräche hatten seitdem eine neue Vertrautheit angenommen: Ada Foscarini, die venezianische Gräfin aus altem Adelsgeschlecht, und Dario Trevisan, der *motoscafista*, der in Venedig einer Spezies junger, ruppiger Männer mit

Lederjacke und kurzgeschnittenem Haar angehörte, hatten ihr gemeinsames Interesse für die Lagune entdeckt. Dario schätzte es, dass Ada wie die meisten venezianischen Adligen keine Klassendünkel kannte. Schließlich war ihren Vorfahren der Adelstitel schlicht durch erfolgreichen Handel und nicht etwa durch Siege in blutreichen Schlachten verliehen worden.

Dario gähnte.

»Macht dir die Arbeit überhaupt Spaß, wenn du dauernd so müde bist?«, erkundigte sich Ada besorgt. »Ich bin gespannt, wie lange du dieses Doppelleben noch aushältst.« Sie stand auf und gab ihm ein Zeichen, sie in die Küche zu begleiten.

»So lange, wie du dich in den dunklen Räumen dieses alten Gemäuers verbirgst, anstatt mit mir hinauszufahren und die frische Luft zu genießen«, lachte Dario und setzte sich auf Adas wackeligen Küchenstuhl, dem man trotz Altersschwäche, mit seinen feinen blaugrünen Blätterzeichnungen auf der schmalen Rückenlehne, die Herkunft aus einer soliden Tischlerwerkstatt ansehen konnte. Mimi war neben Ada auf die Holzbank an der Stirnseite des Tisches gesprungen.

Vorsichtig schenkte Ada den Kaffee in zwei kleine Tassen aus dunkelblauem Porzellan mit feiner Goldverzierung. Die Tür nach draußen war nur angelehnt. Der frische Morgenwind brachte den Geruch der Pflanzen in die kleine Küche, der sich mit dem Duft des frischen Kaffees vermischte und bei Dario ein wohliges Gefühl der Geborgenheit auslöste, das er zurzeit nur selten erlebte.

»Wie schön dein Garten ist«, bemerkte er wie jedes Mal, wenn er Ada besuchte. In ihrem Garten rankten sich kahle

Rosensträucher und ein schmaler Granatapfelbaum zwischen immergrünem Rosmarin und zwei Lorbeerbäumen, während ausladende Oleanderzweige und ein paar Weinreben niedrige Schlingpflanzen schützten. Zwischen den majestätischen Agaven verbargen sich die Hortensien in winterlicher Kahlheit. Obwohl es noch früh am Morgen war, sandte die Sonne schon die ersten wärmenden Strahlen aus.

»Am liebsten würde ich mich hier eine Zeitlang verkriechen«, bemerkte Dario mit einem Blick nach draußen, »und die Welt einfach aussperren.«

»Dann tu es doch einfach«, forderte Ada ihn auf, »ich stelle dir ein Zelt im Garten auf, wenn dir mein Haus zu eng ist. Und Mimi würde sich über ein bisschen Gesellschaft im Freien sicher sehr freuen.«

Als Dario sein Gesicht Ada zuwandte, nahm er den leichten Lavendelduft ihres blauen Kleides wahr. Er betrachtete ihre grauweiße Katze, die sofort den Kopf in seine Richtung drehte und ihm zublinzelte. Wie immer kam es ihm vor, als verstünde Mimi jedes Wort.

»Seitdem ich kaum noch ausgehe, liebe ich meinen Garten umso mehr«, bemerkte Ada und sah ihn lächelnd an. Dario wusste, dass sie ihn ins Herz geschlossen hatte. Sie hatte längst darauf bestanden, dass er sie trotz des Altersunterschieds beim Vornamen nannte, obwohl ihm manchmal noch »Contessa« herausrutschte. Es gibt viele Arten von Liebe, dachte Dario, nicht nur die besitzergreifende von Marinella, sondern auch Adas Zuneigung zu mir. Was spielt es für eine Rolle, dass zwei Generationen zwischen uns liegen? Ist die Seelenfreundschaft nicht genauso wichtig wie die Liebe? Das würde seine Exfrau wahrscheinlich nie verstehen.

Mimi putzte sich und gab ein fröhliches Miauen von sich. Adas Katze liebte es, wenn sich das Haus mit Stimmen füllte, was leider viel zu selten vorkam.

»Jedes Mal, wenn du von der Lagune zurückkommst, fallen mir die Familienausflüge meiner Kindheit ein. Solange mein Großvater noch lebte, bestand er darauf, dass sich die ganze Familie am Sonntag zum Ausflug auf einer der Inseln traf. Mein Großvater war ein eigenwilliger Mann mit ziemlich unberechenbarem Charakter, seine Wutanfälle waren gefürchtet. Aber nach seinen Ausflugszielen konnte man das Jahr einteilen. Nach Sant'Erasmo sind wir nach dem Winter zum ersten Picknick gefahren. Wenn es wärmer wurde, ging es auf La Cura, wo er mit seinem Freund Enten jagte. Und im Sommer ging es nach San Francesco, wo er mit dem alten Abt befreundet war. Die beiden haben sich zu langen Gesprächen getroffen, während sich alle anderen draußen unter der Pergola ausruhten. Einmal hat er mich mit in die Bibliothek genommen, aber es war dunkel und ein bisschen unheimlich, so dass ich mich fast gefürchtet habe. ›Riech mal‹, hat er immer gesagt und mir einen dieser alten Bände hingehalten. Vielleicht habe ich als Kind schon gelernt, dass man Geschichte riechen kann. Ich glaube, dass er irgendein Geheimnis mit mir teilen wollte, aber ich war zu jung, um es zu verstehen. Ich war glücklich und fühlte mich beschützt an seiner Seite, wenn das Boot langsam durch das Wasser glitt und man in der Ferne den Campanile von San Marco sah.«

Dario sah Ada an, als ob er gern noch mehr hören wollte. Es kam selten vor, dass sie sich dazu hinreißen ließ, ein paar Kindheitserinnerungen mit ihm zu teilen.

»Warum kommst du nicht einfach mit nach San Giacomo? Ich stelle dir Diego und Luisa vor, und du erzählst mir von früher.«

»Ich weiß nicht ...« Ada versuchte, das Thema zu wechseln.

»Hast du dieses Jahr eigentlich vor, an der Regatte zum Himmelfahrtstag teilzunehmen?«

»Bestimmt, wenn ich es trotz meiner schlaflosen Nächte einigermaßen schaffe, mit der Gondel zu trainieren. Bis Juni ist ja noch Zeit. Vielleicht sollte ich meine Regattagondel mal wieder hervorholen.«

»Wie, die hast du noch nicht verkauft?«

»Nein, wieso? Eine alte Regattagondel verkauft man nicht, noch nicht einmal, wenn einem das Wasser bis zum Hals steht! Aber das wird ohnehin erst eintreten, wenn Marinella Geldforderungen an mich stellt. Was würdest du übrigens dazu sagen, wenn ich meinen alten Beruf wieder aufnehmen würde? Ich meine, nur für einen Tag?«, erkundigte sich Dario.

»Wie, du willst wieder Gondel fahren?«, fragte Ada überrascht.

»Na ja, ausnahmsweise. Remigio hat mich gebeten, morgen am späten Nachmittag seine Schicht zu übernehmen. Ich konnte nicht nein sagen, und ich wollte es auch nicht.«

»Remigio, ist das ein Freund von dir?«

»Ja, und der Schichtleiter an der Rialto-Brücke. Er hat morgen einen Fototermin und gleichzeitig eine Sonderbuchung, Japaner, eine wichtige Persönlichkeit mit seiner Frau, und ich glaube, sie wollen in Venedig heiraten. Remigio wollte sie keinem anderen anvertrauen.«

»Kann ich verstehen, würde mir genauso gehen. Vielleicht kommt ja der Tenno.«

»Wer?«

»Na, der japanische Kaiser oder seine Tochter! Wenn ich Gondel fahren würde, dann nur mit dir.«

»Ob du es glaubst oder nicht, nach der langen Abstinenz freue ich mich darauf, wieder einmal eine Schicht zu fahren. Ich bin gespannt, wer auftaucht.«

»Nicht zu glauben, wie viele Leute hier inkognito in den Gondeln unterwegs sind! Jedenfalls nach dem zu urteilen, was man später im *Gazzettino* liest.«

»Woody Allen hat auch unbemerkt in Venedig geheiratet«, erinnerte sich Dario.

»Beim Stichwort Gondeln fällt mir allerdings nicht das Thema Heiraten ein, sondern wie sehr die sechshundert Gondolieri mit ihren Großfamilien immer noch die Stadtpolitik bestimmen«, entgegnete Ada.

»Oh ja, die Macht, die sie in der Stadt genießen, sieht man ihnen nicht unbedingt an. Sechshundert Gondolieri, das macht mindestens dreitausend Wählerstimmen. Wenn ich nur an die Touristenschiffe denke, die sie außerdem noch besitzen! Und dabei sehen sie so harmlos aus, wenn sie mit ihren lächerlichen Ringelhemden durch die Kanäle ziehen.«

Ada hatte sich in Fahrt geredet. An seine eigene Geschichte wollte Dario lieber gar nicht erinnert werden. Mit achtzehn hatte er als Gondoliere angefangen, bis er diese Arbeit ziemlich bald leid wurde. Bis ins neunzehnte Jahrhundert, als eine französische Transportbootfirma die *vaporetti* eingeführt hatte, waren Gondeln jahrhundertelang das einzige Fortbewegungsmittel auf dem Wasser gewesen. Inzwischen waren sie zur Touristenattraktion verkommen, und Dario hatte Mühe mit dieser Entwicklung. Nicht, dass er sich vergangene Zeiten zurückgewünscht hätte. Aber Gondeln waren in den engen Kanälen wendig und schnell und schonten außerdem die Umwelt, während Motorboote an den Fundamenten Venedigs immensen Schaden anrichteten. Als Jugendlicher hatte ihn das Gondelfahren begeistert, als er gelegentlich seinem Vater und Großvater half. Als die Beine seines Großvaters schwächer wurden und auch sein Vater langsam zu alt wurde, blieb ihm nichts anderes übrig, als das Gondelgeschäft ganz zu übernehmen. Am Anfang hatte er seine Arbeit mit Können und Geschick ausgeübt, bei den Kollegen war er wegen seiner Hilfsbereitschaft beliebt. In der Familie war nicht weiter darüber diskutiert worden, denn es war üblich, dass sich die Lizenz innerhalb des Clans vererbte, und der Verdienst war nicht schlecht. Nie wäre Darios Großvater auf die Idee gekommen, die Lizenz zum Gegenwert einer Luxuswohnung an Ortsfremde zu verkaufen wie manche seiner Kollegen! Doch die vielen Touristen und vor allem der Gesang seiner Kollegen hatten Dario in immer schlechtere Laune versetzt. Trotz der Missbilligung seines Vaters war er ziemlich bald von der Gondel auf das Wassertaxi umgestiegen, zum Glück hatte ein Cousin das Gondelgeschäft übernommen. Unter seinen Fahrgästen waren nun viele Geschäftsleute, die er vom Flughafen zu ihren Hotels brachte und die nicht erwarteten, dass er »O sole mio« sang. Schließlich waren sie in Venedig und nicht in Neapel!

»Jedenfalls beneide ich dich, dass du jetzt im Frühjahr in der Lagune unterwegs bist«, bemerkte Ada. »Die salzige Luft und die Weite erfrischen Herz und Verstand. Auch die Jahreszeiten erlebt man auf dem Wasser viel intensiver als in der Stadt.«

Ada schnupperte in die Luft wie ihre Katze.

»Der Wind nimmt zu. Hoffentlich bleibt uns das Hochwasser die nächsten Tage erspart. Mimi mag es nicht, wenn sie nasse Pfoten bekommt.«

Dario lächelte, Mimi miaute, als stimmte sie zu.

»Vielleicht sollte ich tatsächlich einmal mit dir nach San Giacomo fahren«, überlegte Ada. Sehnsüchtig lauschte sie auf die Geräusche des Wassers draußen vor dem Tor.

Dario setzte sein unwiderstehliches Piratenlächeln auf.

»Jedenfalls bin ich froh, dass ich mich auf dieses Abenteuer mit den Archäologen eingelassen habe. Es ist das Beste, was mir seit langem passiert ist«, erklärte er.

»Das freut mich«, erwiderte Ada, die eine Jugendfreundschaft mit dem Archäologen Ettore Del Vecchio verband, weshalb sie Dario mit den jungen Wissenschaftlern, alle ehemalige Schüler Del Vecchios, bekanntgemacht hatte.

»Es kommt mir vor, als wenn ich die Gerüche meiner Kindheit wiedererkennen würde, damals, als ich als Sechsjähriger mit meinem Großvater zu den Fischteichen fuhr. Als Kind hat die Lagune zu meinem Leben gehört. Manchmal sind wir ein paar Tage draußen geblieben, auch wenn meine Mutter dann in ständiger Sorge war. Wir blieben bei einem Freund meines Großvaters, dem Fischer Vinicio, der sich ganz versteckt auf *La Cura* eine Schilfhütte gebaut hatte.«

»Vinicio Fiorin? Ich kann mich an ihn erinnern. Er ist inzwischen doch sicher steinalt?«

»Ja, er ist über neunzig und lebt in irgendeinem Heim in der Nähe seiner Tochter in Mestre, was nach seinem früheren Leben unter freiem Himmel eine wahre Qual sein muss. Deshalb würde ich ihn gern besuchen und mit ihm über vergangene Zeiten reden. Er ist einer der Letzten, der die alten Geschichten kennt. Er hat mir, schon als ich noch jung war, vorausgesagt, dass ich es nicht lange als Gondoliere aushalten würde. Seine Vorstellung davon würde ohnehin nicht mehr mit den heutigen Verhältnissen übereinstimmen.«

»Was haben deine Archäologenfreunde denn bisher entdeckt?«, fragte Ada neugierig.

»Dies und das. Ich glaube, dass es ein paar Neuigkeiten gibt. Zumindest soweit das auch für einen Nichtfachmann erkennbar ist. Ich habe mich lange gefragt, was dieses Scherbensammeln eigentlich soll, aber langsam beginnt es mich zu interessieren. Ein bisschen hat mich die Begeisterung von Luisa und Diego angesteckt, wenn sie in ihren weißen Schutzanzügen im Schlamm herumwühlen. Heute haben die beiden lange Holztische aufgebaut und angefangen, die Scherben zu ordnen.«

Ada und Mimi blickten Dario erwartungsvoll an.

»Diego hat mir neulich erklärt, dass es einen Stich von Francesco Guardi gibt, der im *Museo Correr* hängt. Den habe ich mir gestern angesehen. Darauf ist das Klostergebäude mit seinen rauchenden Kaminen zu erkennen. Natürlich wurden die Gebäude zerstört, nur die alten Militäranlagen sind noch erhalten. Die Archäologen haben inzwischen viele Scherben eines blaugelben Keramikgeschirrs gefunden. Daraus schließen sie, dass eine Gruppe von zehn bis zwölf Nonnen dauerhaft auf der Insel gelebt haben muss.

Wahrscheinlich haben sich die Frauen auf San Giacomo weitgehend von Gemüseanbau und Fischfang ernährt, jedenfalls lassen die Ausgrabungen und ein paar Dokumente darauf schließen.«

Dario nahm noch einen Schluck Kaffee.

»Seitdem ich den Stich von Guardi kenne, sehe ich plötzlich Bilder vor mir, wie das Leben auf der Insel früher war. Ich hätte nicht gedacht, dass Scherbensammeln so interessant sein kann.«

Mimi streckte sich und blickte Dario erwartungsvoll an. Wieder einmal kam es ihm vor, als verstünde Adas Katze jedes Wort.

»Aber es gibt tatsächlich eine Überraschung: Diego und Luisa haben winzige Knochen von Kindern gefunden, die höchstens ein paar Tage alt gewesen sein konnten. Es könnte sein, dass die Venezianerinnen noch bis ins achtzehnte Jahrhundert, bevor die Franzosen die Macht übernahmen, ihre ungewollten Kinder auf San Giacomo zur Welt brachten. Und nicht alle haben diesen schwierigen Eintritt in die Welt überlebt.«

Ada schenkte Dario eine zweite Tasse Kaffee nach und atmete tief die salzige Luft ein, die durch die offene Küchentür hereindrang.

»Ada, willst du mich umbringen? Mehr als eine Tasse am Tag ist Gift für mich.«

»Wer sagt das?«

»Corrado, mein Arzt.«

»Ach Dario, daran merkt man, dass ich älter bin als du. Sieh mich an! Das Leben nimmt seinen Lauf, egal was die Ärzte sagen.«

»Ich bin noch nicht so weise wie du.«

»Das weiß ich«, antwortete Ada kokett. »Aber ich freue mich, dass die Archäologen weitergekommen sind. Es ist nicht gut, wenn die Inseln der Lagune sich selbst überlassen werden und sich in diesem Dämmerzustand befinden. Sie gehören zu Venedig, sind Teil seiner Geschichte. Und vielleicht muss man erst ihre Vergangenheit erforschen, um eine neue Bestimmung für sie zu finden. Früher war keine Insel so grün wie San Giacomo, außer Sant'Erasmo natürlich, aber da gab es bebaute Felder und Obstplantagen, die wir Kinder nicht betreten durften. Nur die wilden Kirschen durften wir ernten und haben uns immer diebisch darauf gefreut. Bei den Sonntagsausflügen in meiner Kindheit war das Klostergebäude von San Giacomo noch in Ordnung. Nur noch eine einzige Frau hat dort gelebt. Wir haben angenommen, dass sie eine Nonne war, aber vielleicht stimmte das auch gar nicht. Sie war klein und zierlich, eine freundliche alte Frau, der immer das Herz gelacht hat. Jedenfalls hat sie Venezianerinnen aufgenommen und versorgt, die aus irgendeinem Grund aus dem Stadtgebiet geflohen sind. Gründe gab es für Frauen ja genug: Untreue, Ehebruch, unerwünschte Kinder. Ich weiß nicht, wer jemals behauptet hat, dass Familien ein Ort der Idylle seien!«

»Also ich bestimmt nicht«, antwortete Dario mit gespielter Entrüstung. Er sah auf die Uhr, sein Gesicht nahm einen angespannten Ausdruck an.

»Ich muss los.« Er trank sein Glas Wasser aus.

»Mein Tagesgeschäft wartet schon. Ich muss eine größere Reisegruppe vom Flughafen abholen. Gestern Nacht habe ich mir zum ersten Mal überlegt, ob ich das Taxifahren ganz aufgeben soll. Im Moment fällt mir allerdings keine Alternative ein, von meinem Job bei den Archäologen kann ich nicht leben. Den meisten meiner Kollegen ist gar nicht bewusst, was sie mit ihrer Raserei anrichten. Die Schäden durch die Motorboote sind einfach unübersehbar. Seitdem ich die Geschwindigkeitsbegrenzungen einhalte und weniger als sieben Knoten fahre, bin ich schon zum Gespött meiner Kollegen geworden. Na ja, morgen werde ich ja erst einmal mit der guten alten Gondel unterwegs sein. Manchmal finde ich es völlig verrückt, dass viele Venezianer gleich mehrere Boote besitzen.«

»Dafür haben die meisten kein Auto!«

Ada stand auf, um ihn bis zum Tor zu begleiten. In ihrer Jugend war sie bestimmt von außerordentlicher Schönheit gewesen, dachte Dario wie jedes Mal, wenn er sie sah. Obwohl sie inzwischen fast achtzig sein musste, waren immer noch kaum graue Strähnen in ihren blonden Locken zu sehen. Aber es war ihre offene, zugewandte Art, die sie zu einer so angenehmen Gesprächspartnerin machte. Außerdem dachte sie nach, bevor sie etwas sagte, was nur noch die wenigsten Leute machten.

Ada fasste ihn am Arm.

»Übrigens habe ich vergessen, dir zu sagen, dass morgen Nachmittag die Archäologin aus Berlin ankommt. Ich möchte gern, dass du sie kennenlernst. Vielleicht kannst du sie einmal mit nach San Giacomo nehmen? Oder wir fahren doch gemeinsam raus? Du hast mich auf die Idee gebracht, dass ich gerne die Orte meiner Kindheit wiedersehen möchte, jedenfalls solange ich noch laufen kann. Ich könnte mir vorstellen, dass ein Besuch dort der Archäologin zu wichtigen Einsichten verhelfen könnte.«

»Hast du Einsichten gesagt?« Dario lachte kurz auf. »Ich kenne ziemlich viele Leute, die auf den ersten Blick ganz vernünftig wirken, aber einsichtig ist keiner davon.«

Ada erschrak über Darios sarkastischen Unterton, ließ sich aber nichts anmerken.

»Dario, sei nicht so streng. Nicht alle machen sich so viele Gedanken wie du. Und was meinen Gast anbetrifft, vielleicht können wir ihr gemeinsam ein paar Geschichten erzählen, damit sie Venedig versteht. Obwohl das mit Ausländern, die noch nie in der Stadt waren, erfahrungsgemäß schwierig und nicht immer erfreulich ist.«

»Wieso hast du ihr überhaupt angeboten, sie bei dir aufzunehmen? Reicht dir deine verwöhnte Katze als Gesellschaft nicht aus?«

Mimi warf Dario einen giftigen Blick aus ihren gelbgrünen Augen zu. Also doch, dachte Dario, sie versteht jedes Wort und führt wahrscheinlich ein verborgenes Eigenleben in den Eingeweiden der Stadt, von dem die gute Ada nicht die geringste Ahnung hat.

»Ettore Del Vecchio, mein Jugendfreund, hat mich darum gebeten. Du weißt doch, dass er mit einer Deutschen verheiratet ist und einen Lehrstuhl für Archäologie in Berlin innehatte. Inzwischen unterrichtet er nicht mehr, organisiert aber weithin beachtete Fachtagungen zu besonderen Themen. Ich weiß, wie sehr ihm die Lagune am Herzen liegt. Seine Ehefrau mag das viele Wasser nicht, sonst würde er wahrscheinlich selbst hierherkommen und sich auf die Suche nach verborgenen Schätzen machen. Ich glaube, er hat die junge Frau mit etwas Bestimmtem beauftragt.«

»Bist du sicher, dass du sie in deinem Haus haben willst?«

»Dario, guten alten Freunden schlägt man nichts ab! Es ist ja nur für zwei Monate. Stell dir vor, sie wollte sogar Miete zahlen!«

»Was du natürlich abgelehnt hast.«

»Natürlich.«

»Obwohl dir eine kleine Finanzspritze für die neue Grundsteuer sicher ganz gutgetan hätte.«

»Ach, erinnere mich bloß nicht daran! Wie heißt diese Steuer jetzt? Imu? Tasi? Ich frage mich, wer immer auf diese absurden Namen kommt!«

»Unsere Bürokraten haben sich unverständliche Abkürzungen dafür ausgedacht, damit niemand sie verstehen oder kontrollieren kann, aber Hauptsache, du weißt, dass du sie zweimal im Jahr zahlen musst.«

»Ja, ja, es steht oft genug in der Zeitung«, antwortete Ada leicht ungehalten. »Jedenfalls freue ich mich auf ihren Besuch. Ein bisschen Gesellschaft tut mir sicher ganz gut. Triff sie mir zuliebe«, fügte sie lächelnd hinzu. Dario murmelte mit wenig Begeisterung etwas vor sich hin, was annähernd als Zustimmung zu deuten war.

»Na gut, wenn du unbedingt willst, dann bring sie mit. Am besten am Samstag zu unserer Aufräumaktion auf San Giacomo, da kann sie sich gleich nützlich machen. Der Sturm neulich hat ziemlich viele Sträucher umgeweht. Wenn der Besuch dieser Frau dich dazu bewegt, endlich wieder an die frische Luft zu gehen, bin ich gern bereit, sie mit nach San Giacomo zu nehmen. Hoffentlich fragt sie nicht auch noch, wann Venedig untergeht.«

Dario stand so schnell auf, dass Adas Holzstuhl ins Wanken geriet.

»Hab ich dir schon erzählt, dass mich gestern ein Fahrgast gefragt hat, an welcher Stelle man am besten die versunkenen Paläste erkennen könne? Er kam aus Rom, nicht etwa aus Tokio oder Schanghai! Eigentlich ist es ein Wunder, dass ich noch nicht zum Zyniker geworden bin.«

Ada lächelte nachsichtig, während Mimi zum zweiten Mal an diesem Vormittag Dario einen erstaunten Blick zuwarf.

Mit einem Satz sprang dieser in sein Boot, machte es vom Landungssteg los und war hinter dem aufspritzenden Wasser verschwunden. Also doch mindestens zwölf Knoten, dachte Ada, bevor sie ihre Katze streichelte und zu ihrem Platz auf der Steinbank zurückkehrte. Nach langer Zeit würde sie bald vielleicht selbst wieder in die Lagune hinausfahren. Ada sah Mimi an, als erwarte sie von ihr eine Antwort. Wie gut, dass es das tröstliche Fell von Katzen gab.

Noch zwei Stunden bis Venedig, dachte Antonia und war auch schon über dem Gedanken eingenickt, bis ein schwaches Signal vom Boden ihrer Handtasche sie weckte. *Gut angekommen, Schatz?* Stefan hatte ihr eine SMS geschickt. Wie sie diese banalen Kosenamen hasste. Und noch nicht einmal ihre Ankunftszeit hatte er sich gemerkt. Antonia warf einen Blick aus dem Fenster, sah eintönige Häuserzeilen und bescheidene Landhäuser mit geschlossenen grünen Fensterläden vorbeiziehen. Typisch sechziger Jahre, dachte sie. Und wieso sind hier überall die Läden zu?

Zum ersten Mal seit ihrer Abreise gestand sie sich ein: Sie wollte einfach nicht mehr mit Stefan zusammenleben. Seine Sprachlosigkeit fiel ihr ein, seine Rechthaberei, die sich mit seinem Schweigen abwechselte, seine Lieblosigkeit in den vielen kleinen Alltagsmomenten. Früher hatte sie seine Klugheit bewundert, sein überlegtes Nachdenken, bevor er etwas aussprach. Sie hatte gar nicht bemerkt, wie er sie mit jedem Halbsatz korrigierte.

Wie blau der Himmel heute ist, bemerkte Antonia, die es schon als Kind geliebt hatte, den vorbeiziehenden Wolken nachzusehen. *Nein, Schatz, er ist graublau*, würde Stefan entgegnen, offensichtlich stolz darauf, wie genau er seine Umgebung wahrnahm. Nur irrte er sich in mehr als der Hälfte der Fälle. Mittlerweile hatte Antonia es längst aufgegeben, ihn auf seine Irrtümer aufmerksam zu machen. Sie mochte seine zur Schau getragene Selbstsicherheit nicht, hinter der sich doch nur ein tiefes Unbehagen der Welt gegenüber verbarg. Allein das *Lever*, wie er es nannte, sein morgendliches Ritual, fand sie mittlerweile so lächerlich! Am Wochenende brachte er ihr zwar den Kaffee ans Bett, dafür musste sie sich, noch bevor sie richtig wach war, seine Ansichten über die Welt anhören.

Woher Männer nur die Überzeugung nahmen, Frauen könnten sich noch vor dem Frühstück für ihre Gedanken interessieren! Mit Schaudern dachte Antonia an das Aufstehritual und daran, wie froh sie jedes Mal war, wenn es wieder Montag war und er früh aus dem Haus musste. Dabei hatte das mit Stefan als große Liebesgeschichte angefangen. Sie hatten sich bei einem Gartenfest von gemeinsamen Freunden kennengelernt, er hatte drei Stücke ihres mitgebrachten Zimtapfelkuchens verschlungen und sich schließlich neben sie auf die Bank gesetzt. Dann ging alles ganz schnell. Weil sie nicht immer die gleichen Fehler machen und Opfer ihres eigenen Zauderns werden wollte, war sie schon nach drei Monaten in seine 160-Quadratmeter-Dachgeschosswohnung gezogen. Obwohl er sehr gut aussah und immer von einer größeren Schar Verehrerinnen umgeben war, hatte er sich vor Antonia zu keiner festen Beziehung entschließen können. Als er sie traf, war er es offensichtlich leid, alleine zu leben, und Antonia wollte nicht immerzu auf der Suche nach dem Mann ihres Lebens sein. Er hatte ihr mit Leidenschaft und Ausdauer den Hof gemacht. Ein Jahr war ihr Zusammenleben gutgegangen, ehe sich bei Antonia die ersten Zweifel einstellten. Nach einem weihnachtlichen Streit war sie ein paar Tage zu ihrer Freundin Katia nach Potsdam gefahren und hatte sich vorgenommen, nach ihrer Rückkehr mit ihm über ihr Zusammenleben zu sprechen. Stefan hatte entdeckt, dass in dem gemeinsamen Schrank nur noch ein paar bunte Tücher und T-Shirts zurückgeblieben waren, hatte ganz richtig vermutet, dass sie ihn verlassen wolle, und war außer sich gewesen. Die vielen halbherzigen Versuche Antonias, ihr eingefahrenes Leben zu ändern, über das nie gesprochen wurde, hatten allmählich jedes Vertrauen zwischen ihnen zunichtegemacht. Ihre Forschungsarbeit war ein willkommener Anlass, ihr altes Leben zu verlassen.

Sie stellte sich das Entsetzen ihrer Mutter vor, schließlich ging die ganze Familie davon aus, dass Antonia und Stefan heiraten würden. Zum ersten Mal wusste Antonia bestimmt, dass sie so nicht weiterleben wollte.

Links von ihr klingelte ein Mobiltelefon, und zerstreut nahm sie ein paar Gesprächsfetzen wahr. Eine etwa dreißigjährige Frau im braunen Mantel, mit glattem, glanzlosem Haar, die erschöpft wirkte, telefonierte offenbar mit ihrer Mutter und holte dann ein dickes Buch aus der Handtasche.

»Santa Teresa d'Avila« las Antonia auf dem Einband. Im Nachbarabteil hatte sich eine Schulklasse breitgemacht und packte laut schmatzend ihren Reiseproviant aus.

Wie immer, wenn sich Antonia in verwirrenden Lebenssituationen befand, hatte sie das Bedürfnis, Ordnung zu schaffen. Sie begann, den Inhalt ihrer Handtasche zu sortieren. Ihr roter Museumsausweis steckte in der kleinen Seitentasche. Sie würde ihn in Venedig bestimmt nicht brauchen. Ich muss verrückt gewesen sein, die Aussicht auf eine feste Anstellung wegen eines Forschungsprojekts in Venedig aufzugeben, dachte sie und empfand plötzlich Angst vor ihrem eigenen Mut. Sie schlug die Seite mit ihrem Foto auf: Ein ernstes Gesicht mit ein paar Sommersprossen blickte ihr unter einem dichten, dunklen Pony entgegen. Das Foto war in dem Sommer entstanden, als sie sich in Stefan verliebt hatte. Der ernste Blick auf dem Bild sah nicht unbedingt nach junger Liebe aus. Vor drei Tagen war sie neunundzwanzig geworden und fand, dass das Puzzle ihres Lebens so ungeordnet war wie der Inhalt ihrer Handtasche.

Außer zwei Geldbörsen, die kleinere für ihr Kleingeld, die größere für Kreditkarten und Visitenkärtchen, hatte Antonia immer zwei Hefte dabei. Das blaue enthielt ihre privaten, das rote ihre beruflichen Aufzeichnungen. Merkwürdig, dass sich die beiden Bereiche noch nie vermischt hatten.

Was sie wohl in der fremden Stadt erwartete? Bei einer Italienreise vor über zehn Jahren, zu ihrem achtzehnten Geburtstag, hatte sie zusammen mit ihrer Freundin Katia auf der Rückreise von Triest einen Nachmittag in Venedig verbracht. Diesen kurzen Besuch hatte sie in keiner besonders guten Erinnerung. Venedig war für sie eine Stadt mit singenden Gondolieri, übelriechenden Kanälen und engen Gassen gewesen, die bevölkert war von Touristen in knallbunter Freizeitkleidung und ein paar elegant wirkenden Venezianern, die nur darauf warteten, den Fremden das Geld aus der Tasche zu ziehen. Ob es hier überhaupt so etwas wie normales Leben gab?

Um sich abzulenken, schaute Antonia in ihr Exposé, das sie immer bei sich trug. *Archäologische Forschungen auf den Laguneninseln*, ein ziemlich umfassendes und ehrgeiziges Projekt. Ein anerkannter italienischer Archäologe, Ettore Del Vecchio, hatte sie bei einer Fachtagung in Berlin darauf aufmerksam gemacht, dass die meisten Funde auf den Laguneninseln noch unbearbeitet waren. Wahrscheinlich gab es einfach zu viele davon, und angesichts der unzähligen Schätze Venedigs waren die Forscher noch gar nicht bis zu den Inseln vorgedrungen. Antonia war sofort auf das Thema angesprungen, obwohl sie Venedig kaum kannte. Der weise Del Vecchio hatte ihr immer wieder versichert, Venedigs Probleme, das fragile Gleichgewicht zwischen Land und Meer, seien ein Gleichnis für den Zustand der Welt. Antonia spürte instinktiv, dass das der Wahrheit entsprach. Vielleicht war ein unvoreingenommener Blick ohnehin die beste Voraussetzung für objektive Forschung. Jedenfalls fand das Del Vecchio.

So wie sich die meisten Besucher auf Burano, Murano und Torcello beschränkten, deren Schönheit natürlich unbestritten war, hatten es auch die meisten Forscher gehalten. Nur wenige einheimische Wissenschaftler, die seit ihrer Kindheit mit der Inselwelt vertraut waren, hatten überhaupt einen Blick außerhalb der drei berühmten Schönen gewagt. Über sechzig Inseln, bewohnte und unbewohnte, kleine und größere, befanden sich in der Lagune. Antonia war sich sicher – und es konnte gar nicht anders sein –, dass dort auch ein paar Geheimnisse verborgen waren. Leider interessierten sich ein paar kulturbeflissene Ausländer ohnehin mehr für die Stadt als die Venezianer selbst, die an dem großen Erbe vor allem verdienen wollten, hatte Ettore Del Vecchio über seine Geburtsstadt gesagt, die er, wie viele Venezianer, mit einer gewissen Wehmut verlassen hatte.

Die Frau neben ihr war über ihrem Buch eingeschlafen und hatte den Kopf gegen die kalte Fensterscheibe gelehnt. Verstohlen blickte Antonia zu ihr hinüber und war erstaunt, dass sie an der Hand mit dunkelrot lackierten Nägeln einen Ehering trug.

Der Zug fuhr durch eine eintönige Landschaft, zersiedelte Vororte, flache Häuser mit kleinen Vorgärten. Antonia blätterte in den Fotokopien, die sie aus einem alten Bildband von den Inseln gemacht hatte: die Klosterinsel *San Giacomo in Paludo*, die Lazarettinseln *Lazzaretto Nuovo* und *Lazzaretto Vecchio*. Die alten Lazarett- und Klosterinseln hatten jahrhundertelang Menschen kommen und gehen sehen. Noch waren es für Antonia bloße Namen, Inseln ohne Gesicht. Mit den anderen Inseln, die zwar heute noch bewohnt, aber weniger bekannt waren, wie *Sant'Erasmo*, wo seit der Dogenrepublik Gemüse angebaut wurde, oder die alte Fischerinsel *Pellestrina*, hatte sie sich noch gar nicht beschäftigt.

»Sie interessieren sich für die Laguneninseln?«, sagte plötzlich neben ihr eine sympathische Stimme auf Deutsch. Der Fremde im dunklen Anzug, einen grünen Schal lässig um den Hals geschlungen, war in Padua zugestiegen und hatte sich auf den freien Platz rechts neben Antonia gesetzt. Sein kaum merklicher Akzent ließ auf eine gewisse Vertrautheit mit der fremden Sprache schließen. Mit seiner Aktentasche sah er eher aus wie ein Wissenschaftler als ein Venedig-Besucher. Sie hielt ihn, nach der gefalteten Tageszeitung zu urteilen, die neben ihm lag, für einen Intellektuellen. Eine zweite Zeitung, Antonia erkannte *Il Gazzettino*, hatte er zwischen die Seiten von *La Repubblica* gesteckt.

Antonia hatte es noch nie gemocht, wenn Fremde sie im Zug ansprachen, aber dieses Mal blickte sie neugierig auf.

Der Fremde, Ende fünfzig, sah gut aus, war hager und durchtrainiert. Er bemerkte sofort, dass er Antonias Neugier geweckt hatte.

»In der Lagune erlebt man immer wieder, was es heißt, in einer bedrohten Welt zu Hause zu sein. Wie in den Anfängen Venedigs ist man hier der Erfahrung ausgesetzt, dass der feste Boden jederzeit vom Wasser entrissen werden kann.«

Antonia verstaute eilig ihr Exposé in der Handtasche.

»Leben Sie ... in Venedig?«, fragte sie und versuchte, ihre Frage möglichst neutral zu formulieren, weil sie es dem Fremden überlassen wollte, wie viel er von sich preisgab. Er strich durch sein dichtes graues Haar. Ein angedeutetes Lächeln machte sich auf seinem Gesicht bemerkbar.

»Schon lange nicht mehr, leider – oder Gott sei Dank. Aber ich habe früher in Venedig gelebt und bin auf der Insel Pellestrina geboren, wo mein Vater und Großvater als Fischer gelebt haben. Als Kind wollte ich auch lange Zeit Fischer werden, ich konnte mir gar keinen anderen Beruf vorstellen, ich hatte ja in meiner Kindheit nichts anderes erlebt. Und dann kam alles ganz anders: Noch heute sehe ich die Bilder vor mir, von dieser Schreckensnacht im November 1966, als die Deiche brachen und das Wasser in jede Ritze der Häuser drang. Ich war damals gerade acht Jahre alt. Die ganze Welt hat damals auf Venedig geblickt und geholfen, wo es nur ging. Aber nach der Flut war nichts mehr wie zuvor. Meine Familie musste ein Jahr bei meinem Onkel in Mestre leben, bevor unser Haus renoviert und wieder bewohnbar war, vor allem für meinen Vater ein fast unerträglicher Zustand. Trotz der internationalen Hilfe hat es viele Monate gedauert, bis die schlimmsten Schäden beseitigt waren. Ich erinnere mich an die feuchten Mauern in unserem Haus, an das Moos, das sich sogar im Bad angesetzt hatte. Meine Mutter hat sich von dem Schock nie wieder erholt, und mein Vater hat sich später auf sein Boot zurückgezogen. Es war bedrohlich, wie sich das Wasser alles, was die Menschen geschaffen hatten, in einer einzigen Nacht zurückgenommen hat. Manchmal kam es mir überhaupt vor wie ein Wunder, dass wir inmitten dieser Fluten am Leben geblieben sind.«

Nachdenklich blickte der Fremde aus dem Zugfenster und sah in die eintönige graubraune Landschaft. Antonia hatte ihm aufmerksam zugehört.

»Danach wollte ich jedenfalls nicht mehr Fischer werden«, lachte er, aber es klang nicht fröhlich. »Während meines Studiums habe ich noch ein paar Jahre in der Altstadt gelebt. Am traurigsten waren die Sonntage, wenn ich nach Pellestrina zu meinen Eltern fuhr und immer daran denken musste, wie es früher einmal war. Mir kam es vor, als wäre das Haus nie wirklich trocken geworden. Manchmal bedauere ich es, nicht mehr in Venedig zu leben, aber wenn ich hierherkomme, empfinde ich es auch als Erleichterung, diesen Zerfall der Stadt nicht immer vor Augen zu haben. Denn damals, in dieser Nacht auf Pellestrina, habe ich gelernt, welche verheerenden Folgen es hat, wenn Menschen die Gesetze der Natur nicht respektieren.«

Der Zug verlangsamte seine Geschwindigkeit und fuhr in den Bahnhof von Mestre ein. Der Fremde faltete die beiden Tageszeitungen zusammen und knöpfte seine braunkarierte Jacke zu.

»Danach habe ich meinen Blick zurück in die Geschichte gerichtet, vielleicht weil ich in jener denkwürdigen Nacht zu Tode erschrocken war und mein eigenes Erschrecken nicht mehr vergessen konnte. Die Beschäftigung mit der Vergangenheit hat mich manchmal getröstet. Wir könnten viel von den Alten lernen, wenn wir nur auf ihre Erfahrungen achteten, vor allem in Venedig. Früher gab es den Rat der Alten und Weisen, der *savi*. Aber das ist lange vorbei. Wir Menschen sind nun einmal leichtsinnig und vergessen schnell. Wahrscheinlich bleibt uns jetzt nichts anderes mehr übrig, als die Folgen unseres Leichtsinns mit Würde zu tragen.«

Antonia dachte an die vielen Aluminiumfenster, die sie beim Vorbeifahren gesehen hatte. Bislang hatte sie sich nur ungern auf Gespräche mit Fremden eingelassen. Die Worte des Mannes hatten sie jedoch merkwürdig berührt. Er sah sie eindringlich an, als wollte er ihr eine Botschaft mitgeben.

»Von den Inseln ging für mich immer eine besondere Faszination aus, weil sie keine unabhängigen Gebilde sind, sondern zum Gesamtsystem Venedig gehören. Aber inzwischen haben sie ihre alte Funktion verloren, sie sind nicht mehr Teil eines Ganzen, und das wird sich früher oder später auch auf das Ganze auswirken. Ich fürchte, einen Weg der Umkehr gibt es nicht. Wir können nur versuchen, das wenige, das von diesem ursprünglichen Gleichgewicht übriggeblieben ist, mit Respekt zu behandeln. Eigentlich braucht es so wenig. Wir können zum Beispiel dafür sorgen, dass nicht auf jeder Insel ein Luxushotel gebaut wird.«

Kurz bevor der Zug hielt, griff der Fremde nach seiner Tasche in der Gepäckablage und lächelte Antonia zu.

»Was auch immer Sie in Venedig suchen und entdecken werden, ich wünsche Ihnen viel Glück.«

Antonia sah ihm mit Bedauern nach. Schade, dachte sie, dass er schon aussteigt. War das bereits der Venedig-Effekt, dass sie offen gegenüber fremden Menschen war?

Plötzlich sah sie sich von einer grauen, gewaltigen Menge Wasser umgeben, dessen Oberfläche glatt, fast samtartig wirkte. Übergangslos und ohne jede Vorankündigung war der Zug in die Lagune eingefahren und näherte sich nun der Brücke, die Venedig mit dem Festland verband. Die Schulklasse im Abteil nebenan fing vor Freude zu johlen an.

Aus dem schmutzigen, mit schwarzen Fliegen verklebten Zugfenster sah Antonia, wie ein paar vorwitzige Wellen an leicht morschen *bricole* in der Nähe des Ufers aufschlugen, den Pfählen, die die Fahrrinnen vorgaben. In der Ferne, fast greifbar, tauchten die phantastischen Umrisse der Stadt auf.

Eine Halluzination, dachte Antonia, vielleicht haben frühere Reisende die Stadt für eine Sinnestäuschung gehalten. Aber war Venedig nicht wirklich das sichtbare Resultat einer Kopfgeburt, das die Zeiten überdauernde Ergebnis einer ungeheuren geistigen Anstrengung?

In der offenen Lagune Richtung Norden konnte man einen schmalen Sandstreifen erkennen, der eine kleine Insel begrenzte. Am Ufer, nah am Wasser, ragte eine Reihe dichter Bäume auf. Ein paar Gestalten machten sich an den befestigten Booten zu schaffen. Die Schulklasse verfiel in wildes Winken, und die Gestalten am Ufer winkten zurück.

Als Antonia sah, wie sich die bunten Boote bewegten, gab sie sich trotz ihrer Müdigkeit einen inneren Ruck und beschloss, sich umzuziehen. Ihr neues rotes Kleid hatte sie vor der Abreise ganz oben in ihre Reisetasche gelegt.

Als sie vom Zugfenster aus schon das Ende der *Ponte della Libertà* sah, ging sie schnell in die Toilette. In dem winzigen Raum herrschte übler Gestank. Sie betäubte ihre Nase, indem sie eine doppelte Menge Parfum um sich versprühte. Ihre bequeme graue Hose und das grau-lila T-Shirt packte sie in eine durchsichtige Plastiktüte. Sie betrachtete sich im Spiegel und fühlte sich wohl in dem Kleid, das für ihre Verhältnisse einen gewagt tiefen Ausschnitt hatte. Oh Gott, ich sehe aus wie eine ganz andere Frau, dachte sie. Schade, dass es noch zu kalt war, um das Kleid ohne Mantel zu tragen.

Als der Zug hielt, hatte Antonia das vage Gefühl, mit ihrer Kleidung auch etwas von der alten Antonia abgelegt zu haben. Kurzentschlossen nahm sie die Plastiktüte aus der Reisetasche und warf sie in den Müll.

Nachdem sie ihr Gepäck beim *deposito bagagli* abgegeben hatte, trat Antonia mit zögernden Schritten, fast schlafwandlerisch, auf den Bahnhofsplatz hinaus. Schon auf der ersten Stufe sah sie sich von einer Schönheit umgeben, die ihr den Atem nahm. Der weiße Stein der Paläste, die imposanten Umrisse der Kirchen, die Lichter, die ihre spielerischen Reflexe auf das Wasser warfen, lösten ein nie gekanntes Gefühl von Zufriedenheit bei ihr aus.

Venedig begrüßte sie in seinem schönsten Licht und ließ alles andere unwichtig erscheinen.

Plötzlich konzentrierte sich alles in ihr nicht länger auf das verwirrende Mosaik ungelöster Alltags- und Liebesprobleme, sondern nur noch auf den überwältigenden Blick auf die Schönheit der Stadt. Vielleicht lag es am Sonnenuntergang, der Menschen und Palazzi in ein wärmendes Licht hüllte: Vom ersten Augenblick an fühlte sich Antonia aufgenommen in dieser Stadt. Entschlossen und mit Contessa Ada Foscarinis Wegbeschreibung in der Hand, machte sie sich in ihr neues Leben auf.

Es dauerte etwas, bis sie sich unter all den Menschenschlangen zurechtgefunden hatte und das öffentliche Boot mit der richtigen Nummer entdeckte. Das *vaporetto* Nummer 52 fahre fast bis zu ihrer Haustür, hatte Contessa Foscarini kurz vor Antonias Abreise am Telefon gesagt. Nachdem sie sich zuerst in die Schlange eingereiht hatte, siegte ihre Ungeduld angesichts der Wartenden vor ihr. Sie beschloss, zu Fuß den Menschen zu folgen, die Richtung Rialto-Brücke unterwegs waren. Contessa Ada hatte ihr eine genaue Zeichnung mit ihrer Adresse geschickt: San Samuele 104. Den kleinen Campo kenne jeder, sie solle sich bloß nicht an den Hausnummern orientieren, hatte die Contessa noch gewarnt, weil die das letzte und wahrscheinlich unlüftbare Geheimnis Venedigs waren.

Links und rechts des Weges führten enge Gassen durch dunkle Bogengänge hindurch, verborgene Höhlen und Nischen, die das Alltagsleben geschaffen hatte. Antonia blickte auf ihre Uhr, noch eineinhalb Stunden bis zum vereinbarten Treffen. Sie gab ihrer Neugier nach und nahm einen Umweg durch eine schmale *calle*, auf deren rechter Seite eine kleine beleuchtete Heiligenfigur in eine Nische eingelassen war. Sie ging eng an der hohen Mauer entlang, über die vorwitziges Efeu sprang, bis sie sich am Ende der Gasse vor dem großen Kanal wiederfand. Mit weitgeöffneten Augen beugte sie sich über das tiefblaue Wasser, als wollte sie seine Oberfläche bis zum Grund durchdringen. Ein paar Motorboote rauschten vorbei und ließen das Wasser weiß aufschäumen. Sie ging zurück bis zu einem kleinen Platz mit Obst- und Gemüseständen, die vor einer säulengeschmückten Kirche aufgebaut waren. Die Tür stand offen, von drinnen drang heftiges Stimmengewirr heraus. Auf mehreren Stuhlreihen saßen laut diskutierende Leute jeden Alters, die einem intelligent aussehenden jungen Mann um die dreißig mit randloser Brille zuhörten.

»Und wenn alles nichts hilft, werden wir die Madonna um ihre Hilfe anflehen! Wir werden beim nächsten Redentore-Fest tausend Kerzen vor der Salute-Kirche anzünden!«

Die Zuhörer klatschten begeistert Beifall.

»Wie willst du da überhaupt hinkommen?«, rief eine junge Frau aus dem Publikum. »Der *moto ondoso* ist inzwischen so stark, dass jedes Boot kentert, das sich auf den Canal Grande wagt! Letztes Jahr konnte ich vor der Salute-Kirche noch mit meinem *topo* trainieren. Jetzt ist der Wellengang so hoch, dass ich jedes Mal fast aus dem Boot kippe, wenn ich mich nur in die Nähe wage! Von den riesigen Kreuzfahrtschiffen ganz zu schweigen, aber die sind ja fast nur eine Begleiterscheinung.«

»Das ist doch nur passiert, Annina, weil du schwanger und viel zu schwer für deine Nussschale warst!«

Alle lachten wohlwollend, und die Frau namens Annina lachte mit.

»Die Lage ist ernster, als wir denken«, sagte der Mann am Rednerpult. »Gestern habe ich im Vorbeigehen einen Riss an einer Hauswand hier in der Calle Sant'Antonio entdeckt.«

»Und in Castello hat sich gestern in der Küche meiner Tante der Boden aufgetan, als sie dabei war, *baccalà mantecato*, Stockfisch-Mousse, zu rühren«, rief eine ältere Frau mit blond gefärbten Haaren. »Sie ist so erschrocken, weil sie dachte, ihr verstorbener Mann wäre für sein Lieblingsgericht zurückgekehrt, worüber sie überhaupt nicht begeistert war.«

Alle lachten und klatschten Beifall. Ein Mann in schwarzer Lederjacke und mit dunklem, graumeliertem Haar stand ungeduldig auf.

»Ugo, hör mit deinen phantasievollen Einfällen auf und kehr zur Realität zurück! Es ist schlichtweg eine Katastrophe, was täglich auf der Giudecca passiert! Ich glaube kaum, dass man da mit Kerzen für die Madonna noch etwas ausrichten kann.« Zustimmendes Geraune ging durch die Reihen.

»Mehrmals am Tag fahren die *Lancioni Gran Turismo* durch den Kanal. Die Passagierschiffe sind viel zu groß für die enge Durchfahrt und verursachen eine so heftige Bewegung des Wassers, dass das Fundament der Häuser weggesogen wird.«

Der Blick des gutaussehenden Mannes, den Antonia auf etwa Mitte dreißig schätzte, schweifte über das Publikum und blieb an ihr hängen. Sie war neben dem Eingang stehen geblieben.

»Die Idee mit den Kerzen vor der Salute-Kirche ist zwar originell, kommt mir aber zu romantisch vor. Wir müssen uns dringend etwas einfallen lassen, das die Aufmerksamkeit der internationalen Presse auf uns zieht.«

»Ja, Dario, genauso ist es«, riefen gleichzeitig ein paar junge Leute in der Nähe des Rednerpults, während sich der junge Mann mit Brille, der Ugo genannt wurde, mit ernstem Gesichtsausdruck Notizen machte.

Antonia hatte verstanden, dass es bei der Diskussion um Umweltprobleme ging, weil der Bootsverkehr die Fundamente der Häuser zerstörte. Sie wollte gern mehr darüber erfahren. Schade, dass sie nicht länger zuhören konnte. Offensichtlich gab es in Venedig also doch Menschen, die sich engagiert für den Erhalt ihrer Stadt einsetzten und nicht nur kommerzielle Interessen verfolgten.

Als sie sich zum Ausgang wandte, rauschte der Mann in der Lederjacke mit klingelndem Handy in der Hand an Antonia vorbei und warf ihr einen Blick zu, in dem sie etwas wie Bewunderung zu lesen glaubte. Was für ein gutaussehender Mann, dachte sie. Bevor er sein Handy ans Ohr hob und ungeduldig und eine Spur zu laut »Pronto« sagte, drehte er sich noch einmal zu Antonia um und lächelte ihr zu. Antonia hielt den Atem an und wagte es nicht, sein Lächeln zu erwidern. So ein Mist, dachte sie. Jetzt trage ich ein rotes Kleid mit gewagtem Ausschnitt und schaffe es immer noch nicht, einen Fremden, der mir gefällt, anzulächeln! Mit Bedauern verließ sie den Raum und nahm sich vor, bei nächster Gelegenheit zurückzukommen.

In dem dichten Gewirr der Gassen um die Kirche von San Samuele musste Antonia mehrmals nach dem Weg fragen, bevor sie die Adresse fand, die ihr die Contessa genannt hatte. Sie ging bis zum Eingang des Palazzo mit der Hausnummer 104. Es war erst sechzehn Uhr. Sie hatte noch eine halbe Stunde Zeit und beschloss, sich in der Nachbarschaft des Ca' Foscarini umzusehen. Nach ein paar Schritten erregte ein niedriger, dunkler Durchgang, der sich hinter einer Brücke befand, ihre Aufmerksamkeit. Die Steine und Balken waren morsch und verfallen, was einen merkwürdigen Kontrast zu den prachtvollen angrenzenden Palazzi bildete. Leise schwappte das Wasser an der Uferbefestigung hoch. Am niedrigen Eingang eines heruntergekommenen Gebäudes, der mit Brettern zugenagelt war, sah Antonia einen rötlich braunen Schatten vorbeihuschen, wahrscheinlich eine Ratte. Vielleicht leben hier Katzen und Ratten friedlich zusammen, dachte Antonia. Sie lächelte über ihren Gedanken. Wenige Meter weiter befand sich ein Landungssteg aus morschem Holz, dem die Nässe zugesetzt hatte und den offensichtlich schon lange niemand mehr benutzte. Zu beiden Seiten des Stegs saßen mehrere Katzen und hatten eine zierliche grauweiße Katze in ihre Mitte genommen. Sie gab ein paar entschiedene Laute von sich, die anderen blinzelten aufmerksam in ihre Richtung. Die Katze schien die Anführerin der kleinen Gruppe zu sein. Antonia kam es vor, als würde das Tier mit den anderen kommunizieren, als gäbe es ihnen einen geheimen Plan bekannt, in dem Menschen kaum mehr als geduldete Randfiguren waren. Schließlich funkelte die Katze Antonia aus grüngelben Augen an. Antonia hatte noch nie eine Katze mit solchen Augen gesehen. Ihr Blick wirkte etwas von oben herab, als wollte sie fragen: Was willst du denn hier?

Als Antonia durch den Durchgang zurück auf den Hauptweg ging, sah sie, wie die Ratte mit dem rötlich braunen Fell unter dem morschen Balken des Hauseingangs verschwand.

Antonia kam es vor, als hätte die Ratte der grau-weißen Katze einen verschwörerischen Blick zugeworfen, bevor sie wieder in ihr Versteck huschte.

Schnell ging Antonia in die *calle* zurück und dort in eine kleine Eisdiele, um einen *caffè* zu trinken und einen Blick in den Spiegel zu werfen. Ein bisschen zitterte ihre Hand, als sie sich in der engen Toilette vorsichtshalber noch einmal die Nase puderte.

Das rote Kleid passte gut zu ihrem dunklen, kinnlangen Haar, das durch den neuen schräg geschnittenen Pony weniger brav wirkte, und ließ ihre Erscheinung ungewöhnlich elegant wirken. Bin ich diese Frau?, fragte sie erstaunt ihr Spiegelbild. Sie war zufrieden mit ihrem Aussehen. Entschlossen ging sie auf das hohe Eingangstor des Ca' Foscarini zu.

Als es sich öffnete, blickte Antonia erstaunt in einen schattigen Garten, an dessen linke Steinmauer träge das Wasser schwappte. Vor Antonia erstreckte sich ein rechteckiger Garten mit immergrünen Pflanzen, der wie ein Salon unter freiem Himmel wirkte. Am Ende einer steilen Treppe sah sie zuerst einen Kopf, der zwischen lauter bunten Regenschirmen hervorblickte. »*Benvenuta a Venezia*«, sagte eine blonde Frau. In ihren Locken, die keine Spur von Grau aufwiesen, steckte ein winziger vergessener Lockenwickler.

KAPITEL 2

Contessa Ada hatte Antonia in einen kleinen, etwas abgedunkelten Salon mit wenigen Möbeln und vielen Bildern an den Wänden gebeten, in dem es nach Lavendel und frischer Zitrone roch. Die geschlossenen *persiane* ließen nur wenig Licht des Nachmittags herein und warfen das Spitzenmuster der Vorhänge auf den braunen *Graniglia*-Fußboden. Unauffällig sah sich Antonia um.

Um einen verzierten Holztisch mit brauner Marmorplatte waren ein blaues Sofa und zwei breite, runde Sessel angeordnet, im hinteren Teil des Raums stand ein großer Tisch mit vier Stühlen. Der Raum war elegant, aber gediegen eingerichtet.

Ada Foscarini saß aufrecht in einem der beiden Sessel gegenüber Antonia, die auf dem Sofa Platz genommen hatte. Über ihr hing in prunkvollen weißgoldenen Rahmen eine ganze Galerie unterschiedlich großer Porträts von Frauen, die alle eine entfernte Ähnlichkeit mit der Contessa aufwiesen, obwohl die meisten dunkelhaarig waren. Eine der porträtierten Frauen trug ein hochgeschlossenes blaues Kleid und erinnerte Antonia mit ihrem melancholischen Zug um den Mund stark an Frida Kahlo.

Lächelnd überreichte Antonia ihr Gastgeschenk, einen wertvollen Bildband über preußische Schlossgärten.

»Oh, *mia cara*, das wäre doch nicht nötig gewesen, Ihre Gesellschaft ist mir Geschenk genug!«

Neugierig nahm die Contessa den Bildband entgegen.

»Und dieses schwere Buch haben Sie im Zug mitgenommen?«

Stefan nannte Antonia nicht umsonst die Frau mit den tausend Taschen, damit hatte er ausnahmsweise einmal recht.

»Natürlich, ich … ich möchte mich für Ihre Gastfreundschaft bedanken.«

Ada blätterte ein paar Seiten um und betrachtete ihren Gast wohlwollend.

»Darf ich Ihnen etwas anvertrauen? Auch für mich war es zunächst ein etwas ungewöhnlicher Gedanke, eine junge Frau bei mir aufzunehmen, die ich gar nicht kenne. Aber dann hat meine Neugier gesiegt. Ich lebe seit langem sehr zurückgezogen, und von wenigen Freunden abgesehen ertrage ich manchmal nur noch die Gesellschaft meiner Erinnerungen und die meiner Katze natürlich. Ich habe mich auch gefragt, ob ich in meinem Alter überhaupt die richtige Gesellschaft für Sie bin.«

»Aber Contessa, natürlich!«, protestierte Antonia. Ada winkte lächelnd ab.

»Darf ich Sie Antonia nennen?«

Antonia nickte.

»Und nennen Sie mich bitte bei meinem Vornamen. Die Italiener sind zwar sehr auf ihre *bella figura* bedacht, aber auf Adelstitel haben wir Venezianer noch nie besonderen

Wert gelegt, von Ausnahmen natürlich abgesehen. Laut italienischer Verfassung sind sie seit 1948 ohnehin ganz abgeschafft.«

Antonia war sich nicht sicher, ob sie die Contessa wirklich beim Vornamen nennen konnte.

»Aber nun bin ich gespannt, meine Liebe, was Sie mir von Ihrer Forschungsarbeit erzählen werden.«

Contessa Ada goss erdbeerfarbenen Wein in zwei elegant geschwungene Gläser.

»Probieren Sie ruhig, der Wein kommt vom Weingut meines Freundes Gianpaolo in den Hügeln von Valdobbiadene, das heute nur noch diesen schrecklichen Perlwein herstellt«, bemerkte die Contessa. »Wenn schon ein prickelndes Getränk, dann bitte Champagner! Und jetzt lassen Sie uns darauf trinken, dass Sie gut angekommen sind. Schließlich sind Sie auf Empfehlung meines alten Freundes Ettore del Vecchio angereist. Wenn mich Ettore um etwas bittet, hat er auch gute Gründe, und ich habe ihm bisher noch nie einen Wunsch abgeschlagen. Eine bessere Empfehlung als ihn gibt es nicht. Er kommt kaum noch nach Venedig, obwohl er hier geboren wurde. Wer es einmal aufgegeben hat, regelmäßig in die Stadt zu kommen, verliert allmählich die Beziehung zu ihr. In Venedig gibt es keine Halbheiten, auch das gehört zu dieser Stadt.«

Antonia bemühte sich, auf dem blauen Sofa ebenso aufrecht zu sitzen wie Ada.

»Ich verdanke Professor Del Vecchio sehr viel, denn eigentlich war er es, der mich auf mein Forschungsthema aufmerksam gemacht hat.«

»Aber wie sind Sie überhaupt darauf gekommen? Sie leben in Berlin, von dort aus ist Venedig nicht unbedingt die nächste Stadt.«

Antonia hatte die Frage erwartet und sich auf der Zugfahrt ein paar Antworten zurechtgelegt.

»Durch eine Tagung über ›Venedig – die amphibische Stadt‹, die Del Vecchio in Berlin veranstaltet hat. Er ist ein sehr guter Lehrer, der uns als Studenten immer mitgerissen hat. Schade, dass er sich inzwischen fast ganz aus dem Uni-Betrieb zurückgezogen hat. Allein die Fotos, die er mir von den Inseln gezeigt hat, haben mich neugierig gemacht. Und ich war erstaunt, dass solche alten Bildbände überhaupt erhalten sind.«

Antonia nahm noch einen Schluck von dem köstlichen herbsüßen Wein.

»Schmeckt er Ihnen? Haben Sie die Farbe bemerkt? Diesen Wein werden Sie nur bei mir finden.«

Antonia lächelte und griff nach ihrer Handtasche, die sie neben dem Sofa abgestellt hatte. Erstaunt bemerkte sie, dass dahinter auf dem Boden ein kleiner blauer Porzellanteller stand.

»Sie wissen ja viel mehr als ich über das raffinierte System der venezianischen Inseln, auf die die Republik zum Schutz des Gemeinwohls manche Funktion des öffentlichen Lebens ausgelagert hatte. Soweit ich weiß, werden die Laguneninseln ja heute eher vernachlässigt. Immer wenn ich in meiner Arbeit in die Vergangenheit zurückblicke, möchte ich die Schwachstellen herausfinden, die ein System beendet haben – denn das ist es doch, woraus wir heute lernen können.«

Contessa Ada hatte ihrem Gast aufmerksam zugehört.

»Die Laguneninseln sind tatsächlich weitgehend unerforscht, und ich gebe Ihnen recht, vernachlässigt sind sie auch. Ich bewundere Ihren Mut, sich auf so ein schwieriges Thema einzulassen«, befand sie schließlich.

»Ich kenne Venedig bislang nur aus Geschichtsbüchern«, wehrte Antonia ab, entspannte sich aber sichtlich nach Adas Kompliment. »Ich hoffe, ich werde bald mehr wissen.«

»Lassen Sie mich raten: Ihr Forschungsprojekt ist nicht der einzige Grund, warum Sie Berlin verlassen haben?«, erkundigte sich Ada.

»Ja, das stimmt«, antwortete Antonia aufrichtig, ohne eine Sekunde zu zögern. »Mein Leben in Berlin ist in eine Sackgasse geraten, und ein Forschungsprojekt, noch dazu im Ausland, ist eine gute Gelegenheit, um Distanz zu gewinnen und nachzudenken.«

»Oh ja, ich verstehe. Manchmal wird man zu einem anderen Menschen, wenn man sich für neue Themen interessiert. Denn immer wenn man ausgetretene Wege verlässt, eröffnen sich neue Perspektiven auch für einen selbst! Die Leidenschaft, die man für ein Thema verspürt, färbt oft auf das eigene Leben ab, es ist ein wunderbares Gefühl. Ich hatte das Glück, es ein paarmal zu erleben.«

Antonia griff nach dem salzigen, noch warmen Gebäck in einer rot-weißen Porzellanschale, das ihr die Contessa anbot und das ein junges Mädchen hereingebracht hatte, ehe es leise wie ein Lufthauch ebenso schnell wieder verschwunden war.

»Am meisten wünsche ich mir natürlich, ein Geheimnis zu entdecken, irgendeine Geschichte, die bislang verborgen war. Aber der Wunsch kommt mir selbst etwas vermessen vor.«

Antonia spürte die Wirkung des Weins. Das Gebäck dazu schmeckte köstlich.

»Vorsicht mit Geheimnissen«, warnte Ada lachend. »Sie haben eine gewaltige Kraft, die unser Leben ganz schön aus der Bahn werfen kann.«

»Mein Leben war in den letzten Jahren so völlig ohne Geheimnisse, dass ein paar davon eine schöne Abwechslung wären«, fand Antonia fröhlich. Sie hatte sich lange nicht mehr so wohl gefühlt.

»Die Lagune steckt voller Geschichten, wie könnte es anders sein in einer Welt, wo Wasser und Erde aufeinandertreffen. Ich fürchte sogar, dass sich ein paar davon durch meine eigene Familiengeschichte ziehen.« Ada zögerte. »Obwohl ... ich weiß gar nicht, ob man wirklich von Geheimnissen sprechen kann. Manchmal gibt es in uns Erinnerungen an Ereignisse, die irgendjemand vor uns erlebt hat und die in der Familie weitergegeben werden. Sie bestimmen unseren Weg, ohne dass uns das bewusst wird, im Guten wie im Schlechten. In unserer hektischen Welt haben wir leider verlernt, auf solche Dinge zu achten. In den Mauern Venedigs lebt die Vergangenheit weiter, deshalb kann uns diese Stadt die Aufmerksamkeit für solche Erfahrungen zurückgeben. Aber mit den Wünschen ist es wie mit unseren Träumen: Sie fordern unsere ganze Aufmerksamkeit, wenn wir sie verwirklichen wollen.« Die Contessa lehnte sich im Sessel zurück und betupfte sich mit einem kleinen bestickten Tuch die Stirn.

»Manchmal, wenn ich sehr früh aufwache, kann ich meine Träume wie in großen Holzrahmen festhalten und am Tag darüber nachdenken, was sie mir sagen wollen. Ist Ihnen das auch schon passiert?«

Antonia nickte stumm.

»Dann wissen Sie ja sicher, dass Träume nicht immer angenehm sind, ganz im Gegenteil; aber wenn wir aufmerksam sind, können uns unsere Träume wichtige Botschaften vermitteln.«

Sie hat eine gute Ausstrahlung, dachte Antonia. Sie wirkt stark und gleichzeitig sehr zerbrechlich.

Sie musste lächeln, als sie an ihre Freundin Katia dachte, die die Welt in Menschen mit gutem und schlechtem Karma einteilte und ohnehin glaubte, dass alles vorherbestimmt war. Antonia hatte diese Einstellung oft belächelt, doch vielleicht liegen die Dinge doch nicht so einfach, jedenfalls nicht, wenn man in Venedig geboren und zwischen den Elementen zu Hause ist.

»Ich bedaure es immer wieder, wie wenig von der Geschichte der Laguneninseln den Venezianern selbst und natürlich auch den Venedig-Besuchern bekannt ist. Dabei ist die Lagune doch das Lebenselement Venedigs und hat die Stadt von jeher vor Feinden und Eindringlingen geschützt. Für Fremde war die Lagune zum Glück unberechenbar, für die Venezianer bedeutete sie Nahrung und Schutz.«

Ada Foscarini schenkte Antonia aus einer silbernen Karaffe ein zweites Glas des erdbeerfarbenen Weins ein.

»In der Lagune erlebt man ständig, wie wichtig das Gleichgewicht zwischen den Elementen ist. In der Vergangenheit ist diese feine Balance über lange Zeit gelungen, heute wird es immer schwieriger. Aber gerade das Zusammenspiel der Elemente führt dazu, dass sich das Leben hier so leicht und unbeschwert anfühlt. Fremde erliegen immer wieder dieser

Faszination, auch wenn sie oft gar nicht merken, wovon sie ausgelöst wird. Das Leben mitten im Wasser hat natürlich auch den Charakter der Venezianer geprägt. Man sagt uns ausgesprochenen Pragmatismus und eine geschickte Anpassung an die Verhältnisse nach. Meine eigene Familie ist ein gutes Beispiel dafür.«

Antonia betrachtete Ada Foscarini mit großer Neugier und wachsendem Respekt. Erhitzt vom Wein und dem offensichtlichen Wohlwollen der Contessa fühlte sie sich plötzlich mutig, nicht mehr unsicher und vorsichtig.

»Ich wünsche mir nichts mehr, als diese Welt in den nächsten Wochen besser kennenzulernen.«

Die Contessa neigte sich zu Antonia vor.

»Ob Venedig sich uns erschließt, liegt immer an uns selbst und an unserer Neugier. Sie werden es bald selbst erleben: Der Blick, mit dem Sie Ihre Umgebung betrachten, kann an der Oberfläche bleiben, oder aber Sie richten ihn auf das Dunkle und Unergründliche dieser Stadt.«

Ein schwacher Sonnenstrahl fiel durch den Spitzenvorhang und hüllte den Salon der Contessa für einen kurzen, magischen Moment in goldenes Nachmittagslicht.

»Ich bin eine alte Frau, und leider wird man sich nirgendwo so sehr der eigenen Vergänglichkeit bewusst wie in Venedig«, fuhr die Contessa fort. Vom Garten drang ein forderndes Miauen herauf, das Ada ignorierte.

»Ich habe oft erlebt, dass Besucher sich regelrecht in Venedig verliebten, so, wie man sich in einen Menschen verliebt. Und wissen Sie, woran das liegt?«

»Ich nehme an, weil Venedig so einmalig ist, eine Stadt im Wasser gibt es kein zweites Mal auf der Welt«, antwortete

Antonia, getragen von der heiteren Stimmung des Nachmittags.

»Natürlich, die Stadt ist von fast unwirklicher Schönheit. Aber wissen Sie, wodurch diese Schönheit entstand?«

Contessa Ada fuhr fort, ohne eine Antwort abzuwarten.

»Weil die Venezianer zum Wohl der Stadt ihre egoistischen Interessen überwunden haben und auch die Natur nicht besiegen wollten, sondern sie in ihre Pläne mit einbezogen. Das dürfte in der Geschichte der Menschheit ziemlich einzigartig sein. Aber genau das hat sich in letzter Zeit immer mehr verändert.«

Antonia musste tief Luft holen und fühlte sich, als würden die Worte der Contessa sie in einen Sog ziehen.

»Die Menschen vergessen, dass die Lagune von Venedig ein äußerst fragiles Ökosystem ist. Viele Vögel und Pflanzen gibt es nur hier. Aber inmitten der Lagune liegt eine Stadt mit allem, was zu einem urbanen Zentrum gehört, die man nur über das Wasser erreichen kann. Die Lagune von Venedig konnte deshalb nicht in dem gleichen unberührten Zustand bleiben wie andere Lagunen, die reine Naturschutzgebiete sind. Sie müssen sich vorstellen, dass mittendrin bis vor kurzem Öl gefördert und in Porto Marghera Industrieanlagen mit hochgiftiger Produktion gebaut wurden. Teilweise sind sie immer noch in Betrieb. Dazu kommt noch, dass die Stadt täglich mindestens so viele Besucher wie Einwohner hat, etwa sechzigtausend, aber eigentlich ist das das kleinere Übel.«

Neugierig ließ Antonia ihren Blick auf die Stiche an der Wand zwischen den beiden Fenstern gleiten. Neben den Porträts der stolzen, melancholischen Frauen waren hier

Laguneninseln zu sehen. Sie stand auf, um sie näher zu betrachten.

»Wissen Sie schon, welche Laguneninseln Sie zuerst besuchen möchten?«, erkundigte sich Ada. »Vielleicht kann ich Ihnen bei der Auswahl behilflich sein.«

Erschöpft von ihren vielen Worten und der Gesellschaft, an die sie nicht mehr gewöhnt war, lehnte Ada sich im Sessel zurück, bevor sie fortfuhr.

»Ein paar Laguneninseln haben eine große Geschichte, und dort hat der permanente Besucherstrom das normale Leben völlig verändert, wie auf Murano oder Burano. Nachts oder in den frühen Morgenstunden spürt man noch die alte Faszination, man riecht die Brennöfen, die nie ausgehen, auch wenn nur noch drei erhalten sind. Die anderen Glasbläsereien tun nur so, als wären die Öfen noch in Betrieb, und stellen alte Gondolieri als Schauspieler für ihre Vorführungen an. Aber das ist ja nichts Neues.« Ada seufzte und nahm noch einen Schluck Wein.

»Am spannendsten sind die alten Lazarettinseln, denn hier wurden Kranke und Reisende, aber auch ganze Schiffsmannschaften, aufgenommen, um die Stadt zu schützen. Darin waren die Venezianer konsequent. Ein paar der winzigen Inseln im Norden kennen nur wenige Fischer. Sie sind weitgehend unbekannte Naturparadiese und bewahren zum Glück das ursprüngliche Leben in der Lagune. Dabei liegen sie nur wenige Kilometer Luftlinie vom Markusplatz entfernt. Und schließlich gibt es eine Art Zwischenbereich, Inseln, die von wenigen Einsiedlern bewohnt sind. Sie sind lebende Zeugnisse einer ungewöhnlichen Geschichte, in der sich Orient und Abendland verbinden. Aber vielleicht sollte ich Sie zuerst mit einem meiner Freunde bekanntmachen, der Archäologen in die Lagune begleitet.«

»Das würde mich sehr freuen«, antwortete Antonia überrascht, die nicht wusste, wie sie auf Adas plötzlichen Redeschwall reagieren sollte.

»Sagt Ihnen der Name *San Giacomo in Paludo* etwas?«, fragte Ada. »Auf der Insel hat noch bis ins neunzehnte Jahrhundert eine kleine Gruppe von Frauen gelebt, ganz nah bei Venedig und doch in einer eigenen Welt. Dort sind seit ein paar Monaten venezianische Archäologen mit Ausgrabungen beschäftigt. Wenn Sie möchten, könnte ich ein Treffen mit Ihren Kollegen arrangieren.«

Das war mehr, als Antonia erhofft hatte. Contessa Ada neigte sich vor und berührte leicht ihren Arm.

»Und jetzt ruhen Sie sich aus, Sie sind sicher müde von der Reise und müssen sich nun auch noch die wirren Gedanken einer alten Frau anhören. Marta hat Ihr Zimmer schon vorbereitet. Wo ist eigentlich Ihr Gepäck?«

»Am Bahnhof. Ich wollte nach meiner Ankunft ganz ungestört die Atmosphäre Venedigs auf mich wirken lassen.«

»Gut so. Mit dem *vaporetto* sind Sie in fünfzehn Minuten am Bahnhof, dann können Sie Ihr Gepäck holen. Marta wird Ihnen morgen früh Frühstück hinaufbringen.«

»Aber das ist doch gar nicht nötig, ich kann selbst …«, protestierte Antonia.

»Natürlich ist es nicht nötig, aber genießen Sie es einfach«, antwortete Ada lachend. »Ich werde Sie ein wenig verwöhnen, bis Sie venezianische Lebensgewohnheiten angenommen haben und schon morgens die Bar aufsuchen. Wahrscheinlich geht das schneller, als Sie denken.«

Die Contessa erhob sich, trat zum Fenster und schob den schweren Spitzenvorhang zur Seite. Aus dem Garten war erneut das klagende Miauen einer Katze zu hören.

»Ist ja gut, Mimi, ich vergesse dich schon nicht«, rief Ada heiter. »Aber etwas musst du dich schon gedulden, wir haben ab heute einen Gast.«

Antonia folgte Adas Blick und sah in den Garten hinunter. Es kam ihr vor, als habe sie das grün und gelb funkelnde Augenpaar schon einmal gesehen.

Als Antonia die steile Marmortreppe hinunterging, fühlte sich ihr Bauch angenehm warm an vom salzigen, in Öl ausgebackenen Gebäck, das ihr Ada zum Wein angeboten hatte. Stefan hätte höchstens zwei Spiegeleier gebraten und sie mit den Resten des Vorabends vermischt. Er liebte es, Reste zu verarbeiten, was Antonia verabscheute.

Auf dem Weg zum Bahnhof überkam sie ein merkwürdiges Gefühl der Erleichterung. Stefans Geiz und seine Kritiksucht waren plötzlich ganz weit entfernt. Sie überlegte, ihn aus reiner Gewohnheit heraus anzurufen, verwarf den Gedanken aber sofort wieder. Ein leichter Regen fiel sanft auf das Pflaster. Wenn ich ihm jetzt sage, dass es regnet und ich glücklich bin, würde er sich nicht darüber freuen, sondern mit skeptischer Stimme fragen, ob man denn bei Regen überhaupt glücklich sein kann. Stefans negative Lebenshaltung hatte seit Antonias Ankunft in Venedig nichts mehr mit ihr zu tun. Mit fast schlafwandlerischer Sicherheit fand sie sich im Gassengewirr auf dem Weg zum Bahnhof zurecht. Wie angenehm es war, zu Fuß durch diese Stadt zu gehen!

An einem stark bevölkerten Campo kam sie an lauter gutgelaunten Menschen in kleinen Bars vorbei. Die Frauen und Männer bewegten sich selbstbewusst und elegant, leicht und mühelos, so als würde ihr unbeschwertes Spiel nach Regeln ablaufen, die allen bekannt waren. Die Lebensfreude, die diese Menschen ausstrahlten, gefiel ihr. Je mehr sie all den selbstbewussten Menschen begegnete, desto fester und sicherer wurde ihr Schritt. Seit ein paar Stunden war sie in Venedig, trug ein enges rotes Kleid und machte sich nicht einmal Gedanken darüber, dass die Sonne ihre sonst eher ungeliebten Sommersprossen sichtbar machte.

Auf einem kleinen Campo sah Antonia einen Gondoliere, der mit dem Rücken zum Wasser Zeitung las, hochgewachsen, mit schwarzer Lederjacke und ohne Ringelhemd wie die anderen. Der Gondoliere spürte Antonias Blick und drehte sich um. Erschrocken stellte sie fest, dass es der gutaussehende Redner von der kleinen Versammlung in der Kirche war. Mit einem strahlenden Lächeln blickte er sie an.

»*Bella signora*, wir kennen uns doch! Haben wir uns nicht vorhin bei der Versammlung in San Leonardo getroffen?«

Antonias Knie begannen zu zittern. Seine Augen glitten über sie, als suche er irgendwo einen Anhaltspunkt.

»Oder waren Sie vielleicht in Ihrem Vorleben eine schöne Vampirin und sind nachts unbemerkt durch mein offenes Fenster gestiegen?«

»Nein, ich …«, stammelte Antonia und ärgerte sich, dass sie keinen Ton herausbrachte, geschweige denn auf den Scherz des Fremden reagieren konnte. Sie hielt den Atem an.

Der Fremde sah kurz auf seine Uhr und machte eine einladende Bewegung zu seiner Gondel hin.

»Darf ich Sie zu einer Fahrt einladen? Eigentlich erwarte ich Gäste, aber bis dahin ist noch etwas Zeit.«

Er lachte, als würde ihm die ganze Welt gehören.

»Oder was halten Sie davon: Ich versetze meine Gäste und fahre mit Ihnen durch die stillen Kanäle der Stadt?«

Nichts lieber als das, hätte Antonia gerne geantwortet. Dann verließ sie der Mut.

»Nein, ich habe eine Verabredung und muss ganz schnell ...«

»Schade«, murmelte der Fremde. Er machte eine Handbewegung, als hätte er seine Einladung schon bereut, und gab Antonia keine Gelegenheit mehr, den Satz zu Ende zu sprechen.

Eine Gruppe fröhlicher Touristen näherte sich der Anlegestelle. Verdammt, dachte Antonia. Einen Augenblick wünschte sie, die Erde würde sich auftun und sie für immer darin versinken.

Ohne zu zögern wandte sich der Unbekannte den Touristen zu, die auf sein Zeichen in die Gondel einstiegen. Schweigsam stieß er mit dem Ruder vom Ufer ab. Lautlos und eins mit seiner schwarzen Gondel glitt er über das Wasser, dem seine ganze Aufmerksamkeit galt.

Die paar hundert Meter zum Bahnhof legte Antonia wie betäubt zurück. Nachdem sie ihre beiden Taschen ausgelöst hatte, nahm sie das öffentliche Boot, das langsam und fast ehrfürchtig an den Palazzi am Canal Grande vorbeifuhr. Manche waren hell erleuchtet, andere lagen in tiefer Dunkelheit. Antonia blickte an den Fassaden hinauf, sah gotische Fenster, Einfassungen aus weißem Sandstein, weiße, geraffte

Jalousien, die *veneziane*, und spürte den Zauber, der von der Stadt ausging. Die Stadt atmete. Sie sog ihre eigene Geschichte in sich auf, leise und kaum spürbar holte sie Luft im Vergehen der Zeit. Ohne Eile tuckerte das öffentliche Boot durch das dunkelblaue Wasser, in dem sich der Himmel im frühen Abendlicht spiegelte. Plötzlich kam es Antonia vor, als hätte sie schon immer hier gelebt.

Vom ersten Augenblick an hatte es eine merkwürdige Vertrautheit zwischen ihr und Contessa Ada gegeben, als wären sie beide auf der Suche nach etwas, das ihre Wege in Venedig zusammenführte.

Ihr Leben in Berlin, ihr Alltag mit Stefan, die Arbeit am Institut waren plötzlich weit weg. Antonia war sich sicher, dass es in dieser Stadt noch ein paar Geheimnisse zu entdecken gab. Und sie hatte vielleicht das Glück, sich auf die Suche danach zu machen.

Stefan hasste alles, was mysteriös war. Mit einer Frau, die Geheimnisse liebte, hätte er nichts anzufangen gewusst.

Bislang hatte Antonia immer geglaubt, man müsse sich entscheiden zwischen beruflichem Erfolg und privatem Glück.

Beim Anblick der elegant gekleideten und gutgelaunten Menschen, die im Fahrtwind miteinander plauderten, fragte sie sich, ob nicht beides möglich wäre. Schade, dass sie nicht den Mut gefunden hatte, in die Gondel des Fremden zu steigen. Wie sollte es überhaupt gelingen, einen Fremden kennenzulernen? Offensichtlich war ihr die besondere Kunst des Flirtens in den letzten Jahren abhandengekommen.

Antonia blickte sich um. Vielleicht war Venedig der Ort, an dem man sich zwei Dinge auf einmal wünschen durfte, so wie auch die Stadt zwischen scheinbar unvereinbaren Elementen lebte?

Als sie an der Haltestelle Valoresso in der Nähe des Ca' Foscarini angekommen war, kam ihr das Wünschen schon ganz normal und alltäglich vor.

Das also gehört auch zum Venedig-Effekt, dachte sie. Die salzige Luft vertreibt alles Abgestandene. Sie spürte den frischen Wind aus der Lagune im Gesicht. Ein bisschen konnte man das klärende Salz sogar in der Luft schmecken. Nach langen Monaten in der stickigen Großstadt fühlte sich die salzige Luft wie ein Versprechen von mehr Klarheit an. Von ihr aus konnte es so bleiben.

Nicht nur diese Stadt ist besonders, dachte sie, als sie die Stufen zu ihrem neuen Zuhause hinaufging, auch ihre Menschen. Die Contessa hatte sich bereits in ihr Schlafzimmer zurückgezogen. Oben angekommen, zog Antonia ihr rotes Kleid aus und fiel in ein nach Lavendel duftendes Bett.

༄

Zunächst hatte Ada gar nicht gemerkt, wie klar ihre Katze sich mitteilen konnte. Dabei gab Mimi nicht einfach nur Töne von sich, einen solch banalen Einsatz von Lauten hätte sie als höchst unwürdig empfunden. Sogar Ratten, die Mimi, von einer einzigen Ausnahme abgesehen, nicht besonders schätzte, konnten sprechen. Alle Katzen Venedigs hatten mit ihnen ein friedfertiges Abkommen getroffen. In den stillen Seitenkanälen, in den feuchten Gewölben und Lagerräumen, die nah am Wasser lagen, versuchte man, sich möglichst nicht in die Quere zu kommen. Mimi und die Ratte

Canaletto dagegen verband eine innige Freundschaft. Wie schade, dass tagein, tagaus Tausende von Menschen in Venedig unterwegs waren, ohne wahrzunehmen, wie spannend die Welt aus Geräuschen, Gerüchen und geheimen Abgründen war. Wenn Mimi nur daran dachte, was Menschen zu Mittag aßen! Die Fische, die es in den meisten Restaurants gab, hätte eine venezianische Katze niemals gegessen, und für die wenigen Heimatlosen gab es in Malamocco und Castello ein paar Fischer, die es gut mit ihnen meinten.

Ada hatte im Lauf ihres Zusammenlebens gelernt, die Wünsche ihrer eigensinnigen Katze zu interpretieren, und hätte sie ihr zuwidergehandelt, wäre sie ein paar Tage lang ignoriert worden.

Manchmal hob Mimi einfach nur die rechte Pfote und kniff die Augen zusammen, was bedeutete, dass sie mit Adas Entscheidungen grundsätzlich einverstanden war, auch wenn diese im Detail noch korrekturbedürftig waren.

Seit ihrem Auftauchen im Garten des Ca' Foscarini war es Mimi gewohnt, mit Ada allein zu leben. Das hieß natürlich, dass Ada auf Mimis Wohlwollen angewiesen war und ihr innerhalb ihres Palazzo und des Gartens jeden Wunsch von den Augen ablas. Ada war der Ansicht, Mimi sei vom Baum gefallen und von ihr gerettet worden. Mit einem gewissen herablassenden Wohlwollen – eine Katze fällt nicht vom Baum! – ließ Mimi sie in dem Glauben.

»Canaletto, bist du's?«, rief Mimi, als sie das zischende Pfeifen an der Gartenmauer vernahm.

»Ich muss dich unbedingt sprechen.«

Canaletto huschte durch den schmalen Spalt in der Mauer

in Adas Garten. Seit Jahren war Mimi mit Canaletto befreundet, der schönsten Ratte Venedigs mit feinen, spitzen Ohren und weichem Fell, dessen Braun die gleiche Tönung wie auf den berühmten venezianischen Veduten des gleichnamigen Malers zeigte. Canaletto wohnte in einem alten Lagerhaus neben der *Accademia*-Brücke und setzte sich manchmal nach Mitternacht, wenn alle schliefen, vor die Eingangstür der Gemäldesammlung, in der auch die Veduten des Malers Canaletto hingen. Sobald es kalt wurde, zog Canaletto in die Orgel von San Samuele. Nicht mehr gespielte Orgeln in wenig besuchten Kirchen gehörten zu den Lieblingsplätzen venezianischer Ratten. Aber er hatte Mimi beim Leben seines Lieblingsmalers Canaletto schwören müssen, das Innenleben der Orgel nicht anzunagen, weil der Pfarrer, Don Bruno, zum Bekanntenkreis von Ada gehörte.

Durch diese und eine ganze Reihe weiterer Abmachungen stand die Freundschaft zwischen Mimi und Canaletto auf ziemlich festen Füßen, obwohl beide wussten, dass die Freundschaft zwischen einer Ratte und einer Katze von Natur aus nicht vorgesehen war, noch nicht einmal in Venedig.

An diesem Abend war Mimi so irritiert, dass sie unbedingt die Unterstützung eines Freundes brauchte.

»Stell dir vor«, sagte Mimi, als Canaletto endlich auf den noch warmen Stufen zum Kanal Platz genommen hatte. »Am Nachmittag ist eine Archäologin angekommen, und Ada hat mir mein Abendessen mit einer Stunde Verspätung serviert! Sie vernachlässigt mich, das kam noch nie vor.«

Mimi blickte grimmig auf die Boote, die am gegenüberliegenden Ufer leicht im Abendwind schaukelten. Canaletto liebte es, sich wirkungsvoll in Szene zu setzen, und strich sich über den rötlich braunen Bart. Schließlich trug er das gleiche Braun wie die Veduten seines Lieblingsmalers Canaletto und war mächtig stolz darauf. Außerdem dachte eine Ratte, die auf sich hielt, immer sorgfältig über ihre Worte nach. Nur Menschen sprachen sofort aus, was sie dachten, und nahmen keine Rücksicht darauf, dass sie andere damit verletzen konnten.

»Ich habe noch nie verstanden«, sagte er schließlich, »warum du so nah bei den Menschen lebst und ausgerechnet mit einer Ratte befreundet bist. Sieh die Ankunft der Fremden doch als Möglichkeit, wieder als richtige Katze zu leben. Vergiss nicht, jede Katze in Venedig hat im Leben eine Aufgabe zu erfüllen!«

Canaletto schaute Mimi aus durchdringenden, glänzenden Augen an.

Wie schön er im Mondlicht aussieht, dachte Mimi. Wie schade, dass er eine Ratte ist.

»Du verbringst den halben Tag schlafend im Garten, ruhst nachmittags in einem blauen Sessel und schläfst nachts in Adas Bett.« Canaletto machte eine effektvolle Pause. »Du solltest weniger nah bei Ada leben und besser eigene Wege gehen.«

KAPITEL 3

Mitten in der Nacht wachte Antonia auf und wusste einen Augenblick lang nicht, wo sie sich befand. Auf Reisen war es ihr schon häufiger passiert, dass sie gegen Morgen mit einem Gefühl völliger Orientierungslosigkeit aus dem Schlaf schreckte. Sie strich über die Bettdecke, die leichten Lavendelduft verströmte, und sofort kehrte ihre Erinnerung zurück: Sie war in Venedig, im Haus von Ada Foscarini, der Contessa mit dem feinen, offenen Lächeln, das Antonia sofort gefallen hatte. Die Contessa hatte sie aufgenommen, als wäre sie eine entfernte Verwandte oder eine Gesprächspartnerin, die sie lange vermisst hatte. Beruhigt rekelte sie sich zwischen den weichen Kissen.

Sie hatte lange und bunt geträumt, von Stefan, der sie im Traum mit einer Unbekannten betrogen hatte. Sie war erschrocken über ihre Ohnmacht, die sie im Traum mehr geschmerzt hatte als der Betrug. Hatte es mit ihrer Begegnung mit dem Unbekannten zu tun?

Sie richtete sich im Bett auf, als sie von draußen den Schrei einer einsamen Möwe hörte.

Irgendjemand hatte die *persiane* fest geschlossen, im Zimmer war es stockdunkel. Sie hatte es schon immer gehasst, in dunklen Zimmern zu schlafen, im Gegensatz zu Stefan, der nur einschlief, wenn alles bis zur letzten Ritze abgedunkelt war.

Um die Geister der Nacht loszuwerden, musste sie etwas Licht hereinlassen. Obwohl sie fröstelte, sprang sie auf und öffnete das Fenster. Sofort drang der salzige Geruch der Lagune in das kleine Zimmer, bald hatten sich zu der einsamen Möwe ein paar lautere Gefährten gesellt. Antonia dachte an den Fremden. Er sah wie ein Einzelgänger aus, wie jemand, der auf einsamen Wegen in der Lagune unterwegs war. Sie wagte sich kaum vorzustellen, was passiert wäre, wenn sie seine Einladung angenommen hätte. Sie nahm sich vor, bei nächster Gelegenheit wieder in die kleine Kirche zu gehen, vielleicht meinte es das Schicksal gut mit ihr und sie begegnete ihm noch einmal?

Sie lehnte sich weit aus dem breiten Fensterrahmen, bis sie einen winzigen Zipfel Wasser erkennen konnte. Über Adas Garten hing der süße, leicht modrige Geruch der Pflanzen, die noch im Winterschlaf dämmerten. Es ertönten fünf Schläge einer Glocke. Antonia sah sich im Zimmer um, in das allmählich das Morgenlicht drang. Gegenüber ihrem Bett befand sich eine Kommode mit einem Spiegel aus durchsichtigem, mit rosa Blüten verziertem venezianischem Glas und von zurückhaltender Eleganz, wie alles, was sie im Palazzo entdeckt hatte. Rechts stand ein schmaler Schreibtisch, daneben zwei geschnitzte Stühle. Sie musste die Contessa bei nächster Gelegenheit fragen, aus welchem Jahrhundert das Gebäude eigentlich stammte. Am Ende des Abends hatte Ada sie noch darüber aufgeklärt, dass das Wort Haus, *casa*, abgekürzt *ca'*, in Venedig selbst für Palazzi benutzt wurde, sie selbst also im Ca' Foscarini wohnte. Antonia lächelte. Ein gewisses Understatement schien für die alte Dame ohnehin typisch zu sein. Antonias Zimmer lag im Mezzanin, der nicht nur vom Erdgeschoss, sondern auch vom Garten aus über eine gewundene Außentreppe zu erreichen war.

»So können Sie sich ganz unabhängig fühlen«, hatte Ada erklärt. »Aber trotzdem werde ich Sie natürlich gerne bei Ihren Ausflügen begleiten und Ihnen die unbekannten Seiten Venedigs zeigen. Jedenfalls, bis Sie sich eingewöhnt haben.«

Antonia würde das Angebot dankbar annehmen. Schon jetzt hatte sie die Contessa ins Herz geschlossen.

Antonia gähnte und überlegte, ob sie schon wach genug war, um die Treppe hinunter in Adas Garten zu gehen. Normalerweise mochte sie diesen Schwebezustand zwischen Nacht und Morgendämmerung, wenn die alten Verpflichtungen erledigt waren und die neuen noch gnädig auf sich warten ließen. Es war ein heiterer Moment zwischen Tag und Nacht, den sie manchmal gerne festgehalten hätte.

Als es hell wurde, fiel sie erneut in tiefen Schlaf, aus dem sie erst ein energisches Klopfen weckte. In der offenen Tür bemerkte sie knallrosa Sneakers mit silbernen Schnüren, aus denen auffallend dünne Beine in weißen Strümpfen ragten.

Außer schreienden Möwen gibt es hier also auch einen Flamingo, dachte Antonia im Halbschlaf und roch den Duft von frischem Kaffee. Dann erinnerte sie sich, dass das Mädchen schon gestern leise durch die Räume gehuscht war.

»Ich bin Marta«, stellte sich das Flamingo-Mädchen ein bisschen schüchtern vor. Ihr knielanges Kleid, über das sie eine Schürze gebunden hatte, war genauso rosa wie ihre Schuhe. Marta pustete sich eine rosa Haarsträhne aus dem Gesicht. Mit auffallend zarter, melodischer Stimme sagte sie: »Ich soll Ihnen ausrichten, die Contessa ist ausgegangen. In dringenden Angelegenheiten.« Offensichtlich war sie stolz auf das Vertrauen, das sie bei der alten Dame genoss.

Vorsichtig stellte sie ein blau-weißes Tablett mit aufgemalten Seeanemonen auf einem kleinen Beistelltisch neben Antonias Bett ab.

»Und ich soll Ihnen Gesellschaft leisten, bis die Contessa zurück ist.«

Belustigt warf Antonia einen Blick auf ihre Uhr und stellte fest, dass es schon halb elf war. Sie griff nach der blauen Kaffeetasse, neben der ein Teller mit Mandelplätzchen stand. Marta machte immer noch keine Anstalten, das Zimmer zu verlassen. Geräuschlos stand sie neben Antonias Bett. Bevor Antonia lachen musste, hörte sie, wie unten die Tür aufging.

Die Schritte der Contessa klangen schnell und resolut, als hätte sie für einen Augenblick ihr Alter abgeschüttelt. Strahlend und ganz in Dunkelblau gekleidet stand sie in der offenen Tür.

Mein Schlafzimmer ist also ein öffentlicher Raum, dachte Antonia, überhaupt nicht erstaunt.

»Oh *mia cara*, ich freue mich so, dass Sie hier sind! Ihre bloße Anwesenheit wirkt wie reine Magie. Normalerweise fällt es mir schwer, überhaupt das Haus zu verlassen, Marta bringt mir ja alles, was ich brauche. Aber heute bin ich nach langer Zeit endlich ausgegangen und habe sogar gefunden, wonach ich schon eine Weile gesucht habe.«

»Einen verlorenen Schatz?«, fragte Antonia lachend.

»Oh ja, es kann sein, dass Sie mit Ihrer Vermutung der Wahrheit ziemlich nahe kommen. Haben wir nicht gestern Abend von Geheimnissen gesprochen? Ich glaube, wir haben sie sogar herbeigeschworen!«

Triumphierend schwenkte sie ein paar Papiere in der Hand, allerdings darauf bedacht, dass keine der beiden Frauen das Geschriebene lesen konnte, bevor sie sie wieder in ihrer Handtasche verschwinden ließ.

Ada blickte auf Antonias halbausgetrunkene Kaffeetasse, die sicher aus einer wertvollen Sammlung stammte. Wahrscheinlich gab es im Haushalt der Contessa nichts, was nicht alt, edel und ein bisschen angeschlagen war.

»*Mia cara*, es ist ein strahlend schöner Tag. Sobald Sie angezogen sind, sollten wir dieses düstere Gemäuer verlassen. Haben Sie Lust auf einen Rundgang durch die Stadt? Morgen haben wir ja einen Ausflug in die Lagune geplant. Aber heute möchte ich einen alten Freund aufsuchen, Baldassare Morando, einen der letzten Seidenweber der Stadt. Seine Werkstatt ist eine einzige Schatztruhe voller phantastischer Stoffe, die die Gewänder von Scheherazade und ihren Schwestern verblassen ließen. Vielleicht findet sich dort ein weiteres Mosaik von dem, was ich vor langer Zeit verloren habe.«

Die Contessa drehte sich auf dem Absatz um und war so schnell verschwunden, wie sie aufgetaucht war. »Ich warte im Garten auf Sie«, rief sie fröhlich.

Antonia fand Ada auf der Bank unter der Palme, im Mantel, eine altmodische quadratische blaue Handtasche fest an sich gedrückt. Sie schien bester Laune, von der leisen Melancholie des Vortags keine Spur.

»Merken Sie, dass es jeden Tag mehr nach Frühling riecht?«

Antonia roch die warme Luft, am liebsten wollte sie alle Geräusche und Gerüche an diesem Morgen in sich aufnehmen.

»Oh ja, die Luft ist viel wärmer als in Berlin, es riecht nach den Pflanzen in Ihrem Garten und nach viel Geschichte in Ihren Mauern.«

»Und ein bisschen nach Gespenstern, stimmt's?«, fragte Ada fröhlich. »Die spuken nämlich hier überall herum. Leider stammen sie auch aus meiner eigenen Familie. Normalerweise sind Familiengeschichten todlangweilig, aber bei den wenigen spannenden hält man den Atem an. Vor allem, wenn man der eigenen Verwandtschaft einen Mord zutrauen kann. Bei meiner Familie ist das durchaus der Fall.« Sie kicherte in sich hinein. »Ich muss zugeben, im Grunde meines Herzens ist mir nichts mehr zuwider als Harmlosigkeit. Die meisten Menschen sind es ja gar nicht, sie tun nur so, was ich viel schlimmer finde. Aber lassen wir das. Viel wichtiger ist, dass ich heute Morgen etwas Aufregendes in der *Biblioteca Marciana* entdeckt habe, etwas über meinen Urgroßvater, von dem niemand genau weiß, wo und wie er sein Leben beendet hat. Eigentlich hätte es mich, ehrlich gesagt, nicht im mindesten interessiert, aber leider hat er über den Rest unserer Familie ziemliches Unglück gebracht. Begleiten Sie mich zu Baldassare? Wenn wir Glück haben, hat er ein paar Entdeckungen gemacht, die mir bei meiner Suche weiterhelfen.«

Mit der freien Hand streichelte Ada ihre Katze, die gnädig duldete, dass Antonia sich neben sie gesetzt hatte und ihr neugierig zublinzelte. Diese Katze hat wirklich ungewöhnliche Augen, dachte Antonia, sie funkeln wie Edelsteine.

Die Contessa wandte sich Richtung Kanal.

»Hören Sie die Möwen? Auch sie spüren den Frühling und schreien noch lauter als sonst.«

»Die erste Möwe hat schon im Morgengrauen gerufen, so als wolle sie mich hinaus in die Lagune locken.«

»Ach, Sie meinen den kleinen Alfredo? Der schreit bei Tagesanbruch immer. In unserem *sestiere* ist er der erste Bote der Morgendämmerung.«

Antonia lachte. »Oh, Sie kennen die Möwe persönlich?«

»Natürlich, Alfredo weckt mich jeden Morgen! Früher hat er mit Mimi das Futter geteilt. Mein alter Freund Ludovico, der an den *Fondamente* wohnt, hat mir erzählt, dass er inzwischen am liebsten Pizza mag.«

»Was es hier alles gibt. Aber sein Kreischen ist auf jeden Fall besser als Autolärm.«

»Venedig schweigt nie, noch nicht einmal nachts. Die Möwen, das Wasser, die Boote, die Glocken: Es ist wie ein Klangmantel, der die Stadt umhüllt. Wenn ich nachts nicht schlafe, sind es diese Geräusche, die mir Gesellschaft leisten. Venedig erzählt uns immer etwas, auf seine Weise. Man muss genau hinhören, dann versteht man es.«

Antonia schnupperte in die warme Frühlingsluft und hatte sich schon lange nicht mehr so wohl gefühlt. Sie erinnerte sich an die schwerfälligen Morgen in Berlin, wenn ihr Kopf manchmal wie von einer Bleidecke umgeben war. Wie leicht und angenehm sich dagegen doch der Frühling in Venedig anfühlte!

Die Contessa lauschte angestrengt auf die Geräusche der vorbeirauschenden Motorboote, dann erhob sie sich entschlossen.

»Mein Freund Dario ist heute Morgen nicht vorbeigekommen. Er weiß, dass ich Besuch habe und will sicher nicht stören«, stellte sie bedauernd fest.

»Dario?«, fragte Antonia neugierig. Sie hatte den Namen doch schon einmal gehört.

Ada strich ihren Mantel glatt.

»Oh ja, ein ganz besonderer Mann, Sie werden ihn bald kennenlernen. Aber jetzt gehen wir aus. Und du, Mimi, wartest im Garten auf uns, bis wir zurück sind. Dass du ja keinen Schabernack mit irgendwelchen Streunern treibst!«

Mimi blinzelte unschuldig und gähnte, als das schmiedeeiserne Tor endlich ins Schloss fiel. Sie rollte sich auf ihrem Kissen auf der Bank zusammen.

Sobald Contessa Ada ihren Palazzo verlassen hatte, bewegte sie sich in einem unglaublichen Tempo, das Antonia ihr nicht zugetraut hätte. Sie bog nach rechts, Richtung Rialto, in eine schmale Gasse ein. Auf der linken Häuserzeile befand sich ein prachtvolles Eingangstor mit dem Emblem einer Patrizierfamilie, im Haus gegenüber war das Fenster im Erdgeschoss mit Zeitung zugeklebt. Ada bemerkte Antonias neugierigen Blick.

»Oh ja, *mia cara*, arm und reich wohnen in Venedig nebeneinander, das ist eines der wichtigsten Merkmale der Stadt, und nicht nur in meinem Viertel San Marco, sondern überall. Die ärmeren Leute wohnen in den dunklen *bassi* und die Conti und Marchesi ganz oben unter der Sonne. Als

Ausgleich dafür haben Ehepaare häufig in getrennten Wohnungen, wenn auch im gleichen Haus gewohnt, was in meinen Augen durchaus eine Garantie für eine gute Verbindung ist. Wenn ich an die Vergangenheit denke, finde ich, dass unsere Vorfahren klüger waren als wir. Nicht umsonst gab es hier den ›Rat der Weisen‹, der *savi*. Die wussten meistens, was zu tun war. Außerdem, Sie werden es bald merken, vergeht in Venedig die Zeit anders als an anderen Orten. Das hat damit zu tun, dass man hier in Gebäuden lebt, die in ihrem Aussehen seit vielen Jahrhunderten gleich geblieben sind. Die Kulisse ist noch dieselbe, auch wenn sich die Bewohner und ihre Gewohnheiten leider verändert haben.«

Die Contessa unterbrach sich, weil ein junger Mann mit randloser Brille aus einem niedrigen Durchgang, einem *sottoportego,* auf sie zukam und ihr, statt einer Begrüßung, wortlos die Hand küsste. Der junge Mann strahlte, über das Gesicht der Contessa ging ein sanftes Lächeln.

»Contessa Ada, ich komme demnächst bei Ihnen vorbei, wir möchten noch die Fahnenaktion mit Ihnen besprechen.«

»Was meinen Sie damit?«

»Spruchbänder, die wir an der Fassade aushängen möchten. Natürlich nur, wenn Sie einverstanden sind. Wir müssen rechtzeitig auf unsere Aktion zur Regatta am Himmelfahrtstag aufmerksam machen. Sie wollen doch nicht, dass Venedig vor lauter Bootsverkehr am Ende wirklich untergeht?«

Er zwinkerte der Contessa verschwörerisch zu.

»Dario ist im Vorbereitungskomitee, er wird Ihnen alles erklären. Wir müssen erreichen, dass endlich die internationale Presse auf das Problem der rasenden Motorboote aufmerksam wird. Es ist einfach zu viel für so eine fragile Stadt. Sobald es Ihnen passt, komme ich mit den Fahnen vorbei.«

Ohne eine Reaktion abzuwarten, verschwand er in der nächsten Gasse.

»Das war Ugo, ein Architekt, der gerade seine Diplomarbeit über die Verbindung von Mestre und Venedig geschrieben hat, ein kluger junger Mann«, erklärte Ada.

Es gab also neben dem Flamingo-Mädchen auch noch junge Männer, die der Contessa mitten auf der Straße die Hand küssten, und sie war mit einer Möwe namens Alfredo bekannt. Nach der nächsten Ecke kamen ihnen drei gelb gekleidete Frauen mit großen Kuchenpaketen entgegen, die die Contessa fröhlich grüßten.

»So ist das eben, wenn man sein ganzes Leben in Venedig verbracht hat. Ich kenne alle, und alle kennen mich, was nicht immer von Vorteil ist.«

»Manchmal hätte ich mir das gewünscht, mein ganzes Leben an einem Ort zu verbringen, am besten in einem einzigen Stadtviertel. Aber zurzeit sieht es weniger denn je danach aus. Ich beneide Sie, Contessa. Haben Sie eigentlich immer in San Marco gewohnt?«

»Von den Sommermonaten auf den Inseln abgesehen, ja. Dann war meine ganze Familie in der Lagune und hat sich von der modrigen Stadt erholt. Meiner Mutter war es in der Stadt zu eng, und von Zeit zu Zeit musste sie hinaus, um das Wasser und den Himmel zu sehen. Alle Frauen in meiner Familie sind in der Lagune aufgewachsen, meine Großmutter Giulia übrigens auf San Giacomo, das Sie morgen kennenlernen werden. Das Inselleben ist so eine Art Familientradition.«

»Sie sprechen nur von den Frauen. Und Ihr Vater?«

»Oh, die Männer meiner Familie waren meistens auf dem Meer unterwegs oder in anderen Ländern, auf der Suche nach Gold oder Abenteuern oder anderen unnötigen Dingen, die man nicht wirklich zum Leben braucht. Mein Urgroßvater mit seiner chronischen Unruhe hatte es ihnen vorgemacht. Aber Männer sind nun einmal unersättlich, egal, ob es um Geld oder die Liebe oder um Anerkennung oder sonst etwas geht.«

Die *calle* machte eine Kurve nach rechts und öffnete sich schließlich auf einen spitz zulaufenden Platz, an dessen linker Seite eine quadratische Kirche thronte. Ein alter, gebückter Mann war gerade dabei, mit einem winzigen Strohbesen vor dem Eingang zu kehren.

»*Buon giorno*, Contessa, wie schön, Sie wieder einmal zu sehen! Lockt Sie der Frühling aus Ihrem Haus?«

»*Buon dì*, Don Bruno! Oh ja, die milde Luft, aber mehr noch mein Gast! Zählt das jetzt zu Ihren Aufgaben, hier sauberzumachen?«

»Nachdem niemand mehr in den Beichtstuhl kommt, versuche ich, mich anders nützlich zu machen«, verkündete der Priester freundlich.

»Hilft Ihnen denn niemand?«, mischte sich Antonia in das Gespräch ein.

»Ach wissen Sie, die jungen Leute haben einfach anderes zu tun. Sie schauen nur noch auf ihr *telefonino*, so dass sie gar nicht mehr darauf achten, was um sie herum passiert. Ich bin nur ein alter Mann, der große Stücke auf unseren

Herrgott hält. Den Lauf der Welt werde ich wohl nicht ändern können. Aber um die Wahrheit zu sagen, ich glaube fest an die junge Generation. Wenn die jungen Leute die Mobiltelefone irgendwann leid sind, werden sie sich vielleicht wieder den Himmel und die Kunstwerke und Orgeln in den Kirchen ansehen.«

Über den Platz strich eine große graue Katze mit grünen Mandelaugen und sah sich hoheitsvoll um, als würde das Terrain ihr ganz allein gehören.

Die Eingangstür der *Tessitura Morando*, der Seidenweberei Morando, wie auf einem winzigen Goldschild zu lesen war, lag gegenüber von Don Brunos Kirche inmitten einer Reihe niedriger hellgelber Häuser, auf denen sich träge ein paar Sonnenstrahlen fingen.

»Die Häuser sind hier viel niedriger, ganz anders als Ihr Palazzo«, bemerkte Antonia.

»Gut beobachtet, *mia cara,* und es ist kein Zufall. Denn früher waren alle Webereien Venedigs hier in Santa Croce, nahe an den Kanälen, angesiedelt, deshalb wurden die Häuser so niedrig erbaut mit meist nur einem Stockwerk. Aber sie mussten so hoch sein, dass die Webstühle darin Platz hatten«, erklärte Ada und klopfte zweimal an eine Holztür.

»Oh Contessa Ada, welche Ehre, ich hole gleich den Patron!« Die kleine weißhaarige Frau, die sofort geöffnet hatte, verschwand in einem dunklen schlauchartigen Flur, an dessen Ende ein heller Streifen Wasser zu erkennen war. Leicht gebeugt und schlurfenden Schritts näherte sich der Patron, der, als wäre er im Lauf der Jahre geschrumpft, fast in seiner karierten Hose versank, die er mit einem Ledergürtel in der Taille zusammengeschnürt hatte.

»Ada«, rief er erfreut, »du hast lange auf dich warten lassen!«

Er strahlte über das ganze Gesicht.

»Ich dachte schon, dass ich dich erst in der anderen Welt wiedersehe.«

»Baldassare, so ein Unsinn, was redest du da?«, entrüstete sich Ada. »Wir haben beide zu viel erlebt, als dass uns ein Windhauch umhauen könnte.«

»Liebe Ada, ich spreche nicht von dir, sondern von mir«, wehrte Baldassare ab. »Ich fürchte, dass ich bald die Dienste von Don Bruno in Anspruch nehmen muss. Du bist, wie ich sehe, wie immer in bester Form.«

»Oh ja, es wird Frühling. Weißt du noch, wie wir früher in die Lagune hinausgefahren sind?«

»Natürlich, ich erinnere mich an alles, an deine vielen Verehrer und wie ich dir umsonst den Hof gemacht habe.«

Der alte Weber hüstelte vor sich hin.

»Wie kommst du mit deinem Husten zurecht, du warst doch beim Arzt?«, fragte Ada besorgt. Seitdem sie ihr Haus verlassen hatte, sprühte sie vor Energie.

»Nein, du weißt doch, dass ich nur an meine Kräutermischungen glaube. Artemisia hilft immer, wenn man erkältet ist.«

»Die hast du hoffentlich neu angesetzt, oder sind das noch die von deiner Mutter, *pover' anima*?«

Baldassare hatte ein sympathisches Gesicht mit dunklen, wachen Haselnussaugen. Statt einer Antwort führte er sie durch den langgestreckten Raum, der in lauter quadratische Nischen unterteilt war, die die hölzernen Webstühle bis zur Decke ausfüllten.

Außer der weißhaarigen Frau saßen drei junge, sehr zart wirkende Mädchen an den hölzernen Ungetümen. Am Ende des Flurs öffnete Baldassare die Tür zu einem Raum, in dem sich glänzende Stoffballen in allen Farben des Regenbogens stapelten. Auf den unteren Regalen lagen Musterbögen, Spulen und Seidenfäden, während sich weiter oben die Stoffballen drängten. Erst jetzt schien ihm aufzufallen, dass Ada nicht allein war.

»Ich sehe, du hast jemanden mitgebracht.«

Er bedachte Adas Gast mit einem wohlwollenden Blick.

»Das ist Antonia, sie wird eine Zeitlang bei mir wohnen, weil sie den grauen Himmel von Berlin leid geworden ist. Das ist nämlich der wahre Grund ihres Aufenthalts. Hab ich recht, Antonia?«

Antonia nickte lächelnd.

»Sie ist Archäologin und will die Lagune erkunden, vielleicht stößt sie auf etwas, das wir selbst noch nicht entdeckt haben. Ich traue es ihr jedenfalls zu.«

»Ich freue mich immer, wenn sich junge Menschen für die Geschichte Venedigs interessieren. Heutzutage kommt das leider viel zu selten vor.«

Baldassare bemerkte Antonias Blick zur Decke.

»Ja, sehen Sie nur, die wertvollsten Stoffballen liegen ganz oben, der Damast für die Kirchen, die Seidenstoffe für die wertvollen Roben, wie sie meine Freundin Ada früher auf rauschenden Bällen trug.«

»So weit oben?«

»Wegen des Hochwassers natürlich, das uns die Flutwellen im Frühjahr und Herbst beschert haben, damit müssen wir Venezianer eben seit mehr als tausend Jahren leben. Die

Leute tun immer so, als wenn das eine Plage dieses Jahrhunderts wäre. Sie haben einfach vergessen, dass es in Venedig Ebbe und Flut gibt! Wir Venezianer ziehen einfach Gummistiefel an. Aber es wäre wirklich schade und nicht wiedergutzumachen, wenn die wertvollen Stoffe beschädigt würden.«

Der alte Weber griff nach einem Stoff mit rotgoldenem Muster, in dessen verschiedene Schattierungen üppige Margeriten gewebt waren, die sich um goldene Amphoren schlangen. Spärliches Licht drang durch das vergitterte Fenster, an dessen Stäben ein Käfig mit einem gelben Kanarienvogel hing, der aufgeregt hin und her sprang.

Antonia kam sich einen Augenblick lang wie geblendet vor angesichts der prachtvollen Stoffe. Ada kramte in ihrer Handtasche.

»Du hast recht, ich hab dich lange warten lassen, aber vielleicht musste erst so ein guter Geist wie Antonia bei mir auftauchen, damit ich unter die Leute gehe. Sieh mal, heute Morgen habe ich es endlich geschafft, in der *Biblioteca Marciana* zu stöbern. Und das habe ich entdeckt!«

Mit triumphierendem Gesichtsausdruck kramte sie eine zerknitterte Fotokopie hervor, auf der ein altes, etwas lädiertes Schiff zu erkennen war.

»Wahrscheinlich zeigt es das Schiff meines Urgroßvaters Nicolò Foscarini, nachdem er aus der Republik verbannt worden war.«

Contessa Ada hatte Mühe, sich zu beherrschen.

»Langsam, Ada, das wissen wir alles noch nicht, dafür gibt es keinen Beweis. Aber sieh mal hier am unteren Rand, das Muster auf der Fahne.«

Baldassare holte umständlich eine Lupe aus der ausgeleierten Tasche seiner braunen Strickjacke hervor.

»Es sind möglicherweise die gleichen Initialen wie auf dem Stoff, den du mir vorbeigebracht hast, ineinandergeschlungene große Buchstaben, die für ›NF‹ stehen könnten. Sie sind schwer zu lesen, weil sie so merkwürdig geschwungen sind.«

»Ja, es sieht arabisch aus. Ist es dir gelungen, das Muster zu vergrößern, damit man es vielleicht etwas besser erkennen kann?«

»Natürlich, ich würde es nicht wagen, deine Aufträge nicht auszuführen«, antwortete der Weber scherzhaft.

Ada sah Baldassare liebevoll von der Seite an. Als wäre er ihr ehemaliger Liebhaber, dachte Antonia. Erst jetzt merkte sie, dass er stark zitterte und seine Hände, wenn sie nicht in Bewegung waren, in den Taschen seiner Strickjacke verbarg.

»Es ist mir immer wieder eine Freude, dass du ohne den Hauch der Vergangenheit nicht leben kannst. Und wo außer in meiner Werkstatt gibt es den schon! Deshalb kommst du immer wieder vorbei, ich weiß das doch.«

»Baldassare, ich komme nicht wegen des modrigen Geruchs, sondern wegen dir! Na ja, und weil ich deine Hilfe bei meinen Nachforschungen brauche. Leider bist du ein bisschen schrullig geworden, bestimmt, weil du nach dem Tod deiner Mutter immer allein gelebt hast«, sagte Ada mit gespielter Strenge.

»Tja, es ist auch deine Schuld, weil du meinen Antrag damals nicht angenommen hast.«

»Das Schicksal hat es nicht gewollt.«

»Du wolltest wohl sagen, *du* hast nicht gewollt!«

»Ach, Baldassare, ich erinnere mich nur, dass du immer hinter deinen Webstühlen verschwunden bist, wenn ich das Leben genießen wollte.«

»Liebste Ada, ich dagegen erinnere mich, dass du meine Einladungen zu romantischen Bootsfahrten immer abgelehnt hast! Als junge Frau warst du sehr wählerisch. Aber jetzt sind wir alt, und ich bedauere, dass ich dich verloren habe«, sagte er und setzte sich müde auf eine niedrige Holzbank, als hätten ihn seine eigenen Erinnerungen erschöpft. Es schien, als hätten die beiden vergessen, dass Antonia ihrem zärtlichen Gespräch lauschen konnte.

»Nein, mein Lieber, wir haben einander nicht verloren«, antwortete Ada mit sanfter Stimme und berührte ihn an der Schulter.

»Wir sind zwar kein Paar, aber Freunde fürs Leben geworden. Paare verlieren einander manchmal, aber Freunde nicht. Außerdem kannst du stolz auf deine Werkstatt sein, schließlich gibt es kaum eine Kirche und schon gar keinen Palazzo in Venedig, der nicht mit deinen herrlichen Damaststoffen ausgestattet ist.«

»Weil es meinen Vorfahren nun einmal gefallen hat, sich hier niederzulassen. Ich an ihrer Stelle wäre wahrscheinlich in Lucca geblieben, wo einem das feuchte Klima nicht so zusetzt.«

Der Raum, in dem die Stoffballen gelagert waren, war zum großen Kanal ausgerichtet, auch die Geräusche der vorbeirasenden Motorboote wurden jetzt lauter.

»Wie geht es eigentlich deiner Schwester Cecilia?«

»Oh, sie ist letzten Monat siebenundsiebzig geworden, und neulich ist ihr die Madonna erschienen und hat ihr mitgeteilt, dass sie nicht mehr alleine leben soll. Daraufhin hat sie ihrem Freund einen Heiratsantrag gemacht.«

Ada brach in schallendes Gelächter aus.

»Sie hat einen Freund? Und, hat er angenommen?«

»Natürlich, sie hat ihn ja im Auftrag der Madonna gefragt. Er ist sogar sieben Jahre jünger als sie!«

Die Contessa lachte immer noch, Antonia blickte belustigt von einem zum anderen. Sie hatte noch nie erlebt, dass zwei Menschen in diesem Alter so hemmungslos miteinander flirteten.

Der Geruch nach uraltem Holz, das klappernde Geräusch der Webstühle, die festlich glänzenden Stoffe und das Licht, das draußen vom Kanal hereindrang – für einen Augenblick kam es Antonia so vor, als könne man in Venedig die Zeit tatsächlich riechen und ihr Vergehen auf der eigenen Haut spüren.

»Baldassare, ich freue mich für Cecilia, aber zeig mir jetzt lieber deinen Entwurf. Hat deine Weberin es denn geschafft, meine Vorlage zu kopieren?«

Baldassare warf seiner Freundin einen triumphierenden Blick zu und ging zu einem der Webstühle, an dem eine zarte junge Frau mit blonden Zöpfen konzentriert Fäden aufspulte. Sie verschwand fast hinter dem Webstuhl. Baldassare wies auf ein quadratisches Stück Stoff, das daneben lag.

»Celestina hat es geschafft, es zu vergrößern, auch wenn das winzige Muster kaum zu erkennen war. Es handelt sich wohl um eine Inschrift, eine Art Emblem.«

Baldassare strich über die reliefartige Oberfläche des fünfzig mal fünfzig Zentimeter großen Stoffstückes.

»Meine Großmutter hat es unter ihrem Kopfkissen aufbewahrt«, erklärte Ada, zu Antonia gewandt.

»Diese rote Farbe lässt mich an eine Fahne denken. Demjenigen, der sie gehisst hat, muss es wohl wichtig gewesen sein, dass er von weitem für jeden zu erkennen war.«

Ada hatte darauf gewartet.

»Eine Fahne, sagst du? Das würde ja zu der Abbildung des Schiffes passen, die ich in der *Marciana* gefunden habe, auch wenn es mir immer schwerfällt, die Markus-Bibliothek inmitten all der Menschenmassen aufzusuchen. Baldassare, das wäre die Lösung!«

Der Weber war nicht aus der Ruhe zu bringen.

»Für mich ist es eindeutig eine Fahne. Fragt sich nur, warum sie so kompliziert gewebt war. Nach dem, was wir bis jetzt wissen, kann es gut sein, dass es in deiner Verwandtschaft einen Piraten gab. Das waren doch fast immer Edelleute, denen Unrecht angetan worden war, oder irre ich mich?«

»Ich fürchte, das werden wir herausfinden müssen. Vielleicht haben wir Glück, und Antonia hilft uns dabei.«

Als Antonia an Adas Seite nach draußen trat und in die Sonne blinzelte, war sie erleichtert, den Geruch der dunklen Werkstatt hinter sich gelassen zu haben.

»In Venedig riecht es immer nach Vergangenheit«, verkündete Ada, als hätte sie Antonias Gedanken erraten, »nach der glücklichen und der weniger glücklichen.« Die Contessa trat entschieden den Heimweg an.

»Es ist schön, wenn man jemanden schon so lange kennt«, bemerkte Antonia.

»Sie meinen den Mann mit den Haselnussaugen?«

»Ja.«

Die Contessa lächelte.

»Er war einer meiner hartnäckigsten Verehrer. Damals sah er sehr gut aus und zitterte noch nicht.«

»Aber irgendetwas hat Sie davon abgehalten, ihn zu heiraten?«

»Ja, obwohl es die Familien gern gesehen hätten. Seine war eine der reichsten der Stadt.«

»Und warum haben Sie ihn nicht geheiratet?«, fragte Antonia noch einmal.

»Ich glaube, weil er mir damals schon ein bisschen leidgetan hat, er wurde ja von diesen Riesenwebstühlen fast erdrückt. Meine Großmutter sagte immer, dass sich in die Liebe auch eine Portion Mitgefühl mischen muss, aber zu viel davon kann tödlich sein.«

Antonia sah sie neugierig an. »Wie meinen Sie das?«

»Ich meine – nehmen Sie doch einfach Baldassare. Jeder Mensch lebt sein eigenes Drama, völlig glückliche Menschen gibt es nicht, oder sie wären mir zumindest höchst suspekt.

Baldassare ist schon lange krank, die Krankheit hat sein Leben gezeichnet, noch bevor sie ihm anzusehen war. Heute glaube ich, er hat sein Schicksal vorhergesehen und sich aus diesem Grund hinter seinen Webstühlen versteckt. Erst im Alter haben wir beide einander wiederentdeckt. Wenn man den anderen liebt, dann liebt man auch sein Drama. Erst dieses Gefühl bringt jene Zärtlichkeit hervor, ohne die es keine aufrichtige Liebe gibt.«

Fast ohne es zu merken, waren Ada und Antonia vor dem

Eisentor des Ca' Foscarini angekommen. Plötzlich atmete Ada schwer.

»Lassen Sie mich noch einen Augenblick Atem holen, bevor wir ins Haus gehen.«

Der Kanal vor Adas Haustür lag in smaragdfarbenem Glanz, unbeweglich an der Oberfläche, in der Tiefe jedoch seine Geheimnisse wahrend. Auf der gegenüberliegenden Seite hatte eine Gondel haltgemacht, die noch die schwarze Überdachung von früher trug.

»Was für ein seltener Anblick, eine Gondel wie in alter Zeit. Glauben Sie, dass das Zufall ist?«, fragte Ada, die immer mehr davon überzeugt war, dass ihr Gast ungewöhnliche Ereignisse geradezu anzog.

»Was sich wohl darunter verbirgt?« Auch Antonia war neugierig.

»Vielleicht ein Liebespaar? Wenn wir nicht hinüberschwimmen, werden wir es nie erfahren. Auch damit werden wir leben müssen«, stellte Ada fest.

Antonia beugte sich über die Lichter, die sich im Wasser spiegelten, als versuchte sie, etwas in der Tiefe zu erkennen. »Und was passiert, wenn jemand in den Kanal fällt?«, fragte sie, um in die Gegenwart zurückzukehren. Das Wasser war eine unheimliche Kraft, das unbekannten Gesetzen folgte.

»Aber gar nichts, meine Liebe, der Kanal ist nicht besonders tief. Falls Sie hineinfallen, werden Sie sich wahrscheinlich noch nicht einmal eine Erkältung holen. Und keine Angst, ich springe Ihnen nicht hinterher«, sagte Ada lachend und ging ins Haus.

Wer am Abend von draußen hinauf zu den hohen Fenstern des Ca' Foscarini sah, hätte beobachten können, wie langsam ein Licht nach dem anderen ausging. Die Zweige der schmalen Palme bewegten sich leicht, wenn eine Möwe darüber hinwegflog, um mit den anderen ihre Kreise über das Wasser zu ziehen. Von der Lagune zog ein leichter Nebel auf, der die Stadt in ein besonderes Licht hüllte und ihr den Anschein eines phantastischen Zwischenreichs gab.

KAPITEL 4

Schon als Dario in der Morgendämmerung sein Boot »Michele« an der Anlegestelle der *Fondamente nove* losgemacht hatte, verhießen die dunklen Wolken nichts Gutes. Am Himmel war noch ein einsamer Stern zu sehen, der langsam im heller werdenden Licht verschwand. Dario hatte in der Nacht kein Auge zugemacht und trotzdem in aller Frühe beschlossen, den Tag in der Lagune zu verbringen.

Das fehlte noch, dass ich mich vom schlechten Wetter von meinem Vergnügen abhalten lasse, dachte er grimmig. Es war Samstag und sein einziger freier Tag in der Woche. Ganz im Gegenteil, er wünschte sich nichts mehr als Regen und Wind, damit das Wetter all seine Aufmerksamkeit forderte.

Er verzichtete darauf, den Motor anzulassen, und trieb die Ruder in das dunkle, aufgewühlte Wasser. An diesem Morgen wollte er ausprobieren, ob er mit seinem Boot ohne Motor bis nach Burano kommen könnte.

Nur das Meer und ich, dachte Dario, während ihm die Gischt ins Gesicht spritzte. Die Lagune war der einzige Ort, an dem er sich wirklich erholen konnte. Sehnsuchtsvoll dachte er an die Farben und Geräusche, die ihm seit seiner

Kindheit vertraut waren: Das leise Flügelschlagen der Wasservögel mit ihren dunklen Federn, die Salzwiesen mit ihren lilafarbenen Wasseranemonen und sumpfbraunen Blütenteppichen; das vertraute Geräusch, wenn das Ruder das Wasser durchdrang, das sich öffnete und hinter dem Bug sofort wieder schloss.

Plötzlich kam ein starker Wind auf, die Wellen bäumten sich auf und verflachten erst wieder Richtung Ufer. Manchmal wunderte er sich, wie schnell die Geräuschkulisse sich veränderte, wenn er vom Trubel am Markusplatz in die Lagune hinausfuhr. Nicht, dass Dario von Natur aus besonders nachdenklich gewesen wäre, aber jedes Mal, wenn er alleine auf seinem Boot unterwegs war, erfasste ihn große Wehmut. Er fühlte sich schuldig an Marinellas Unglück, an seiner gescheiterten Ehe, am bedrohten Gleichgewicht in der Lagune, für das er mit seiner Raserei genauso verantwortlich war wie alle anderen. Vielleicht laden Menschen bereits Schuld auf sich, wenn sie auf die Welt kommen, sagte seine Freundin Ada manchmal, aber das, fand Dario an diesem Morgen, war zu einfach gedacht. Er fand ohnehin, dass Ada viel zu streng mit sich selbst umging.

Sein Großvater fiel ihm ein, der sich zusammen mit seinem jüngeren Freund Vinicio einen Rückzugsort auf der Insel *La Cura* geschaffen hatte. Für die beiden bot die Lagune noch einen ungeheuren Reichtum an Fischen und essbaren Pflanzen, womit die Venezianer zunehmend nachlässig umgingen.

Dario blickte hinter sich: Der Campanile von San Marco lag im morgendlichen Dunst verborgen. Ihm graute schon vor dem Nachmittag, wenn er an der Anlegestelle der Rialto-

Brücke Dienst tun musste, obwohl die Kollegen, vor allem Schichtleiter Remigio, eigentlich ganz nett waren. Remigio hatte ihn darum gebeten, noch einmal einzuspringen.

Geschickt umschiffte er ein paar Salzwiesen. Er dachte darüber nach, wie er Marinella kennengelernt hatte. Die Faszination war gegenseitig gewesen, auch wenn er etwas Zeit gebraucht hatte, um sich mit dem Gedanken an eine feste Beziehung anzufreunden. Aber er hatte Probleme mit ihrem Hang zur Dramatik, ihrem Bedürfnis, alles auszudiskutieren. Im Gegensatz zu Marinella war er der Ansicht, dass man den Dingen einfach ihren Lauf lassen musste, meistens fügten sie sich dann schon.

Er bewunderte Menschen wie Ada, die der Überzeugung war, dass das eigene Leben Teil eines großen Ganzen ausmachte. Während Dario darüber nachdachte, fielen die ersten Regentropfen. Er hatte sich schon früher öfter gefragt, ob die Menschen, mit denen man sich umgab, auch den eigenen Charakter veränderten. Als der Regen stärker wurde, war er sich dessen plötzlich sicher. Im Großen und Ganzen war Dario zufrieden mit seinem Leben. Er verdiente gut als *motoscafista*, und trotz aller Zweifel war er froh, dass er nicht mehr Gondel fuhr und den neapolitanischen Gesängen seiner früheren Kollegen entkommen war. Zum Glück hatte er meistens mit Kongressbesuchern in Mestre zu tun, die einen Ausflug in die Altstadt unternahmen. Es waren Geschäftsleute, die er alles in allem gar nicht so unangenehm fand.

Dario teilte die Reisenden, die er bei seiner Arbeit kennenlernte, in drei Kategorien ein. Die Geschäftsleute wollten möglichst schnell vom Flughafen zum Markusplatz gelangen, um zu Hause berichten zu können, sie seien in Venedig gewesen. Da sie die Stadt gar nicht wahrnahmen, knöpfte er ihnen mit Vergnügen saftige Preise ab. Strafe muss sein, dachte Dario mit Genugtuung. Meistens benahm er sich genauso ruppig, wie man es von einem venezianischen Wassertaxifahrer erwartete. Dann gab es die Tagesausflügler, an die er durch die Empfehlungen seiner Freunde in den besseren Hotels gekommen war. Manche waren ganz nett und baten ihn, abseits der ausgetretenen Wege zu fahren. Manchmal fuhr er durch die stilleren Seitenkanäle, machte seine Gäste auf ein paar Paläste oder Brücken mit kuriosen Geschichten aufmerksam, danach luden sie ihn oft zu einem Glas Wein ein. Wenn Dario wohlwollend gestimmt war, führte er sie in die Osteria seines Freundes Fausto, dessen Schwester köstliche, einfache *cicchetti* zubereitete, wie Dario sie liebte: Crostini mit *baccalà mantecato*, geröstetes Brot mit Stockfischmousse, oder Garnelenspieße, an manchen Tagen *sarde in saor*, süßsauer eingelegte Sardinen. Er spürte dann die Dankbarkeit der Besucher und stellte sich vor, wie sie zu Hause ihren Freunden erzählten, dass sie mit einem echten Venezianer in einer Osteria waren und eine *ombra* getrunken hatten.

Das wird nie aufhören, dass man gute und böse Venezianer und genauso gute und böse Touristen unterschied, obwohl es natürlich albern war. Vielleicht hatte das einfach mit dem spürbaren Neid zu tun, den die Fremden auf alle empfanden, die hier leben durften. Dario zweifelte daran, ob das in dieser Stadt wirklich noch ein Privileg war. Oft erlebte er Ausländer, die besorgter um das Schicksal Venedigs waren als die Venezianer selbst, die ihre Stadt bis aufs Blut aussaugten.

Und dann gab es noch eine dritte Spezies, die für Dario bei weitem die unangenehmste war, nämlich die Mitglieder der englischen, französischen oder amerikanischen *Save-Venice*-Komitees, die auf New Yorker Partys mit überzeugtem Gesichtsausdruck verkündeten, sie würden demnächst zur Rettung Venedigs aufbrechen. Manchmal schafften sie es mit ihrem Geld tatsächlich, irgendein verfallendes Kunstwerk zu restaurieren.

Im letzten Augenblick wich er einer Welle aus, die von einem in der Ferne vorbeifahrenden Kreuzfahrtschiff ausgelöst worden war, und schreckte aus seinen Gedanken auf. Er startete den Motor.

Sein Leben hatte sich in letzter Zeit verändert, auch wenn er selbst noch nicht wusste, wie es weitergehen würde. Durch Adas Verbindungen, die sich wie ein feines Spinnennetz über die Stadt legten, hatte Dario die jungen Archäologen Diego Valle und Luisa Acerbi von der Ca' Foscari-Universität kennengelernt. Die beiden waren auf der Suche nach jemandem, der sie morgens in die Lagune fuhr. Dario hatte sofort eingewilligt. Zwar verdiente er nach wie vor seinen Lebensunterhalt mit dem Wassertaxi, aber er hatte sich in den letzten beiden Jahren immer unwohler unter seinen Kollegen gefühlt und sich stattdessen mehr für den Schutz der Lagune interessiert.

Die geringe Bezahlung der Universität, eher einen Unkostenbeitrag, hatte er hingenommen. Die beiden Archäologen waren ihm sympathisch, Luisa hatte sich möglicherweise ein wenig in ihn verliebt. Nachdem er seine ganze Kindheit in der Lagune verbracht hatte, kamen ihm die Fahrten mit Diego und Luisa wie eine Rückkehr in die Vergangenheit vor. Er dachte an die Regatten, an sein Training und wie gern er immer an der Regatta zum *sposalizio del mare* teilgenommen hatte. Zur Zeit seines Großvaters waren diese typisch venezianischen Feste und Ruderregatten die wichtigsten Ereignisse im ganzen Jahr. *Lo sposalizo del mare,* die Vermählung mit dem Meer, war ein uraltes Ritual aus der Zeit der Dogen, als Venedigs Macht dem Meer und dem Handel zu verdanken war. Früher war es der Doge, der zum Zeichen der Verbundenheit vor der Kirche San Nicolò am Lido seinen Ring ins Meer warf. Heute war es der Bürgermeister, eine eher mittelmäßige Gestalt, der den Ring dem Meer übergab. Aber gehörte das nicht auch zu dieser Stadt, dass Größe und Mittelmäßigkeit nebeneinander bestanden?

In der Ferne hatte sich der Himmel aufgehellt, aus den wenigen Regentropfen war zum Glück kein Dauerregen geworden. Die offene Lagune wirkte ruhig, lediglich ein paar Kormorane kreisten über dem Wasser. Laut Wetterbericht sollte der Regen ohnehin erst morgen einsetzen, dafür aber eine ganze Woche lang. Vielleicht war das seine Chance, dass ihm die von Ada angekündigte Archäologin erspart blieb. Am liebsten hätte er das Treffen abgesagt, aber er wollte Ada nicht vor den Kopf stoßen. Sie hatte in der letzten Zeit viel für ihn getan, er enttäuschte die Contessa nicht gern. Dennoch war er nicht begeistert von der Vorstellung, die Fremde zu treffen.

Er hatte sich ohnehin gewundert, mit welcher Entschiedenheit ihn Ada um ein Treffen mit ihrem Gast gebeten hatte. Wer weiß, was sie hier wollte. Wahrscheinlich war sie nur unglücklich verliebt und vor irgendeinem Langweiler davongelaufen.

Dario fuhr an einer winzigen unbewohnten Insel vorbei, ein dunkler Fleck mitten im Wasser, von dem sich eine aufgeregte Schar weiß-brauner Lachmöwen mit ihren lustigen Halskrausen und glucksendem Lachen erhob. Links tauchte die dichte Baumreihe der Insel *Lazzaretto Nuovo* auf. Er fuhr langsamer und hupte dreimal. Sicher hatte sein Freund Giordano ihn gehört, falls er auf der Insel war. Giordano hielt sich meist vormittags auf der Insel auf, um seine Katzen und vor allem die Hunde zu versorgen, die die Insel bewachten. Aber vielleicht war es noch zu früh. Die alte Lazarett-Insel war eine der wenigen, die der Spekulation entzogen worden waren, immerhin war nicht geplant, hier ein Hotel zu bauen. Giordano war ein harter Brocken, der es geschafft hatte, zum Schutz seiner Insel Schlupflöcher in der Gesetzgebung ausfindig zu machen.

»Hey Dario, läufst du vor dem Regen davon, oder warum hast du es heute Morgen so eilig?«

Als er sich kurz umdrehte, sah er, dass Flavio ihn schon fast eingeholt hatte. Flavio war sein bester Freund, aber an diesem Morgen hätte er viel darum gegeben, allein zu sein.

Außerdem hasste Dario nichts mehr, als wenn ihm jemand eine Frage stellte, wenn die Antwort doch offensichtlich war.

Flavio grinste, als er Darios grimmigen Gesichtsausdruck sah.

»Was ist denn mit dir los? Bist du auf der Flucht? Fast wärst du mir entwischt!«

Flavio konnte sich ein vielsagendes Grinsen nicht verkneifen.

Mit seinem wilden, roten Haarschopf erinnerte er Dario manchmal an einen in die Lagune verpflanzten Kobold.

Durch die hohe Luftfeuchtigkeit waren Flavios Locken noch fülliger geworden und umrahmten sein schmales Gesicht mit der geraden Nase. Wie sich doch die Gesichter der Menschen je nach Stimmung verändern, dachte Dario und betrachtete Flavio, als sähe er ihn zum ersten Mal. Als ein winziger Sonnenstrahl auf Flavios rote Locken fiel, kam es ihm vor, als hätte er dieses Gesicht schon auf den venezianischen Gemälden aus dem sechzehnten Jahrhundert gesehen. Vielleicht springen manche Menschen wie Kobolde aus den Bildern und springen genauso auch wieder hinein!

»Was meinst du, wollen wir nach Burano weiterfahren? Oder bist du jetzt schon müde?«

»Findest du nicht, dass wir Venezianer wie amphibische Wesen sind?«, fragte Dario, anstatt eine Antwort zu geben.

»Dario, du bist ein Mann, kein Reptil und kein Seepferdchen, auch wenn du dir mit Marinella manchmal so vorgekommen bist.«

Flavio lachte wieder sein Koboldlachen. Trotz ihrer langjährigen Freundschaft waren sein kauziger Humor und sein schrilles Lachen für Dario an diesem Vormittag nur schwer zu ertragen. Aber er schätzte ihn umso mehr, seitdem der wendige Flavio mit schlafwandlerischer Sicherheit jeden Bootswettbewerb gewann und seit ein paar Monaten im Wasserschutzamt mit den Geschwindigkeitskontrollen auf den Kanälen betraut war. Das Rowdytum, dessen sich seine Kollegen häufig brüsteten, war seitdem deutlich zurückgegangen.

Ein Motorboot mit winkenden Touristen rauschte so

schnell an ihnen vorbei, dass es Flavios Boot, der einen Moment nicht aufgepasst hatte, fast zum Kentern brachte. Fröhlich winkte der junge Bootsführer ihnen zu, offensichtlich ohne zu bemerken, dass er Flavio in Gefahr gebracht hatte.

»Ja, mein Lieber«, stellte Dario seufzend fest, »für Leute wie uns wird es hier bald gar keinen Platz mehr geben.«

»Weißt du übrigens, wie viele Kreuzfahrtschiffe inzwischen täglich in die Lagune fahren?«, fragte Flavio ungewöhnlich ernst.

»Wahrscheinlich viel zu viele, und vermutlich bin ich auch daran schuld.«

»Ach, hast du mit Marinella wieder über die leidige Schuldfrage gesprochen?«

»Also, von Sprechen im eigentlichen Sinn kann bei diesen Telefonaten nicht die Rede sein.«

Dario blickte grimmig vor sich hin, hatte aber gleichzeitig das Bedürfnis, sich dem Freund mitzuteilen.

»Jeder ist immer an irgendetwas schuld«, kam Flavio ihm zuvor, »du – zumindest in Marinellas Augen – am Ende eurer Ehe, wir alle am Zustand der Lagune … Aber das ändern wir ja jetzt.« Flavio wurde ernst.

»Nein, diese Probleme der Lagune sind älter als wir. Aber man hätte sie verhindern müssen.«

Die Sonne sandte ein paar sanfte Strahlen aus, und vor den Booten bildeten sich schillernde grüne Wellen, denen der Wind kleine Sterne aus hochspritzendem Wasser aufsetzte.

Flavio lachte.

»Du machst es dir selbst schwer, weil du einem vergangenen Lebensstil nachhängst, den es inzwischen nur noch in deinen Träumen gibt.«

»Was heißt hier vergangener Lebensstil? Ich träume von einer Einheit aus Leben und Arbeit, das ist doch nicht zu viel verlangt!«

»Nein, aber schwer umzusetzen, wenn man nun einmal in Venedig Wassertaxi fährt. Lass uns den Tag genießen!«

»Los, wer zuerst in Burano ist, gibt einen *caffè corretto* aus.«

»Wenn deine schlechte Laune dich antreibt, wirst du mich heute haushoch schlagen«, feixte Flavio.

Herausgefordert legte Dario an Tempo zu und preschte durch das Wasser. Erst als schon das hohe Schilf am Ufer zu sehen war, drosselte er die Geschwindigkeit und tuckerte langsam auf die Anlegestelle zu. Noch einmal holten Dario seine düsteren Gedanken ein, und er hatte Schwierigkeiten, sich auf das Anlegemanöver zu konzentrieren. Fast wäre ihm das Tau aus der Hand geglitten. Manchmal ärgerte er sich einfach nur über sich selbst, wenn er sich zu viele Fragen stellte, auf die er keine Antwort wusste.

Fast gleichzeitig legten Dario und Flavio in Burano an, wo die meisten *persiane* der bunten Häuser noch geschlossen waren.

In der Bar »Da Oreste« herrschte der übliche Morgenbetrieb: Fischer, die die Nacht draußen zugebracht hatten und bei Oreste Seele und raue Hände wärmten, ein paar *appassionati* wie Dario und Flavio, die in aller Frühe für die nächste Regatta trainiert hatten.

»Hey Oreste, Dario gibt einen *corretto* aus!«

»Schon unterwegs, Flavio. Hier, Carlo, dein *caffè*. Luigi, brauchst du die Zeitung noch?«

Obwohl Dario Oreste schon lange kannte, wunderte er sich immer wieder darüber, dass der ergraute *barista* nicht nur jeden Gast beim Namen kannte, sondern ebenso wusste, was wer zu welcher Tageszeit zu sich nahm.

»*Voilà, due corretti*«, sagte er und stellte die beiden Tassen ab.

Der Postbote kam in gelber Jacke mit blauen Streifen vorbei. »Ciao Oreste, ich hab zwei Pakete für deine Nichte dabei. Wenn ich sie ihr vor die Haustür lege, werden sie aufgeweicht.«

»Ist schon gut, Danilo, lass sie hier, sie kommt sowieso später vorbei, wenn sie nach Treporti muss.«

In der hinteren Ecke des Lokals saß eine Gruppe Fischer, die, nach ihren dicken Anoraks zu urteilen, die Nacht draußen verbracht hatten und in eine laute Diskussion vertieft waren.

»Und ich sage dir, dass der *moto ondoso* gefährlicher ist als das Hochwasser! Beweis mir das Gegenteil!«

Ein Fischer, Mitte dreißig, mit ein paar Narben im Gesicht und kahlem Kopf, schlug mit der flachen Hand auf Orestes roten Plastiktisch, um seine Worte zu bekräftigen.

»Lele hat recht«, rief der Älteste der kleinen Gruppe, »mit dem Hochwasser hat die Stadt immer gelebt, das ist ein Naturgesetz wie Ebbe und Flut. Die meisten Leute wissen ja gar nicht mehr, dass das allein mit den Gezeiten zu tun hat. Aber die Motoren, die durch ihren Sog den Zement aus den Fundamenten saugen, sind eine Errungenschaft unserer Zeit! Von den Kreuzfahrtschiffen fange ich gar nicht erst an!«

Die anderen stimmten lautstark zu.

»Und was können wir dagegen machen?«

»Na, endlich eine richtig große Protestaktion starten und die Presse darüber informieren. Hey seht mal, wer da ist! Hallo Dario! Was meinst du eigentlich dazu?«, fragte einer der Männer, Darios Freund Lele.

Dario war nicht im mindesten zum Diskutieren aufgelegt, sah aber keine Möglichkeit, sich angesichts der leidenschaftlich gestikulierenden Männer zu entziehen.

»Das Problem ist, dass zu viele einzelne Behörden für die Geschwindigkeitsbegrenzungen zuständig sind und dadurch die Kontrolle fast unmöglich ist.«

»Außerdem«, fiel Lele Dario ins Wort, »wissen wir ja noch nicht einmal, wie viele Boote in der Stadt unterwegs sind.«

»Ich bin in jedem Fall dagegen, dass für Fremde die gleichen Gesetze wie für uns Venezianer gelten! Sie haben die größten Boote und fahren sinnlos in der Stadt herum!«, verkündete ein junger Mann im blauen Anorak.

»Dario, gib's einfach zu, die meisten deiner Kollegen fahren ziemlich rücksichtslos, ohne Regeln zu beachten, man erkennt das doch schon daran, dass auf dem Canal Grande nachts viel mehr Lärm herrscht als am Tag.« Lele gab nicht auf.

»Das stimmt«, antwortete Dario. »Aber seitdem Flavio beim *Magistrato alle acque* arbeitet und die Kontrollen ernst nimmt, sind ein paar Rabauken doch vorsichtiger geworden. Aber ein paar Tausend Boote am Tag, und davon viele mit über 200 PS, sind für die Stadt einfach zu viel!«

»Man müsste die Strafen erhöhen«, rief Alvise im blauen

Anorak. »Solange sie so lächerlich niedrig sind, macht doch jeder, was er will.«

»Leute, es ist im Grunde genommen ganz einfach«, mischte sich Flavio ein.

Alle hörten gespannt zu, weil Flavio durch seine Kontrollfunktion nicht nur große Autorität ausstrahlte, sondern mehrfach die wichtigsten Regatten gewonnen hatte und unter den Männern großes Ansehen genoss.

»Zuerst einmal darf es nur eine zuständige Behörde geben, die alle anderen Stellen koordiniert.«

»Aber genau das fehlt doch in Italien immer! Wieso sollte es denn ausgerechnet in Venedig möglich sein?«, rief Lele.

»Mir ist egal, was in ganz Italien passiert, mir ist wichtig, dass wir in Venedig zu einem vernünftigen Kompromiss zwischen normalem Leben und Tourismus finden. Und natürlich die Lagune erhalten können«, verkündete Flavio überzeugt.

Ohne ihn zu fragen, schenkte Oreste ihnen trotz der frühen Stunde zwei *bianchini,* kleine Gläser Weißwein, ein.

»Normales Leben in Venedig? Und das glaubst du wirklich?«, fragte Alvise.

»Flavio hat recht, es würde gehen. Wenn wir uns um die Wasserwege kümmern und die Inseln nicht mehr sich selbst überlassen würden. Das wären zumindest die ersten Schritte«, mischte sich Dario ein. Er sah auf die Uhr.

»Lass uns ein anderes Mal weiterreden, Flavio, ich müsste schon längst zurück sein.«

»Wie wär's, wenn ihr zur nächsten Verabredung von ›Acqua e isole‹ kommt? Wir brauchen noch ein paar Mitstreiter«, forderte er die anderen auf.

»Klar, Dario, wir sind dabei«, riefen die Männer wie aus einem Mund und reichten Dario die Hand.

»Ich wusste gar nicht, dass du so klare Ideen hast!«, bemerkte Flavio, als sie die Boote losmachten. Das Wetter hatte sich gebessert, und an der Anlegestelle breitete sich vor ihnen eine schillernde türkisfarbene Wasserfläche aus.

»Klar hab ich die, und jetzt geht es nur noch darum, Verbündete zu finden und unsere Ideen unter die Leute zu bringen.«

»Wollen wir morgen wieder trainieren?«

»Keine Zeit. Muss eine blonde deutsche Archäologin treffen, die sehen will, wie Venedig untergeht.«

»Woher weißt du, dass sie blond ist?«

»Deutsche Frauen sind immer blond und lachen viel, hast du das noch nicht gemerkt?« Dario grinste.

»Ach ja?«, sagte Flavio und beschloss, die Worte seines Freundes nicht weiter zu kommentieren.

༺ ༻

»Ha, hab ich dich erwischt!«, rief Canaletto.

Mimi freute sich über ihren Einfall, am frühen Morgen zur alten Mole in Cannaregio zu gehen, als sie Canalettos Stimme vernahm. Gutgelaunt und mit vollem Bauch saß sie am Rand der Uferbefestigung. Launisch wie Aprilwetter, obwohl es gerade erst März war, strahlte die Frühlingssonne in leuchtendem Orange über der Lagune. In der Nacht hatte ein heller Vollmond über der Stadt gewacht. Wie immer in solchen Nächten war Ada im Morgengrauen aufgestanden, um in ihren Truhen zu wühlen. Das bedeutete, sie schlief am nächsten Tag bis Mittag. Mimi war es recht, so konnte sie sich in aller Frühe unbemerkt aus dem Staub machen. Ada suchte nach etwas, das wusste Mimi, aber sie hatte keine Ahnung, wonach.

Mimi hatte schon am Abend beschlossen, den Tag allein zu verbringen, um ihre Gedanken zu ordnen.

Das Meer war ruhig gewesen in dieser Nacht, und Lele, der Sohn des alten Vinicio, war am Morgen mit mehreren Kisten Sardinen zurückgekehrt. In den Fischteichen im Norden hatte er außerdem ein paar magere Doraden und einige grüne Lagunenfische gefangen, die *ghiozzi, gò* auf Venezianisch, die Mimi wegen der vielen Gräten überhaupt nicht mochte. Nachdem Lele seine Stammkundinnen bedient hatte, würde er die Sardinen bei Fausto vorbeibringen, der eine der besten Osterien Venedigs führte. Hoffentlich schaffte es seine Schwester, bis zum Abendessen die *sarde in saor*, süßsauer eingelegte Sardinen mit weißen Zwiebeln und Pinienkernen, zuzubereiten.

Mimi musste Lele mehrmals um die Beine streichen, bevor er inmitten all der anderen Katzen auf sie aufmerksam wurde. Aber selbst Lele wusste inzwischen, dass Mimi die dickköpfigste Katze Venedigs war.

Neben ihr lagen ein paar abgenagte Sardinenköpfe. Ada verwöhnte sie mit reichlich gefüllten Tellern, so dass Mimi es umso mehr genoss, sich gelegentlich in den Konkurrenzkampf mit anderen Katzen zu stürzen. Canaletto sah es ja nicht.

»Hey, Mimi, warum hast du die Sardinen nicht ganz aufgefressen? Ich habe gestern erst wieder von den vielen Tonnen Essen gelesen, die weggeworfen werden. Du weißt doch, dass ich mich dem Erhalt der Umwelt verschrieben habe! Ich muss dir sagen, dass ich deine Verschwendung überhaupt nicht schätze!«

Irritiert und erstaunt blickte Mimi hinauf.

»Du als Ratte hast die Umwelt entdeckt?«

»Schon immer! Eigentlich müsstest du wissen, dass wir Ratten immer den Restmüll entsorgen.«

»Wenn man es so sieht ...«

»Man kann es nur so sehen«, verkündete Canaletto bestimmt.

Mimi seufzte.

»Canaletto, wie wäre es denn, wenn du dich heute um deine eigenen Angelegenheiten kümmerst? Um die Umwelt kümmern wir uns dann später.«

»Nein, um die Umwelt muss man sich sofort kümmern. Und was machst du eigentlich hier am frühen Vormittag – allein?«

Es stimmte einfach, wenn zwei sich wirklich mochten, konnte man nichts vor dem anderen verbergen. Mimi blinzelte.

»Ich wollte nur sehen, was Lele so macht. Weißt du, ich muss immer an seinen Vater, den armen Vinicio denken. Wer weiß, wie lange er den Sonnenaufgang über der Lagune nicht mehr gesehen hat. Und diesen Anblick hat er doch über alles geliebt.«

Die weißen Wolken über dem Wasser bildeten gleichmäßige Streifen, aus denen ein paar rosafarbene Fransen hingen.

»Und bei der Gelegenheit hast du dir bei Lele den Bauch vollgeschlagen?«

Canaletto warf einen Blick nach hinten, wo der Fischer gerade dabei war, seine Kisten zu säubern.

»Deshalb hat es mir nicht wirklich geschmeckt. Vinicios Tochter hat den alten Mann in einer *casa di riposo,* einem Altenheim in Mestre, untergebracht. Abgeschoben, wie viele alte Leute! Der arme Vinicio!«

Bei diesem Wutausbruch ahnte Canaletto sofort, dass Mimi ein Abenteuer plante. Daher war er auf der Hut, weil er ihr bei Abenteuern üblicherweise, ob er wollte oder nicht, assistieren musste.

»Mimi, was hast du vor?«, fragte er in alarmiertem Ton.

»Wir könnten doch einen Ausflug machen.«

Mimi putzte sich das Fell und tat so, als blicke sie über die Lagune.

»Und wohin soll es gehen, wenn ich fragen darf?«

»Nach Mestre. Wir könnten durch den *Bosco di Mestre* spazieren.«

»Und was erwartet uns in Mestre?« Canaletto fragte betont beiläufig.

»Eine *casa di riposo.* Du hast doch selbst gesagt, dass ich mir als Katze in Venedig eine Aufgabe suchen muss.«

»Ich verstehe nicht …?«

»In dem Altenheim lebt Vinicio.«

Er seufzte. In der Ferne schlug eine Glocke neunmal.

»Canaletto, du enttäuschst mich jetzt wirklich. Wir haben doch einen Pakt geschlossen!«

»Ja, ja, ich weiß, dass du in deinem verrückten Katzenhirn immer Pläne aushecken musst, um irgendeinen armen Menschen zu retten. Aber bei Vinicio sehe ich da keine Chance. Er wird ohnehin in seinen Träumen und Erinnerungen leben. Also lass ihn doch einfach da, wo er ist. Die meisten Menschen arrangieren sich dann schon.«

»Nicht Vinicio. Und ich habe da eine Idee.«

»Nicht schon wieder ...«

»Du weißt doch, dass Ratten in Küchen strengstens verboten sind. Wir müssen nur eine Möglichkeit finden, damit du in der Küche des Altenheims auftauchst. Stell dir mal den Skandal vor, ein Nager wie du in der Nähe der Töpfe, wo der Brei für alte Menschen zubereitet wird! Der Plan geht natürlich nur auf, wenn dieser aufdringliche Journalist vom *Gazzettino* davon erfährt.«

»Und wie soll er das?«

»Du weißt doch, dass sein Kater Francesco eine Jugendliebe von mir ist.«

»Lass die Jugendlieben ruhen! Es hat noch nie zu etwas Gutem geführt, wenn man die in unserem Alter wieder aufleben lässt.«

»Canaletto, manchmal bist du richtig engstirnig.« Mimi drehte ihm ihren schönen grau-weißen Rücken zu.

»Du weißt ja, wie die Menschen sind. Eine Ratte in der Küche, das kann ganz schön gefährlich werden.«

»Für wen?«, fragte Mimi erstaunt.

»Na für mich!«

»Keine Angst, ich bleibe in deiner Nähe.«

»Hast du dir auch überlegt, wie wir nach Mestre kommen? Da ist es nicht so idyllisch wie hier, es gibt Autos.«

»Wie immer bist du nicht auf dem neuesten Stand. Ein paar kluge Planer haben einen Park zwischen Venedig und Mestre angelegt, mit wild fließenden Kanälen, geraden Spazierwegen und Fahrradpisten. *Bosco di Mestre* nennen sie das.«

»Sind da auch Menschen unterwegs?«

»Na, ein paar schon, aber von der Sorte, die noch nicht einmal einer Ratte was zuleide tun, Umweltschützer und so.«

»Dann bin ich ja beruhigt. Und wann soll es überhaupt losgehen?«

Canaletto war immer noch skeptisch.

»Am besten morgen, da ist Ada mit der jungen Frau unterwegs.«

»Morgen kann ich nicht. Da kommt mein Cousin Leopoldo aus Padua, er hat noch nie die Rialto-Brücke gesehen.«

»Dann zeig ihm einfach, was er sehen will, und dann brechen wir auf.«

»Also gut, dann treffen wir uns übermorgen. Langsam wirst du wie Ada. Die ist in ihren Gedanken auch immer allen zwei Schritte voraus. Was macht eigentlich die Archäologin, die bei ihr untergekommen ist?«

»Lenk nicht ab, Canaletto. Die junge Frau ist eigentlich ganz nett. Aber Ada macht mir Sorgen. Sie hat heute Nacht nicht geschlafen, weil Vollmond war, und die halbe Nacht in ihren Truhen gewühlt. Wahrscheinlich hat sie sich auf die Suche nach ihrer Vergangenheit gemacht. Und morgen soll es in die Lagune gehen.«

»Ach Gott«, seufzte Canaletto, »angesichts all dieser Abenteuer wüsste ich wirklich nicht, welches mir lieber ist.«

»Verlass dich nur auf mich.«

»Auf dich? Eine Katze, die auf Abenteuer aus ist? Das ist die schlimmste Variante deiner Spezies, die ich mir vorstellen kann!«

»Canaletto«, sagte Mimi mit ihrer sanftesten Stimme. »Du kennst mich doch und weißt, dass ich mich schnell langweile. Also, lass uns Vinicio retten. Abgemacht?«

Mimi streckte ihm die rechte Pfote hin. Canaletto blieb nichts anderes übrig, als sie zu ergreifen.

KAPITEL 5

In der Nacht war sanfter Regen über der schlafenden Stadt niedergegangen, den Antonia in ihrem Mezzanin trotz der geschlossenen Läden leise plätschern hörte. Als sie im blauschwarzen Morgengrauen aufwachte und barfuß die *persiane* öffnete, beobachtete sie fasziniert, wie der große Kanal die prasselnden Tropfen in sich aufnahm.

Die verdeckte Gondel gegenüber Adas Palast lag immer noch am Rand des Kanals im Wasser. Antonia kam es vor, als wäre die Plastikplane fester gezurrt als am Abend und als dringe ein winziges Licht heraus. Vielleicht war es auch nur eine Sinnestäuschung, denn wer sollte sich bei einem solchen Regen schon in einer Gondel aufhalten? Sie dachte an den gutaussehenden Gondoliere, aber der schlief bestimmt in einem weichen Bett neben einer schönen Frau.

Am Abend, kurz bevor Antonia eingeschlafen war, hatte sich noch ihre Freundin Katia aus Berlin gemeldet und wissen wollen, wie es ihr in Venedig ging. Sie hatte ein bisschen herumgedruckst und war erst bei Antonias beharrlichem Nachfragen herausgerückt. »Weißt du, ich habe Stefan gesehen, mit einer Frau. Die haben ehrlich gesagt ziemlich innig miteinander gewirkt. Es war ihm wohl peinlich, dass er mir begegnet ist.«

»Ach ja?« Für einen Augenblick hatte Antonias Herz zu flattern begonnen, aber dann sah sie wieder diesen Venezianer vor sich und erinnerte sich, wie unglücklich sie zuletzt mit Stefan gewesen war.

»Eigentlich finde ich es ein bisschen feige, dass ihr eure Angelegenheiten nicht gelöst habt, bevor du nach Venedig gefahren bist.«

»Wahrscheinlich hast du recht. Aber was soll ich jetzt machen?«

»Ihn anrufen, ihm schreiben und klarmachen, wie dir zumute ist. Und dass du nicht nur wegen deiner Forschungsarbeit nach Venedig gegangen bist.«

Antonia seufzte. »Weißt du, ich denke schon noch manchmal wehmütig an ihn. Aber trotzdem kommt es mir so vor, als wenn die Zeit mit ihm einfach abgelaufen ist.«

»Könnte sein. Meinst du, er ist unabhängig von dir zum selben Schluss gekommen?«, erkundigte sich Katia vorsichtig.

»Nach dem, was du erzählt hast, glaube ich schon.«

»Schreib ihm doch einfach. Es geht nichts über klare Verhältnisse.«

»Ja, ich weiß, aber für das Naheliegendste fehlt uns häufig der Mut. Es kommt mir vor, als hätte ich hier ein neues Kapitel in meinem Leben angefangen.«

»Du klingst, als würde es sich gut anfühlen«, bemerkte Katia leise.

»Ja, manchmal ist es mir ein bisschen unheimlich, wie selbstverständlich sich hier alles anfühlt, es ist alles neu und gleichzeitig vertraut. Vielleicht liegt es am Zauber, der von dieser Stadt ausgeht. Contessa Ada kommt mir jetzt schon wie eine liebe Freundin vor.«

»Manchmal fügen sich die Dinge ja auch ganz einfach. Aber trotzdem finde ich, man kann erst etwas Neues beginnen, wenn man sich von der Vergangenheit befreit hat.«

Antonia seufzte. »Danke, Katia, ich werde darüber nachdenken. Versprochen.«

»Gute Nacht, Antonia. Und viel Glück in Venedig.«

»Gute Nacht. Ich denk an dich.«

Katia hatte sie als Einzige bei der Entscheidung unterstützt, dieses Abenteuer zu wagen. Und sie war neugierig, anders als Stefan, mit dem Antonia bis jetzt nur ein paar SMS ausgetauscht hatte.

Antonia hatte sich gefreut, die vertraute Stimme ihrer Freundin zu hören. Manchmal ging Katia durch Berlin und sammelte Begegnungen mit freundlichen Menschen, wie sie es nannte. In Antonias Augen hing das mit Katias meist übellaunigem Freund Kai zusammen. »Ich werde ihn nicht ändern«, sagte Katia manchmal resigniert, »selbst wenn ich ihn schüttle oder wie einen Frosch an die Wand werfe.« Merkwürdig, dachte Antonia während des Gesprächs mit Katia, wie schnell sie sich in Venedig eingelebt hatte.

Am Morgen war also der Ausflug in die Lagune geplant, aber Antonia zweifelte, ob er bei dem Regen überhaupt stattfinden konnte. Sie würde selbst eine Möglichkeit finden müssen, die Inseln selbständig zu erkunden. Am besten, sie wandte sich direkt an den Leiter des archäologischen Instituts, ein Empfehlungsschreiben aus Berlin hatte sie ja dabei.

Sie könnte sich ein Boot mitsamt Fahrer mieten. Vielleicht gab es ja jemanden, der nicht nur vom Tourismus lebte und dessen Preise bezahlbar waren. Außerdem hatte ihr Ada berichtet, dass das öffentliche Transportboot auf Anfrage ohnehin die meisten Inseln ansteuerte. Die fremde, faszinierende Stadt entdecken, ganz alleine auf dem graugrünen Wasser der Lagune gleiten, die Geschichten und Geheimnisse der Inseln erfahren – Antonia konnte sich nichts Schöneres vorstellen.

Antonia war schon immer am liebsten unabhängig gewesen, trotz Adas Gastfreundschaft. Sie blinzelte vorsichtig in das fahle Licht, das langsam durch die Jalousien fiel. Es wurde mit jedem Blick, den Antonia nach draußen warf, heller. Ob sie noch einmal in die kleine Kirche gehen sollte, um mit etwas Glück den Gondoliere wiederzusehen? Vielleicht hielt die Gruppe dort ja regelmäßig ihre Versammlungen ab. Aber sie kannte noch nicht einmal seinen Namen ... Antonia beschloss, ihren ersten Ausflug in die Lagune einfach auf sich zukommen zu lassen.

Zuerst sah Antonia nichts außer der hochspritzenden Gischt und dahinter eine Fläche von graugrünem Wasser. Dichte, dunkle Wolken verdeckten den Horizont und verhinderten den Blick in die Ferne. Hinter der Gischt tauchte ein Motorboot auf, das erst in der Nähe des Ufers sein hohes Tempo drosselte.

»Ich wusste, dass er zu schnell fährt, sobald er sich unbeobachtet fühlt!«, rief Ada und hielt sich an ihrer quadratischen Handtasche fest. Am Morgen war es ihr schwergefallen, überhaupt das Haus zu verlassen. Immer wieder hatte sie Marta gefragt, ob sie auch allein zurechtkäme. Es schien ihr wohl selbst nicht ganz geheuer, den schwankenden Boden Venedigs zu verlassen.

Das Wasser spritzte heftig zu beiden Seiten des Bootes auf, als sich Dario der Anlegestelle an den *Fondamente nove* näherte. Nach seinem morgendlichen Training hatte er es gerade noch geschafft, rechtzeitig um zehn zu der vereinbarten Verabredung zu erscheinen.

Dario winkte den beiden Frauen aus der Ferne zu, ohne das befestigte Ufer anzusteuern.

»Ada, ich muss schnell noch auftanken, wartet hier auf mich!«

»In Ordnung«, rief Ada, so laut sie konnte, um den Motorlärm zu übertönen.

»Hat er auftanken gesagt?«, fragte Antonia.

»Natürlich, meine Liebe, Tankstellen gibt es auch in Venedig. Seien Sie unbesorgt, hier ist alles wie in jeder anderen Stadt auch, nur dass es eben auf dem Wasser stattfindet. Sie werden gleich sehen, dass es hier auch Ampeln gibt! Die *benzinai* haben gestern gestreikt, was für die *motoscafisti* natürlich ein Drama ist.«

Verblüfft sah Antonia dem vorbeirauschenden Boot nach.

»Dieser Dario, wieso trägt er eigentlich bei diesem Wetter eine Sonnenbrille?«

»Weil die zur Berufskleidung der *motoscafisti* gehört und die Sonnenbrille für Italiener sowieso ein Kleidungsstück ist«, lachte Ada. »In Berlin würde man das vielleicht überspannt finden, hier ist es völlig normal.«

Antonia lachte.

»*Mia cara*, Sie werden hier noch einiges kennenlernen, das Sie in Erstaunen versetzen wird, hier aber zum Alltag gehört!«

Nach ein paar Minuten war Dario zurück, machte mit gekonnten, schnellen Griffen und bei laufendem Motor das Boot fest und reichte Ada die Hand, um ihr beim Einsteigen zu helfen. Antonia fiel auf, wie leichtfüßig sich die Contessa bewegte, als sie ungeachtet ihres Alters mit einem eleganten Satz ins Boot sprang.

»Hoppla, liebe Contessa! Jetzt weiß ich es endlich: In deinem vorherigen Leben warst du ein Seepferdchen!«

»Aber nein, Dario, ich war ein Seeigel, und zwar einer mit ganz vielen Stacheln. Auf dem Wasser bewege ich mich immer noch leichter als an Land. Dort spüre ich wenigstens meine alten Knochen nicht.«

Noch bevor Antonia in Augenschein nehmen konnte, wen sie vor sich hatte, verwandelte sich der Regen in eisigen Hagel, der schmerzend auf sie niederprasselte. Dario strich sich die Kapuze seines dunkelblauen Anoraks aus dem Gesicht, ohne seine Sonnenbrille abzunehmen, und holte beim ersten Klingeln sein Handy aus der Tasche. Abrupt drehte er den beiden Frauen den Rücken zu.

»Nein, Marinella, ich will das jetzt nicht hören«, schrie er fast ins Telefon. Er beendete das Gespräch, verstaute das Handy in der Jackentasche und wandte sich wieder den beiden Frauen zu.

»Ada, du hast deinem Gast wohl nichts von den Wetterumschwüngen erzählt, die die Lagune von einer Minute auf die andere heimsuchen können?«

Mit neugierigem Blick und einem spöttischen Lächeln

reichte Dario Antonia die Hand. Sie glaubte, auf der Stelle im Erdboden zu versinken.

»Herzlich willkommen in Venedig, auch wenn das Wetter Sie eher zu vertreiben scheint.«

Antonia sah ihn fassungslos an. Dario schob die Sonnenbrille auf die Stirn und grinste.

»*Buon giorno, bella signora*, ja, ich bin es wirklich. Wenn ich gewusst hätte, dass Sie Adas Gast sind, hätte ich meine Gondel trotz des Regens unter den Arm geklemmt.«

»Wie, ihr kennt euch?« Ada holte hörbar Luft. »Antonia, Sie sind wirklich für Überraschungen gut. Sie sind noch keine vierundzwanzig Stunden hier und haben schon Dario kennengelernt!«

Mit seinem charmantesten Lächeln wandte der sich an Antonia.

»Willkommen auf unserer Bootsfahrt in die unbekannte Lagune! Ich habe gehört, Sie wollen Venedig untergehen sehen.«

Antonia strich sich eine nasse Haarsträhne aus dem Gesicht und sah ihn herausfordernd an.

»Nein, das ganz sicher nicht. Aber ich möchte die Inseln der Lagune kennenlernen, deswegen bin ich hier.«

Sie warf einen Blick auf Ada, die wie ihre Katze ihre Ohren auf maximale Aufmerksamkeit gestellt hatte.

»Contessa Ada hat mich schon eingeweiht. Und vor allem gab sie mir den Rat, mich nicht mit Gemeinplätzen abzugeben.«

»Verstehe«, brachte Dario mühsam heraus, offensichtlich hatte es ihm die Sprache verschlagen.

»Gehört habe ich allerdings von rasenden Motorbootfahrern, die das fragile Gleichgewicht Venedigs durch ihre Rücksichtslosigkeit stören. Ich hoffe doch, Sie als Freund der Contessa gehören nicht dazu«, fuhr Antonia fort und betonte jedes Wort.

Potzblitz, dachte Ada und freute sich, eins zu null für Antonia. Sie hatte es sich schon gedacht, dass sich in dieser zurückhaltenden jungen Frau ein gewaltiges Feuer versteckte.

Mit unverhohlener Neugier betrachtete Antonia Dario, der ihre Schlagfertigkeit auf so unerwartete Weise herausgefordert hatte. Er hielt ihrem Blick stand, auch wenn er für einen Augenblick nicht wusste, wohin mit sich. Das war ihm schon lange nicht mehr passiert. Die Frau, die vor ihm stand, hatte glänzendes dunkelblondes Haar, sie war schlank, schlagfertig und sehr anziehend. Mit ihren großen blauen Augen blitzte sie ihn an. Ganz offensichtlich war diese Fremde schon bei Ada in die Schule gegangen.

»Ada, wie ich sehe, hast du unseren Gast bereits in die wichtigsten venezianischen Themen eingeweiht. Du hättest mich vorwarnen sollen!«

Ada blinzelte nervös, als würde vor ihren Augen etwas passieren, was nicht in ihren Plan passte. Sie hat Augen wie ihre Katze, dachte Dario und musste lachen, obwohl ihm der Regen unter den Kragen seines Anoraks lief. Na siehst du, sie ist eben keine der üblichen Venedig-Besucherinnen, schien Adas Blick zu sagen. Jetzt beginnt es also wieder, dieses uralte Spiel zwischen Mann und Frau.

Ada bemerkte Antonias betörendes Lächeln, von dem sie wohl gar nicht wusste, welche Wirkung es auf andere hatte. Dario dagegen hielt gebannt den Blick auf das Steuer gerichtet. Ada seufzte leise, wie jemand, der das Unvermeidliche akzeptierte. Wenn die beiden wie erstarrt im Regen standen, dachte auch sie nicht daran, unter Deck zu verschwinden.

Vor ihnen ausgebreitet lag eine graugrüne Wasserfläche, hinter der in der Ferne ein paar Inseln mit hohen Türmen aufragten.

Die Möwen umkreisten schreiend das Boot. Mit ihren dunkleren Federn konnte Ada ein paar größere Kormorane ausmachen. Sie gab sich einen Ruck und bemühte sich um einen unschuldigen Blick.

»Weißt du, Dario, Antonia und ich haben nur ein Glas Wein zusammen getrunken. Und dabei habe ich ihr eben von ein paar venezianischen Besonderheiten berichtet.«

»Oh ja, das habe ich schon gemerkt.«

Er bedachte beide mit einem charmanten Lächeln. Antonia wurde es abwechselnd heiß und kalt. Der Fremde zog sie magisch an, ohne dass sie etwas dagegen tun konnte. Sie spürte kaum, dass der Regen unter ihren Anorak drang, den sie auf Anraten der Contessa im letzten Augenblick noch übergeworfen hatte.

»Also, ihr wollt nicht unter Deck? Dann soll euch einfach der Regen aufweichen. Ihr seid schließlich erwachsen und geimpft, wie meine Großmutter immer sagte, und wisst, was ihr tut. »

»Ich denke ja gar nicht daran, mir dieses Naturschauspiel entgehen zu lassen!«, rief Ada. Und das Schauspiel zwischen euch beiden erst recht nicht, dachte sie fast grimmig.

Statt einer Antwort wandte sich Dario von den beiden kichernden Frauen ab und dem Wasser zu, seinem eigentlichen Element. Mit geübten Bewegungen steuerte er zwischen den *bricole*, die die Fahrrinnen vorgaben, auf die Inseln zu.

»Leider kann ich heute keinen Ausflug bei strahlender Sonne bieten. Hoffentlich hört der Regen auf, bis wir nach San Giacomo kommen. Im Osten hat es sich schon aufgeklärt. Vielleicht könntest du, Ada, noch mit einem kleinen Stoßgebet nachhelfen …«

»Dario, mein Verhältnis dazu kennst du doch.«

Antonia sah sich um. Der Himmel über Venedig war noch eintönig grau, während sich zum offenen Meer Richtung Lido bereits ein paar hellere Streifen zwischen die Wolken verirrt hatten. Keine der beiden Frauen machte Anstalten, unter Deck zu verschwinden. Antonia hatte für sich schon längst beschlossen, dass sie sich die sprichwörtliche Anpassung der Venezianer an die Verhältnisse aneignen würde. Richtung Westen wichen die dunklen Wolken langsam zurück.

»Wenn Sie weiterhin so neugierig sind, werden Ihnen die letzten Geheimnisse Venedigs wohl kaum verborgen bleiben … vorausgesetzt, dass es welche gibt«, kommentierte Dario.

»Nichts anderes habe ich im Sinn.« Antonia lächelte kokett. »Zurzeit nehme ich noch Anfragen von möglichen Verbündeten entgegen. Wenn Sie Ihre Sonnenbrille bei dem Regen abnehmen und Ihre Gondel zu Hause lassen, könnten Sie in die engere Auswahl der Bewerber kommen.«

Dario wusste darauf keine Antwort, er lächelte stumm. Antonia sah ihn verstohlen von der Seite an. Ada hatte sich neben ihn gestellt und redete eindringlich auf ihn ein, Worte, die Antonia wegen der lauten Motorengeräusche nicht hören konnte. Mit seinen graumelierten Haaren sah er ein bisschen wie ein mutiger Seefahrer vergangener Zeiten aus. Sie schätzte ihn auf Mitte dreißig, auch wenn die tiefen Falten über seiner geraden Nase und die unrasierten Wangen ihn einige Jahre älter wirken ließen. Wahrscheinlich hatte er schon einiges hinter sich. In dem Augenblick wandte Dario den Kopf und sah Antonia lächelnd an.

»Wie ich sehe, bevorzugen Sie Motorboote«, stellte er fest. »Aber mit einer Gondel sind Sie doch in Ihren Träumen sicher schon gefahren?«

Antonia sah ihn giftig an. »Das Gefährt, mit dem Sie normalerweise unterwegs sind?«

Dario grinste. »Leider nur manchmal. Und auch nur, um ausländische Touristinnen einzufangen. Dafür bin ich in der ganzen Stadt bekannt.«

»Dario, warum benimmst du dich so schlecht, du bist doch sonst nicht so!«, rief Ada dazwischen.

Der Wind hatte von einem Augenblick auf den anderen zugenommen und vertrieb allmählich die grauen Wolken. Vor Antonias Augen fingen sich schillernde Wellen in überschwappenden, wilden Seen aus Türkis, der Wind setzte den Wellen an ihren höchsten Punkten weiße Spitzen aus Licht und hochspritzendem Wasser auf.

Als in der Ferne unvermittelt die Umrisse einer Insel auftauchten, teilte sich das Wasser in schmale Fahrrinnen, die auch hier zu beiden Seiten mit Holzbaken begrenzt waren.

»Antonia, sehen Sie hier an den Rändern der Salzwiesen die blaugrünen Lagunenpflanzen, sogar Edelrauten und Seeweiden sind darunter!«

Die Contessa war vor Begeisterung kaum zu bremsen.

Langsam tuckerte das Boot auf einen Schwarm Seeschwalben zu, der kreischend vor dem Boot aufstieg. Für einen Augenblick ließ der Wind nach, die türkisfarbene Wasserfläche teilte sich vor dem Bug und gab den Weg zur Landungsstelle frei.

»Das Wasser wechselt ständig seine Farbe!«, rief Antonia begeistert.

»Ja, weil es die Farbe des Himmels widerspiegelt«, erklärte Dario ruhig.

Sobald er auf den Landungssteg zusteuerte, hatte sogar der Regen nachgelassen. Hinter der Anlegestelle tauchten, wie aus dem Nichts, ein langgestrecktes Gebäude und ein paar zweireihige Bäume auf. Ein Schild wies darauf hin, dass hier sogar das öffentliche *vaporetto* bei Bedarf haltmache. Ada kramte ihre Brille aus der quadratischen Handtasche.

»Dario, hast du ein paar Überraschungen geplant? Wenn mich mein Gedächtnis nicht ganz im Stich lässt, ist das nicht *San Giacomo*.«

Dario überhörte Adas Einwand, hupte dreimal und wandte sich aufmerksam Antonia zu.

»Das ist *Lazzaretto Nuovo*, eine der alten Lazarett-Inseln Venedigs, Sie haben sicher schon von ihr gehört.«

Antonia nickte, seine Stimme hatte dieses Mal ernst und respektvoll geklungen. »Ich habe bis jetzt nur Fotos gesehen, aber ich bin nicht ganz schlau daraus geworden. Ich habe gelesen, dass die Insel noch bewohnt ist?«

Wie auf ein Stichwort winkte am Ufer der Insel aufgeregt ein Mann in blauer Regenkleidung.

»Oh ja, und zwar von meinem Freund Giordano, seinen drei riesigen Hunden und einem Wurf Katzen mit bedeutungsvollen Namen, die ich mir leider nie merken kann. Giordano ist Hobby-Archäologe und Anwalt, und er findet immer wieder irgendwelche Gründe in der Gesetzgebung, damit seine Insel Naturschutzgebiet bleibt. Er kämpft fortwährend darum, sie vor dem Ausverkauf zu retten, was leider mit anderen Inseln passiert ist.«

»Hey Dario, willst du zu mir?« Giordano war fast atemlos am Landungssteg angekommen.

»Nein, eigentlich wollen wir nach *San Giacomo*. Ich wollte nur fragen, wann du Zeit hast.«

Er wies auf Antonia.

»Wie du siehst, haben wir Unterstützung bekommen.«

»Wenn es dir passt, komm doch gleich morgen vorbei. Leider muss ich schnell los, eine Reisegruppe abholen. Irgendwelche Amerikaner haben durch eine Fernsehsendung von *Lazzaretto Nuovo* gehört und wollen meine Forschungen unterstützen. Kannst du dir das vorstellen?«

»Das ist ja phantastisch! Das heißt, du hast einen Mäzen gefunden? Das ist ja mehr Glück, als man sich vorstellen kann!«

»Vielleicht habe ich doch einen Schutzengel, mit rotem Kleid und goldenen Flügeln.«

Giordano betrachtete interessiert Antonias aparte Erscheinung. »Solltest du dir auch zulegen. Hoffentlich bleibt er mir auch für den Rest des Jahres erhalten.«

Giordano winkte Dario und den beiden Frauen freundlich zu, bevor er zwischen den Bäumen verschwand.

»Dario, wenn ich gewusst hätte, dass du Umwege und Überraschungen planst, hätte ich mein Fernglas mitgenommen«, warf Contessa Ada noch einmal ein.

»Die Überraschungen kommen schon noch, liebste Ada, aber ich weiß nicht, ob man sie mit einem Fernglas erkennen kann.« Er grinste in Antonias Richtung, die seinen Blick einfach ignorierte, dann wendete er das Boot so schnell, dass sich Antonia an der Reling festhalten musste. Ada stand stoisch in der Mitte und klammerte sich einfach an ihre Handtasche. Dario drehte den Motor auf, das Boot preschte mit viel zu hoher Geschwindigkeit durch das trübe Wasser. In der Ferne zogen noch ein paar dunkle, schwere Wolken weiter zum hellen Horizont, der sich über dem offenen Meer auftat.

»Die Insel liegt nicht unbedingt auf unserem Weg, aber ich wollte sie euch gern zeigen. Schade, dass Giordano ausgerechnet heute beschäftigt war. Die Insel hat ihr ursprüngliches Aussehen behalten, weil er mit sicherem Auge über sie wacht. Sonst wäre *Lazzaretto Nuovo* wie viele andere Inseln längst schon an private Investoren verkauft oder den Vandalen zum Opfer gefallen.«

»Vandalen?«, fragte Antonia, bemüht, nicht allzu unwissend zu wirken. »Sind hier Schätze versteckt? Oder was suchen die hier?«

»Alles, und wenn es nur ein paar Steine sind. Sie glauben gar nicht, wie ausgeprägt Vandalismus hier in Venedig ist. Die Leute lieben es offensichtlich, die alten Steine für ihre Neubauten in Mestre zu verwenden.«

»Haben die Venezianer so wenig Respekt vor der eigenen Geschichte?«, fragte Antonia ungläubig.

»Wundern Sie sich darüber?«, mischte sich Ada ein. »Meinen Sie, es gibt irgendeinen Ort auf der Welt, wo die Menschen respektvoll mit der eigenen Geschichte umgehen? Von Archäologenkreisen natürlich abgesehen!«

»Ich habe mir noch keine Gedanken darüber gemacht«, wandte Antonia ein. Dario blickte skeptisch in die Runde.

»Glauben Sie mir«, fuhr Ada fort, »so sind die Menschen eben, und vor allem, wenn sie nur den eigenen Vorteil im Blick haben. Ich glaube, es ist nur die logische Folge davon, wenn einem die Geschichte Venedigs nicht mehr bewusst ist.«

»Ada, sieh die Dinge nicht so negativ«, mischte sich Dario ein. »Auf den Inseln liegen eben genug Steine herum, um die sich jahrzehntelang niemand gekümmert hat.«

»Ja, genau das meine ich ja«, stimmte Ada zu. »Niemand hat sich um das Schicksal der Inseln gekümmert. Das ist es, was man ändern muss.«

Der Regen hörte ebenso schnell auf, wie er eingesetzt hatte, und Antonia genoss die leichte Brise und die sanft wärmende Sonne. Die Farben der Lagune wechselten von Grau zu intensivem Grün und leuchtendem Türkis. Die Sonne verwandelte das Wasser in winzige, glitzernde Seen, die sich vor Darios Boot teilten und wieder zusammenflossen.

Dario stieß mit dem Ruder zwischen die Schlingpflanzen.

Das Meer ist stärker als die Menschen, dachte Antonia, und für einen Augenblick kam es ihr vor, als hätte sich ihr ein winziger Ausschnitt von Venedigs Wesen erschlossen. Wieder besänftigt, wandte sich Ada an Antonia.

»Sie sehen es selbst, meine Liebe, wie schon vor eintausendfünfhundert Jahren ist das Leben in der Lagune von den Gezeiten geregelt. Das Meer hat immer nur seinen eigenen Gesetzen gehorcht und seine Wassermassen alle sechs Stunden durch die drei *bocche di porto*, die Mündungen zur Adria, in die Lagune getrieben. Alles andere kam später, vor allem, dass man sie für den Schiffsverkehr so breit ausgebaggert hat.«

Aus einem der fensterlosen Gebäude nahe am Ufer lehnte sich eine junge Frau mit braunem Pferdeschwanz und winkte den Ankommenden zu. Dario winkte zurück.

»Hey Dario, hast du heute deine Hilfstrupps mitgebracht?«

Antonia bemerkte den spöttischen Unterton in der Stimme der jungen Frau.

»Hilfstrupps? Nein, das ist Antonia, Archäologin aus Berlin und auf der Suche nach Venedigs Geheimnissen, und Contessa Ada kennst du ja!« Dario lachte und bedachte Antonia mit einem wohlgefälligen Blick.

Schnell stiegen alle drei aus dem Boot.

»Oh, Contessa, ich hatte Sie gar nicht erkannt. Soll ich Ihnen einen Stuhl holen?«, fragte Diego, der ihnen entgegengekommen war.

»Luisa, wo hast du nur die Klappstühle hingestellt?«, fragte er energisch.

»Jetzt mach mal halblang! Du klingst, als wolltest du fragen, wo ich meine Atombombe versteckt habe.«

Die junge Frau warf Antonia einen spöttischen und wenig freundlichen Blick zu.

»Auf der Suche nach Geheimnissen kommen Sie also ausgerechnet nach Venedig. Aber mit dem Entdecken von Geheimnissen ist es wie mit der Inspiration: Sie fallen nicht vom Himmel, sondern sind das Ergebnis kontinuierlicher harter Arbeit. Wie das, was wir hier seit Monaten tun.«

Antonia hörte sofort die Konkurrenz in ihrer Stimme. Also eine Verehrerin von Dario, dachte sie.

»Natürlich, die Geheimnisse kommen nicht zu uns, wir müssen sie aufspüren, die mühsamste Aufgabe, die ich mir vorstellen kann«, pflichtete sie Luisa bei, deren Art ihr nicht besonders gefiel.

Dario bemerkte Antonias Irritation und versuchte abzulenken.

»Luisa, du trägst ja keinen Schutzanzug heute.«

Sobald sich Dario ihr zugewandt hatte, besserte sich ihre Laune schlagartig.

»Nein, wir haben die Scherben ausnahmsweise weggeräumt und sind schon bei den Vorbereitungen für die Führung mit den Schulkindern. Auch für uns ist es eine Premiere.« Sie warf ihrem Kollegen einen spöttischen Blick zu. »Diego konnte dem Charme der Lehrerin nicht widerstehen.«

Diego war mit einem alten Klappstuhl zurückgekehrt.

»Wie schön, Contessa Ada, welche Ehre, dass Sie zu uns kommen. Bitte, setzen Sie sich doch.«

Mit einem grimmigen Blick auf Antonia verschwand die junge Archäologin in dem fensterlosen Gebäude und kam mit zwei Rechen zurück.

»Contessa Ada ist versorgt, und eigentlich könnt ihr beide euch nützlich machen. Der Sturm neulich hat lauter Blätter und Äste von den Bäumen heruntergeweht, und am Ufer entlang muss später das Gras gemäht werden.«

Luisa fuchtelte mit den Arbeitsgeräten, die schon bessere Tage gesehen hatten, in der Luft herum. Antonia war vor allem erstaunt, wie schnell sie in das Geschehen miteinbezogen wurde.

»Wenn Sie Archäologin sind, dann wissen Sie ja, dass man richtig zupacken muss. Jedenfalls hier in Venedig.«

Sie mag mich nicht, dachte Antonia, aber dafür mag sie Dario umso mehr.

»Wenn ihr fertig seid, können wir einen Rundgang über die Insel machen, am besten zusammen mit den Schulkindern aus Mirano, damit wir nicht so viel Zeit für unsere Arbeit verlieren. Es ist das erste Mal, dass wir überhaupt Besucher zugelassen haben.« Aus dem Innern einer Baracke war das Lärmen von Kindern zu hören. »Aber es freut uns natürlich, wenn sich gerade Jugendliche aus dem Veneto für die Geschichte Venedigs interessieren. Nur so kann dieses Erbe erhalten bleiben.« Luisa wandte sich ab und ging auf die Baracke zu.

»Eigentlich ist Luisa ganz nett, aber manchmal kann sie kratzbürstig sein«, raunte Dario Antonia zu. Sie nahm den Geruch seiner Haut und seiner dunkelbraunen Lederjacke wahr, die aussah, als hätte sie schon einige Abenteuer und ziemlich viel Salzwasser abbekommen.

Im Hintergrund hatte sich die Schulklasse jetzt um Diego geschart, der den etwa neunjährigen Kindern die alten Militäranlagen erklärte. Den Arm hatte er um die aparte junge Lehrerin mit halblangem dunklen Haar gelegt.

»Die Anlagen wurden zu Napoleons Zeiten erbaut und Anfang des neunzehnten Jahrhunderts den Österreichern übergeben.«

»Die Österreicher, was wollten die denn in Venedig?«

»Damals herrschten die Habsburger in halb Europa, der Kaiser liebte sogar eine Venezianerin, die, ganz in blaue Seide gekleidet, jeden Nachmittag über den Markusplatz spazierte. Sie hieß Bianca und trug nur Kleider in der Farbe ihrer blauen Augen.«

Die Kinder lachten und sahen Diego bewundernd an. Der hatte ein paar Scherben eines blau-gelben Geschirrs in der Hand. Neugierig beugte sich Contessa Ada vor, um die Scherben näher zu betrachten, ihre Handtasche fest umklammert.

»Wissen Sie, dass meine Großmutter Frühstücksgeschirr in genau diesen Farben hatte?«

Unter Adas Blick bemühte sich Diego, ein paar Scherben zusammenzusetzen.

»Ich weiß noch, wie der Kakao geschmeckt hat, den sie mir jeden Morgen aus dieser Tasse serviert hat! Blau auf gelbem Grund, stilisierte Vögel mit Blumenranken. Ich erinnere mich vor allem an die Regentage, an heiße Schokolade und an die kratzigen Pullover, die ich im Herbst immer trug.«

Ada wischte sich unauffällig eine winzige Träne aus dem Augenwinkel. Diego und Antonia taten so, als hätten sie es nicht gesehen, die Kinder starrten Ada an und waren plötzlich ganz still.

»So, jetzt machen wir Pause«, verkündete Diego in die allgemeine Anspannung hinein. Die Kinder traten erleichtert von einem Fuß auf den anderen.

»Vielleicht möchte uns Contessa Ada später noch erzählen, wie die Insel früher einmal war. Ihr könnt eure *panini* essen, aber lasst ja keinen Abfall auf der Insel zurück! Danach gehen wir einmal am Ufer entlang und sehen uns die Pflanzen an. Vielleicht erratet ihr ja einige davon. Eines kann ich euch verraten: Am Ufer wachsen sogar Pflanzen, die man essen kann!«

Dario stand mit Antonia in der Nähe der Schulklasse und hatte aufmerksam zugehört.

»Kaum zu glauben, welche Begeisterung ein paar Scherben auslösen können«, fand er und schwenkte die Bügel seiner Sonnenbrille hin und her. Er ist nervös, dachte Antonia, gleich wird er anfangen, darauf zu kauen.

»Hat Ihnen unsere Fahrt über das Wasser gefallen?«, erkundigte er sich. Was für eine banale Frage, dachte Antonia, aber über irgendwas mussten sie ja sprechen. Sie sah ihn lächelnd an.

»O ja, das Wasser kommt mir wie eine eigene Landschaft vor. Wie es in verschiedenen Farben schillert, und wahrscheinlich ist es auch unterschiedlich tief. Aber noch mehr als das Wasser gefällt mir die Sicherheit, mit der sich die Venezianer darauf bewegen.«

Dario grinste.

»Wie Ada schon sagt: Wir sind eben amphibische Wesen, fast wie Seepferdchen oder Seeigel, in jedem Fall voller Geheimnisse. Man muss sich nur mit uns anfreunden, dann stechen wir nicht.«

Ada sprang förmlich auf die beiden zu.

»Stellt euch vor, Luisa hat mir all ihre Fundstücke gezeigt und mich mehr als fünfzig Jahre zurück in meine Erinnerung versetzt!«

Sie schien kurz nachzudenken. »Kann jemand ein Foto von den Scherben machen, bevor Luisa sie wieder einpackt?«

Dario holte sein Handy heraus und warf Antonia einen komplizenhaften Blick zu.

»Kaum zu glauben, welche Begeisterung ein paar Scherben auslösen können«, kommentierte Dario.

»Ich freue mich nur, weil mich die Tasse an meine Kindheit erinnert hat.«

»Entschuldige, liebe Ada, wenn ich dich ansehe, stelle ich mir einfach immer alle Geheimnisse vor, die du sicher mit dir herumträgst. Möchtest du nicht ein paar davon mit uns teilen?«

»Vielleicht. Man sollte über Geheimnisse nicht scherzen, schließlich sind sie unser Lebenselixier, im guten wie im schlechten Sinn.«

Dario sah zum Himmel hinauf, der sich gerade wieder verdunkelte.

»Wir sollten zurückfahren, bevor es wieder zu schütten beginnt. Habt ihr beide Lust, morgen zur Versammlung von ›Acqua e isole‹ zu kommen?«

»Ich nicht, aber Antonia sicher«, antwortete Ada fröhlich und sprang ins Boot.

Antonia hatte keine Gelegenheit, etwas zu erwidern.

»Gut, ich schlage vor, wir treffen uns um sieben in der kleinen Bar an der Santi-Apostoli-Kirche.« Und schon eilte er davon.

―※―

Canaletto war pünktlich, wenn auch noch ein bisschen müde an der Anlegestelle erschienen, wo es zum *Bosco di Mestre*, diesem neuen Freizeitpark, ging. Mimi erwartete ihn schon. »Na endlich, da bist du ja!«

Der Weg Richtung Mestre war zu beiden Seiten von Büschen und Sträuchern umgeben, durch deren Zweige die Morgensonne schien. Mimi ging voran, Canaletto eilte auf seinen kurzen Beinen hinterher.

»Mimi, das sind Haselnüsse! Den Ort muss ich mir merken, und wenn die Nüsse reif sind, an San Giovanni, machen wir ein Fest.«

»Ist ja gut, Canaletto. Wie war's eigentlich mit Leopoldo?«

»Sehr nett! Leider ist er auf der neuen Calatrava-Brücke ausgerutscht.«

»Eine Ratte rutscht nicht aus!«

»Auf der Brücke schon, weil sie eine Fehlkonstruktion ist und die Stufen leider unterschiedlich hoch sind, worauf man aber nie hingewiesen wird. Ich möchte nicht wissen, wie viele Menschen da schon ausgerutscht sind! Deshalb habe ich sie jetzt die ›böse Brücke‹ getauft! Den Namen hat sie verdient. Na ja, wenn ich mich recht entsinne, wollte sie ja auch keiner.«

Mimi wusste nicht so recht, was sie darauf antworten sollte.

Canaletto sah sich begeistert um. »Oh, ist das schön hier! Ich wusste gar nicht, dass es in der Nähe von Venedig so grün sein kann.«

Aufgeregt sprang er im frischen Gras, das in kleinen Büscheln aus der Erde spross, und roch an den blauen Hyazinthen, die in verschwenderischer Fülle unter den Haselsträuchern wuchsen. Kennerisch zupfte er einen Zweig mit seinen langen Nagern ab. »Es ist ein Wunder, zwischen Venedig und Mestre gibt es so einen phantastischen Ort! Hier riecht nichts muffig und alt, alles ist neu!«

»Wusstest du das nicht?«

»Nein, ich bin doch keine Landratte!«

Canaletto beugte sich über den Uferrand und sah in das klare Wasser, das über ein paar Steine hüpfte. »Oh ja, jetzt sehe ich es, die Menschen haben wirklich den Zement von den Ufern entfernt!«

»Ja klar, so kann das Wasser frei fließen. Durch den Sauerstoff wird es geklärt und fließt gereinigt in die Lagune zurück.«

Vor lauter Begeisterung hatte sich Canaletto zu weit vorgewagt und in einem herabhängenden Haselnusszweig verfangen.

»Hilfe, Mimi, der Zweig trägt mich nicht!«

Mimi seufzte und schloss die Augen. So eine dumme Ratte als Freund, das hatte sie nicht verdient. Sie dachte fest an Adas Lachspastete, bevor sie ins Wasser sprang.

In der letzten Minute, bevor der Zweig abbrach, sprang Canaletto auf Mimis Rücken und hielt sich an ihrem Hals fest.

Gerade in dem Augenblick kam eine junge Frau mit einem kleinen Jungen vorbei.

»Mama, sieh mal, die Katze trägt eine Ratte auf dem Rücken!«

»Leonardo, du hast gestern zu viel ferngesehen. Heute Nachmittag spielst du besser mit den Holzbauklötzen, klar?«

»Klar, *mamina*. Aber sieh doch, die Katze putzt die Ratte, damit sie wieder trocken wird!«

KAPITEL 6

Die untergehende Sonne hatte dem Kirchturm der *Santi Apostoli* ein paar glänzende Lichter aufgesetzt.

Antonia sah Dario schon von weitem am äußersten Tisch des kleinen Cafés, das gegenüber der Kirche lag. Er stand schnell auf, als er Antonia kommen sah, und schob ihr den Stuhl zurecht.

»Hallo Antonia, hast du dich erholt, von unserem Ausflug in die Lagune?« Er berührte sie freundschaftlich an der Schulter. Es war ihr nicht unangenehm, dass Dario einfach so zum vertrauten Du übergegangen war.

»Erholt, wieso?«

»Na ja, erst das Wetter, und dann hast du auch noch bei der Arbeit geholfen.«

»Du vergisst Luisa.« Antonia versuchte ein ironisches Lächeln. »Nein, es hat wirklich Spaß gemacht. Ein Ort bekommt eine ganz andere Bedeutung, sobald man sich nützlich macht. Obwohl, von Arbeit kann man bei dem bisschen Zusammenrechen ja nicht sprechen.«

»Wie unsere liebe Contessa immer sagt, ist es inzwischen ja das wahre Privileg, in einer Stadt wie Venedig arbeiten zu dürfen.«

Antonia lachte. »Oh, das klingt aber ziemlich elitär! Im Ernst, ich hatte sofort das Gefühl, dazuzugehören. Auch wenn Luisa nicht besonders freundlich zu mir war. Dafür war sie offensichtlich umso freundlicher zu dir.« Es kam ihr vor, als würde sie diesen Mann neben sich seit einer Ewigkeit kennen.

»*Due vini fermi, molto fermi*«, rief er dem vorbeieilenden Ober zu.

»Oder willst du lieber einen Prosecco?«

Viel lieber, hätte Antonia am liebsten gesagt, weil das Prickeln sie mutiger machte, und fühlte sich ertappt. Stattdessen schüttelte sie stumm den Kopf. In schwierigen Situationen braucht man einen eisgekühlten Prosecco, sagte ihre Freundin Katia immer.

»Es hat mir gefallen gestern, obwohl ich die Zusammenhänge der Arbeit auf San Giacomo noch nicht ganz verstanden habe.«

»Das kommt schon noch. Ada war den ganzen Tag gutgelaunt, weil sie endlich ihre dunklen Zimmer verlassen hat. Seit Wochen bitte ich sie schon darum. Schön, dass es mit deiner Unterstützung endlich gelungen ist.«

»Mich hat vor allem erstaunt, wie viele junge Leute sich um den Erhalt der Lagune sorgen. Ehrlich gesagt, habe ich das nicht erwartet. Es passt nicht so ganz zu dem Bild, das man sich normalerweise von Venedig macht.«

»Ja, meist gibt es Katastrophenmeldungen von der untergehenden Stadt, ohne dass die Leute wirklich die Zusammenhänge begreifen. Vor allem wird eine Menge Unsinn erzählt.«

Dario räusperte sich und grinste. »Ich nenne das immer

das ›Venedig-Syndrom‹. Außerdem muss ich dir was gestehen: Ich habe mit meinem Freund Flavio gewettet, wann du die Frage aller Fragen stellst.«

»Nämlich?«, fragte Antonia irritiert und versuchte, sich nicht anmerken zu lassen, wie sehr ihr der Mann neben ihr gefiel.

»Na, wann Venedig untergeht!«

Dario lachte aus vollem Hals, Antonia blickte ihn stumm an.

»*Ecco, due fermi, molto fermi.*«

Der Ober stellte die beiden Gläser ab, und Antonia zog ihren dunklen Mantel aus. Er warf einen bewundernden Blick auf ihr rotes Kleid, während Dario sein Weinglas betrachtete.

»Und wer ist dieser Flavio?«, fragte Antonia.

»Oh, den wirst du bald kennenlernen. Ein enger Freund von mir, der leider Dinge weiß, die er lieber nicht wissen sollte. Vor zwei Tagen sind wir noch unbeschwert in die Lagune gefahren, heute ist sein Leben in Gefahr, weil er Dinge über die Auftragsvergabe in Venedig entdeckt hat, die er lieber nicht wissen sollte.«

Dario hob sein Glas. »*Cin cin*. Auf dich, auf uns und auf Venedig.«

»Auf euer Insel-Projekt.« Antonia nahm einen Schluck des eisgekühlten Weins und hielt ihren Blick auf Dario gerichtet.

»Und was ist mit Flavio? Ich dachte, Verschwörungen in Venedig gehörten der Vergangenheit an?«

Sie beugte sich leicht vor. Seine Augen waren dunkel und unergründlich, und er sah wahnsinnig gut aus, dachte sie.

»In einer Stadt wie Venedig kann sich das ganz schnell ändern. Das Problem ist, dass sich alle kennen und jeder seine Kreise pflegt, die den eigenen Interessen nachgehen. Meist gibt es ungeschriebene Regeln und Absprachen, und es ist alles gut, solange sich jeder daran hält.«

»Und jetzt?«, fragte Antonia neugierig und trank noch einen winzigen Schluck Wein. Mit Darios nebulösen Worten konnte sie immer noch wenig anfangen. Er schien hin und her gerissen zwischen seiner Sympathie für Antonia und der Tatsache, dass er sie eigentlich kaum kannte.

»Ich fürchte, dass Flavio aufwieglerische Gedanken pflegt, für die er früher vor den Rat der Zehn gekommen wäre, der zur Zeit der alten Republik sogar den Dogen unter Kontrolle hatte.«

»Klingt spannend.«

Antonia sah sich um. Ein paar junge Frauen hatten ihre Kinder aus der Krippe, dem *asilo nido*, abgeholt und sahen ihnen zu, wie sie über die Piazzetta tollten.

»Es hat sich herumgesprochen, dass wir den heiligen Frieden zwischen der Stadt und den *commercianti*, den Hotelbesitzern und Händlern, stören wollen. Wir müssen vorsichtig sein. Flavio hat sich heute Morgen offiziell mit dem *Consorzio Grande Venezia* angelegt, indem er im Stadtrat eine flammende Rede gehalten hat. Nicht besonders diplomatisch, aber jetzt ist es eben passiert. Manchmal entwickeln die Dinge ihre eigene Dynamik, und man kann keine Rücksicht darauf nehmen, ob es der richtige Zeitpunkt ist. Jetzt haben wir nicht nur meine ehemaligen Kollegen gegen uns, sondern einige der heiligen Kühe der Stadt.«

»Ganz verstanden habe ich es immer noch nicht«, gab Antonia zu.

»Venedig hat seine eigenen Regeln, dazu gehört auch, dass fünf Prozent des italienischen Sozialprodukts nach dem Spezialgesetz zum Erhalt Venedigs in die Stadt flossen. Dieses jährliche Budget hat bislang ein Konsortium verwaltet, das *Consorzio Grande Venezia*. Bislang musste es keinerlei Rechenschaft darüber ablegen, weil es so etwas wie ein ausführendes Organ und offizieller Verwalter all dieser Gelder war, und alle haben das hingenommen. Wenn ich darüber nachdenke, kommt mir das im Nachhinein ziemlich ungeheuerlich vor. Alle waren sich einig, und niemand hat daran gerührt.«

»Das klingt irgendwie nach einem Gesetz außerhalb der Zeit.«

»Ist es auch, eben eine typisch venezianische Besonderheit. Byzantinisch nennen wir das hier. So gab es für Großprojekte häufig gar keine Ausschreibung, was allerdings den Vorteil hatte, dass man die Bürokratie umgehen konnte. Das *Consorzio* hat die Aufträge erteilt, und alle schienen zufrieden damit. Die Gelder sind zuletzt natürlich nur noch in die Errichtung des MOSE geflossen. Da viele Venezianer damit nicht einverstanden waren, wurde am Ende auch darüber diskutiert, das Gesetz neu zu definieren. Aber passiert ist natürlich nichts.«

Antonia war neugierig geworden.

»Und jetzt? Hat sich durch … Flavios Funde etwas verändert?«

»O ja. Flavio sind ein paar alte Aktenordner in die Hände gefallen, die, sicher aus Versehen, nicht entsorgt wurden. Aus denen geht mehr als deutlich hervor, dass fast alle wichtigen Amtsinhaber, vom Bürgermeister bis zu den Verantwortlichen im Hafen, auf der Gehaltsliste des Konsortiums standen. Ich nehme an, dass die Zeitungen bald darüber berichten werden.«

»Das klingt nach einem handfesten Skandal. Hat denn niemand vorher etwas bemerkt?«

»Doch, Vermutungen gab es schon. Aber da alle auf der Gehaltsliste standen, konnte das *Consorzio* bis in die Stadtspitze seine Regeln diktieren. Und jetzt funktioniert das System plötzlich nicht mehr.«

»Mit welcher Konsequenz?«, fragte Antonia, die plötzlich das Gefühl überkam, dass sie genau im richtigen Moment nach Venedig gekommen war. Dario beugte sich vor, um in die Schale mit Chips zu greifen, und Antonia nahm den Duft seiner Haut wahr, die nach Salz und Leder und ein bisschen nach Einsamkeit roch.

»Für Flavio kann es richtig gefährlich werden. Schließlich hat er den Stein ins Rollen gebracht. Es geht um ein paar Millionen veruntreuten Geldes. Ab einer Million wird es ungemütlich, da verstehen die Beteiligten meistens keinen Spaß. Die Empfänger werden nicht begeistert sein, dass das an die Öffentlichkeit kommt, am wenigsten der Bürgermeister.«

»Wird er verhaftet?«

»Das weiß man noch nicht, ein paar Leute wohl schon. Für unsere Arbeit kann das durchaus positiv sein, weil es endlich erklärt, warum vieles so lange verschleppt wurde. Geschwindigkeitsregelungen zum Beispiel oder die Begrenzung des Bootsverkehrs, von der Durchfahrt der Kreuzfahrtschiffe ganz zu schweigen.«

»Also, bis jetzt habe ich verstanden, dass es ein paar wichtige und für das Überleben der Stadt fundamentale Fragen gibt, die vor allem den Schiffsverkehr betreffen.«

»So ist es, und es wird gefährlich für engagierte Umweltschützer wie Flavio, wenn sich plötzlich viele Menschen für diese Probleme interessieren, an denen sie zuvor verdient haben. Bislang haben wir uns mit dem *moto ondoso* beschäftigt, der gefährlich für die alten Gemäuer ist, längerfristig auch für die ganze Lagune. Aber jetzt hat Flavio ein paar wichtige Dokumente gesichtet.«

Dario lachte leise. »Vermutlich sogar aus Zufall, weil er manchmal am Nachmittag alleine im Büro war und sich die Zeit vertreiben wollte. Anfangs hat er sich gar nichts dabei gedacht. Aber am Ende kam heraus, dass es sich um ein System von Intrigen handelt, wie es zur Zeit der *Serenissima*, der Republik Venedig, nicht schlimmer hätte sein können.«

»Und was passiert jetzt?«, fragte Antonia irritiert, die zwar an Überraschungen gewöhnt war, aber nicht damit gerechnet hatte, mitten in eine Verschwörung zu geraten.

»Flavio hat die Bombe gestern Abend platzen lassen, etwas zu schnell, finde ich, wahrscheinlich hatte er es selbst nicht vor. Als wir das letzte Mal zusammen in die Lagune gerudert sind, hat er jedenfalls nichts davon erwähnt. Aber manchmal entwickeln die Dinge eben eine eigene Dynamik. Offensichtlich haben jetzt alle bemerkt, dass er zu viel weiß, und er hat nach seinen Enthüllungen erst mal beschlossen, sich zurückzuziehen, bevor er sich vor lauter Presse nicht mehr retten kann.«

Antonia hatte es die Sprache verschlagen. Sie blickte zu den Fassaden der Palazzi hinauf: Ein schimmerndes, weiches Abendlicht lag über der Stadt, als befände sie sich außerhalb von Zeit und Raum.

»Wollen wir los?«, fragte Dario mit einem Lächeln, dem Antonias fragender Blick nicht entgangen war.

»Findet denn die Versammlung trotzdem statt?«

»Hat dir schon mal jemand gesagt, dass deine Augen von einem ganz besonderen Blau sind?«

»Nein ...«

»Nino, wir zahlen!«

»Bin schon da.«

Antonia kramte mit gesenktem Kopf nach ihrem Geld und versuchte, die leichte Röte auf ihren Wangen zu verbergen.

»Darf ich dich einladen?«, fragte sie.

»Nein«, befand Dario bestimmt.

»Aber ich möchte gern«, bestand Antonia darauf.

»Wenn ihr euch nicht einig seid, wir hätten drinnen einen schallgeschützten Raum, wo die Gäste streiten«, mischte sich der herbeigeeilte Ober ein.

»Okay, die Dame zahlt ausnahmsweise, aber in den Raum kommen wir demnächst mal.« Dario zwinkerte Nino zu und verkniff sich ein Grinsen, als er Antonias angespannte Miene sah. »Nicht zum Streiten.«

»Jederzeit, *grazie*«, antwortete Nino und klappte die Börse zu. »Und grüß Flavio von mir. Egal, was er vorhat, wir sind auf seiner Seite.«

Dario seufzte. »Ich fürchte, wir bekommen bald ganz große Schwierigkeiten.«

»Wenn ihr Mitstreiter braucht, ich bin dabei!«

Dario konnte sich ein schmales Lächeln nicht verkneifen,

das ihn noch anziehender machte. Antonia wagte kaum, ihm in die Augen zu sehen.

»Ich hätte nicht gedacht, dass ich noch in eine Verschwörung hineingerate«, sagte sie und lachte. »Aber nach der Ankunft bei Contessa Ada überrascht mich nichts mehr.«

»Für Überraschungen ist Contessa Ada immer gut. Ich glaube, sie zieht sie geradezu magisch an, die machen auch vor ihrer verwöhnten Katze nicht halt. Manchmal habe ich sogar das Gefühl, als würde dieses Tier alles verstehen.«

»Und sich mit Riesenratten und anderem Getier unterhalten?«, fragte Antonia lachend, die sich an die Begegnung am morschen Landungssteg erinnerte und sich langsam über nichts mehr wunderte. »Man muss nur daran glauben, dann kann man hier auch die Kommunikation von Katzen und Ratten bemerken!«

Dario sah auf seine Uhr.

»Wollen wir ein paar Schritte gehen? Es ist noch ein bisschen Zeit. Wir treffen uns natürlich weiterhin, aber aus Vorsicht erst mal nicht an einem öffentlichen Ort, sondern in der Wohnung von Flavios Schwester und nur unter uns. Sie wohnt im Winter in Asolo und kommt nur im Frühjahr und Sommer her.«

»Eine Versammlung von Umweltschützern, die so gefährlich ist?«

Dario legte sanft den Arm um Antonia, als sie das Café verließen. Automatisch wollte sie dem Strom der Menschen folgen, die am Ufer Richtung *Giardini* unterwegs waren. Doch Dario lenkte sie sanft nach links in eine dunkle Gasse, die so schmal war, dass kaum zwei Menschen nebeneinanderpassten. Sie führte an einer Tür vorbei, deren grüne

Farbe von Spinnweben verdeckt war. Das Tor und die Spinnweben bildeten ein horizontales Muster, in dem die Netze unterschiedlich dicht gewebt waren. Antonia hielt den Atem an und schlang ihre Arme fröstelnd um sich. Sie fühlte sich, als könnte auch sie nicht mehr entkommen. Dario, ob sie es wollte oder nicht, war dabei, ihr ganz nahezukommen.

Er spürte, dass sie sich nicht wohl fühlte, und ging ein paar Schritte voraus. Antonia besah sich die Spinnweben. Wir Menschen sind wie Spinnen, wir vernetzen uns, werden immer enger, bis irgendwann der Faden reißt und das ganze Netz zusammenfällt. Sie beschleunigte ihren Schritt und wäre am liebsten an Dario vorbeigerannt.

»Du magst wohl keine engen Gassen?«, sagte er und lachte. »Man kann hier manchmal Platzangst bekommen.«

Er war noch einen halben Schritt vor Antonia und drehte sich kurz um. Wie nah er mir ist, und dabei kenne ich ihn kaum, dachte sie. Mitten in der Gasse hielt Dario an.

»In Venedig gibt es kein Entkommen für diejenigen, die einmal hierhergefunden haben. Die Stadt hat Fangarme aus Wasser, die einen umfassen und in ihren Bann ziehen. Wahrscheinlich haben die alten Venezianer sich was dabei gedacht, die Stadt nicht nur mitten im Wasser, sondern auch mit lauter engen Gassen anzulegen.«

Antonia wünschte sich plötzlich, er würde einfach seine Arme ausbreiten, damit sie hineinfallen konnte.

Er nahm Antonia bei der Hand. »Eigentlich muss ich dich das gar nicht fragen, ich nehme an, dass du zu uns gehörst?«

Antonia nickte stumm und drückte seine Hand. Plötzlich fühlte sich seine Anwesenheit leicht und gar nicht mehr bedrohlich an. Sie war dabei, sich in diesen Venezianer zu verlieben, und teilte sogar seine Ideen. Die Gasse öffnete sich auf eine breitangelegte, gepflasterte *Salizada* mit einer Heiligenfigur und einem bunten Wandgemälde daneben. Aus einer *Enoteca*, einem gar nicht touristischen, ziemlich bodenständigen Weinausschank, traten drei Männer mit stark geröteten Gesichtern und einem kleinen braunen Hund.

»Was für ein hübscher Hund!«, rief Antonia und streichelte den Hund, weil sie nicht wusste, wohin mit ihren Händen und weil sie sich selbst für einen Augenblick von ihren Gefühlen ablenken wollte.

»Tja, die Schönheit liegt bei uns eben in der Familie«, verkündete einer der rotgesichtigen Männer mit Knollennase, mit einem vollen Weinglas in der Hand, und lachte Antonia an. Dario zog sie schnell weiter bis zu einer breiten, quadratischen Sackgasse. Aus einer umliegenden Wohnung roch es verführerisch nach Knoblauch, Tomaten und frischem Fisch. Vor einem Haus mit einer Palme und Jasmin in großen Tontöpfen davor hielt er an, sah sich hastig um, ob ihnen jemand gefolgt war, und klingelte. Eine hübsche blonde Frau, nicht mehr ganz jung, öffnete.

»Das ist Gianna«, stellte Dario die Gastgeberin vor, die vorsichtig über das viele Grün hinweg zum Ende der Gasse sah.

»Gianna, jetzt übertreib mal nicht«, protestierte Dario.

»Ich wollte nur sehen, ob jemand von der Presse hinter euch her ist. Du weißt doch, dass du in ganz Venedig bekannt bist. Und Flavio jetzt auch.«

Dario ging die vier Stufen hinauf und zog Antonia an der Hand hinter sich her.

In einem lilafarbenen Sessel saß ein Rotschopf, der den

Kopf an die Sessellehne gelehnt hatte und offensichtlich eingenickt war. Jetzt wachte er gähnend auf.

»Hallo Dario, schön dass du zu mir hältst. Wen hast du dabei? Hoffentlich niemanden von der Presse.« Flavios Stimme klang, als hätte er eine Riesenanstrengung hinter sich.

»Was glaubst du denn ... Meinst du, ich will in Zukunft alleine in die Lagune fahren? Darf ich vorstellen, das ist Antonia.«

»Ah, die Archäologin, ich habe schon von dir gehört!«, rief Flavio und sprang auf, um Antonia zu begrüßen.

Gianna stellte ein paar Gläser auf einen langen Holztisch, der die ganze Breite des Raums einnahm.

»Wollt ihr einen Prosecco, aus Valdobbiadene? Gestern frisch abgefüllt.«

Dario schob Antonia sanft auf einen der rollenden graubraunen Eames-Stühle, Originale aus der Fakultät für Architektur, die die Pförtner wegwerfen wollten, wie Gianna auf Antonias erstaunten Blick sofort erklärte. Sie schenkte eine Runde Wein ein.

Flavio erhob sich mühsam. »Ihr glaubt gar nicht, wie sehr aufwieglerisches Verhalten erschöpfen kann.«

»Na, na, Flavio, so weit ist es ja noch lange nicht! Aber ich freue mich, dass du endlich zu uns gestoßen bist.«

»Zu euch gestoßen nennst du das?«, fragte Flavio eine Spur lauter als unbedingt notwendig. »Ich habe dein Engagement für ›Acqua e isole‹ immer bewundert, aber ich habe mich nicht darum gerissen, diesen kompromittierenden Papierkram zu finden!«

»Jetzt erzähl mal in Ruhe, wie es überhaupt dazu gekommen ist. Du weißt ja, der Zeitung kann man nicht trauen.«

Antonia sah sich in der großzügigen Küche um, von der zwei Fenster fast in Bodenhöhe auf einen Garten mit Wiesen und alten Bäumen hinausgingen. Dass es so etwas in Venedig gab? Einige hundert Meter weiter waren hinter den Bäumen ein paar prachtvolle Palazzi zu sehen, wo die ersten Lichter angezündet waren. Die Luft kündigte den Frühling an, die Fenster standen offen, während ein sanfter Lufthauch die weißen Vorhänge bewegte.

Flavio hatte sich zu ihnen an den langen Holztisch gesetzt.

»Ich habe mir nichts dabei gedacht, als ich bei der Wasserschutzbehörde angefangen habe. Gianna hat nur gescherzt, dass ich jetzt in die Nachfolge des *Magistrato alle Acque*, den es schon zur Zeit der Dogen gab, aufgerückt bin. Damals wurde das Amt nämlich eingeführt, um die Umleitung der Flüsse in die Lagune und die regelmäßige Zufuhr von Süßwasser zu regeln. Die alten Venezianer wussten schon, was zu tun war, um die Lagune am Leben zu erhalten und gleichzeitig ausreichend landwirtschaftliche Flächen zu schaffen. Wenn das unser Vater noch erlebt hätte! Ein paar Kollegen haben wohl bemerkt, dass ich es ziemlich genau mit den Vorschriften nahm. Du hattest mich ja schon einigermaßen darauf vorbereitet«, sagte er an Dario gewandt. »Denn die Geschwindigkeitsbegrenzungen bestehen ja, es würde schon reichen, wenn sie auch jemand einhielte. Absurderweise sind sie in Kilometern pro Stunde und nicht in Knoten angegeben, aber damit hätte ich leben können.«

»Weißt du, mir war das *Consorzio* immer suspekt. Ich will mich jetzt nicht dafür loben, aber ich habe instinktiv jeden Kontakt vermieden. Sobald man in ihren Dunstkreis trat, lag etwas in der Luft, das mir nicht gefiel«, kommentierte Dario.

»Wahrscheinlich hattest du recht, obwohl es schwer war, diesen Leuten zu entgehen.«

An Giannas Haustür klingelte es, und Ugo und Lele traten ein.

»Wer kommt noch?«, fragte Dario.

»Nur noch Alvise«, antwortete Lele, »sonst wird es für Gianna zu viel.«

»So, so, ihr Männer, macht euch nicht lustig, sonst bekommt ihr es bei der nächsten gemischten Regatta wieder mit mir und Annina zu tun«, warnte Gianna.

»Du und Annina habt einfach mehr Zeit zum Trainieren als wir!«

»Ich glaube nicht«, verkündete Gianna giftig. »Ich teile mir meine Zeit nur besser ein, obwohl ich zwei Töchter, einen Enkel und einen schwachsinnigen Spaniel zu betreuen habe.«

Camillo kam winselnd unter dem Tisch hervor. »Ist ja gut, sie hat es nicht persönlich gemeint«, beruhigte Flavio das hellbraune Tier.

»Apropos, Regatta. Wer von euch macht eigentlich mit?«, fragte Dario.

»Bis gestern, als ich in Burano eine Runde ausgegeben habe, dachte ich noch, ich könnte es bis in ein paar Wochen schaffen. Aber so wie es jetzt aussieht, wäre wohl eine ganze Meute venezianischer Journalisten hinter mir her, die mit ihren Mikrofonen über den Bootsrand hängen.«

Flavio sah erschöpft aus.

»Bevor du uns hier ganz einnickst, erzähl uns doch, wie du überhaupt die ganzen Dokumente gefunden hast.«

»Gar nichts habe ich gefunden, jedenfalls war es kein Zufall. Ein Staatsanwalt hat mich darauf aufmerksam gemacht.«

»Wer?«, riefen alle aus einem Mund. Gianna war aufgesprungen und öffnete eine kleine Tür an der Rückseite des Kamins, um noch eine Flasche ihres Spezial-Prosecco zu holen.

»Ich kann euch versichern, dass er nicht genannt werden will. Das ist meine doppelte Bürde – ich nenn es jetzt mal so –, weil ich alleine die Verantwortung für meine Funde tragen muss, obwohl ich eigentlich überhaupt nichts dafür kann.«

»Ach so, die Sachlage sieht jetzt aber ganz anders aus. Er hat dich ... für seine Zwecke benutzt?«

»Nenn es, wie du willst, Dario. Das passiert vielleicht sowieso öfter, als man denkt. Das Geheimnis ist wahrscheinlich, dass man nur die richtige Person für sein Anliegen finden muss. Und der Staatsanwalt hatte offensichtlich den Richtigen gefunden. Irgendwie hatte ich auch so ein Gefühl, als ich im Hafenamt angefangen habe. Wer weiß, vielleicht hat jemand auch nachgeholfen, dass ausgerechnet ich die Stelle bekam. Mir kam das gleich wie ein verdammtes Glück und Wink des Schicksals vor. Aber wie wir jetzt wissen, hat alles seinen Preis.«

»Also der Staatsanwalt hat dich darauf aufmerksam gemacht. Und dann hast du losgelegt?«

Dario warf Antonia stumme Blicke zu. Die hielt vor Spannung den Atem an und empfand es plötzlich als großes Glück, zusammen mit Dario inmitten lauter engagierter Venezianer zu sein.

»Also, es war ja keine Kunst. Im Hafenamt stehen ein paar

alte Ordner in einem ziemlich verstaubten Büro. Da habe ich so einiges über die Aufträge des *Consorzio* in den letzten Jahren gefunden. Es war nicht besonders schwierig, im Internet die Auftragsvergabe zu kontrollieren. Diese Leute hatten nicht einmal viel zu verbergen, sie hatten ja alle geschmiert.«

»Und was meint ihr, was passiert jetzt?«, fragte Gianna besorgt.

»Erst mal abwarten, was morgen in der Zeitung steht. Nach Flavios Aussagen vor dem Stadtrat heute tritt dann wahrscheinlich die Staatsanwaltschaft auf den Plan. Um wie viele Millionen handelt es sich?«, fragte Dario.

»Egal, ab einer wird's gefährlich. Leute, ich bin müde, lasst uns bei nächster Gelegenheit weiterreden. Ich melde mich bei Dario, der einen Rundruf startet. Konzentriert euch auf die Regatta, für die kann man wenigstens selbst trainieren. Alles andere liegt sowieso nicht mehr in unseren Händen«, erklärte Flavio. Die anderen hatten stumm zugehört.

Alle erhoben sich gleichzeitig, Gianna räumte die Gläser beiseite. Dario klopfte Flavio, der sich vor Müdigkeit kaum noch auf den Beinen halten konnte, solidarisch auf die Schulter.

»Weißt du, es ist immer die Politik, die solche Umstände schafft. Und dann müssen wir anderen sehen, wie wir damit zurechtkommen.«

»Das ist der Lauf der Welt, der Kampf zwischen David und Goliath. Nur hatte ich nicht damit gerechnet, mich hat das Ganze ziemlich überrollt.«

»Ich weiß schon, aber mach dir keine Sorgen. Wir sind alle auf deiner Seite. Wir werden die Aktion gegen den *moto ondoso* ein bisschen umgestalten. Es wird alles gut.«

»Euer Wort in Mutter Gottes Ohr«, verkündete Gianna. »Ich gehe jedenfalls schlafen.«

»Gute Nacht, Leute, ciao Antonia! War nett, dich kennenzulernen. Hat dir Dario erzählt, dass wir auf dich gewettet haben?«, fragte Flavio und erhob sich.

»Oh ja«, lachte Antonia und entspannte sich, weil sie immer mehr das Gefühl hatte, dazuzugehören.

»Ich weiß schon, und ihr habt beide verloren.«

Flavio gab mit einem Augenzwinkern zu verstehen, dass er begriffen hatte.

»Wo hast du dein Boot?«, fragte Flavio.

»Unten an den *Fondamenta della Misericordia*, ich bringe schnell noch Antonia nach Hause.«

Nach Hause? Antonia freute sich über die Selbstverständlichkeit, mit der Dario das Wort ausgesprochen hatte. Als würde sie die Stadt schon ihr Leben lang kennen, folgte sie ihm durch die enge, menschenleere Gasse und fühlte sich seltsam aufgehoben an seiner Seite. Wortlos sprang er ins Boot und half Antonia beim Einsteigen.

Merkwürdig, das Wasser ist mir jetzt schon zum vertrauten Element geworden, dachte sie.

Behutsam steuerte Dario das Boot durch die Kanäle, die gotischen Paläste mit ihren hellen Fassaden setzten sich wie phantastische Gestalten vor dem sternenübersäten Himmel ab. Leise spritzte das Wasser an den Bootswänden hoch, hin und wieder blitzte ein spätes Licht aus den Fenstern, als wollte es den beiden auf dem Boot gute Nacht wünschen.

Wortlos und bei laufendem Motor reichte Dario Antonia schließlich die Hand, um auszusteigen.

»Ciao Antonia!«

»Ciao Dario.« Sie sprang so eilig aus dem Boot, dass Darios Versuch, sie zu umarmen, ins Leere fiel. Schützend tauchte das eiserne Tor des Ca' Foscarini vor ihr auf. Das Haus dahinter lag im Dunkeln. Als sie hörte, wie sich das Boot entfernte, machte sie auf dem Absatz kehrt und rannte los, um Distanz zwischen sich und Dario zu schaffen.

Sie lief durch die Stadt, als könnte sie ihre Beine nicht mehr aufhalten, an leeren Hausnischen vorbei. Sie rannte und rannte, als könnte sie die Gefühllosigkeit, die sie so oft in ihrem Berliner Leben erlebt hatte, endlich hinter sich lassen.

Als sie an einer aufgegebenen Kirche vorbeikam, wurden die Gassen immer enger, bis sich die verfallenen Häuser schließlich gegenseitig in die Augen sahen. Antonia lief, bis sie ihre Beine nicht mehr spürte.

Als sie endlich zu Hause ankam, fand sie nur einen Zettel vor: *Morgen werde ich mit Marta Muffins backen.* Antonia hatte nicht die leiseste Ahnung, was das zu bedeuten hatte.

Im Morgengrauen wachte sie von einem eindringlichen Miauen auf. Als sie die Tür öffnete, sprang Mimi so selbstverständlich unter ihr Bett, dass Antonia nicht gewagt hätte, sie hinauszuwerfen.

᠁

»Canaletto, weißt du eigentlich, wie alt Venedig ist?«, fragte Mimi, als sie ihn am nächsten Morgen in der *Calle Paradiso* auf dem Weg vom Fischmarkt traf. Canaletto zupfte an seinen Barthaaren.

»Na, ich erklär's dir schon: Venedig ist genau 421 entstanden, allerdings haben die ersten Venezianer davor auf Torcello gelebt, bis die Pest sie vertrieben hat«, erklärte Mimi nicht ohne Stolz über ihr Wissen.

»Genau, die Pest, da siehst du die Macht von uns Ratten. Wir bestimmen die Weltgeschichte, ob es euch Katzen passt oder nicht.«

»Tja, Ratten sind zerstörerisch, aber viel ausrichten können deine Artgenossen trotzdem nicht.«

»Da täuschst du dich. Schließlich haben wir dafür gesorgt, dass Venedig entstand!«, verkündete Canaletto selbstbewusst.

»Wenn man es so sieht ...«

»Man kann es nur so sehen. Außerdem, ich wollte es dir eigentlich gar nicht sagen ...«

»Canaletto, mach's nicht so spannend! Geduld gehört nicht zu meinen Stärken.«

»Darin bist du Ada leider sehr ähnlich. Ich war heute zufällig in der *Calle Fontana*, wo es diesen wunderschönen Palazzo gibt, in dem auch Werke der Biennale gezeigt werden.«

»Wollen sich deine Artgenossen etwa noch mehr ausbreiten? Du weißt doch, wir haben Absprachen getroffen! Wenn du dich nicht daran hältst, kann ich auch ganz schön ungemütlich werden.« Mimi zeigte ihr prachtvolles Gebiss.

»Mach dir keine Sorgen, liebste Mimi. Aber ich muss dir etwas sagen. Es ist mir einfach ein Bedürfnis, weil man unter Freunden alles teilen muss.«

»Hoffentlich nicht!«

Canaletto tat so, als habe er Mimis Einwand überhört.

»Also, in der *Calle Fontana* in Cannaregio hängt ein Gedicht, das mich als *pantegana*, als Vertreter der typisch venezianischen Kanalratten, zur Königin von Venedig erklärt! ›*Pantegana regina*‹, in zwei Sprachen verfasst, Italienisch und Englisch, damit es auch ja jeder versteht.«

»Großartig, Canaletto, meine Gratulation!« Mimi machte eine bedeutungsvolle Pause. »Aber verzeih, was ich nicht verstehe, du bist doch ein Mann? Kannst du dann trotzdem die ›Königin von Venedig‹ sein?«

KAPITEL 7

Als die schwache Morgensonne durch das Fenster fiel, wachte Antonia vom Duft frischgebackenen Kuchens auf. Im ganzen Haus roch es wie in einer Backstube. Ein Sonnenstrahl kitzelte ihre Nasenspitze. Die Ereignisse des Vorabends fielen ihr ein und kamen ihr völlig irreal vor. Sie war erst ein paar Tage in Venedig und befand sich offensichtlich mitten in einem Skandal. Außerdem hatte sie einen Mann getroffen, der ihr über die Maßen gefiel. Sie schwebte wie auf einer Wolke, auch wenn es zwischen ihr und Dario kaum eine Berührung gegeben hatte. Sie fühlte sich, als wäre sie in einer Nacht zehn Jahre jünger geworden, die Zeit war einfach zurückgedreht. Ihr früheres Leben in Berlin war weit weg, sehr weit. Oder hatte sie nur geträumt, dass Dario gestern Abend auf dem Nachhauseweg versucht hatte, sie zu umarmen? Sie hatten zwar den ganzen Abend zusammen verbracht, allerdings kaum ein persönliches Wort gesprochen. Antonia wurde nicht wirklich schlau aus ihm. Vielleicht musste er herausfinden, woran er mit ihr war, genauso wie sie mit ihm. Immer noch überkam sie ein leiser Schauer, wenn sie an ihn dachte. Plötzlich wurde ihr Herz ganz schwer. Schnell zog sie sich an und ging die Stufen hinunter in die Küche. Marta und Contessa Ada blickten ein paar Sekunden lang erstaunt von ihren Teigschüsseln auf.

»Guten Morgen, Contessa. Oh, war eine Ihrer Jugendlieben auch Bäcker?«, fragte Antonia, um von ihrem verträumten Gesichtsausdruck abzulenken.

»Aber nein, meine Liebe. Marta bringt mir gerade bei, wie man Muffins, diese runden Dinger, backt. Ich hatte ja keine Ahnung, dass es sie gibt!«

Marta drückte Antonia eine Kaffeetasse in die Hand und berührte leicht ihr Handgelenk, als würde sie den Grund für Antonias inneres Leuchten genau kennen. Alle Ablageflächen in Adas Küche waren mit hellen und dunklen Muffins bedeckt, die Marta mit Puderzucker bestäubte. Auf dem Marmorwaschbecken standen Gläser mit dunkelroten Amarenakirschen und Teller mit kandierten Orangenscheiben zur Verzierung bereit.

Ada hatte sich eine weiße Schürze umgebunden und rührte zufrieden in einer großen Porzellanschüssel, die nach Antonias Archäologinnen-Blick mindestens hundert Jahre alt war. Marta füllte in der Zwischenzeit dunklen, sämigen Teig in ein Blech mit kleinen Mulden und ließ von Zeit zu Zeit die dunkelblauen Federn am Ausschnitt ihres T-Shirts flattern. Bevor Antonia an ihrem Kaffee nippen konnte, war von draußen das Geräusch eines andockenden Motorboots zu hören. Kurz darauf stürmte Dario atemlos durch den Garten und in die Küche. Völlig überrascht, konnte Antonia nicht verhindern, dass sich ein Strahlen über ihr ganzes Gesicht ausbreitete. Dario strahlte zurück.

»Ada, ich fass es nicht! Nachdem du hausfrauliche Tätigkeiten dein Leben lang verachtet hast, beschäftigst du dich jetzt mit Kuchenbacken!«, rief Dario.

»Das ist doch ganz einfach. Ich habe in meiner Küche bislang nur Strudel gebacken, den die Österreicher nach Venedig gebracht haben. Aber jetzt habe ich was Neues von Marta gelernt.«

»Hallo Marta, kann es sein, dass ich gestern deinem Vater bei einer Versammlung für den MOSE, die mobilen Schleusen, begegnet bin? Er findet dieses Ungetüm wohl als Einziger gut?«

»Du kannst auch keinen Augenblick mit deiner Politik Ruhe geben. Siehst du nicht, dass wir beschäftigt sind?«, sagte Ada energisch, bevor die schüchterne Marta das Wort ergreifen konnte.

Sie wand sich ein bisschen. »Den MOSE will in unserer Großfamilie niemand außer ihm. Aber was kann ich denn dafür?«

»Eigentlich nichts.« Dario zögerte, während ihm Ada mit einem leisen Kopfnicken eine blaue Kaffeetasse reichte.

»Oder vielleicht doch. Du könntest ihm erklären, warum du dagegen bist. Schließlich gehörst du zu der jungen Generation, um deren Zukunft es geht. Vielleicht hat er sich deine Argumente noch nie angehört.«

»Dario, sei nicht so streng! Wie ist es eigentlich gestern Abend gelaufen? Du hast noch gar nichts erzählt.«

»Hat Antonia noch nichts berichtet?«

»Nein, ich bin gerade erst dazugekommen«, bemerkte Antonia und ließ ihren Blick aufmerksam in der Runde schweifen.

Mimi hatte sich, unbemerkt im allgemeinen Trubel, dazugesellt. Sofort spitzte sie die Ohren, und Dario, dem ohnehin an diesem Morgen wenig entging, bemerkte es sofort.

»Ihr backt Kuchen, während draußen die Welt ihr Gleichgewicht verliert? Ada, du bist mir schon die richtige Verdrängungskünstlerin. Ich dachte, du wolltest dich endlich mit deiner Familiengeschichte beschäftigen, und habe mich gefreut, dass wir dich begleiten dürfen! Und wo treffe ich dich an? In der Küche«, sagte Dario mit gespielter Entrüstung.

Antonia fand, es sei der richtige Moment, um sich einzumischen.

»Hast du etwas von Flavio gehört?«

»Nein, noch nicht, ich wollte ihm ein paar Tage in Ruhe gönnen. Aber ich möchte euch einen Vorschlag machen.«

Marta und Ada hörten gleichzeitig zu rühren auf und starrten ihn an.

»Seht mich nicht so an«, rief Dario abwehrend. »Ich weiß, es ist alles nicht so einfach in Venedig, und wenn man denkt, es wäre einfach, wird es wieder byzantinisch und kompliziert.«

»Dario, von byzantinischen Dingen kann man nur im Sitzen und nach einem Kaffee sprechen.«

»Ich bin heute seit fünf Uhr wach und habe wie jeden Morgen die Archäologen in die Lagune begleitet. Gestern habe ich den Beginn eines ersten Skandals erlebt, und heute den zweiten.«

Dario machte eine Pause. »Fändest du es nicht angemessener, mir eine kleine *ombra* anzubieten? Du rühmst dich doch immer deiner Winzer, die außer dir keiner kennt!«

»Um diese Zeit willst du eine *ombra*? Es wird schlimm enden mit dir.«

»Mit mir nicht, aber mit dem Ausverkauf Venedigs, wenn es so weitergeht. Ihr erinnert euch doch, dass Giordano gestern so begeistert von seinen amerikanischen Mäzenen berichtet hat?«

»Oh ja, er hat sich so gefreut darüber«, sagte Antonia, die die Gelegenheit nutzte, sich in die angedeuteten byzantinischen Angelegenheiten einzumischen. »Hat etwas nicht funktioniert?«

»Nicht funktioniert ist gut!«, antwortete Dario, dessen Ton Antonia eine Spur bitter vorkam.

»Die beiden waren Geschäftsleute, wie sich ziemlich bald herausstellte. Sie wollten nicht Giordanos Forschungen unterstützen, sondern ein Hotel auf die Insel stellen, und hatten natürlich schon herausgefunden, dass das ohne ihn nicht gehen würde!«

»Dieses Pack!«, sagte Ada entrüstet und ging endlich zum Kühlschrank, um Dario ein Glas ihres hervorragenden *Rosato* einzuschenken.

»Ja, genau das finden ich und Giordano auch. Und deshalb wollte ich euch auf einen Ausflug einladen. Giordano ist heute noch schlechter drauf als Flavio gestern. Er braucht unsere Unterstützung.«

»Und wie kann die aussehen?«, fragte Antonia, die bei der zweiten Tasse Kaffee angelangt und noch immer nicht ganz wach war. Vor allem konnte sie kaum fassen, dass der Mann, der ihr so gut gefiel, schon wieder ganz nah bei ihr war. Offensichtlich bestimmte der Erhalt der Lagune tatsächlich sein Leben, während ihr Blick ja in die Vergangenheit gerichtet war. Aber konnte nicht über ihr gemeinsames Interesse eine wunderbare Verbindung zwischen ihnen entstehen? Sie betrachtete seine gleichmäßigen Gesichtszüge mit der geraden Nase, die dunklen, intelligenten Augen, das dunkle Haar mit den Sprenkeln von Grau. Er sah müde aus. Wie er wohl die Nacht verbracht hatte? Sie gab sich einen Ruck, um sich auf das Gespräch zu konzentrieren. Plötzlich hatte sie das Gefühl, dass es auch um ihre Zukunft ging. Ada und Dario hatten sich an den Küchentisch gesetzt, während Marta ein paar Muffins mit Sauerkirschen garnierte.

»Ich glaube, man kann so viel Unverfrorenheit wie bei diesen Amerikanern nur bekämpfen, wenn man derartige Übergriffe, denn darum handelt es sich ja, in der internationalen Presse bekanntmacht«, verkündete Dario kämpferisch. »Es kann nicht angehen, dass jemand, der hierherkommt, nur seine eigenen wirtschaftlichen Interessen im Kopf hat und einfach ein Hotel auf eine Insel stellen will, die ja erst einmal Gemeingut ist. Leider hat die Stadt Venedig durch den Verkauf von ein paar Inseln diese Entwicklung eingeleitet. Aber die Leute müssen wissen, dass nicht alles geduldet wird. Wir Venezianer wollen auch noch ein Wort mitreden.«

»Zumal die Inseln ja Teil eines ausgeküngelten Systems sind, das zwar heute nicht mehr gilt, aber als historisches Vorbild eine wichtige Beispielfunktion hat«, ergänzte Antonia.

»Die internationale Presse zu informieren könnte eine Möglichkeit sein«, stimmte Ada zu und biss in einen warmen Schokoladenmuffin. Sie verdrehte die Augen vor Glück.

»Du Süchtige«, kommentierte Dario liebevoll. »Ich meine jedenfalls, dass ihr mir bei der Aktion, die ich vorhabe, helfen könntet. Du, Ada, natürlich mit deinem Namen und dem Ansehen, das du genießt, und Antonia, du könntest das Interesse der internationalen Forschung auf Venedig lenken, indem du das, was hier geschieht, beschreibst.«

»Ich bin dabei«, rief Antonia begeistert und fühlte sich plötzlich als Teil eines höchst interessanten Komplotts.

»Und was schlägst du konkret vor?«, fragte Ada, die ihre Skepsis noch nicht abgelegt hatte.

Mimi hatte sich in der Nähe der Tür zum Garten zusammengekauert und blinzelte in die Runde.

»Na, ich würde heute Morgen, vorausgesetzt, ihr wollt nicht noch mehr Muffins backen, auf die Insel *Lazzaretto Nuovo* fahren. Giordano braucht dringend Unterstützung, vor allem von Leuten, auf die er sich verlassen kann, und Antonia könnte mit ihren Forschungen beginnen. Sicher wird Giordano uns einiges erzählen, was er im Lauf der Zeit entdeckt hat. Schließlich ist er der ›Herr der Insel‹, wer kann das sonst von sich behaupten? Antonia würde schon mal eine Insel kennenlernen, und Ada, du könntest etwas für deine Hautfarbe tun.«

»Wie meinst du das?«, fragte die Contessa erstaunt.

»Na, deine Haut bräunen, so wie du früher deine Haare auf dem Dach geblondet hast!«

Ada lachte. »Und du meinst, das macht mich jünger?«

»Das bist du doch immer noch … im Kopf!«

Marta versprach, die Küche aufzuräumen und die Hälfte der sechzig Muffins – so viele waren es inzwischen – unter die alten Damen der Nachbarschaft zu verteilen. Ein paar wollte sie für ihren Verlobten Alvise aufheben, der für einen Hungerlohn gelegentlich in der Basilika von San Marco die alte Calido-Orgel spielte und sich zwischendurch als Fischer verdingte. Wer konnte schon allein von Musik leben.

Dario hatte sein Boot nicht vor Adas Landungssteg, sondern in einem kleinen Seitenkanal festgemacht.

»Leidest du schon unter Verfolgungswahn?«, fragte Ada.

»Natürlich. Du, Antonia und ich sind die neue Dreierbande, und alle haben Angst vor uns«, lachte Dario und legte Antonia schützend den Arm um die Schultern. Antonia schmiegte sich wie selbstverständlich an ihn, was Ada mit offensichtlichem Wohlwollen zur Kenntnis nahm.

Die Sonne hatte es mit Mühe geschafft, hinter den Wolken hervorzudringen, die wie von weißen Spitzen umgeben über dem Wasser tanzten. Der Wind trieb sanfte Böen über die Lagune, als wollte er die Stadt von allem Alten und Abgestandenen reinigen.

Sie war in Venedig, schön wie ein Trugbild, neben ihr ging der Mann, der ihr gefiel, und die liebenswürdige Contessa hatte sie unter ihre Fittiche genommen. In diesem Augenblick konnte sich Antonia kaum erinnern, wie ihr Leben zuvor ausgesehen hatte. Sie spürte einen Anflug von durchdringendem Glück, wie sie es noch nie erlebt hatte. Geschickt sprang sie in Darios Boot, als hätte sie noch nie ein anderes Fortbewegungsmittel gekannt.

»Wie schnell sich unsere Archäologin an venezianische Verhältnisse angepasst hat!«, rief Dario erfreut.

Er und Ada warfen sich einen raschen Blick zu und begannen gleichzeitig zu lachen. Antonia blickte irritiert von einem zum anderen.

»Weißt du was? Wir glauben beide, dass wir in dir eine richtig gute Verbündete gefunden haben«, fand Dario.

Das Boot ratterte los. Antonia warf einen raschen Blick auf Dario, der ganz in seinem Element war. Je weiter das Boot in die Lagune drang, desto mehr fühlte sich Antonia von der Wasserfläche umgeben, die ihr gar nicht mehr bedrohlich, sondern wie ein immenser Schutz vorkam. Ein Schwarm Möwen flog unter lautem Gekreisch hinab zu den Blütenteppichen, um gleich danach elegant abzuheben und weiterzufliegen. Ada hatte sich auf der hölzernen Bank am Bug zurückgelehnt und entspannte sich sichtlich.

»Die frische Luft tut mir wirklich gut, ich hätte früher auf dich hören sollen«, sagte sie zu Dario und kicherte dabei wie ein junges Mädchen, das sich rundum wohl in seiner Haut fühlte. »Ich hatte fast gehofft, du kämst heute mit der Gondel an!«

»Nein, mit der war ich am Morgen schon unterwegs, damit ich nicht aus der Übung komme. Auch wenn ich nicht glaube, dass es noch für die Regatta im Mai reicht.«

»Wie viele Boote besitzt du eigentlich?«, fragte Antonia.

»Vier. Das hier, ein *topo*, dann die normale Gondel, das *gondolino da regata* und ein altes *s'ciopon*. Das habe ich noch von meinem Großvater, der damit zur Entenjagd ging.«

Die Wolken waren in ihrer Mitte noch grau, umtanzt von winzigen weißen Wölkchen, glänzend wie die Möwen, die unentwegt ihre Kreise zwischen Wasser und Himmel zogen, als wollten sie den Ausflug der drei begleiten. Dario legte an Tempo zu.

»Antonia, *mia cara*, du wirst in Venedig niemanden treffen, der nur ein Boot besitzt«, verkündete Ada.

Noch bevor Dario sich dem Landungssteg von *Lazzaretto*

Nuovo näherte, war von weitem energisches Hundegebell zu hören. Ada war plötzlich aufgeregt und hellwach.

»Lauter Tamarisken und Weißpappeln, wie lange habe ich diese Bäume nicht mehr gesehen!«

Hinter den Bäumen waren unzählige Türme von Kaminen, ein Gehege und eine Baracke zu erkennen. Giordano eilte sofort herbei, als Dario das Boot festmachte.

»Ciao Giordano, ciao Cielo!«, begrüßte Dario den Freund und seinen Hund. Giordano war sichtlich erleichtert, ihn zu sehen, auch Cielo, ein hochgewachsener schwarzweißer Jagdhund, begrüßte sie freundlich.

»Dario, Gott sei Dank kommt ihr. Du glaubst nicht, wie schwer meine Gedanken heute sind. Ich hatte zum ersten Mal Probleme, allein auf der Insel zu sein.«

Giordano half den beiden Frauen beim Aussteigen.

»Contessa, welche Ehre, Sie hier zu sehen! Und in Begleitung einer schönen jungen Frau?«

»Das ist Antonia, unsere neue Unterstützerin. Ohne sie wären wir heute gar nicht hier«, rief Dario, obwohl ihm die Frage gar nicht galt.

Giordanos Gesicht hellte sich sofort auf. »*Benvenuta*, Antonia, neue Mitstreiter können wir dringend brauchen.«

Dario klopfte dem Freund ermutigend auf die Schulter. »Nimm es nicht so tragisch, dass diese beiden Amerikaner deine Insel übernehmen wollen, davor sind noch ein paar Hürden zu nehmen. Du wirst sehen, wenn wir alle zusammenhalten, fügen sich die Dinge schon. Außerdem haben wir zwei Schutzengel, Contessa Ada und Antonia.«

Giordano versuchte ein gequältes Lächeln.

»Weißt du, es ist alles so deprimierend. Ich hatte ein paar

Brassen geangelt, so fett wie schon lange nicht mehr, den besten Malvasia kaltgestellt und die Amerikaner wie Freunde begrüßt.«

Er holte erschöpft Luft.

»Obwohl, als ich die beiden sah, hatte ich kein gutes Gefühl. Der eine war aufgetakelt, mit rosa Hemd und goldenem Gürtel, als ob er gleich in die Disco wollte. Nach dem Essen haben sie sich beim Rundgang über die Insel so merkwürdige Blicke zugeworfen. Der eine hatte sein Metermaß in der Hand und hat ständig alles ausgemessen. Wie blöd von mir«, er fasste sich an den Kopf. »Ich hatte sogar einen Termin im Bürgermeisteramt vereinbart, damit ihre Unterstützung angemessen gewürdigt wird. Und stattdessen? Nachdem ich ihnen alle Schätze gezeigt hatte, stellte sich heraus, dass sie die Insel am liebsten gleich pachten wollten!«

Immer noch aufgeregt, wischte sich Giordano ein paar Schweißtropfen von der Stirn.

»Am meisten erschüttert mich, dass man niemandem mehr trauen kann. Mein Englisch ist nicht mehr so gut wie früher, aber ich habe herausgehört, dass sie den Tipp mit *Lazzaretto Nuovo* wohl von den neuen Eigentümern von *San Clemente* bekommen haben.«

Giordano wandte sich dem Hundezwinger zu, in dem eine riesige graue Dogge und ein schwarzer Hirtenhund kläfften.

»Seid endlich still, ihr beiden, und nehmt euch ein Beispiel an Cielo! Als die Amerikaner da waren, habt ihr euch nicht so aufgeführt, und da hättet ihr wirklich allen Grund gehabt.«

»Giordano, lass sie doch, du bist ungerecht!«

Dario streichelte Cielo, der brav neben seinem Herrn her trabte.

»Wisst ihr, dass Cielo manchmal am Ufer sitzt und sich die Landschaft ansieht?«, verkündete Giordano, bereits etwas besser gelaunt.

»Von einem Hund, der Cielo heißt, hätte ich auch nichts anderes erwartet«, lachte Dario.

»Wieso heißt er Cielo, also Himmel?«, erkundigte sich Antonia vorsichtig.

»Als er klein war und die Sonne auf sein Fell schien, sah es manchmal himmelblau aus. So ist er zu seinem Namen gekommen.«

»Solche Geschichten gefallen mir«, rief Antonia fröhlich und dachte an Adas Katze.

»Schluss jetzt mit den Tiergeschichten, ich habe mit meiner ungezogenen Katze genug!«, mischte sich die Contessa entschlossen ein, die noch nie eine Freundin langer Einleitungen gewesen war. »Ich will jetzt die Anlagen sehen. Könnt ihr euch vorstellen, dass ich in meinem Alter noch nie auf *Lazzaretto Nuovo* war?«

»Dazu musste erst Antonia aus Berlin zu uns kommen.«

Dario sah Antonia tief in die Augen, der es abwechselnd heiß und kalt wurde.

»Wer weiß, welche Überraschungen ihr Aufenthalt noch für uns alle bereithält.« Er räusperte sich. »Sie ist erst seit kurzem hier und jetzt schon für uns alle eine Bereicherung.«

Giordano ging voraus, gefolgt von Cielo. Dario hatte beide Frauen untergehakt.

»Wie es hier riecht, nach Wacholder, Ginster und Rosmarin! Ich dachte, so etwas gibt es nur noch in meinem Garten«, rief Ada begeistert.

»Da die Insel schon lange nicht mehr bewohnt ist, ist die ursprüngliche Vegetation der Lagune erhalten geblieben. Aber Sie wissen ja selbst, dass aus Wacholder und Rosmarin früher das *espurgo* hergestellt wurde, mit dem man Waren aus dem Orient desinfiziert hat. Ich mag den Geruch ganz besonders, auch wenn seine Wirkung als Desinfektionsmittel sicher umstritten ist.«

Die Contessa geriet leicht ins Straucheln, als hätte sie die ganze Begeisterung völlig aus der Fassung gebracht. Dario fing sie im letzten Moment auf.

»Komm ruhig näher, Dario, ich glaube, wir haben das beide ganz gern!«

»Mit Vergnügen!«, antwortete Dario und drückte Antonias Arm fest an sich. Leise erwiderte Antonia den Druck.

»Ein toller Mann wie du bringt eben alle durcheinander, aber zum Glück bin ich aus dem Alter raus«, rief Ada vergnügt und warf Antonia ein Lächeln zu.

Giordano wirkte immer noch besorgt, weil seine Insel begehrlichen Blicken ausgesetzt war.

Die Insel war so weitläufig, dass man von einer Seite nicht bis zum nördlichen Ende sehen konnte. Etwa zwanzig Meter von der Anlegestelle entfernt befand sich ein niedriges weißes Gebäude mit einem kleinen Vorgarten, Giordanos Unterkunft. »Kommt kurz auf einen Kaffee rein, bevor es weitergeht. Ich muss Cielo noch sein Frühstück servieren.«

Cielo sprang voraus und öffnete mit einer Pfote die angelehnte Tür. Gemeinsam betraten sie einen quadratischen, weißgetünchten Raum, der mit einfachen Möbeln ausgestattet war: ein langgestreckter Tisch, vier Stühle, eine Spüle und eine Herdplatte in der einen Ecke, ein schlichtes Sofa mit grauer Plüschdecke in der anderen.

»Sie leben also hier?«, fragte Antonia, die ihre Sprache wiedergefunden hatte, obwohl sie immer noch den Geruch von Darios Haut in der Nase spürte.

»Nein, so würde ich es nicht nennen, aber ich bin so häufig hier, dass ich mich inzwischen ein bisschen eingerichtet habe. Meine Frau Margherita schimpft natürlich, dass ich so selten in unserer Wohnung in Dorsoduro bin. Aber was soll ich machen, ich muss die Tiere füttern, die Vandalen vertreiben oder wie heute Freunde bewirten. Außerdem, je älter er wird, desto weniger wohl fühlt sich Cielo in der Stadt.«

Giordano lachte endlich, zum ersten Mal an diesem Vormittag, bediente die Kaffeemaschine und stellte eine Schale mit Mandelgebäck auf den Tisch.

»Wie ich sehe, lebst du hier aber nicht schlecht«, kommentierte Dario und setzte sich auf einen roten Plastikstuhl neben Antonia.

»Wie, soll es mir bei der ganzen Arbeit auch noch schlecht gehen? Das fehlte noch!«

»Los, beeilt euch mit eurem Kaffee. Cielo hat auch schon gefrühstückt, raus in die Natur!« Ada hatte es eilig.

»Wie sind Sie überhaupt auf die Ausgrabungen gekommen?«, fragte Antonia, die eine Geschichte witterte und sich vorgenommen hatte, ihre Zurückhaltung endgültig aufzugeben.

»Tja, eigentlich war es Cielo. Manchmal gehe ich mit ihm über die Insel, weil er das so gerne mag. Die anderen beiden lasse ich nur nachts raus, wenn Cielo mit mir in der Wohnung ist. An einer Wand der alten Lagerhallen hat er fortwährend gekratzt, irgendetwas muss ihn da angezogen haben.«

Giordano lächelte, und Antonia hatte zum ersten Mal einen Eindruck davon, was für ein liebenswürdiger Mensch sich hinter seiner besorgten Miene verbarg.

»Du musst nämlich wissen, Giordano ist der Einzige von uns mit einer Mission«, kommentierte Dario. »Er will seine Insel erhalten, wie sie früher einmal war – wenn das keine Aufgabe ist!«

»Wahrscheinlich ist es so, aber du bist ganz nah an deiner eigenen Mission«, antwortete Giordano bescheiden. »Das hat sich einfach allmählich ergeben, seitdem ich auf der Insel lebe. Inzwischen steht sogar auf dem *vaporetto*, das nach Burano oder Murano fährt: Venedig und seine Inseln. Aber Venedig ist doch kein Archipel mit Atollen, die im Meer verstreut sind! Wir leben hier seit Urzeiten mit Venedigs Lagune, denn sie ist noch immer der Garten der Stadt, wo Gemüse angebaut wird, wo es Fischteiche und Salinen gibt. Das alles zusammen macht die Welt Venedigs doch aus, und deshalb ist die Stadt so einmalig.«

Er seufzte traurig und wies auf das satte Grün.

»Aber inmitten von so viel Verwahrlosung ist dieses geniale System der alten Venezianer heute nur noch auf den Kloster- und Lazarett-Inseln zu erkennen.«

Schweigend gingen die vier nebeneinanderher, begleitet von Cielo, der keinen Mucks von sich gab.

»Wann wurde denn die Insel zum ersten Mal erwähnt?«, fragte Antonia. Auf die Tamarisken und Weißpappeln am

Ufer folgten Schlehen, Akazien und Lorbeersträucher. Obwohl der Frühling gerade erst begonnen hatte, vermischten sich die Gerüche von Land und Meer zu einer Woge duftender Natur.

»Das erste Zeugnis stammt aus dem elften Jahrhundert. Damals hieß die Insel noch ›Vigna murada‹, weil hier Wein angebaut wurde. Die alten Venezianer haben die Funktionen ihrer Inseln gelegentlich verändert, pragmatisch und ganz nach Bedarf. Die Insel liegt im Nordosten, von wo aus man die Zufahrtswege gut kontrollieren konnte. Obwohl es im Wasser liegt, hatte Venedig immer zahlreiche Verbindungen zum Festland. Vor allem auch durch die Flüsse, die in der Lagune für den ständigen Austausch mit Süßwasser sorgten.«

»Und wann ist es dann zur Lazarett-Insel geworden?«, erkundigte sich Antonia.

»Das war erst im fünfzehnten Jahrhundert, als der Austausch mit den Ländern rund ums Mittelmeer zum wichtigen Wirtschaftsfaktor wurde. Aus dem Orient kamen wertvolle Stoffe wie Seide oder Damast, aber auch Baumwolle, Pelze und Teppiche auf den venezianischen Galeeren in die Stadt. In Venedig wurden dann aus den Seidenstoffen prachtvolle Gewänder angefertigt und zurück nach Konstantinopel verkauft. Das hieß aber auch, dass die Bevölkerung der Stadt geschützt werden musste, denn mit den Waren kamen auch Krankheitserreger. Damals wusste man ja noch gar nicht, wie die Pest überhaupt entstand.«

Giordano sah Antonia lächelnd an und freute sich wohl darüber, dass sie ihm Fragen zu seinem Lieblingsthema stellte. Offensichtlich war sie ihm sympathisch. Sein Gesichtsausdruck schwankte zwischen Resignation und wiederaufflammender Begeisterung.

»Ich glaube, früher gab es im Unterschied zu heute mehr Menschen an der Spitze des Staatswesens, die sowohl die Details als auch das große Ganze im Kopf hatten. Früher gab es die *Savi*, die Weisen, die dieses komplizierte System überwachten und am Laufen hielten. Fällt Ihnen heute ein italienischer Politiker ein, den Sie als weise bezeichnen würden? Und an der Spitze der *Serenissima* standen gleich zehn davon!«

Nur Dario lachte. »Die gibt es doch nirgendwo!« Anerkennend sah er Antonia an, die das Gespräch auf ein so interessantes Thema gelenkt hatte.

»Oh, seht mal, ein Brunnen mit dem Markus-Löwen, mit dem geschlossenen Buch zwischen den Pranken!« Ada hatte an diesem Vormittag ungewohnte Begeisterung gepackt.

»Ja, der Brunnen wurde errichtet, als sich Venedig im Kriegszustand befand. Aber das wissen Sie sicher alles besser als ich.«

»Nehmt ihr auch diesen durchdringenden Geruch wahr?« Ada sah sich um. »Das sind die Maulbeerbäume, in meiner Jugend habe ich ihre dunklen Früchte über alles geliebt. Meine Großmutter hat an Sommertagen Granita daraus gemacht, eiskalt und zuckersüß.«

»Ressourcen aller Art gibt es hier mehr als genug.«

»Ada, du könntest eigentlich deine eigene Landkarte von der Lagune anlegen«, bemerkte Dario. »Mit den Gerüchen, deinen Kindheitserinnerungen oder mit deiner verwickelten Familiengeschichte, an der du uns immer noch nicht teilhaben lässt.«

»Kommt schon noch«, lachte Ada und setzte ihre Füße vorsichtig über eine Anlage aus niedrigen Steinen.

»Hier befanden sich die Wohnungen der Schiffsmannschaften«, erklärte Giordano und wies auf die weißen Steine und die Überreste der Kamine.

»Die Grundrisse sind noch perfekt zu erkennen. Denn jedes Schiff, das mit Gewürzen oder Stoffen aus dem Orient kam, musste erst einmal vierzig Tage hier in Quarantäne ausharren. Das Wort Quarantäne kam von der Zahl vierzig, *quaranta*. Tja, so hat Venedig schon damals Sitten und Gebräuche, sogar die Sprache, beeinflusst. Übrigens gab es bis vor ein paar Jahren einen zweiten Brunnen, aber den haben Vandalen bereits abmontiert. Wahrscheinlich haben sie die Steine einzeln auf dem internationalen Markt verkauft. So ist nun mal der Lauf der Welt.«

»Waren das etwa Venezianer?«, fragte Antonia ungläubig.

»Wahrscheinlich. Wer weiß denn sonst, wo solche Schätze verborgen sind? Es ist nun mal so, dass viele Venezianer kein Gefühl mehr für die eigene Geschichte und nur noch den maximalen Profit vor Augen haben.«

Antonia blickte vom einen zum anderen. Dario erwiderte ihren Blick und sah ihr tief in die Augen.

»Ich bin ja erst seit ein paar Tagen hier und kann es nicht wirklich beurteilen, aber vielleicht seht ihr das alles zu negativ? Ich meine, es gibt doch auch Leute wie euch, wie uns alle.«

»Genau das ist der springende Punkt: Alle, die anders denken, haben sich zu wenig darüber ausgetauscht. Wenn man manchmal gar nicht weiß, wie es weitergehen soll, muss man sich eben Verbündete suchen«, erwiderte Giordano.

»Finde ich auch!«, rief Ada vergnügt. In der Ferne hatten sich die dunklen Wolken gelichtet, mit dezenten rosa Streifen hatte der Himmel sein Schönwetterkleid übergestreift. Auf einen plötzlichen Wink Giordanos sahen sie alle hoch.

»Da seht mal, über uns, zwei Seeadler! Ich habe sie schon gestern beobachtet, wie sie ihre Kreise zogen. Sie wollten wohl das Terrain sondieren. Heute haben sie begonnen, ihrem Nachwuchs Flugstunden zu geben.«

Dario nutzte die Ablenkung, um den Arm um Antonias Taille zu legen. Sie wurde auf der Stelle von einem rundum wohligen Gefühl durchdrungen.

Giordano gesellte sich an Antonias linke Seite und wirkte plötzlich ganz aufgeregt.

»Möchten Sie nicht über die Insel und ihre Veränderungen, auch über ihre mögliche Zukunft schreiben? Ich glaube, dass sie in der Fachwelt weitgehend unbekannt ist. Ich kann Ihnen gerne dabei helfen.«

»Sehr gerne, das wäre wunderbar«, antwortete Antonia begeistert und bemerkte zu spät, dass Dario seinen Freund misstrauisch ansah. Ada war vorausgegangen und drehte sich bei Giordanos Worten um. *Sie gefällt nicht nur dir*, schien ihr amüsierter Blick Richtung Dario zu sagen.

»Wissen Sie, das venezianische Handelssystem war überaus kompliziert, wie man am Beispiel der Inseln sieht. Es gab ab dem fünfzehnten Jahrhundert einen regelmäßigen Linienverkehr nach Konstantinopel, Beirut, Tripolis und Alexandria, aber genauso in den Norden nach England oder Flandern. Die Handelsbeziehungen der Republik kann man an den Inseln ablesen.«

»Vielleicht könnte uns irgendwann eine Spur auch zu deinem Urgroßvater führen?« Ada blieb einen Moment stehen und stützte sich mit einer Hand auf Antonias Schulter, als sei das alles zu viel für sie. Dann gab sie sich einen Ruck.

»Ich würde viel darum geben, wenn ich das Geheimnis um sein Schicksal endlich lüften könnte. Irgendetwas muss ja passiert sein, wenn er, völlig ohne Spuren zu hinterlassen, verschwunden ist. Schließlich hat sein Verschwinden das Leben meiner Familie über drei Generationen belastet.«

»Ja, es ist merkwürdig, der Name Nicolò Foscarini ist ja weithin bekannt, die ersten Jahrzehnte seines Lebens auch. Und dann scheint er wie im Nichts zu verschwinden«, bestätigte Giordano.

»Ich glaube, meine Urgroßmutter wusste etwas, aber sie hat es nie verraten. Familiengeheimnisse sind wie unheimliche Leerräume, in denen sich lauter Spinnweben einnisten.«

»Ich würde sagen, eher Holzwürmer mit ihren Larven, die man nie los wird. Immer wenn man denkt, sie geben Ruhe, ist ein neues klebriges Tier ausgeschlüpft.«

Mit einem lauten Krachen öffnete Giordano die Tür der alten Lagerhalle. Für einen Augenblick hielten alle vier den Atem an. Cielo, der immer ein paar Schritte vorausgelaufen war, trat leise winselnd zur Seite. An der Wand links der Eingangstür waren etwa zwanzig Zentimeter hohe rote Schriftzeichen zu sehen.

»Das ist …«, stammelte Dario, der als Erster die Sprache wiedergefunden hatte. Antonias Gesicht verzog sich zu einem strahlenden Lächeln: Das war mehr, als sie zu hoffen gewagt hatte.

»Giordano, wie zum Teufel bist du auf diese Inschriften gestoßen? Und wieso hat sie niemand vor dir entdeckt?«

Giordano lächelte leise.

»Der Mensch ist nichts ohne seinen Hund. Es war Cielo, der unter der Wand einen Handschuh ausgegraben hat und darunter zu buddeln begann. Dann war die erste Inschrift zu sehen. Wenn ich nicht irgendwann Stopp gerufen hätte, würde er wahrscheinlich immer noch buddeln. Den Handschuh habe ich allerdings nicht in die Liste mit den archäologischen Funden aufgenommen.« Er grinste.

»Würden Sie mir Cielo denn mal ausleihen?«, fragte Antonia und kraulte den schwarzweißen Hund leicht unter dem Kinn.

»Aber gerne! Hier, seht diese Inschrift!« Giordano wies auf die rechte Ecke der hohen, weißen Wand.

»Hier steht *da Consta*, also *aus Konstantinopel*.«

»Und was bedeutet das?«, fragte Antonia und schnupperte in die Luft.

»Spürst du es? Es riecht nach Geschichte und uraltem Holz, ein paar Jahrhunderte venezianischer Geschichte liegen hier in der Luft«, mischte sich Dario ein. Antonia nickte, überwältigt von ihren Eindrücken.

»*Da Consta* bedeutet wahrscheinlich, dass das Schiff und seine Fracht aus Konstantinopel kamen. Seht ihr die Jahreszahl?«

Giordano wies auf einen verschwommenen roten Fleck.

»Mit Hilfe der Lupe sieht man, dass hier *1828* steht. Und das hier sind lauter Handelszeichen der Galeeren, aus Zypern, aus Rumänien, aus England.«

»Und diese Zeichen hier?«, fragte Ada und wies auf eine kleine rote Fahne, in deren Mitte sich verschwommene Initialen befanden.

»Tja, liebe Contessa, wenn ich das wüsste. Diese Initialen sind einigermaßen geheimnisvoll und unterscheiden sich grundlegend von den anderen Zeichen. Es sieht so aus, als wenn jemand nicht auf einer normalen venezianischen Galeere unterwegs war, sondern in eigenen Angelegenheiten, die vielleicht sogar im Kontrast zu den Interessen Venedigs standen, aber als wenn derjenige unbedingt eine Nachricht hinterlassen wollte.«

Antonia fröstelte auf einmal in der feuchten, kühlen Luft des *Tezon,* der alten Lagerhalle. Dario schien es zu spüren und stellte sich dichter hinter sie. Sie drehte leicht ihren Kopf und schaute ihn an. Plötzlich verspürte sie das dringende Bedürfnis, diesen fremden Mann zu umarmen und seine Hände auf sich zu spüren.

»Jemand, der etwas zu verbergen hatte? Oder dem Unrecht angetan wurde?«, fragte Antonia und wirkte aufgeregt.

»Vielleicht war es ein Pirat, ein in Ungnade gefallener Edelmann«, entgegnete Dario, halb im Scherz.

Ada seufzte. »Ja, oder mein Urgroßvater. Es ist dasselbe Zeichen wie auf der Fahne, die meine Großmutter ihr Leben lang unter dem Kopfkissen aufbewahrte und die mein Freund Baldassare für mich nachgewebt hat.«

Alle sahen einen Augenblick lang auf Ada und hielten den Atem an.

※

Mimi setzte sich auf dem warmen Stein zurecht, der ihr Lieblingsplatz in der Abendsonne war und zum Glück ganz in der Nähe von Adas Garten lag. Sie war glücklich, weil sie den ganzen Tag ohne menschliche Stimmen und ohne

Canalettos Gesellschaft verbracht hatte. Doch jetzt platzte er wie üblich mit seiner quiekenden Stimme wieder genau in die friedvolle Abendstimmung.

»Mimi, ich muss dir was sagen. Auch wenn du es vielleicht nicht hören willst.«

»Das kenne ich«, seufzte Mimi leise. »Aber was soll ich machen, wenn eine Ratte mein bester Freund ist. Ich hätte es mir vorher überlegen sollen.«

»Ja, das stimmt, man sollte immer genau hinsehen, mit wem man Freundschaft schließt. Jede Unaufmerksamkeit kann einen Kopf und Kragen kosten.«

Canaletto setzte sich in Position.

»Ich weiß ja, dass du eine feine Katze mit großem Herzen bist.«

Mimi wehrte sein Lob mit einer entschiedenen Geste mit ihrer rechten Pfote ab. Canalettos Komplimente waren ihr schon immer suspekt gewesen.

»Was wolltest du mir nun so dringend sagen?«

»Tja, das wird dir vielleicht nicht gefallen.« Canaletto strich über seine Barthaare. »Ich habe festgestellt, dass mein Name in Venedig richtig berühmt ist.«

»Du bist eine Ratte, die sich den Namen eines berühmten Malers ausgesucht hat!«

»Ja klar, von diesem Giovanni Antonio Canal, der die prachtvollsten Veduten Venedigs gemalt hat. Übrigens einer der Ersten, der mit seinem Geschäftssinn die Zeichen der Zeit erkannt hat. Seine Bilder wurden von reichen englischen Adligen, gekauft, kein Venezianer hätte sich so was übers Sofa gehängt!«

»Richtig. Und dein langes Leben verdankst du mir. Wenn

ich dich nicht manchmal schon beschützt und gerettet hätte, wie neulich ...«

»Stimmt. Aber du vergisst, dass ich mit meinen Augen vieles sehe, was anderen verborgen bleibt.«

»Jetzt erzähl schon.«

»Ich bin heute in der *Santi Apostoli*-Kirche vorbeigeflitzt, um zu sehen, wie es meinem anderen Cousin, Augusto, geht.«

»Bitte jetzt nicht diese Geschichte von Ratten, die in Kirchen wohnen! Über dieses Thema müssen wir demnächst noch mal ausführlicher sprechen.«

Canaletto putzte sich graziös die Pfötchen. »Du kennst doch die kleine Eisdiele gegenüber der Kirche?«

»Ich bin eine Katze und esse kein Eis!«

»Du musst doch nicht immer alles auf dich beziehen! Es gibt Lebewesen, Zwei- und Vierbeiner, die essen gern Eis!«

»Katzen lassen sich viel lieber *pantegane* schmecken!« Mimi tat, als würde sie gähnen, und zeigte ihr prachtvolles Gebiss.

»Ich glaube, du würdest auch Eis essen, wenn ich dir sage, nach wem es benannt ist.«

»Wie bitte?«

»Es ist nach mir benannt, *Canaletto*! Sahne und Kekse, fein zerbröselt, mit Kirschsauce obendrauf.«

Mimi setzte sich kerzengerade auf ihre Hinterpfoten.

Canaletto räusperte sich.

»Ich habe mir nach unserem Ausflug neulich ein Eis gegönnt.«

»Ach, du meinst, nachdem du ins Wasser gefallen warst?«, fragte Mimi spöttisch. »Wenn ich deine Worte richtig verstanden habe, ist das Eis nach deinem Namensvetter, dem Maler, benannt?«

»Genau, Mimi, du schlaue Katze. Das Eis heißt nicht ›Vanille‹ oder ›Zitrone‹, sondern wie ich! Und es schmeckt wirklich gut«, beharrte Canaletto.

»Gut, ich schicke Ada hin. Auch wenn in Venedig das Undenkbare möglich wird, glaube ich nicht, dass ich als Katze mir an der Theke eine Tüte Eis kaufen kann.«

KAPITEL 8

Erschrocken schauten alle zu Ada, die eine Hand auf ihr Herz presste.

»Seht mich nicht so an. Einer alten Frau wie mir ist es ja wohl erlaubt, gelegentlich aufgeregt zu sein.«

Alle lachten, erleichtert darüber, dass sie ihre Sprache wiedergefunden hatte.

»Ich fürchte, dass die Inschrift echt ist und mich der gute Cielo auf eine Spur gebracht hat, die für mich voller schmerzhafter Erinnerungen ist«, seufzte Ada.

»Willst du uns nicht einweihen?«, fragte Dario vorsichtig.

»Kinder, lasst uns aufhören für heute, mein Kopf hält so viel Vergangenheit auf einmal nicht aus.«

Ada ging nach draußen. Cielo folgte ihr und stupste ihre Hand zärtlich mit seiner Schnauze an.

»Ist ja gut, Cielo, feiner Hund. Da haben wir wieder einmal den Beweis: Tiere spüren eben, wie es den Menschen geht.«

Cielo machte ein paar Sprünge um Ada herum, dann drängte er sich zwischen Ada und Antonia, was Giordano die Möglichkeit gab, an Antonias linker Seite zu gehen.

»Was halten Sie von Cielos Fund? Ich betätige mich zwar

schon länger als Hobby-Archäologe, aber schließlich sind Sie die Fachfrau hier«, fragte er, nicht weniger aufgeregt als Ada.

»Ich müsste mir die Inschriften genauer ansehen, den Kalk und die Pigmentierung in einem Fachlabor analysieren lassen. Das heißt, Sie müssten mir noch einmal die Gelegenheit geben, auf der Insel vorbeizuschauen und eine winzige Probe vom Verputz zu entnehmen.«

»Aber selbstverständlich, wann immer Sie wollen«, rief Giordano erfreut. Offensichtlich schien ihm der Gedanke an Antonias Gesellschaft zu gefallen.

»Ich stehe Ihnen jederzeit zur Verfügung.«

»Sind Sie der Einzige, der in letzter Zeit Zugang zur Insel hatte?«

»Aber natürlich, niemand sonst hat den Schlüssel zu der Lagerhalle. Und Cielo wacht mit Argusaugen über alles, was sich hier abspielt«, sagte Giordano, als habe er einen besonderen Schatz zu hüten.

»Dann kann man davon ausgehen, dass niemand die Inschriften im Nachhinein angebracht und die Wand darüber gekalkt hat?«

»Nein, auf keinen Fall«, antwortete Giordano entschieden und legte seine wettergegerbte Stirn in Falten. »Wer sollte daran auch Interesse haben?«

»Das weiß man nie«, fand Dario.

»Was mich am meisten irritiert, ist, dass niemand zuvor diese Inschriften entdeckt hat«, kommentierte Ada.

»Mich irritiert das überhaupt nicht«, wandte Dario ein. »Luisa und Diego haben neulich berichtet, dass es in der Archäologie ziemlich häufig verspätete und völlig unbeabsichtigte Funde gibt. Kürzlich habe ich in einer Fachzeitschrift gelesen, wie nach zweitausend Jahren zufällig das Grab einer schamanischen Prinzessin in Südsibirien gefunden wurde. Bis dahin war es unentdeckt geblieben, bis schließlich jemand vorbeikam und anfing, Grashalme auf dem Hügel zu zupfen.«

»Ada, du lebst doch schon so lange mit deinen Erinnerungen, was hat dich denn plötzlich so erschreckt?«, erkundigte sich Dario und warf seinem Freund, der nur noch Augen für Antonia hatte, einen schrägen Blick zu.

»Ach, ihr in eurem jugendlichen Alter wisst einfach gar nicht, welche Macht die Vergangenheit über eine alte Frau haben kann.« Ada hob ratlos beide Arme.

»Nicht, solange du uns nicht einweihst«, bedauerte Dario ernsthaft.

»In jedem Fall glaube ich, dass die Inschriften echt sind und dass Sie, Giordano, eine phantastische Entdeckung gemacht haben!«, fasste Antonia die Ereignisse sachlich zusammen und ließ ihren Blick in die Runde schweifen.

»Jetzt setze ich meine Hoffnungen auf Sie, liebe Antonia. Kommen Sie vorbei, wann immer Sie wollen. Cielo und ich freuen uns.«

Die kleine Gruppe war an der Anlegestelle angelangt.

Ada warf noch einmal einen Blick auf die Insel.

»Diese Maulbeerbäume und ihr bittersüßer Duft! Sie müssen irgendwo im Innern der Insel wachsen. Das werde ich meinem Freund Baldassare erzählen. Vielleicht kann er hier eine neue Seidenplantage anlegen.«

»Mir ist alles recht«, befand Giordano. »Solange auf meiner Insel nicht schon wieder ein neues Luxushotel wie auf *San Clemente* geplant wird.«

Schweigend stiegen die drei ins Boot. Cielo winselte traurig, Giordano winkte ihnen zu, als Dario ablegte. Noch ganz in seine Gedanken versunken ließ Dario nicht den Motor an, sondern bewegte das Boot mit dem Ruder vorsichtig von der Anlegestelle weg.

Antonia warf einen Blick zurück. Sie war begeistert.

»Maulbeerbäume für die Seidenproduktion, Unterkünfte mit riesigen Kaminen für Menschen, die friedlichen Handel trieben und aus fernen Ländern kamen, Geheimnisse, die blutrot in die Wände eingeritzt sind: Diese Insel ist wirklich ein wunderbarer Ort!«

»Oh ja«, ergänzte Ada, »wenn man genau hinhört, ist noch das Stimmengewirr von damals zu hören. Könnt ihr euch vorstellen, wie hier nachts die Geister umgehen?«

»Es gibt keine Geister!«, widersprach Dario energisch. »Weder hier noch in deinem Haus.«

»An Gespenster glaube ich auch nicht, aber trotzdem kommt es mir vor, als hätten die vielen Stimmen und Menschen die Landschaft durchdrungen«, bemerkte Antonia. »Es sind so viele Jahrhunderte vergangen, und gleichzeitig ist alles präsent. Das ist es, was mich am meisten erstaunt.«

Der Wind hatte sich Richtung Osten verzogen. Vor ihnen lag eine ruhige Wasserfläche, nur ein paar leise Wellen schlugen hinter ihnen an der Anlegestelle auf. Antonia erlebte zum ersten Mal das Gefühl, dass die Lagune mit ihren kleinen und großen Inseln ein lebendiges und vielfältiges Universum war. Ihr Herz, das in letzter Zeit so oft schwer gewesen war, fühlte sich plötzlich ganz leicht an.

»Mir kommt es vor, als hätte sich mir heute auf einer winzigen Insel eine ganze Welt aufgetan«, bemerkte sie.

»Und du hast einen neuen Freund gewonnen, der dir sicher noch sehr nützlich sein wird«, antwortete Dario, offensichtlich weniger erfreut darüber. Antonia war abgelenkt. Sie musste unbedingt in Berlin anrufen, vor allem Del Vecchio, aber auch Katia und endlich Stefan. Bevor diese venezianische Welt sie völlig in ihren Sog zöge und sie alles, was zuvor war, vergessen hätte.

Obwohl das schlechte Wetter sich gelegt hatte, spürte Antonia den kalten Nordwind, der sich mit ein paar Tropfen Meerwasser mischte, so dass sie am liebsten nach unten gegangen wäre. Ada schien die Feuchtigkeit nichts auszumachen, still saß sie auf der Holzbank in Darios Nähe. Ein Boot mit einem leuchtend roten Ampellicht rauschte vorbei, und ein paar Wasserspritzer kitzelten Antonias Nase. In der Ferne, gleich hinter der Mündung zur Adria, war deutlich das Ansteigen der Flut zu erkennen. Genau über San Marco stand schon der Mond als schmale, gekrümmte Sichel.

Antonia betrachtete Dario, der sich am Steuer zu schaffen machte. Wind und Wellen konnten ihr ruhig um die Ohren wehen, solange es hier diesen Mann gab, der sich mit den Elementen auskannte und ihre Freundin Ada sie bei ihren Abenteuern begleitete. Sie beschloss, nur ein paar entschuldigende SMS nach Berlin zu schicken und weitere Erklärungen auf die nächsten Tage zu verschieben, wenn sie etwas weniger aufgewühlt war.

Ada hatte sich dem Meer zugewandt und schien ihren eigenen Gedanken nachzuhängen.

»Du bist die Einzige, die uns hier aufklären kann«, insistierte Dario noch einmal. »Wir können Bücher lesen und Inschriften entziffern, wir haben nur ein paar Buchstaben, eine Jahreszahl, gesehen, die vielleicht eine Bedeutung haben oder auch nicht. Du allerdings kennst den verborgenen Zusammenhang.«

Ada seufzte, als lastete die gesamte Geschichte Venedigs auf ihr.

»Ihr habt ja keine Ahnung, wie es ist, als Kind in einer bleischweren Atmosphäre aufzuwachsen, die einem vor lauter Geheimnissen den Atem raubt, nur weil es irgendeinem Vorfahren gefallen hat, die Regeln zu brechen, und danach niemand mehr darüber sprechen wollte. Meine ganze Kindheit war schwer vom Flüstern der Erwachsenen. Was habe ich damals alle anderen Kinder auf den *campi* und *campielli* beneidet: Sie durften Kreise mit bunter Kreide zeichnen und mit farbigen Glasperlen aus Murano spielen. Meine Schwester Agnese und ich bewegten uns im Ca' Foscarini selbst wie kleine Gespenster, die den Erwachsenen nicht zur Last fallen durften. Die Luft vibrierte von unausgesprochenen Ängsten und Geheimnissen.«

Ada holte tief Luft. Dario und Antonia kannten ihre Gratwanderung zwischen Mitteilungsbedürfnis und Zurückhaltung und waren gespannt, wie es weiterging.

»Erwartet nicht zu viel von meiner Erzählung, weil mir selbst immer noch ein paar Mosaiksteine aus meiner Familiengeschichte fehlen. Ich habe trotzdem im Alter meinen Frieden damit geschlossen, weil mir nichts anderes übrigblieb. Aber bislang fehlten mir ein paar Elemente. Dank Antonias Besuch und meiner eigenen Nachforschungen habe ich endlich die Hoffnung, das Rätsel zu lösen. Ich möchte endgültig damit abschließen. Sicher ist es kein Zufall, dass ich selbst keine Kinder habe. Ich wollte dieses Erbe nicht weitergeben.«

Adas Stimme hatte ungewohnt hart geklungen, so dass Dario und Antonia einander einen erstaunten Blick zuwarfen.

»Ich finde, du könntest uns ruhig vertrauen«, versuchte es Dario noch einmal.

Man sah Ada die Mühe an, die es sie kostete, ihre Gedanken in Worte zu fassen.

»Die Venezianische Republik hat ihre Bürger ziemlich gleich behandelt, aber für diejenigen, die ihre Gesetze nicht achteten, gab es kein Pardon, und das ist leider in meiner Familie passiert«, erzählte Ada mit leiser Stimme. »Meine Großmutter Giulia hat nie über ihren Vater gesprochen, an den sie nur eine vage Erinnerung hatte. Als ich noch ein Kind war, hat mir meine Mutter erzählt, dass mein Urgroßvater auf dem Meer umgekommen sei. Meine Urgroßmutter Gilda war damals Ende dreißig und für den Rest ihres Lebens in dem dunklen Gemäuer eingesperrt, das sie sich für ihr Leben als Witwe ausgesucht hatte. Nur in der Lagune fand sie manchmal Zuflucht, wie viele Venezianerinnen. Manchmal saßen meine Mutter und meine Großmutter nachts zusammen, sie hatten die Türen geschlossen und die Fenster verhängt. Wenn meine Schwester und ich heimlich lauschten, kam es uns vor, als befragten sie ein Orakel. Einmal haben sie am Morgen allen freudig verkündet, dass Nicolò, mein Urgroßvater, nicht auf dem Meer umgekommen, sondern hochbetagt in Istanbul, zu seiner Zeit noch Konstantinopel, gestorben sei.«

»In welchem Jahr war das?«, fragte Dario.

»Das war zu Beginn des neunzehnten Jahrhunderts, als Venedig bereits keine unabhängige Republik mehr war. Mein

Urgroßvater Nicolò Foscarini war ein schöner Mann, der viel Erfolg bei Frauen hatte. Zuerst dachte meine Urgroßmutter Gilda, er habe sie wegen einer anderen Frau verlassen. Zur großen Erleichterung aller hat das Orakel enthüllt, dass es angeblich nicht so war. Aber man weiß ja nie.«

Sie seufzte erschöpft. »Aber welche Bedeutung hatte das noch … Er war verschwunden und hatte seine Familie im Stich gelassen.«

»Für die Familie war das natürlich schrecklich. Aber ich vermute, im Mittelmeerraum ist das nicht nur in deiner Familie passiert. Venedigs Handelsstationen boten sich für alle, die hier unerwünscht waren, geradezu an«, meinte Dario.

»Ja, aber Nicolò hat die Gebote der Republik nicht beachtet, und das galt als Vergehen. Das ist genau das Problem: Bis heute habe ich nicht verstanden, was eigentlich passiert ist. Ich weiß nur, der Name Foscarini wurde danach aus dem Goldenen Buch der Stadt gestrichen, was natürlich das Leben seiner Nachfahren, bis hin zu mir selbst, beeinflusst hat. Man ließ uns Frauen in dem angestammten Palazzo der Familie wohnen und konfiszierte nur einen Teil des Vermögens. Die Verbannung aus Venedig war ein beliebtes Mittel, wenn eine Familie zu angesehen war, um sie drastischer zu bestrafen, die Republik ihre männlichen Nachfahren aus irgendwelchen Gründen aber trotzdem loswerden wollte.«

»Und wer hat damals im Ca' Foscarini gewohnt?«, mischte sich Antonia ein. »Es ist ein so großes Haus …«

»Im Ca' Foscarini lebte unsere weitverzweigte Großfamilie, vorwiegend Frauen, zwei unverheiratete Tanten und eine Cousine. Nur im Sommer lebten wir auf San Giacomo, wo eine Tante ein paar Ländereien unterhielt und uns versorgt hat. Dort konnten wir die Sonne genießen. Nur die Sonne lässt einen die Armut vergessen.«

Ada seufzte und blickte in die beginnende Dämmerung, die die Lagune und die wenigen Boote, die noch unterwegs waren, in einen blauschwarzen Mantel hüllte. Über der Stadt war schon ein blasser Mond aufgetaucht, der noch zögerte, bevor er in seiner ganzen Pracht erstrahlte.

»Für mich war Nicolò Foscarini nur ein verschwundener Urgroßvater, der vor über hundert Jahren gelebt hat und den ich nie kennengelernt hatte. Mehr wusste ich als Kind nicht über ihn. Für meine Großmutter Giulia war er der Mensch, den sie über alles geliebt und der sie in der Familie unter seinen besonderen Schutz genommen hatte. Um genau zu sein, nicht nur die kleine Giulia, sondern die ganze Familie, die er mit standesgemäßen Palazzi und Arbeitsplätzen in seinem Handelsunternehmen versorgte. Viele wohlhabende Venezianer haben ihr Geld lieber im Casino verspielt. Er dagegen hat Verantwortung übernommen, im guten wie im schlechten Sinn. Er war ein Mann mit viel Charisma, der andere in seinen Bann zog. So wurde es mir jedenfalls erzählt. Als er verschwand, veränderte sich das Leben von Gilda, meiner Urgroßmutter, und von Giulia, meiner Großmutter, von einem Tag auf den anderen. Der Schutz war abgefallen, der Rest der Familie, die ganze Gesellschaft, die sie umgab, wandte sich ab. Meine Familie war plötzlich verarmt, obwohl sie in einem uralten und ziemlich feudalen, aber leider schwer heizbaren Palast wohnte.«

»Und von was habt ihr gelebt?«

»Meine Mutter hat nach und nach alle Bilder verkauft,

leider weit unter Wert. Ich spreche nicht gern darüber, aber meine Mutter musste sich zeitweise bei Baldassare als Damastweberin verdingen, weil wir sonst sicher verhungert wären.«

»Aber vor dem Verschwinden deines Urgroßvaters war die Familie sehr reich. Mit was hat er denn sein Vermögen gemacht?«

»Er hat zu Beginn vor allem mit Glas gehandelt – seine Beziehungen zu den Muraner Glasbläserfabriken waren exzellent –, außerdem mit Gewürzen und Stoffen. Später hat er am Bau und am Handel mit Galeeren verdient. Aber das Vermögen der Familie hat die Republik größtenteils konfisziert und uns nur einen Teil zum Leben gelassen.«

»Wie war das möglich?«

»Das war die Strafe. Die Venezianische Republik hatte ihre eigenen Gesetze, die in der Regel auch gerecht waren. Wenn der Fischer und der Adlige vor Gericht erschienen, hatten beide gleichermaßen Chancen, recht zu bekommen. Aber umgekehrt waren die Strafen drastisch, wenn jemand sich nicht an die Regeln gehalten und der Republik geschadet hatte.«

»Das Schicksal von Marino Falier ist ein gutes Beispiel dafür«, bestätigte Dario. »Sein Porträt ist im Dogenpalast heute mit einer Schärpe versehen. Er wollte das Volk gegen die Dogen aufhetzen und wurde zum Tod verurteilt.«

»Muss ich mir ansehen«, murmelte Antonia, die stumm zugehört hatte.

»Aber was hat dein Urgroßvater denn nun eigentlich angerichtet?«, fragte Dario.

»Genau das weiß ich eben nicht und möchte es erfahren.

Vielleicht ist ihm sein Verantwortungsgefühl in einem einzigen tragischen Moment abhandengekommen. Soviel ich weiß, besaß er Schiffe, die die Route von Venedig nach Konstantinopel fuhren. Er war ein erfahrener Kapitän und manchmal auch mit den Frachten anderer Kaufleute unterwegs. Er lud alles, was der Norden am Orient schätzte und womit man damals reich werden konnte: Gewürze wie Pfeffer, Nelken, Zimt und Stoffe. Und auf einer dieser Routen ist ihm wohl ein Unglück widerfahren. Das möchte ich jetzt endlich herausfinden.«

Antonia ließ ihren Blick über die Lagune schweifen und sah einem phantastischen Schauspiel zu: Der Himmel über Venedig schillerte in dunklem Ocker, gleich darauf in rötlichem Gold, bis sich das gedämpfte Glühen im zarten Grau des dunkler werdenden Abendhimmels verlor.

»Die Verbindung zwischen Baldassares Familie und meiner stammt aus jener Zeit. Sein Vater hat uns damals sehr unterstützt. Deshalb halten Baldassare und ich bis heute zusammen wie Pech und Schwefel, auch wenn aus uns kein Liebespaar geworden ist.«

Dario hatte endlich doch den Motor aufgedreht, so als wenn er möglichst schnell nach Venedig zurückkehren und Adas melancholische Erinnerung verlassen wollte. Weißer Schaum spritzte zu beiden Seiten des Bootes auf.

Ada legte sich wieder die Hand aufs Herz, was Antonia beunruhigte.

»Ich glaube, für Ada reicht es heute«, wandte sie sich leise an Dario.

»Danke, dass ihr mir zugehört habt. Ihr habt mich mit vereinten Kräften dazu gebracht, euch mein Geheimnis anzuvertrauen. Ich freue mich jedenfalls für Antonia, dass sie den richtigen Einstieg in ihre Forschungsarbeit gefunden hat. *Lazzaretto Nuovo* ist voller Geschichten, wie die ganze Lagune. Und Giordano ist ein treuer Freund, der ihr sicher weiterhelfen wird. Und jetzt möchte ich nach Hause, meine Katze wartet. Vielleicht hat Marta sogar ein paar dieser Muffins für mich übriggelassen und nicht alle in der Nachbarschaft verschenkt.«

Die Contessa hatte zu ihrer guten Laune zurückgefunden.

»Die Möwen sind zurückgekehrt. Manchmal kann ich sie am Abend wieder in meinem Garten hören, ein gutes Zeichen. Und ihr beide macht euch einen schönen Abend in Venedig! Dario, ich brauche dir wohl nicht zu sagen, wohin du Antonia ausführen musst.«

Plötzlich war die schwere Stimmung von allen abgefallen.

»Meinst du, sie verträgt eine Fischerkneipe mit rauen Männern, die ihr Leben auf dem Meer verbringen?« Dario hatte sich an Ada gewandt.

»Du meinst, Männer wie dich? Das traue ich ihr nach dem heutigen Tag zu«, rief Ada fröhlich.

»Antonia, ich weiß Sie in guten Händen. Dario fällt bestimmt noch eine schöne Abendgestaltung ein. Kommen Sie, so spät Sie wollen!«, und Ada verabschiedete sich. »Und jetzt muss ich nach meiner Katze sehen, bevor sie aus Langeweile noch mit einer Ratte Freundschaft schließt.«

Flink wie ein junges Mädchen stieg Ada aus dem Boot und öffnete das eiserne Tor. Aus dem Garten drang ein schlechtgelauntes »Miau!«.

Das Wasser bewegte sich leise, als Dario das Boot wendete.

Antonia sah in die Tiefe und glaubte im milchigen, verblassenden Licht ihr eigenes Gesicht zu erkennen. Sie lächelte. Selbst ihre Gesichtszüge kamen ihr klarer vor als in Berlin, wo sie viel zu oft mit leicht verkniffenem Mund durch den Alltag ging und ihre Zeit zwischen ihrem Schreibtisch und den Abenden mit Stefan aufteilte. Meist verbrachte jeder den Tag für sich, nur am Abend trafen sie sich gelegentlich mit Freunden am Küchentisch. Antonia hatte den Austausch mit ihm in der Zeit vor ihrer Abreise oft schmerzlich vermisst. Und jetzt? Sie wusste selbst nicht, wie es weitergehen würde, aber sie beschloss, den glücklichen Augenblick zu genießen.

»Willst du wirklich mit mir in die Fischerkneipe gehen?« Dario hatte eine Hand auf Antonias Schulter und die andere auf das Steuerrad gelegt. Antonia warf ihm ein Lächeln zu. »Aber natürlich!«

Er zog seine Hand zurück und sah sie belustigt an.

»Ich muss mir noch überlegen, ob ich mit dir dahingehen will. Schließlich riskiere ich, dass du innerhalb kürzester Zeit von einer Schar von Verehrern umgeben bist.«

»Wie meinst du das?«

»Ich habe schließlich Augen im Kopf! Willst du behaupten, du hättest nicht bemerkt, wie Giordano dich angesehen hat?«

Antonia lachte vergnügt. »Meinst du wirklich? Nein, ich habe die ganze Zeit mit Cielo gespielt. Ich hatte nur Augen für ihn!«

»Und das soll ich dir glauben? Du flunkerst schon wie eine echte Venezianerin. Du bist gerade erst angekommen, und die Männerwelt liegt dir zu Füßen. Abgesehen davon, dass du Ada erobert hast. Nach ihrer guten Laune zu urteilen, tut ihr deine Gesellschaft ausgesprochen gut.«

Antonia nickte. »Ihre Katze schläft seit kurzem unter meinem Bett.«

»Die hast du also auch um den Finger gewickelt! Bald wird Venedig nicht mehr vor dir sicher sein«, bemerkte Dario spöttisch.

Von ihr aus könnte es so weitergehen, dachte Antonia mit einem feinen Lächeln und hütete sich, den Gedanken auszusprechen.

Dario hielt vor einem dunklen, unscheinbaren Eingang, an dem Antonia achtlos vorbeigegangen wäre.

»Ciao Fausto!«

»Hey Dario, sieht man dich auch mal wieder!«, rief der Wirt, sobald sie den Gastraum im oberen Stock betraten.

»Gestern war Marinella mit einer Freundin da, die beiden haben fast meinen ganzen Weinkeller leergetrunken! Ich hoffe, du bestellst keinen Chardonnay, von dem ist nämlich kaum noch was da.«

Antonia war hinter Dario die Treppe hinaufgegangen und bemerkte die gehörige Portion Gift nicht, die Darios Blick dem verblüfften Wirt entgegenschleuderte.

»Entschuldige, Dario, ich habe gar nicht gesehen, dass du in Begleitung bist«, entschuldigte sich Fausto, der mit schwarzem Schnauzbart und gedrungener Statur tatsächlich wie der Wirt einer Hafenkneipe aussah, trotz seines beigefarbenen Kaschmirpullovers. Antonia fand ihn auf Anhieb sympathisch.

»Du hast es immer noch nicht kapiert: Wirte, Ärzte und

Pfarrer dürfen nie weitersagen, was sie gesehen oder gehört haben! Aber sei's drum, darf ich vorstellen? Fausto, der Wirt, der nichts für sich behalten kann. Und das ist Antonia, Archäologin aus Berlin.«

Antonia reichte Fausto die Hand.

»Sehr erfreut, Antonia! Was für ein interessanter Beruf! Ich gebe euch den besten Tisch am Fenster, damit du mir verzeihen kannst, Dario. Aber du weißt doch selbst, in Venedig bleibt nichts geheim. Morgen weiß sowieso die ganze Stadt, dass du mit einer attraktiven Archäologin essen warst.«

»Jetzt weißt du alles über mich«, wandte Dario sich zerknirscht an Antonia und beobachtete gespannt ihre Reaktion.

»Ich habe eine Ehefrau, die mir das Leben zur Hölle macht und sich, wie ich seit heute Abend weiß, in zweifelhafter Gesellschaft in meinem Stammlokal betrinkt.«

Antonia spürte plötzlich einen Eishauch auf ihrer Haut, als würde sie im Sommerkleid die Antarktis durchqueren. Sie verschränkte die Arme vor sich, während Fausto eine Flasche Rosato in der Farbe eines glühenden Sonnenuntergangs auf den Tisch stellte. Unter Darios missbilligendem Blick schenkte er ein und warf Antonia ein wissendes Lächeln zu.

»Was darf ich euch bringen? Eine kleine Vorspeise? Ein paar Sardinen?«

»Etwas, was deine Schwester gerade frisch zubereitet hat. Und bitte nichts von den Resten, die meine Exfrau übriggelassen hat!«

Dario hatte das Wort »Ex« besonders betont.

»*Sì commandante*«, grinste Fausto sichtlich amüsiert.

»Hast du Exfrau gesagt?«, fragte Antonia mit flatterndem Herzen.

»Ja.«

Dario grinste, als Antonia vor Erleichterung einen leisen Seufzer von sich gab. Der Stein, der sich für einen Augenblick auf ihr Herz gelegt hatte, verflüchtigte sich.

»Wir streiten seit einem Jahr. Inzwischen wollen wir beide die Scheidung, obwohl ich lange Zeit noch einen letzten Versuch unternehmen wollte. Ada meint ohnehin, die Dinge nehmen ihren Lauf und fügen sich von selbst.«

Trotz ihrer Neugier beschloss auch Antonia, den Dingen ihren Lauf zu lassen und nicht weiter nach seiner Ehefrau zu fragen. Offensichtlich war er frei, und das war alles, was zählte.

»Ziemlich laut hier, ich hoffe, das stört dich nicht«, befand Dario.

»Oh nein«, lachte sie vergnügt, »an die Geräusche Venedigs habe ich mich inzwischen gewöhnt. Von meinem Mezzanin aus wecken einen ja schon früh die Glocken.«

Sie sah sich um. Jeder der einfachen Holztische hatte eine andere Höhe. »Ist wohl ein Lokal für Individualisten«, sagte sie und lachte.

»Das sind wir doch alle, sonst wäre es uns ja kaum möglich, in dieser verrückten Stadt zu leben.«

Am Nebentisch saß eine zarte, blonde Frau neben einem bärtigen Seemann, während sich hinter Darios Rücken eine größere Gesellschaft um ein paar geöffnete Weinflaschen scharte. Je mehr sich Antonia umsah, desto wohler fühlte sie sich trotz des Geschreis.

»Du scheinst sehr vertraut mit Ada, kennst du sie schon lange?«

»Wir sind befreundet, seitdem ich mich für den Zustand der Lagune interessiere. Davor kannten wir uns, so wie sich in Venedig eben alle kennen. Wir sind inzwischen so wenige, dass das nicht ausbleiben kann. Ich hatte immer das Gefühl, dass sie eine besondere Verbindung zur Lagune hat, mehr als andere Venezianer. Eigentlich verdanke ich es ihr, dass ich mich für die Inseln interessiere. Ich glaube, dass die Zukunft der Stadt wesentlich davon abhängt, wie wir mit dem ökologischen Gleichgewicht in der Lagune umgehen.«

»Dann decken sich ja unsere Interessen«, bemerkte Antonia erfreut.

Dario warf ihr einen Blick aus dunklen, sehnsüchtigen Augen zu.

»Ja, das glaube ich auch. Als du hier aufgetaucht bist, war es ein Zeichen, dass ich mit meinem Interesse auf der richtigen Spur bin. Dein Forschungsprojekt könnte wichtig für uns sein, weil du das Anliegen von uns Umweltschützern unterstützt.«

Er schlug die Augen nieder, als wolle er nicht zu viel sagen.

»Und was Ada anbetrifft, die Beziehung zwischen meiner Familie und den Foscarini besteht schon länger.«

Fausto hatte einen Teller eingelegter Sardinen mit Rosinen und weißen Zwiebeln gebracht, die Dario auf zwei Tellern verteilte und auf die er sich wie ausgehungert stürzte.

»Fausto, bitte bring uns noch einen Wein.«

»Wollt ihr nur trinken oder noch was dazu? Muscheln vielleicht? Oder lieber ein Risotto mit Lagunenfischen?«

»Die mit den vielen Gräten? Nur, wenn du sie ordentlich durchgesiebt hast.«

»Hast du Gräten gesagt? Fische mit Gräten kommen bei mir gar nicht auf den Tisch. Sonst frisst meine Katze die Reste nicht.« Fausto zwinkerte Antonia zu.

»Also noch ein Verehrer«, seufzte Dario, als der Wirt sich entfernte. »Daran werde ich mich gewöhnen müssen. Wo waren wir? Ach ja, du hast nach Ada gefragt. Unsere Beziehung ist tatsächlich Familientradition. Mein Großvater war damals im Ca' Foscarini als Gondoliere angestellt. Früher war das so üblich, dass die reichen Familien einen eigenen Gondoliere beschäftigten. Und das Ende der Geschichte kennst du ja, die Familie ist dann so verarmt, dass es mich wundert, wie Ada überhaupt den alten Kasten erhalten hat. Mein Großvater hat sich dann, wie viele seiner Kollegen, im Winter in den Chemiefabriken von Porto Marghera verdingt.«

»Warum hast du dich entschlossen, auf das Wassertaxi umzusteigen?«

»Dafür gab es viele Gründe, obwohl ich die Gondel immer mochte. Als Fortbewegungsmittel auf den Kanälen ist sie unschlagbar. Sie bewegt sich schnell und elegant. Auf den engen Kanälen ist sie wendig wie kein anderes Boot, weil man das Ruder nur auf einer Seite bewegt.« Er räusperte sich. »Wenn du magst, lade ich dich zu einem Ausflug ein, aber nur, wenn du ruderst.«

Dario warf ihr sein umwerfendes Lächeln zu.

»›Du fährst‹, sagt man in Berlin, wenn man zu viel getrunken hat, aber ›Du ruderst‹ gefällt mir noch besser«, antwortete Antonia fröhlich.

Fausto kam mit zwei dampfenden Tellern Risotto an den Tisch, dessen grünliche Farbe an das Wasser der Lagune erinnerte.

»Gab es denn keine Männer in Adas Familie? Ich kann kaum glauben, dass die immer auf dem Meer unterwegs waren.«

»Das ist doch immer so in Hafenstädten. Die Männer sind auf dem Wasser unterwegs, und die Frauen erledigen den Rest. Jedenfalls in vielen Familien. Am besten fragst du sie selbst.«

Dario hatte trotz Antonias vieler Fragen sein Risotto in Windeseile aufgegessen.

»Aber du hast ja gesehen, wie mitgenommen Ada heute auf der Insel war. Vielleicht braucht sie nur etwas Zeit.« Er sah sie durchdringend an.

»Wie wir alle, wenn etwas Neues geschieht. Vielleicht hat sie dich und deine Forschungsarbeit als Anstoß gebraucht, um ihrer eigenen Familiengeschichte noch einmal nachzugehen.«

Antonia warf ihm einen zustimmenden Blick zu.

»Vielleicht muss man gerade im Alter die Dinge noch einmal neu aufrollen, um mit ihnen abschließen zu können. Schließlich fordert auch die Seele Erleichterung.«

Sie redeten die ganze Zeit über Ada, dabei ging es doch um sie, dachte Antonia und machte sich endlich über ihr Risotto her.

Es war alles so neu: die Stadt, die Lagune, dieser Mann, der ihr so vertraut ist, als würde sie ihn ewig kennen. Sie musste unbedingt mit Katia über ihre verwirrenden Gefühle sprechen. Vielleicht waren Ada und Venedig das neutrale

Terrain, auf dem Dario und sie sich kennenlernen konnten? Sie würde dem Lauf der Zeit vertrauen.

»Jedenfalls haben Ada und ihre Schwester nie geheiratet, obwohl sie über Verehrer nicht klagen konnten.«

»Oh ja, der alte Weber hat ihr neulich noch bei unserem Besuch den Hof gemacht«, erinnerte sich Antonia.

»Von Adas Vater weiß ich nur, dass er früh gestorben ist, das muss gleich nach ihrer Geburt Anfang der vierziger Jahre gewesen sein. Er ist in Istanbul geboren, wohin eine venezianische Firma ihren Großvater als Handelsvertreter geschickt hatte. Aber ich fürchte, in dieser Familie gibt es noch mehr Byzantinisches.«

»Das Wort byzantinisch für große und kleine Verwicklungen habe ich zwar erst hier gelernt, aber was du erzählst, kommt mir alles ziemlich verworren vor.«

»Am Anfang habe ich Ada für ein bisschen schrullig gehalten. Davon ist sie ziemlich weit entfernt, aber manchmal tut sie so, um uns alle auf die falsche Spur zu führen.«

෴

»Canaletto?«

»Hm?«

»Meinst du, dass man in Faustos Osteria richtig gut essen kann?«

»Ich weiß nicht, ich hab schon lange nicht mehr in seine Mülltonnen geguckt. Mein Cousin Augusto war neulich dort und hat fast nichts in seinem Abfall gefunden. Wenn von den Gerichten nichts weggeworfen wird, ist es immer ein Indiz, dass die Küche funktioniert.«

»Was findest du denn sonst in den Tonnen?«

»Na, Stockfischmousse, *baccalà mantecato*, wenn es ranzig geworden ist. Du weißt ja, es ist mein absolutes Lieblingsgericht. Es ist eine Kunst, den Stockfisch mit Öl und etwas Milch so zu vermischen, dass eine weiche Creme entsteht. Wenn es gelingt, ist es ein Gedicht.« Canaletto strich genüsslich über seinen runden Bauch.

»Dein Lieblingsgedicht also. Und was magst du sonst noch?«

»Na, gebratene Leberstückchen esse ich auch gerne, obwohl es die *fegato alla veneziana* inzwischen seltener gibt. Die meisten Leute mögen ja keine Innereien mehr, obwohl die venezianischen *cicchetti* in der Vergangenheit aus Innereien und Schlachtabfällen, bestanden: Rindersehnen, süßsauer eingelegt, köstlich! In der Generation unserer Eltern und Großeltern hat man schließlich noch das ganze Tier gegessen.«

»Und Fleischklößchen?«

»Du meinst *polpette di carne*? Die sind außer Konkurrenz und unübertrefflich ... Ich kenne da eine Trattoria, aber ich verrate dir nicht, wie sie heißt, die *polpette* sind sowieso immer sofort weg.«

»Früher gab es bei Ada oft *sarde in saor*, aber ich glaube, dass ihr der Essig inzwischen etwas auf den Magen schlägt«, bemerkte Mimi.

»Verstehe ich, auch wenn die Kombination von Sardinen, Rosinen, Pinienkernen und Essig natürlich unübertrefflich ist. Das Rezept stammt übrigens aus dem vierzehnten Jahrhundert und war für lange Schiffsreisen gedacht, weil Essig Fisch konserviert.«

»Hast du mal Aal in Lorbeer gegessen?«

Canaletto seufzte. »Einmal, auf Murano, bei einem Familienausflug, und ich werde immer davon träumen. Und wie es geduftet hat, als der Aal auf seinem Lorbeerbett im heißen Brennofen geschmort hat. Leider ist er ziemlich fett.«

»Ich glaube, die meisten Leute mögen sowieso lieber Spaghetti mit Krabben, den *schèi*.«

»Ja, deshalb heißen Geldmünzen auf Venezianisch auch *schèi*. Weil man hier beides gleichermaßen liebt und Krabben teuer sind.«

»Diese Venezianer hatten es einfach faustdick hinter den Ohren.«

»Das hatten sie bestimmt von uns Ratten und Katzen gelernt.«

»Mimi, in diesem Fall widerspreche ich dir nicht.«

KAPITEL 9

Als Antonia am nächsten Morgen die *persiane* öffnete, erwartete sie ein wunderschöner Frühlingstag. Nach den dunstigen Nebeln der letzten Tage war die Luft im Morgenlicht so klar, dass es sie fast blendete. Zwischen den engen Häusern sah sie einen winzigen Ausschnitt des strahlend blauen Himmels. Es war Anfang April, und ein warmer Wind hatte sich über die Stadt gelegt. In Adas Garten streckten sich die ersten hellgelben Primeln der Sonne entgegen. Die schmale Palme hatte zwei neue Triebe, deren helles Grün leuchtete.

Antonia hatte sich von Dario verabschiedet, ohne ein weiteres Treffen zu verabreden, was ihr im Augenblick auch ganz recht war. Sie wollte zuerst Ruhe in ihre Gedanken bringen, bevor sie ihn wiedersah.

Weder sie noch Stefan hatten bislang das Bedürfnis verspürt, einander zu sprechen. Über ein paar knappe SMS hatten beide ihre Befindlichkeiten ausgetauscht. Sie war gerade einen Monat hier, aber es kam ihr wie ein halbes Jahr vor, als hätte sie in dieser Stadt bereits jedes Zeitgefühl verloren. Stefan gegenüber verspürte Antonia nicht den geringsten Anflug schlechten Gewissens. Allmählich hatte sie den Verdacht, dass es ihm ebenso ging. Sie war zu konzentriert auf all das Neue, um auch noch herauszufinden, was in ihrem alten Leben geschah.

Ada war ausgesprochen gutgelaunt und trug ein leuchtendes erdbeerfarbenes Kleid. Antonia hatte längst die Gewohnheit der Contessa angenommen und setzte sich morgens auf einen ersten *caffè* auf die Gartenbank.

»Ich hoffe, Mimi hat Sie nicht im Schlaf gestört.« Mimi hatte wieder einmal die Nacht unter Antonias Bett verbracht.

»Nein, ich mag es, wenn sie bei mir ist.«

»Meine verzogene Katze hat Sie ins Herz geschlossen, genau wie ich. Ich fürchte, Sie werden sie nicht mehr los.«

»Von mir aus kann sie jede Nacht bei mir schlafen.«

Na siehst du, sagte Mimis Blick. Ada lachte und wischte sich Schweißperlen von der Stirn, als wäre es schon Sommer.

»Was für ein Glücksfall, meine Liebe, dass ich Ihnen begegnet bin!«

»Es ist genau umgekehrt, Contessa, was täte ich ohne Sie!«, protestierte Antonia. »Außerdem glaube ich langsam, ich habe mich in die Stadt verliebt.«

»In Venedig oder in einen Venezianer mit schwarzer Lederjacke, der mit der Gondel oder einem Motorboot in der Lagune unterwegs ist?«, fragte Ada mit heller Stimme, der ihr Alter nicht anzumerken war.

»Ja, das mag sein«, murmelte Antonia verlegen. Sie wunderte sich darüber, dass sie ihre Gefühle ohne Scheu aussprechen konnte.

»Bei all dem Aufregenden, das ich bis jetzt erlebt habe,

war es sicher die Begegnung mit Dario, die mich am meisten verwirrt hat.«

»Das hoffe ich doch! Es gibt kein größeres Glück als verwirrt zu sein. Wie sehr würde ich mir diesen Zustand noch einmal wünschen.« Ada seufzte.

»Aber neulich waren Sie doch auch ein wenig verwirrt?«, erkundigte sich Antonia vorsichtig.

»Sie meinen dieses Herumwühlen in der Vergangenheit auf *Lazzaretto Nuovo?* Ja, aber das löst keine wohlige Verwirrung im Bauch aus, sondern die andere Variante, das große Unbehagen im Kopf.«

Antonia wandte das Gesicht nachdenklich in die Frühlingssonne und genoss das Licht, die sanfte Wärme, die Gesellschaft von Ada und Mimi.

»Früher in Berlin war ich auch oft verwirrt. Aber da fiel es mir unter lauter alltäglichen Verpflichtungen nicht weiter auf.«

»Für Verwirrungen hatten Sie bei Ihrem anstrengenden Alltag sicher gar keine Zeit«, befand Ada mit ironischem Unterton. »In normalen Städten muss man auf den Bus warten und den Autofahrern danken, wenn sie einen nicht überfahren. Hier in Venedig haben Sie dieses Problem zum Glück nicht.«

Antonia fand es immer wieder erstaunlich, wie Ada trotz ihrer melancholischen Anfälle von einem Augenblick zum anderen zur sorglosesten Heiterkeit übergehen konnte.

»Es kommt mir vor, als wäre ich schon ein halbes Jahr hier.«

»Kein Wunder bei all dem, was Sie hier schon angerichtet haben!«, bemerkte Ada lachend.

»Wieso?«, erkundigte sich Antonia.

»Sie haben bisher allen Männern, die Sie kennengelernt haben, den Kopf verdreht. Mit Ausnahme von Baldassare, der neben seinen Webstühlen merkwürdigerweise nur Augen für mich alte Frau hat. Und offensichtlich hat auch Dario großes Interesse an Ihnen, vielleicht wird ja mehr daraus? Ich habe die Krisen in seiner Ehe ja mitbekommen. Manchmal konnte ich es nicht mehr mitansehen.«

»Ich mag ihn sehr. Und wir teilen die gleichen Interessen, das hatte ich mir in einer Partnerschaft immer gewünscht. Aber ich habe auch mein Leben in Berlin, und ich fürchte, ich habe vor meiner Abreise lauter unaufgeräumte Angelegenheiten zurückgelassen. Für meine Familie stand fest, dass ich meinen Freund Stefan heiraten werde.«

»Und für Sie?«

»Früher schon. Aber jetzt nicht mehr«, bemerkte Antonia zögernd. Es fühlte sich richtig an, sobald sie es ausgesprochen hatte.

»Ich fürchte, ich muss eine Entscheidung treffen.«

»Eine Entscheidung? Um Gottes willen, lassen Sie sich bloß damit Zeit!«, widersprach Ada entschieden.

»Meinen Sie?« Antonias Stimme klang verunsichert.

»Ja. Uns fällt oft nichts anderes ein, als uns immer für oder gegen etwas zu entscheiden, so als müssten wir uns an Entscheidungen festhalten, um unsere eigene Schwäche zu verbergen. Sie dürfen nichts überstürzen. Wie lange haben Sie eigentlich in Berlin gelebt?«

»Fast zehn Jahre.«

»Also hat dort ein wichtiges Kapitel Ihres Lebens stattgefunden, und jetzt kommt ein neuer Abschnitt hinzu.«

Sie blinzelte Mimi an, die es ihr auf der Stelle nachtat.

»Dabei fällt mir ein, wir müssen unbedingt San Marco aufsuchen. Martas Freund Alvise spielt dort am Sonntag Orgel.«

Typisch Ada, dachte Antonia, von ihren tiefschürfenden Gedanken springt sie mit großer Leichtigkeit wieder zum Alltäglichen zurück.

»Für mich klingt es immer, als würden Sie ganz Venedig kennen!«, sagte Antonia und lachte.

»Allzu schwierig ist das nicht, weil man hier immer dieselben Leute trifft. Das Leben der wenigen Venezianer, die hiergeblieben sind, funktioniert nach vielen liebgewordenen und eingespielten Ritualen.«

»Und Martas Freund spielt also Orgel, in San Marco?«

»Oh ja, er spielt ganz meisterhaft. Wissen Sie, das ist es, was mir in Venedig so gefällt: Manche Berufe sind seit Jahrhunderten die gleichen geblieben. Wenn ich daran denke, dass Martas Freund Kapellmeister der Basilika werden könnte und Nachfahre des ehrwürdigen Monteverdi wäre!«

Antonia hatte still zugehört, wie immer, wenn sich die Contessa in ihren Betrachtungen verlor. Ihre Worte waren dann wie ein wärmender Mantel, in den sie sich einhüllen konnte. Mimi war auf Adas Schoß gesprungen.

»Aber um noch einmal auf Ihre Situation zurückzukommen: Die Vergangenheit hat mehr Einfluss auf uns, als wir glauben. Denn in allen Lebensabschnitten gibt es Menschen, die für immer einen Platz in unserem Herzen einnehmen, ob wir das wollen oder nicht. Denn die Erfahrungen mit ihnen machen einen Teil unseres Lebens und unserer Gedanken aus, sie haben uns zu dem gemacht, was wir heute sind.«

Ada berührte leicht Antonias Arm.

»Glauben Sie einer alten Frau: Ich weiß, dass es so ist. Aber auch unsere Träume sind wichtig, die bei Tag und die bei Nacht. Tagträume leiten oft wichtige Veränderungen ein.«

»Ja, genau das erlebe ich, obwohl ich es gar nicht in Worte fassen könnte.«

»Und so stellt sich unser Leben wie ein Mosaik aus lauter bunten Steinchen dar. Wir alle bestehen aus diesen Mosaiksteinchen, die sich aus der Kindheit, aus unserer Vergangenheit, den Erfahrungen mit anderen Menschen, aus unseren Vorstellungen von uns selbst und der Zukunft zusammensetzen.«

Antonia blickte Ada immer noch etwas ungläubig an, die aber fuhr fort: »Ich lebe in diesem alten Haus voller Erinnerungen, die durch Ihre Anwesenheit wieder lebendig geworden sind. Nachts, wenn ich nicht schlafe, fallen mir Bilder aus meiner Jugend und von den Inseln in der Lagune ein. Ich erinnere mich an kratzige Pullover, an meine unglückliche Mutter, die dauernde Rivalität mit meiner Schwester, das dunkle Haar meiner Großmutter, wenn sie mich in ihren Armen getröstet hat, oder die Sommerluft in der Lagune. Meine Großmutter Giulia hat auf San Giacomo regelmäßig die Sommer verbracht, vielleicht, weil alle sie dort besuchten und sie ihre innere Einsamkeit weniger gespürt hat. Damals war das alte Klostergebäude noch einigermaßen bewohnbar. Für uns Kinder war es wunderbar, den ganzen Tag draußen zu verbringen, auch wenn wir bis zum Abend von Schnaken zerstochen waren. Wenn ich an meine Kindheit denke, erscheint sie mir manchmal grell und kratzig, dann wieder hell und leuchtend, in jedem Fall Teil des bunten Mosaiks, aus dem mein Leben besteht.«

»Contessa, möchten Sie noch einen Kaffee?«, rief Marta aus der Küche herunter. »Und einen Schokoladen-Muffin? Es sind noch welche übriggeblieben.«

»Ja, bitte, und alles zweimal.«

Ada, Antonia und Mimi ließen ihre Blicke durch den Garten schweifen und atmeten tief den süßlichen Duft der verschiedenen Pflanzen ein, der sich mit dem Geruch der Lagune mischte.

»Alles, was uns jemals widerfahren ist, lebt in uns fort. Unsere Erinnerung ist nur so gnädig, dass die Schatten der Trauer manchmal heller werden und wir uns unbeschwert wieder neuen Dingen zuwenden können.«

Ada seufzte. Wie immer empfand Antonia ihre Worte wie einen Sog, der sie mit sich fortriss. »Ich glaube inzwischen auch, dass die Vergangenheit viel mehr Macht über uns hat als die Gegenwart.«

»In der Jugend leben wir, oft ohne viel darüber nachzudenken«, bestätigte Ada. »Später legt sich das Erlebte und Erinnerte wie eine zweite Schicht über uns. Was die Zukunft anbetrifft, so bin ich zum Glück ganz beruhigt. Denn allzu viel Zeit wird mir nicht mehr bleiben.«

»Contessa, Sie sind bester Gesundheit!«, widersprach Antonia energisch.

Ada lachte. »Lassen Sie nur, meine Liebe, es spielt wirklich keine Rolle mehr. Leider schweifen meine Gedanken gerade wieder häufig in die Vergangenheit. Das hat sicher auch mit Ihrem Besuch hier zu tun. Meine Familie war nicht einfach, aber so ist das manchmal.«

Ada holte einen Augenblick Luft, Mimi hatte sich daran gemacht, ihre Pfoten zu putzen.

»Wie sollen wir Menschen uns in diesem Gewirr jemals zurechtfinden?«, fragte Antonia zögerlich.

»Indem wir all das annehmen, was uns widerfährt«, antwortete Ada entschieden.

Eine Wolke hatte sich von den anderen gelöst und zog langsam über Adas Garten. Für einen Augenblick versperrte sie den Blick auf die Frühlingssonne.

»Und schließlich gibt es auch noch unsere Träume«, fuhr Ada fort. »Wir leben mehrere Leben: das alltägliche Leben, das vergangene, das in unseren Erinnerungen weiterlebt, und das in unseren Träumen.«

»Ich habe bislang nur gehört, dass eine Katze sieben Leben hat«, sagte Antonia und lächelte vorsichtig.

»Aber wir Menschen auch. Es freut mich übrigens, dass Mimi mit Ihnen Freundschaft geschlossen hat. Sie ist die wählerischste Katze, die jemals bei mir gewohnt hat.«

Mimi miaute.

Marta brachte zwei dampfende Tassen Kaffee und zwei kleine blaue Porzellanteller mit weißgepuderten Muffins heraus.

Nachdenklich genoss Antonia das heiße, starke Getränk. Sie sah an sich hinunter und strich über den feinen Stoff ihres dunkelblauen Kleides. Es war enganliegend mit weitem Rollkragen, und sie hatte es in einem kleinen teuren Laden in der *Lista di Spagna* gekauft.

»Unser Äußeres hat auch Einfluss darauf, wie wir uns fühlen. Es ist die äußere Schicht unseres Lebens, das unser Lebensgefühl aber manchmal durchaus beeinflusst.«

Ada seufzte und machte keine Anstalten, mit ihrem Redefluss aufzuhören.

»Ich weiß wenig über Ihr Leben in Berlin, aber Sie haben angedeutet, dass es dort einen Mann gab. Und jetzt sind Sie verwirrt, denn Sie haben Dario kennengelernt. An Ihrer Stelle hätte ich mich auch sofort in ihn verliebt!«

»Manchmal wünsche ich mir, für immer hierzubleiben. Das würde aber heißen, dass ich mein Leben in Berlin aufgeben muss«, wandte Antonia ein.

Ada lächelte sie verständnisvoll an.

»Ich glaube, dass es noch viel zu früh für eine Entscheidung ist. Können Sie sich jetzt schon ein Leben in Venedig vorstellen? Wie könnten Sie hier Ihren Beruf ausüben? Würde eine Stadt im Wasser Sie manchmal nicht auch melancholisch stimmen? Vielleicht beschränken Sie sich erst einmal auf Gedankenspiele, die machen im Leben ja manchmal mehr Spaß als die mühsame Realität. Genießen Sie einfach, dass Sie hier sind. Soll ich Ihnen etwas verraten? Ich glaube, dass unsere Begegnung kein Zufall ist.«

Die Wolken über Adas Garten waren dichter geworden, aber gegen die sanfte Kraft der Sonne hatten sie keine Chance.

Ada stellte ihre Kaffeetasse auf das Tablett.

»Freuen Sie sich, dass Sie Dario begegnet sind! Was macht er überhaupt? Er ist sicher sehr beschäftigt mit der Protestaktion? Aber Sie treffen ihn doch heute noch?«

Antonia schüttelte stumm den Kopf.

»Das ist gut«, befand Ada. »Manche Begegnungen brauchen Zeit. Ich mache Ihnen einen Vorschlag: Sie ruhen sich aus und machen sich heute Notizen, damit Sie mit Ihrer Forschungsarbeit anfangen können. Schließlich sind es ziemlich viele Informationen, die auf der Insel gestern auf Sie eingestürzt sind. Und heute Abend begleiten Sie mich. Baldassare hat uns beide zum Essen eingeladen. Seine Schwester Cecilia, die mit siebenundsiebzig zum dritten Mal geheiratet hat, kommt auch. Es wird sicher ein vergnüglicher Abend.«

Antonia stand auf und sah auf den Kanal hinaus. Für einen Augenblick hatte sie das Gefühl, noch nie im Leben so glücklich gewesen zu sein. Nur in Venedig gab es am Morgen diesen durchsichtigen Nebel, der die Grenzen zwischen Realität und Traum verwischte. Das klare Licht brach den Nebel auf, was tiefes Wohlbefinden in ihr auslöste. Es war im Moment nicht wichtig, ob Dario seine Exfrau noch liebte oder wie es mit Stefan in Berlin weiterging. Wichtig war nur, dass sie hier war und über das graublaue Wasser blickte, das mit jedem Lichteinfall seine Farbe veränderte. Plötzlich wurde sie von einem überwältigenden Gefühl tiefen Friedens erfüllt: Sie war dankbar für ihr Leben. Es war ein Geschenk, an jedem Tag, in jeder Minute, immer. Selbst wenn es ihr manchmal langweilig erschien, so war das doch genau der Anlass, um nach neuen Wegen zu suchen und die Richtung zu ändern.

Die Stadt hatte sie in ihrer ganzen Schönheit eingehüllt, und sie würde sich auf die Suche nach der Erfüllung ihrer Wünsche machen.

Baldassare wohnte in einem schmalen, dreistöckigen Haus, das hinter dem *Campo San Rocco* in der Nähe seiner Werkstatt lag. Der Kanarienvogel sang fröhlich in seinem Käfig am Fenster vor sich hin.

Ada zog einen Schlüssel aus der Tasche.

»Nur für die Haustür«, erklärte sie, als sie Antonias erstaunten Blick bemerkte.

»Das gehört zu Baldassares Besonderheiten, dass er mir zwar einen Schlüssel für die Haustür, aber natürlich nicht für die Wohnung anvertraut hat.«

Sie seufzte. »Wenn man sich so lange kennt ... Oder wenn man das Spiel von wechselnder Nähe und Distanz miteinander spielt.«

Die Wohnungstür am Ende einer steilen Treppe öffnete sich so abrupt, dass sie fast Antonias Gesicht berührte. Im Eingang saß ein weißhaariger Mann mit Pferdeschwanz auf einem grünen Samtsofa und sah ins Leere.

»Das ist Gustavo, Conte Coliandro, aus einem der ältesten Adelsgeschlechter Venedigs. Seine Familie war steinreich, aber er hat sich wegen seiner Kunst mit seinem Vater überworfen. Er ist Maler und wühlt im Müll, um seine Bilder zu schaffen. Ich glaube, das nennt man *arte povera*. Er hat eine ganze Reihe Bilder in Gelb und Blau gemalt und auf einige schmale Baumwollstreifen seiner Unterhemden geklebt. Sein Vater war einfach nur entsetzt. Solche Sachen sind heute zum Glück ziemlich aus der Mode gekommen.« Die Contessa kicherte.

Der Conte war sofort aufgesprungen, um Ada und ihre Begleiterin zu begrüßen. Antonias faszinierter Blick fiel auf seine dreiviertellange Pluderhose, unter der er goldschwarz karierte Socken und Schnürschuhe mit goldener Sohle trug.

»Contessa, Sie werden immer jünger! Darf ich Sie wieder einmal porträtieren?«

»Sie Schmeichler! Sie dürfen mich porträtieren, aber nur wenn Sie mir versprechen, meine Falten zu übermalen.«

Strahlend holte Baldassare zwei Champagnergläser aus der Küche.

»Ada, ich kann es nicht fassen, du hast einen Rekord aufgestellt! Es ist das zweite Mal in dieser Woche, dass ich dich außerhalb deiner Gartenmauern sehe.«

Im angrenzenden Salon saß eine mit mehreren schweren Goldketten behängte Frau, die ihren Arm um einen schmächtigen Mann neben sich gelegt hatte.

»Meine Schwester Cecilia. Und das ist ihr Mann, Erminio. Stellt euch vor, die beiden haben vor kurzem kirchlich geheiratet, und Don Bruno hat sie getraut!«, verkündete Baldassare fröhlich.

»In unserem Alter wollten wir kein großes Fest und haben nur eingeladen, wer uns auf dem Weg in die Kirche zufällig begegnet ist«, erklärte die siebenundsiebzigjährige Braut.

»Was für eine originelle Idee!«, rief Ada. »Zum Glück bin ich an dem Tag nicht ausgegangen«, raunte sie Antonia zu.

»Wir sind so glücklich, Contessa! Wir haben so viele Pläne.«

Etwas leiser fügte sie hinzu: »Aber ich erzähle Erminio nicht alles, sonst fürchtet er sich.«

Ada lächelte höflich. »Cecilia, ich hoffe, Sie werden mir einmal das Geheimnis Ihrer ewigen Jugend verraten!«

»Ich gehe dreimal die Woche tanzen und weigere mich einfach, alt zu werden!«

»Sie ist von ihrem ersten Mann geschieden, weil er sie mit einer anderen betrogen hat.«

»Oh, das hat Sie sicher sehr gekränkt«, bedauerte Antonia.

»Sie hätte sich besser einen Liebhaber suchen und mit ihrem Ehemann weiterleben sollen, Scheidungen kosten Geld!«, befand Ada energisch. Die Contessa hakte Antonia unter und ging mit ihr zu ihrem Platz am Tischende.

Conte Coliandro war Ada und Antonia zum Tisch gefolgt, wo bereits sein Sohn, eine jüngere Kopie mit weniger Grau im Haar, Platz genommen hatte.

»Endlich treffen wir uns in alter Runde!«, rief Conte Coliandro und erhob sein Glas.

»Conte Coliandro, ich bin Ihre größte Bewunderin! Wenn ich das Porträt meiner Schwester im blauen Kleid betrachte ... In meinen Erinnerungen ist sie seitdem immer in Blau getaucht.«

»Es ist auch mein Lieblingsporträt«, bestätigte der Graf mit wissendem Lächeln. Er sah auf seinen Sohn. »Außerdem gab es zwischen Ihrer Schwester und mir ein besonderes Band.«

»Ich möchte euch allen Antonia vorstellen, meinen Gast aus Berlin, sie will die Laguneninseln erforschen. Ich habe sie mit Dario und ein paar Freunden bekanntgemacht.«

»Ist das der gutaussehende Gondoliere?«, fragte Cecilia neugierig, und Antonia spürte, wie ihr abwechselnd heiß und kalt wurde. Ada lächelte.

»Gut sieht er tatsächlich aus. Er ist gerade dabei, sich in einen Umweltschützer zu verwandeln.«

»Sie Glückliche, Sie sind immer von jungen Leuten umgeben!«, rief Cecilia und warf einen kritischen Blick auf ihren Ehemann.

»Antonia ist mir in kurzer Zeit schon zur lieben Freundin geworden.« Sie warf einen wohlwollenden Blick auf die junge Frau neben sich.

»Ada war lange genug mit ihrer Katze allein«, bemerkte

Baldassare, der auf einem abenteuerlich wankenden Tablett neue Gläser hereinbrachte.

»Hat der Graf auch eine Frau?«, raunte Antonia hinter vorgehaltener Hand.

»Ja, aber sie wiegt hundertzwanzig Kilo und macht zu Hause Diät mit Fenchel und Sellerie!«, kicherte Ada schadenfroh. »Gott sei Dank, so bleibt sie uns erspart. Er hat sie geheiratet, als sie schwanger war. Er war ein ziemlicher Don Juan.«

»So wie er aussieht ...«

»Lassen Sie sich von den Titeln nicht irritieren, es ist nur ein Spiel, um Baldassare einen Gefallen zu tun. Er zelebriert die Feste in seinem Haus, als gäbe es noch die alte Republik. Nur der Patriarch wird mit ›Eccellenza‹ angeredet. Obwohl Sie den nicht unbedingt auf der Straße treffen werden, aber bei Ihrem Glück mit Begegnungen weiß man ja nie«, kicherte Ada.

Im selben Moment brachte ihr Jugendfreund ein dampfendes Risotto auf einer silbernen Schale herein.

»Baldassare, du hast mir noch nicht den Anlass deiner Einladung verraten«, rief seine Schwester Cecilia.

Baldassare stellte die Schüssel ab und legte liebevoll die Hand auf Adas Schulter.

»Ada und ich haben uns auf die Suche nach der Vergangenheit gemacht. Das, was uns früher getrennt hat, führt uns heute wieder zusammen. Aber mehr verraten wir nicht. Wünsche darf man nicht aussprechen, bis sie sich erfüllt haben. Alles andere würde Unglück bringen.«

»Im Alter kehrt man häufig wieder zu den Freundschaften der Jugend zurück«, befand Erminio.

»Ich weiß noch, wie nah ihr euch früher standet«, sagte Cecilia.

»Ich bewundere Ihre Energie, Contessa«, sagte Conte Coliandro mit einem schrägen Blick auf seinen Sohn, der Mitte dreißig war und einen schmierigen Bauch vor sich her schob. »Sie haben einen schönen italienischen Namen«, sagte Erminio und schaute Antonia interessiert an.

»Stimmt. Meine Eltern sind in den sechziger Jahren mit der Vespa über den Brenner gefahren.«

»Davon haben Sie noch gar nichts erzählt«, rief Ada aus.

»Und jetzt machen Sie Urlaub an dem Ort, wo Ihre Eltern sich nähergekommen sind?«, fragte Coliandro. Man sah an seinem Blick, dass ihm Antonia gefiel.

»Nein, engagierte junge Frauen machen in Venedig keine Ferien, sie haben ein Forschungsprojekt. Antonia schreibt an einer Arbeit über die Welt der Inseln. Sie glaubt fest, dass es noch verborgene Seiten zu entdecken gibt«, entgegnete Ada stolz, bevor Antonia zu einer Antwort ansetzen konnte.

»Kinder, fangt an, das Risotto wird kalt«, forderte Baldassare die Anwesenden auf.

Plötzlich richtete sich der Conte kerzengerade auf seinem damastgelben Stuhl auf und faltete die Hände. Er sah in die Runde und schließlich zur Decke.

»*Cari amici*, lasst uns für Fidel beten. Auf dass er sich nach einem langen, der Revolution gewidmeten Leben im Paradies ausruhen kann.«

»Auf Fidel!«, rief Baldassare und erhob sein Glas.

Antonia verschluckte sich beinahe an ihrem Champagner.

»Dieses prickelnde Getränk kann ganz schön gefährlich sein«, grinste Ada und klopfte ihr auf den Rücken. »Sie müssen wissen, der Graf hat Fidel Castro noch persönlich gekannt und ihn sehr geschätzt.« Sie räusperte sich. »Seinen Sohn hat er passenderweise Ernesto, nach Fidels bestem Freund, genannt.«

Als sich Antonia wieder gefangen hatte, sah sie sich verstohlen um. Um den ovalen Holztisch mit Löwenfüßen stand eine Reihe antiker Stühle, die alle mit verschiedenfarbigen Damaststoffen bespannt waren: Stilisierte blaue Schneeflocken bewegten sich auf grauem Grund, dunkelrote Blumenranken auf hellem Rot. Was für eine Pracht, dachte sie und hob ihr Glas. »Auf Venedig und alle, die mir venezianische Geschichten erzählen!« Alle taten es ihr begeistert nach.

»Köstlich, dieses Risotto mit *Radicchio trevigiano*, ich habe diesen bitteren Geschmack schon immer gemocht.«

»Ja, das Gemüse aus unserem Veneto«, schmatzte Cecilia, die zum Leidwesen ihres Bruders regelmäßig zu den Treffen einer separatistischen Partei ging.

»Neulich habe ich in der Zeitung gelesen, wie es entstanden ist. Ein Bauer hat die Strünke geerntet und einen Monat lang in seinem Schuppen vergessen. Und als er die äußeren Blätter entfernte, kam dieses wunderbar bittere Gemüse heraus.«

Schnell nahm sich Erminio eine weitere Portion des rosafarbenen Risotto. Energisch strich ihm Cecilia über den Bauch, der sich unter seinem grünen Seidenhemd abzeichnete. »*Tesoro*, es reicht, denk an dein Cholesterol.«

Sie kramte in ihrer Handtasche nach einem Taschentuch. Als sie einen Moment abgelenkt war, schenkte Baldassare die Gläser mit dunkelrotem *Raboso* nach, worauf ihn Erminio mit einem dankbaren Blick bedachte.

»Baldassare, was gibt es danach? Damit ich mir ausreichend Platz im Magen lassen kann!«, erkundigte sich Conte Coliandro und strich sich elegant über das lange weiße Haar.

»Polenta mit Würsten, getrocknet und eigens für heute Abend vom Land geholt.«

»Ich erinnere mich, bei uns im Veneto wurden im Frühjahr immer die letzten fetten Schweine geschlachtet«, sagte Erminio.

»Es gab sie mit Polenta und Tomaten-Sugo.« Er leckte sich die Lippen in der kulinarischen Erinnerung.

Für einen Augenblick wurde es ganz still. Zufrieden kratzten alle die letzten Risottokörner von den weißen Porzellantellern.

»Habt ihr heute in der Zeitung von dem Skandal gelesen?«, fragte der Conte in das einvernehmliche Schweigen hinein.

»Skandal?«, fragte der Sohn.

»Gegen den Bürgermeister wird wegen Korruption ermittelt.«

»Aber damit ist er nicht allein. Heute ist es doch völlig normal, dass beim Bürgermeister die Staatsanwaltschaft vor der Tür steht«, erwiderte Baldassare, der die heitere Stimmung in Gefahr sah.

»Das gibt es nur bei uns in Italien. In keinem europäischen Land haben Staatsanwälte solche Macht«, stellte Ada sachlich fest.

»Ausgerechnet unser Bürgermeister, ich habe ihn gewählt. Er ist der viertbeliebteste in Italien!«, ereiferte sich Cecilia.

»Ja, aber die betrügerischen Machenschaften von diesem Konsortium hat er jahrelang gedeckt und davon auch profitiert«, entgegnete ihr Bruder.

»Aber das wissen wir doch schon lange und tun jetzt alle so, als hätten wir es nicht gewusst. Er sollte sich besser darum kümmern, dass die Touristenschiffe aus dem Stadtgebiet verschwinden«, klagte Coliandro.

Als Baldassare eine riesige weiße Schüssel mit Polenta und köstlich duftendem Sugo aus der Küche brachte, klatschten alle begeistert Beifall. Der Duft erfüllte den ganzen Raum mit wohliger Wärme und Kindheitserinnerungen.

»Baldassare, deine opulenten Gerichte sind umgekehrt proportional zu deiner winzigen Küche!«, scherzte Ada.

Baldassare strahlte, weil er sich in seiner Rolle als Koch offensichtlich noch wohler fühlte denn als Damastweber.

»In unserem Alter darfst du uns das nächste Mal am Abend höchstens eine *Minestrina* servieren.«

Antonia ließ ihre Augen über die anderen Gäste schweifen.

»Wie gefällt Ihnen Venedig?«, fragte der Conte sie.

»Genau wie dieser Abend, es ist einfach phantastisch!«

»Unser Gast ist eine weitgereiste Frau und nicht so provinziell wie die Leute hier«, unterbrach Baldassare mit einem Blick auf seine Schwester.

»Ehrlich gesagt hatte ich lauter Vorurteile, als ich hierherkam, aber inzwischen gefällt mir alles: das Licht am Morgen und die Abenddämmerung, die Schreie der Möwen bei Sonnenaufgang, die Farben der Lagune, die Freundlichkeit der Menschen und die ständige Bewegung des Wassers.«

»Oh, wie poetisch!«, rief Cecilia und betupfte affektiert ihre rotgeschminkten Lippen mit der weißen Damast-Serviette. Baldassare sah es kritisch aus dem Augenwinkel und dachte an die doppelte Menge Waschpulver, die er zugeben musste.

»Ja, ich muss sagen, Antonia hat sich in den wenigen Tagen gut eingelebt. Vielleicht, weil sie die Stadt aufmerksam beobachtet und sie wirklich verstehen will«, ergänzte Ada.

»Schauen Sie sich am besten auch gleich den MOSE an, dann verstehen Sie am besten, was man hier mit uns macht. Wo man früher auf das offene Meer blickte, steht heute dieses Ungetüm. Wenn es so weitergeht, werden wir irgendwann alle Zement fressen.« Die Worte des charmanten Conte klangen ungewöhnlich hart.

»Der MOSE?«, fragte Antonia, neugierig, ob es vielleicht doch um die biblische Gestalt ging. In dieser verrückten Runde konnte man nie wissen.

»Das sind die beweglichen Schleusen gegen Hochwasser. Wir in Italien lieben Abkürzungen und kommen daher auf die merkwürdigsten Namen«, erklärte Coliandro.

»Was haben Sie gegen die Schleusen, Conte? Wir würden endlich im Winter keine nassen Füße mehr bekommen!« Cecilia wusste es wie immer besser.

»Verzeihen Sie, aber das ist reiner Unsinn. Hochwasser gibt es, seitdem Venedig besteht, es gehört zu seiner Existenz, weil die Lagune mit der Adria verbunden ist und die Ab- und Zunahme des Mondes die Gezeiten bestimmen. Mir ist allerdings durchaus bewusst, dass noch nicht einmal die Venezianer selbst die Zusammenhänge von Ebbe und Flut verstehen.«

Antonia hatte aufmerksam zugehört. Offensichtlich waren sich die Venezianer selbst nicht so einig, wie die Zukunft ihrer Stadt aussah.

»Lassen Sie mich versuchen, es Antonia zu erklären«, beschwichtigte Baldassare.

»Es gibt drei Mündungen zum Meer, die das Wasser alle sechs Stunden in die Lagune treiben. Im Winter sind die Winde besonders heftig, die eiskalte *bora* aus dem Nordosten etwa, was das Hochwasser im Stadtzentrum zur Folge hat. Nun haben ein paar besonders kluge Köpfe ein mechanisches System entwickelt, das die drei Mündungen bei Bedarf schließen soll. Der MOSE wird im Winter zweifellos gegen Hochwasser schützen, weil man die Lagune damit zum Meer hin abschotten kann. Aber das geht nicht ohne Nebenwirkungen.«

»Dieses Ding kostet ein paar Millionen und würde jährlich weitere Millionen verschlingen, um es zu erhalten!«, rief Conte Coliandro und schlug ganz leicht mit der Faust auf den Tisch, so dass ein paar edle gelbweiße Murano-Gläser den Raum mit ihrem hauchzarten Klang erfüllten.

»Deshalb haben sich Umweltschützer jeglicher Couleur daran gemacht, gegen dieses Ungeheuer zu protestieren. Ich gehöre übrigens auch dazu. Wir müssen solche Eingriffe in das natürliche Ökosystem verhindern«, erklärte Coliandro entschieden.

»Hochwasser hat es immer gegeben, die Touristen finden es lustig, in Gummistiefeln über die Stege zu laufen. Aber wen es stört, das sind die Laden- und Hotelbesitzer, weil sie ihre Läden ständig putzen müssen. Wenn das Wasser die Eingänge der Geschäfte versperrt, bleiben natürlich die Kunden fern«, ergänzte Baldassare, da er selbst häufig genug davon betroffen war und jeden Winter diese Erfahrung machte.

»Ich finde es viel schlimmer, dass immer noch die Fahrrinnen für Kreuzfahrtschiffe ausgebaggert werden und ihnen erlaubt wird, in den *Canale della Giudecca* zu fahren, obwohl es immer heißt, dieser Unsinn werde gestoppt. Die katastrophalen Folgen für Venedig sind ausreichend bekannt. Dazu kommt der starke Wellengang, den die Motorboote auslösen. Das sind die wirklichen Probleme Venedigs, und nicht das Hochwasser«, fasste Coliandro zusammen.

»Kinder, lasst uns feiern heute! Wer weiß, wann wir wieder zusammenkommen«, beendete Baldassare die Diskussion, weil er um sein Zitronensorbet fürchtete. Außerdem fand er, dass Streit eine schlechte Aura in seiner Wohnung zurückließ, die er dann wieder ausräuchern müsste. Seine Schwester war nun mal, wie sie war, und um Venedig sollten sich die jungen Leute kümmern, die noch Kraft dazu hatten. Diese Antonia kam ihm wie ein stilles Wasser vor, aber sicher war sie eine junge Frau mit glasklarem Verstand.

Für den Rest des Abends wurde gelacht und Champagner getrunken, mindestens eine halbe Kiste, wie Ada später ausrechnete, wobei Antonias Blick immer wieder auf die goldgestreiften Socken von Conte Coliandro fiel.

»Maestro, es war mir eine Ehre«, verabschiedete sich Ada.

»Die Maestra sind Sie«, lächelte Coliandro und beugte sich über ihre Hand. Von allen anderen wurde Antonia freundschaftlich auf die Wange geküsst. Baldassare und Ada sahen sich zwinkernd in die Augen.

Als die zwei Frauen in die schmale *calle* vor Adas Haus gelangten, rief ihnen von weitem eine Möwe zu.

»Nanu, Alfredo, so spät noch wach!«

»Heißt die Möwe wirklich Alfredo? Manchmal höre ich ihn morgens.«

»Ich gebe ihm manchmal etwas von Mimis Futter ab.«

Ada hatte Antonia freundschaftlich untergehakt. Die Gasse vor ihnen war von klarem Mondlicht erhellt.

»Es war ein schöner Abend, obwohl heute Montag war. Ich habe Montage immer gehasst. Manchmal kam es mir vor, als laste das Gewicht der ganzen Welt auf mir.«

»Meiner Freundin Katia in Berlin geht es ebenso. Sie verfällt regelmäßig am Montag in depressive Stimmungen und will umziehen, ihr Auto verkaufen oder sich von ihrem Freund trennen, je nachdem.«

Antonia sah auf ihre Uhr. »Erst elf. Ich könnte sie eigentlich noch anrufen.«

»Und welche Mittel hat Ihre Freundin gegen den Montags-Blues?«

»Meistens geht sie einkaufen und gibt so viel Geld aus, dass ihr für weitere Aktionen die Luft ausgeht. Leider hat sie mich manchmal damit angesteckt.«

Ada lachte schallend. »Das ist natürlich auch eine Methode. Ich könnte Kissen und Stoffe bei Baldassare kaufen. Danke, dass Sie mich auf den Gedanken gebracht haben.«

Katia freute sich, Antonias Stimme zu hören.

»Ich habe mir gerade die beste Verbindung nach Venedig herausgesucht und spare für die Reise.«

»Was gibt es Neues in Berlin?«

»Es war nasskalt, heute vielleicht gerade sechs Grad. Nachts soll die Temperatur weiter fallen.«

»Was? Hier hat der Frühling begonnen!«

»Vielleicht im Land, wo die Zitronen blühen, aber hier nicht.«

»Erzähl mir was von dir.«

»Ich habe mich entschlossen, mit Kai zusammenzubleiben.«

»Wie das? Ich denke, du wolltest ihn die ganze Zeit loswerden?«

»Das Glück von Beziehungen liegt in der Beständigkeit.«

»Hast du die Liebe zu Kai wiederentdeckt?«

»Nein, ich mag ihn immer noch. Ich meine, ich habe mich daran gewöhnt, wie seine Haut riecht. Ich kenne seine Gesten, wenn er isst, wenn er müde ist, wenn er lacht und Schnupfen hat. Was soll ich in meinem Alter mit einem anderen Mann?«

»In deinem Alter, dass ich nicht lache! Du bist Mitte dreißig! Ich hatte immer den Eindruck, dass du nicht wirklich glücklich mit ihm bist.«

»Man muss im Leben auch kompromissbereit sein. Und ich habe beschlossen, mit ihm zusammenzubleiben.« Sie machte eine bedeutungsvolle Pause. »Allerdings dachte ich, ich könnte mir vielleicht einen Liebhaber suchen. Möglicherweise ergibt sich ja was in Venedig?« Ihre Stimme klang kokett.

»Und auf so glänzende Ideen kommst du ausgerechnet an einem Montag?«, fragte Antonia.

»Natürlich. Du hast ja mit deiner Reise den ersten Schritt gemacht, um die Dinge zu ändern.«

»Hm. Hast du noch was von Stefan gehört?«

»Ich bin zweimal zufällig an eurem Haus vorbeigefahren, und es brannte abends kein Licht. Du lenkst von dir ab. Hast du dich verliebt?«

»Ich habe jemanden kennengelernt, einen Mann, der mich auf den ersten Blick fasziniert hat. Ich dachte, ich sehe ihn nie wieder, weil mich der Mut verlassen hatte, aber dann habe ich ihn ein zweites Mal getroffen.« Antonia konnte sich genau vorstellen, wie sich Katia am anderen Ende der Leitung aufrecht hinsetzte. »Erzähl weiter, ich bin ganz Ohr.«

»Weißt du, auch wenn du meine beste Freundin bist, habe ich Angst, die Dinge auszusprechen, weil es einfach noch zu früh ist. Außerdem fürchte ich, dass er noch an seine Ehefrau gebunden ist, auch wenn er sagt, dass er bald geschieden ist.«

»Soll vorkommen. Aber wenn er dir wirklich gefällt, dann zeig es ihm einfach!«

»Meinst du?«

»Ja, ich bin mir ganz sicher.«

»Ich werde darüber nachdenken. Lass uns ein andermal darüber sprechen. Ich muss morgen früh raus, um in die Lagune zu fahren. Vielleicht weiß ich danach schon mehr. Gute Nacht, Katia.«

»Gute Nacht, Antonia. Ich bin in Gedanken bei dir.«

༶

»Canaletto, du weißt ja, dass wir Katzen auf alles neugierig sind. Deshalb und wegen unserer Intelligenz nehmen wir eine herausragende Stelle in der Tierwelt ein. »

»Na, ich weiß nicht.« Canaletto klang nicht wirklich überzeugt.

»Aber eigentlich wollte ich dir was erzählen.«

»Nur zu.«

»Weißt du, ich habe diese Antonia beobachtet. Ich glaube, dass wir von ihr was lernen können. »

»Von einem Zweibeiner?«

»Ja! Ich meine, so wie du sonst von mir.«

»Jetzt bin ich aber gespannt.«

»Sie ist ja Archäologin und sucht nach Zusammenhängen. Zuerst hat sie nur ein Mosaikteilchen, und dann findet sie den Rest! Und darüber macht sie noch nicht einmal besonders viel Aufhebens.«

»Du meinst, sie hat die Details und das große Ganze im Blick?«

»Ja, ganz genau so!«, rief Mimi begeistert. »Ich glaube, sie könnte sogar für Ca' Farsetti kandidieren!«

»Für wen?«, fragte Canaletto.

»Na für den Stadtrat von Venedig! Der tagt in dem weißgrauen Palazzo am Rialto, an dem immer die italienische und die europäische Fahne hängen. Aber mach dir nichts draus, sonst achtet auch kein Mensch drauf.«

»Ich möchte lieber nicht wissen, was sich da drin alles auf dem Dachboden verbirgt«, verkündete Canaletto.

»Wieso eigentlich nicht? Vielleicht alte Stadtpläne, vergilbte Dokumente über Schiffsladungen, für eine *pantegana* wie dich muss das doch ganz spannend sein.«

»Ich heiße Canaletto, hör endlich auf, mich *pantegana* zu nennen, weil wir nicht einfach Ratten, sondern die Könige von Venedig sind!«

Freundschaften enden, wie sie anfangen, dachte Mimi. Sie hatte gewusst, dass er eingebildet war. Vielleicht sollte sie es doch mit einem Kater versuchen.

KAPITEL 10

In der Nacht hatte Antonia so intensiv geträumt, dass sie beim Aufwachen von einem Schauer erfasst wurde. Im Traum hatte sie sich mit Dario über eine Landkarte von Venedig und der Lagune gebeugt. Er zeigte auf eine Insel, immer wieder, klopfte mit dem Finger auf diesen undefinierbaren Punkt auf der Landkarte, ohne dass sie den Namen verstand.

Wie jeden Morgen war es kühl, und sie musste Adas lavendelblaue Wolldecke vom Boden aufheben, die in der Nacht aus dem Bett gefallen war. Es war gerade fünf Uhr. Draußen herrschte Stille, noch nicht einmal die Möwen waren zu hören, auch vom Wasser drang kein einziges Geräusch herauf. Sie richtete sich auf, und von ihrem Bett aus sah es aus, als wäre Adas Garten von einem weißen Schleier überzogen. Als sie sich vorsichtig dem Fenster näherte, erkannte sie, dass sich eine Schar weißer Reiher geräuschlos im Garten niedergelassen hatte. Auf der Suche nach ihrem Fotoapparat stieß sie gegen ihre Tasche, die auf dem Boden lag. Als hätten die Reiher ihre Bewegung wahrgenommen, stoben sie ebenso plötzlich davon, wie sie aufgetaucht waren.

Als die Kirche von *San Samuele* um neun Uhr zur Messe läutete, erschien Marta. Sie hatte sich die Haare mit einem schwarzen Band hochgesteckt und mit weißem Puder bestäubt.

»Oh, eine Vampirin geht um.« Antonia rieb sich die Augen.

Marta kicherte. »Das heißt jetzt Granny-Style, wusstest du das nicht?«

»Nein, noch nie gehört. Ich dachte, du stammst von einer venezianischen Vampir-Familie ab.«

Marta strich sich über die weißen Haare. »Meine Verwandten nerven mich zwar, aber blutdürstig sind sie nicht. Jedenfalls habe ich noch nichts bemerkt. Aber Contessa Ada hat einen ziemlich ungewöhnlichen Freundeskreis, vielleicht gehört auch ein Vampir dazu.«

»Das ist gut möglich. Aber als Flamingo bist du mein Lieblingstier! Nach Adas Katze natürlich.«

Atemlos, weil sie die Stufen heraufgeeilt war, tauchte die Contessa im Türrahmen auf und warf einen amüsierten Blick auf die Szene: Antonia aufgerichtet im Bett und Marta mit weißgepudertem Haar, die sich ganz vertraulich am Bettrand niedergelassen hatte.

»Du müsstest mal meine Eltern sehen. Meine Mutter trägt nur schwarz und grau. Deshalb mag ich es gern bunt«, berichtete Marta.

Wortlos reichte Ada Antonia das Telefon. »Hier, für Sie. Dario. Sie haben wohl in der allgemeinen Aufregung vergessen, ihm Ihre Handynummer zu geben.«

Antonias Hand zitterte leicht, als sie den Hörer in Empfang nahm.

»Bist du bereit für weitere Abenteuer?« Antonia zuckte zusammen, als sie seine Stimme hörte.

»Kannst du um elf zum *Caffè Florian* kommen?«

Antonia sah auf die Uhr. Es war kurz nach zehn.

»Ja, natürlich.«

»Bis später also. Und pass auf, dass du unterwegs keinem Gondoliere in die Arme fällst. In die Arme fällst du bitte nur mir! Alles andere erkläre ich dir später, wenn wir uns sehen.«

Antonia gab Ada das Handy zurück und ging mit ihr in den Garten hinunter. Die Contessa hatte einen rot-weiß lackierten Tisch mit kurvigen Beinen neben der Bank aufgebaut.

»Hier, der Tisch ist für Sie, damit Sie neben all den Ablenkungen zum Schreiben kommen. Aber damit wird es wohl heute nichts, sehe ich das richtig?«

»Ja. Ich glaube, Dario hat etwas vor.«

»Männer haben immer etwas vor.« Ada seufzte leise.

Antonia sah auf die Uhr und trank schnell ihren Kaffee aus. Sie war noch nicht angezogen und musste sich beeilen.

»Die Liebe darf Sie nie von Ihren eigentlichen Zielen abhalten, das wissen Sie doch?«, fragte Ada. Nach ihrem wohlwollenden Lächeln zu urteilen, war es aber nur halb ernst gemeint.

Als Antonia ein bisschen atemlos unter den Arkaden des *Caffè Florian* ankam, telefonierte Dario aufgeregt.

»Flavio, du weißt, dass ich auf deiner Seite bin, aber lass mir einen Tag Zeit, um wieder zu mir selbst zu kommen. Ich möchte einen einzigen Vormittag lang alle Probleme vergessen. Ich ruf dich morgen an.«

»Gibt es etwas Neues?«, fragte Antonia und versuchte, ihre Freude über das rasche Wiedersehen zu verbergen. Dario strahlte. Sie trug eine weiße Strickjacke über einer schmalen schwarzen Hose und einem ausgeschnittenen schwarzen Pullover.

»Du ziehst die Aufregungen wohl regelrecht an?«

»Du meinst, die byzantinischen Angelegenheiten? Ach, in Adas Garten ist es aufregend genug. Sie bringt mich mit ihren klugen Gedanken durcheinander, Marta verkleidet sich als Vampirin und mästet mich mit Muffins, und Mimi schläft heimlich unter meinem Bett«, antwortete Antonia.

Dario lachte. »Und wie geht es Ada? Ich habe noch nicht einmal mehr Zeit, um bei ihr meinen morgendlichen *caffè* zu trinken.«

»Gut, glaube ich. Wir waren gestern bei ihrem alten Verehrer, Baldassare, zum Abendessen eingeladen. Ich habe noch nie zwei alte Herrschaften so hemmungslos miteinander flirten sehen.«

Dario lachte. »Na, dann bist du ja in guter Gesellschaft.«

»Wie meinst du das?«, fragte Antonia und war sofort auf der Hut.

»Ach, nur so. Du sollst nicht alles ernst nehmen, was Gondolieri so reden.«

»Gilt das auch für ehemalige?«

»Ja, für die auch«, sagte Dario grinsend und packte sie am Arm. Er zog sie einmal nach links, dann nach rechts, bis nach der gefühlt fünften Abkürzung und am Ende einer endlos langen Gasse das Wasser hervorblitzte. Antonia wunderte sich immer wieder, wie schnell man im Labyrinth der Gassen an sein Ziel kam, wenn man die Schleichwege kannte. Venedig bestand aus den *calli*, die der Stadtplan verzeichnete, und ebenso vielen *callette*, den Schleichwegen, die nur den Venezianern vertraut waren.

»Du erklärst nicht gern, was du vorhast, oder?«

»Das siehst du dann schon. Zum Teufel mit Flavio und seinen Problemen! Der Tag heute gehört uns.«

Er legte den Arm um Antonias Taille, doch sie entzog sich, um in ihrer neuen Handtasche zu wühlen, die sie auf dem Rialto-Markt gekauft hatte.

»Und wie willst du dahinkommen, ohne Boot? Ich dachte, du seist nie zu Fuß unterwegs.«

»Manchmal schon, obwohl ich noch ein paar Boote in Reserve habe. Mein Motorboot muss dringend überholt werden, es hat eine rostige Stelle im Tank. Ich will nicht auch noch das Wasser verpesten.«

»Das überlässt du lieber anderen.«

»Genau.« Dario lachte.

»Ich glaube, Ada will nach unserem Besuch auf *Lazzaretto Nuovo* ihre Vergangenheit loswerden und weiß selbst noch nicht, wie. Bei den vielen alten Truhen in ihrem Haus stelle ich mir das auch nicht so einfach vor«, bemerkte Antonia, um von sich abzulenken.

»Wegwerfen ist manchmal das Beste«, meinte Dario.

»So einfach geht das nicht. Vielleicht befindet sich darin der Hinweis auf einen verborgenen Schatz, der uns allen zu großem Glück verhilft«, gab Antonia zu bedenken.

»Adas Katze weiß es bestimmt«, feixte Dario.

»Meinst du?«

»Ich bin mir ganz sicher.«

»Wie viele Brücken gibt es eigentlich in Venedig?«, erkundigte sich Antonia, nachdem sie eine weitere überquerten. Wieso hatte sie ausgerechnet heute keine flachen Schuhe angezogen!

»Rund vierhundertfünfunddreißig. Und man muss unterscheiden zwischen den dreihundert alten Steinbrücken aus der Zeit der Dogen und den sechzig Eisenbrücken aus der Zeit der Österreicher. Ein paar aus Holz sind auch dabei.«

»Was die hier wollten, habe ich sowieso noch nicht verstanden.«

»Der letzte Doge war ein ziemlich schwacher Typ. Als er zurücktrat, ist Napoleon aufgetaucht, und der hat die umliegenden Staaten in so große Unordnung gestürzt, dass die Österreicher am Ende als Retter aufgetreten sind. Zurückgelassen haben sie den Strudel, den Spritz und sechzig Eisenbrücken.«

Jedes Mal, wenn ein Boot unter einer Brücke hindurchfuhr, bewegte sich das Wasser in leisen Wellen und schillerte in Blau und Türkis, gesprenkelt von goldenen Flecken, wenn ein Sonnenstrahl darauf fiel.

»Hast du eigentlich jemals daran gedacht, Venedig zu verlassen? Ich meine, wenn hier alles so kompliziert ist?«

»Nein, warum? Wegen der vielen Leute, die hierherkommen? Die schrecken mich nicht ab. Ich gehe ihnen eben aus dem Weg. Außerdem sind das ja auch nur Menschen, selbst wenn sie manchmal ein bisschen verrückt aussehen. Und du warst schließlich auch eine von ihnen.«

Antonia lachte. »Ja, zum Glück.«

»Heute könnte ich nirgendwo anders mehr leben. In Venedig ist alles ästhetisch und funktional zugleich, und das seit Jahrhunderten. Das hat mich schon immer fasziniert.

Durch das Wasser kann sich die Stadt nicht ausbreiten, sie ist genauso groß wie in ihren Anfängen, Mestre und Porto Marghera natürlich ausgenommen. Ist das nicht völlig verrückt? Am Morgen gehe ich aus dem Haus, betrete meine Bar, und das Gemäuer, in dem sie untergebracht ist, ist das gleiche wie vor fünfhundert Jahren. Manchmal sehen auch die Gesichter so aus, als wären sie aus den Bildern herausgesprungen. Außerdem glaube ich, dass es Städte gibt, die einen willkommen heißen, Venedig gehört dazu. Warst du eigentlich mal in der *Accademia*?«

»Nein, noch nicht.«

»Ich mag besonders die Bilder von Canaletto. Er hat lauter Stadtansichten gemalt, und ich mag ihr samtiges Braun, ein bisschen wie von der Zeit angenagt, als hätte er die ganze Stadt in ein schützendes, warmes Licht gehüllt.«

»Aber warst du nie neugierig auf andere Städte?«, insistierte Antonia.

»Als Jugendlicher habe ich manchmal davon geträumt. Ich wollte einfach nur weg, raus aus der Stadt, am besten Saxophon spielen und am liebsten in New York. Aber dann wurde meine Mutter krank. Mein Vater und meine Schwester haben sich um sie gekümmert, aber ich musste mit achtzehn Jahren den Unterhalt für die Familie verdienen.«

»Ach ja?«, fragte Antonia, die mit so viel Familiensinn nicht gerechnet hatte.

»Ja, in Italien ist das so. Wenn jemandem etwas zustößt oder jemand krank wird, kümmert sich die Familie.«

»Also gibt es die Großfamilie in Italien tatsächlich noch?«

»Als ich jung war, schon, aber langsam stirbt sie aus. Die meisten Jugendlichen empfinden nur noch Familiensinn, wenn die *nonna* das Geld für das Motorboot rüberschiebt. Aber das ist wahrscheinlich nicht nur in Italien so.«

»Nein, auch wenn es in Berlin kein Boot, sondern eher ein Mofa ist.«

Dario fasste sie am Arm.

»Ich kann immer noch kaum glauben, dass ich dir in Venedig unter all den Touristen begegnet bin.«

»Ja, aber ich bin ja keine Touristin, sondern Gast bei Contessa Ada. Und die ist schließlich ein ganz besonderer Mensch.«

»Du auch. Glaubst du, dass es so etwas wie Vorherbestimmung gibt?«, fragte Dario sehr ernst.

»Nein, aber mehrere Leben«, antwortete Antonia belustigt. »Und Ada meint, man kann sich aussuchen, welches man bevorzugt. Jedenfalls habe ich sie so verstanden.«

»Das ist ja interessant. Darf ich bei euren Unterhaltungen mal dabei sein?«

»Ja, warum nicht«, lachte Antonia.

»Bei der Gelegenheit würde ich wenigstens etwas mehr von dir erfahren.«

»Wieso? Du weißt doch schon alles! Ich meine ... das Wichtigste.«

»Ich weiß nur, dass du bei Ada wohnst und über die Lagune forschst.«

»Das ist im Moment ja auch das Wichtigste, schließlich bin ich hier in Venedig. Davor habe ich mit Begeisterung in Berlin Archäologie studiert und bin abends als Letzte aus der Bibliothek gegangen.« Sie musste selbst lachen, als sie an ihr früheres Leben dachte.

»Aber nach der Bibliothek bist du hoffentlich nicht allein

nach Hause gegangen, oder?« Darios Augen funkelten, Antonia funkelte zurück. Langsam lernte sie wieder dieses uralte Spiel, und es machte ihr sogar Spaß.

»Manchmal schon, aber manchmal auch nicht. Und einige Reisen habe ich auch unternommen, meistens mit Kollegen, zu interessanten Ausgrabungsstätten.«

Sie lächelte Dario an. Sie hatte nicht das geringste Bedürfnis, ihm von ihrem früheren Leben mit Stefan zu erzählen. Sie spürte, es war vorbei.

»Du hast die goldene Gabe, mir alles aus der Nase zu ziehen und selbst ziemlich rätselhaft zu bleiben. Ich vermute, das hast du von deiner Gastgeberin und ihrer verwöhnten Katze gelernt. Ihr seid mir ein schönes Team.«

Antonia sah ihn lächelnd an. »Wir Frauen sind eben ein bisschen geheimnisvoll.«

Als sie von einer kunstvoll geschmiedeten Eisenbrücke aus in der Ferne schon die Lagune sahen, rauschte ein paar hundert Meter entfernt ein Boot davon.

»So ein Mist, es legt nur einmal in der Stunde ab«, sagte Dario. »Eigentlich wollte ich dich nach Pellestrina entführen.«

»Ist das die Insel, die von der großen Flutwelle zerstört wurde?«

»Genau die. Pellestrina liegt im äußersten Norden und ist am meisten dem Meer ausgesetzt. Nach der Katastrophe vor fünfzig Jahren hat man eine gigantische Schutzmauer gebaut, damit es nicht noch einmal passiert. Das solltest du dir auf jeden Fall ansehen.«

»Ich weiß. Von Pellestrina hat mir ein Reisender im Zug erzählt, der zufällig neben mir saß. Er war da aufgewachsen. Die meisten ehemaligen Bewohner sind wohl weggezogen?«

»Ja, leider. Aber die, die dageblieben sind, lieben ihre Insel umso mehr. Sie ist wie eine eigene kleine Welt mit Friseur und Bar, die einem Sizilianer gehört. Er hat sich wohl in die Insel verliebt.«

An der Anlegestelle hatten sich Menschen aus aller Welt versammelt, alle vom gleichen klaren Licht des Morgens eingehüllt. Auf einem Pilon, nur ein paar Meter weiter, saß ein pechschwarzer Kormoran und hatte seine Flügel ausgebreitet.

»Schau mal, er hat gerade ein Bad genommen, und jetzt muss er trocknen.« Dario lachte und sah auf seine Uhr.

»Das nächste *vaporetto* geht erst in einer Stunde. Lass uns im Cupido einen *caffè macchiato* trinken.«

Draußen, der Lagune zugewandt, standen die weißen Plastiktische noch im kühlen Schatten. Dario öffnete die Glastür zur Bar und schob Antonia hinein. Warme, dampfende Luft erfüllte den Raum.

»Heh, Dario, sag bloß, du bist ohne Boot unterwegs.« Ein dicker, knorriger Kobold im blauen Ringelhemd kam ihnen entgegen.

»Fabio, du bist heute der fünfte, der mir diese Frage stellt. Ich bin doch keine Seejungfrau, die einen fahrenden Untersatz braucht.«

»Vielleicht ein Seepferdchen, in Begleitung einer Seejungfrau«, kicherte Fabio und blickte neugierig in Antonias Richtung.

Dario stellte sich neben Antonia an die Theke und bestellte gerade zwei *caffè macchiati*, als eine laute, dunkel gekleidete Gesellschaft junger Menschen mit betörend duftenden Liliensträußen in der Hand den Raum betrat. Dario drehte sich neugierig um.

»Siehst du, das meine ich mit venezianischer Lebensart: Sie sind unterwegs zu einem Begräbnis, mit duftenden Blumen, ganz elegant in schwarzen Kostümen und mit rot geschminkten Lippen. Und gleich werden sie, bevor der Priester auftaucht, eine Runde Spritz bestellen. Weißt du, wie viele berühmte Menschen auf San Michele begraben wurden?«

»Wir könnten rüberfahren und nachsehen.«

»Ein andermal. Die Toteninsel besuchen wir erst, wenn wir ausgiebig das Leben gefeiert haben.«

»Ciao Dario!«

»Ciao Lele!«

»Darf ich vorstellen? Mein Freund Lele, bei dem es immer fangfrische Sardinen gibt.«

Dario klopfte dem Mann, der etwas atemlos die Bar betreten hatte, freundschaftlich auf die Schulter. »Wie geht es deinem Vater? Lebt er noch im Altenheim?«, erkundigte er sich.

»Nein, ich habe ihn vor ein paar Tagen zu mir nach Hause geholt. Ich glaube, es geht nicht mehr lange mit ihm«, fügte er leise hinzu.

»Sag bloß, du hast dich gegen deine Schwester durchgesetzt?«

»Ja, sie wollte einfach nur, dass er versorgt ist. Ich habe daran noch nie geglaubt, dass man in so einer schrecklichen Einrichtung versorgt sein kann. Letzte Woche hatte er Geburtstag, und ich habe es einfach nicht mehr ausgehalten, ihn so leiden zu sehen. Außerdem«, er machte eine bedeutungsvolle Pause, »verkommt diese Stadt immer mehr. Genau an seinem Geburtstag war in der Küche des Altenheims eine Ratte unterwegs! Keine normale Ratte, sondern eine von diesen Kanalratten, eine venezianische *pantegana*. Im Altenheim! Danach war auch für meine Schwester klar, dass er da nicht bleiben konnte. Na ja, der alte Herr ist nicht einfach. Er hat im Altenheim alle Schuhe gesammelt, die die anderen weggeworfen haben, und unter seinem Bett versteckt.«

»Ach Lele, sei nachsichtig, vielleicht werden wir im Alter auch mal so. Er hatte einfach nur Heimweh nach dem Meer. Ein Fischer aus Venedig in Mestre, im Altenheim!«

»Mir ist alles recht, Hauptsache, es geht ihm gut. Ich hätte mein schlechtes Gewissen auch nicht mehr ausgehalten. Jetzt ist er bei mir zu Hause. Pupa und meine Schwiegermutter haben sich angeboten, sich um ihn zu kümmern. Ich weiß schon, warum ich sie geheiratet habe. So eine Frau findet man nicht alle Tage.«

»Kann ich nur bestätigen, deine Frau ist großartig.«

»Danke, Dario. Warum besucht ihr meinen Vater nicht einfach? Ich glaube, er würde sich riesig freuen.«

»Eigentlich wollte ich Antonia nach Pellestrina entführen, aber ich glaube, die Vignole sind eine noch bessere Idee.«

»Ich muss weiter, Sardinen ausliefern. Fausto hat sie schon auf die Speisekarte gesetzt, obwohl ich sie noch nicht gefangen habe«, lachte Lele.

»Das kriegst du schon hin. Wann geht das nächste Boot auf die Vignole?«

Lele sah auf die Uhr. »In zwanzig Minuten. Ich geb euch einen Spritz aus.«

»Danke. Bis bald, Lele.«

»Bis bald! Und pass auf die schöne Frau an deiner Seite

auf. Ich würde fast sagen, aus der wird noch eine richtige Venezianerin.«

Die Bar war für jeden Hunger zu jeder Uhrzeit eingerichtet, es gab alles, von Brioches bis zum Mittagessen. Hinter den dicken Glasscheiben sah man, wie ein paar halbwüchsige Schüler schreiend zur Anlegestelle liefen. Ein paar Frauen im blauen Kostüm mit großen Blumensträußen, weißen Callen und roten Nelken, begrüßten sich überschwänglich.

»Willst du den Spritz mit Campari oder Apérol?«, fragte Dario.

»Zu dieser Tageszeit? Also wenn schon, dann mit Apérol.«

»Du wirst keine Venezianerin, du bist es schon.«

»Gigi, zwei Spritz. Aber draußen, bitte.«

»Geht klar, Dario.«

Antonia gefiel es, mit wie viel Respekt Dario überall behandelt wurde.

»Alle mögen dich hier.«

»Findest du?«

»Ja, es ist offensichtlich. Vielleicht könnte das genau die Lösung des Problems sein.«

»Wie meinst du das?« Sofort war Dario ganz Ohr.

»Na, ich meine, es gibt hier so viele, denen die Lagune am Herzen liegt. Ihr könntet euch alle zusammentun.«

»Bis jetzt sind wir nur ein lockerer Haufen.«

»Die Lösung heutzutage heißt fast immer Vernetzung. In meiner Arbeit ist das jedenfalls so.«

»Es könnte eine Möglichkeit sein«, gab Dario nachdenklich zu. »Es ist schon ein merkwürdiger Zufall, dass Vinicio nach Hause zurückgekehrt ist. Ich wollte dir gerade vorschlagen, ihn in Mestre zu besuchen. Er kennt die Geschichte der Lagune wie kein anderer und hat sicher auch ein paar wichtige Informationen für dich.«

»Ja, es fügt sich eben alles, manchmal muss man nur Geduld haben«, sagte Antonia mit leisem Lächeln.

Dario sah sie an, als würde er noch einige Überraschungen erwarten.

»Wie hast du das übrigens neulich gemeint, mit dem Sich-wünschen-Dürfen und so? Willst du damit sagen, dass man sich nicht zu viel auf einmal wünschen darf?«

»Weißt du, in Berlin habe ich mich nie getraut, mir etwas zu wünschen. Wenn ich es mir recht überlege, habe ich mein Leben noch nicht einmal geplant. Aber seitdem ich in Venedig bin, wünsche ich mir ständig etwas, und meistens ganz viel auf einmal. Meinst du, das ist der Venedig-Effekt?«

»Das bedeutet, die Venezianer haben einen guten Einfluss auf dich.«

»Davon bin ich überzeugt.« Antonia strahlte.

Ein paar Touristen, blonde Männer mit dicken Bäuchen, zogen vorbei, begleitet von Frauen mittleren Alters, frisch geföhnt, mit langen Röcken und Goldketten. Die Augen in die Ferne gerichtet, bewegten sie sich selbstbewusst durch die fremde Stadt.

»Woran erkennt man eigentlich, dass man glücklich ist?«, fragte Dario.

»Ich glaube, dass man nachsichtiger mit anderen Menschen ist.«

»Du meinst, man mag alle, auch wenn sie einem auf die Nerven gehen?«

»Fast alle, auch wenn es manchmal schwerfällt. Soll ich dir

was verraten? Große Nachsicht und Geduld sind die ersten Anzeichen für unsterbliche Verliebtheit.«

»Ach ja?« Dario schmunzelte und wies nach draußen.

»Schau mal, die *bricole*, sie zeigen die wichtigsten Trassen in der Lagune an. Manche sind vom ständigen Kontakt mit dem Wasser so angenagt, dass sie wie morsche Skelette aussehen. Du wirst es gleich sehen, die Möwen sitzen nur auf Holzbaken, die völlig intakt sind, als hätten sie im Lauf ihres Lebens einen eigenen Sinn für Ästhetik entwickelt.«

Antonia lachte. »In Venedig wundert mich langsam gar nichts mehr, auch nicht Möwen mit Sinn für Schönheit. Auch wenn sie heute Morgen vor Adas Haus alle Abfalltüten aufgerissen und durchwühlt haben.«

»Ich glaube, das ist eher die Dummheit der Verwalter, die keine sinnvolle Abfallbeseitigung auf die Reihe kriegen. Wahrscheinlich sind die Abfallbehälter dem Denkmalschutzamt nicht antik genug.«

Antonia blinzelte in die Sonne und vergaß die Welt um sich herum. Sie spürte nur noch die Nähe dieses fremden Mannes, der sie genauso anzog wie seine Stadt.

»Auf den Vignole leben gerade noch vierzig Menschen, und die sind zum Glück nicht alle gleichzeitig da. Das eigentliche Kontrastprogramm zum Markusplatz«, erklärte Dario. Er hatte leicht die Lippen gespitzt, als wenn er pfeifen wollte, was Antonia als Ausdruck höchster Besorgnis schon zuvor an ihm beobachtet hatte.

»Ich glaube, du hast mehr Geheimnisse als ich und Adas Katze zusammen«, stellte Antonia fest. »Du wirkst irgendwie ... besorgt. Vorgestern schien doch alles in Ordnung zu sein, oder?«

Dario lachte kurz auf. Für Antonias Geschmack klang es eine Spur zu bitter. »Du ahnst nicht, wie schnell sich die Dinge in Venedig verändern. Auch das ist ein besonderer Zug der Stadt. Manchmal ändert sich etwas, ohne dass es die Bewohner merken. Es ist, als würde die Stadt sie austricksen. Irgendwann möchte ich noch verstehen, wie sie das anstellt. Städte funktionieren wie menschliche Wesen, sie heißen uns willkommen, sie schützen oder verraten uns, je nachdem, was wir selbst in ihnen suchen.«

»Und du meinst, Venedig ist manchmal eine Verräterin?«, fragte Antonia erstaunt.

»Manchmal fürchte ich das«, antwortete Dario resigniert.

Antonia sah Dario aufmerksam an. »Was ist denn passiert?«

»Auf Flavio wurde gestern Nacht ein Anschlag verübt, auf dem Nachhauseweg. In einer dunklen Gasse in Castello, ganz in der Nähe des Arsenals, wurde plötzlich auf ihn geschossen. Er ist unglücklich gestürzt und hat für einen Augenblick das Bewusstsein verloren, konnte sich aber schnell wieder aufraffen und um Hilfe rufen. Zum Glück haben ihn ein paar Anwohner in der Nähe des Arsenals sofort gehört. Reiner Zufall oder ausgesprochenes Glück, wenn man bedenkt, wie viele Wohnungen in Venedig leer stehen. Na ja, in der Gegend vielleicht weniger.«

»Und warum hast du mir nichts davon gesagt und dir lauter Belanglosigkeiten angehört?«

»Weil ich Angst habe, dich zu sehr in byzantinische Verhältnisse hineinzuziehen, wie Ada es nennen würde. Über Flavio und seine Angelegenheiten können wir ja morgen wieder nachdenken.«

»Aber das ist ja schrecklich, werdet ihr jetzt bedroht? Es sind ja sehr grundsätzliche Fragen, die ihr stellt, die die ungebremste Ausbeutung der Stadt in Frage stellen.« Antonia fühlte sich plötzlich gar nicht mehr aufgehoben und sicher in der Stadt.

Das Boot kam an, bevor Dario auf Antonias Frage antworten konnte.

Die meist älteren Fahrgäste schienen einander zu kennen, Dario wurde von allen herzlich begrüßt. Antonia spürte neugierige Blicke auf sich.

»Hey Dario, was macht die Regatta?«

»Alles zu seiner Zeit.«

»Machen Sie die Tür hinter sich zu!«, fuhr ein älterer Mann mit Mütze eine junge Frau mit Koffer an. »Oder sind Sie Amerikanerin?«

Wortlos ging die Frau zurück und schloss die Tür zum Fahrgastraum.

Dario genoss es sichtlich, nicht selbst am Steuer zu sitzen. Kraftvoll schwappte das graugrüne Wasser an den Bootsseiten entlang, während das *vaporetto* immer weiter in die Lagune eintauchte. In der Ferne, über dem Meer, waren ein paar dunkle Wolken zu sehen, die von rosa Licht durchdrungen wurden. Dann zogen die Wolken Richtung Adria davon und ließen einen weißen Streifen am Himmel zurück.

»Schau mal, das weiße Haus da drüben gehört Lele und seiner Familie.«

»Man kann ja fast hinüberschwimmen.«

»Könnte man, braucht man aber nicht. Das *vaporetto* fährt die ganze Nacht. Man muss es nur eine halbe Stunde im Voraus bestellen.«

»Ach, tatsächlich? Man kann also auf einer Insel leben, jeden Abend ins Kino gehen und nachts jederzeit über das Wasser nach Hause fahren?«, fragte Antonia begeistert.

»Genau so ist es. Ich hab dir doch gesagt, dass ich nicht aus Venedig wegwill. Es gibt noch mehr Gründe dafür. Sag mal, willst du nicht ...«

»Ciao Dario.« Ein älterer Mann mit Bart und Baskenmütze klopfte ihm freundschaftlich auf die Schulter.

»Ciao Luigi, alles in Ordnung bei dir?«

Nach knapp zehn Minuten schwenkte das Boot nach rechts und machte an einer Anlegestelle halt, die hinter Bäumen verborgen lag.

Ein paar ältere Leute, auch der Mann mit Baskenmütze, stiegen zusammen mit Dario und Antonia aus.

»Dario, gehst du zu Lele? Sag ihm doch bitte, dass ich nächste Woche seine Reben schneide. Mein Handy hat seinen Geist aufgegeben. Es hat wohl gemerkt, dass ich es nicht mochte.« Luigi kicherte in sich hinein.

»Klar, die Dinge haben ein Eigenleben. Ich sag Bescheid.«

»Weißt du, es gefällt mir, wie sich hier alle helfen«, bemerkte Antonia.

»Diejenigen, die hiergeblieben sind, schon, es bleibt ihnen ja auch nichts anderes übrig.«

Der leicht sumpfige Weg führte an einem stillen, mit hohem Schilf umwachsenen Kanal vorbei. Über der Insel hatte sich ein weißer Streifen Himmel abgesetzt, als wäre sie in einen Heiligenschein getaucht. Ein paar schreiende Vögel stoben auf und flogen auf ein paar Häuser zu, die sich zwischen den Bäumen und hohem Schilf eng aneinanderduckten.

»Hast du die Amseln gesehen? Nur die Männchen machen solchen Krach.«

»Wie immer«, lächelte Antonia nachsichtig.

Dario berührte leicht ihren Arm, als wäre er darauf bedacht, sie nicht zu irritieren.

»Mir kommt es vor, als würde ich dich schon ewig kennen, als wärst du schon immer hier gewesen.«

»Mir auch. Ich kann es immer noch nicht fassen, es fühlt sich an, als hätte ich noch nie woanders gelebt.«

Er räusperte sich und sah den Vögeln nach.

»Gibt es in Berlin denn keinen Mann, der auf dich wartet?«

Antonia blieb stehen, atmete die blütenschwere Frühlingsluft ein und stieß einen Seufzer aus.

»Ich hab mit jemandem zusammengelebt, aber ich habe nichts mehr von ihm gehört, seitdem ich hier bin. Es hat nichts – mit meinem Leben hier in Venedig zu tun. Ich glaube, ich habe mich schon in Berlin von ihm verabschiedet.« Ihre Stimme klang atemlos. Dario betrachtete sie stumm.

»Dario, hier bin ich!« Aus einem Fenster im ersten Stock winkte ein alter Mann.

»Das ist Vinicio, er erwartet uns schon.« Seinem Blick zufolge bedauerte Dario es, das Gespräch mit Antonia erst einmal beenden zu müssen.

Leles Haus war von Weinreben und einer engen Reihe Artischockenpflanzen umgeben: Eher schon ein Landgut, umgeben von drei kleineren, offenen Ställen, in denen ein Traktor, Holzfässer und anderes Gerät standen. Das Gebäude war quadratisch gebaut und stand direkt am Wasser,

Venedig zugewandt, umgeben von Schilf, Lorbeer und Myrthensträuchern. Soweit das Auge reichte, sah man Gemüsefelder und eine ansehnliche Reihe von Weinstöcken.

»Artischocken«, erklärte Dario und wies auf die weitausladenden stachligen Blätter, die den Boden bedeckten. »Mein Lieblingsgemüse. Man schmeckt, wenn sie von den Laguneninseln kommen.«

Vier völlig gleich aussehende pechschwarze Katzen balgten miteinander.

Leles Frau Pupa erwartete sie vor dem Haus, dessen Eingang ganz unvenezianisch von zwei Buchsbäumen mit Lichterketten geschmückt war.

»Dario, wie schön. Lele hat angerufen, dass du auf dem Weg zu uns bist. Vinicio freut sich riesig. Seit einer Stunde redet er nur von dir.« Der hagere alte Mann war so schnell er konnte die Treppe heruntergekommen, Pupa hielt ihn liebevoll am Arm fest. Dunkles, glattes Haar hing ihm fast bis zu den Schultern. Er sah gar nicht wie ein Fischer aus, dachte Antonia. Wenn er rote Haare hätte, könnte er ein älterer Bruder von Tintoretto sein. Vinicio beugte sich über Antonias Hand.

»Mein Freund in attraktiver Begleitung! Dario, du weißt gar nicht, wie sehr ich mich freue.«

Dario nahm ihn stumm in den Arm, Pupa lächelte gerührt.

»Antonia wollte dich interviewen«, sagte Dario.

»Was für ein schöner Name!«

Antonia lächelte, der alte Mann war ihr sofort sympathisch.

»Wissen Sie, ich bin nur ein einfacher Fischer, von der Welt verstehe ich vieles nicht. Aber eigentlich glaube ich, dass es sich mit der Welt genauso verhält wie mit der Lagune, und in der kenne ich mich aus: Man muss immer aufpassen, dass man das Gleichgewicht nicht allzu sehr durcheinanderbringt. Darauf sind wir Menschen ja leider spezialisiert. Für mich war schon immer klar, dass auch die Lagune viele Geheimnisse birgt.«

»Vinicio, fängst du jetzt auch noch mit dieser Geheimnistuerei an!«

»Jetzt setzt euch doch erst mal«, forderte Pupa alle auf und machte sich daran, den Tisch zu decken.

»Wir sind nicht zum Essen gekommen, wir wollten uns nur unterhalten. Euch zu sehen ist schon Freude genug.«

Antonia gefiel die dunkelhaarige Frau mit den weichen Gesichtszügen, deren halblanges Haar mit silbernen Fäden durchsetzt war.

»Ich weiß. Aber Papa muss essen, und ich muss meine Antipasti loswerden.«

Pupa stellte frisches Brot, einen köstlich riechenden Käse, eingelegtes Blaukraut, gefüllte Peperoni und eine Platte mit *sorpressata,* Schweinskopfsülze, auf den Tisch, während im Hintergrund schon das Nudelwasser sprudelte. Eine schwarze Katze hatte es sich auf dem Herd bequem gemacht. Antonia wollte aufspringen, weil sie Angst hatte, die Katze könnte sich verbrennen.

»Das ist Patatina, sie weiß schon, was sie tut«, erklärte Pupa und lachte.

»Sie liegt genau über dem Wasserbehälter, wo es gemütlich warm ist.«

»Könnten wir einen von Leles Malvasia aufmachen?«, fragte Vinicio vorsichtig.

»Meinst du, der Wein tut dir gut?«

»Aber natürlich!«, mischte sich Dario ein. »Pupa, sei doch nicht so.«

Vinicio ließ sich gutgelaunt Pupas Köstlichkeiten und den leicht moussierenden Malvasia schmecken, den sie mit einem kritischen Blick aufgemacht hatte.

»Köstlich, ich glaube, das ist mein Lieblingswein. Noch viel besser als Spritz«, fand Antonia.

Vinicio setzte noch einmal an. »Wenn ich von einem Geheimnis spreche, dann meine ich kein Gold oder eine wertvolle Schiffsladung. Die kam unter den wachsamen Augen der Venezianer ohnehin nicht herein. Ich glaube eher, dass die Lagune ein Gleichnis ist und uns etwas erzählen will. Wenn wir richtig hinsehen und sie lesen, gibt sie uns sogar die Mittel an die Hand, um ihre Botschaft zu verstehen.«

Er schenkte sich verstohlen noch ein Glas ein und wandte sich direkt an Antonia.

»Sie haben sicher schon vom Hochwasser gehört und von den ausgebaggerten Mündungen zur Adria für die vielen Kreuzfahrtschiffe. Wie elegant und umweltschonend dagegen war doch eine venezianische Galeere!«, seufzte er.

»Ja, eine venezianische Galeere ist ästhetisch perfekt, aber der heutigen Zeit wäre sie nicht mehr angemessen«, entgegnete Dario.

»Das ist ja nur ein Beispiel. Unser kurzsichtiges Denken, nur auf Konsum ausgerichtet, hat uns an den Rand des Abgrunds gebracht.«

»Wem sagst du das. Neulich bin ich wieder einem dieser Hallodris im Riesenboot begegnet, die keine Ahnung haben, was sie mit ihrer Raserei anrichten.«

»›Denn sie wissen nicht, was sie tun‹, fällt einem in Venedig alle fünf Minuten ein.«

»Ich …« Vinicio zögerte einen Moment. »Ich habe noch mit niemandem darüber gesprochen. Aber allzu viel Zeit bleibt mir ja nicht mehr, deshalb möchte ich euch ein Erlebnis erzählen, das vielleicht wichtig sein könnte. Vor vielen Jahren, als ich noch in den Fischteichen im Norden geangelt habe, bin ich in einen Sturm geraten und konnte mich nur retten, weil ich auf dem Rückweg auf ein mächtiges Stück Holz getroffen bin, an dem ich mein Boot während des Sturms festmachen konnte. Sonst wäre es wohl gekentert. Ich vermute, dieses Holz war Teil einer ausgedienten Galeere, wie sie früher benutzt wurden, um die Ränder von Inseln zu befestigen und sichere Anlegestellen zu schaffen. Groß genug waren diese Schiffe ja.«

»Warum hast du mir das nie erzählt!«, rief Dario aus. Pupa sah ihren Schwiegervater strafend an, weil er sich ohne das Wissen seiner Familie in Gefahr begeben hatte.

»Wenn der Schreck groß war, fällt es hinterher schwer, darüber zu sprechen. Das alte Schiff hatte mir das Leben gerettet. Es wollte danach einfach in Ruhe gelassen werden.«

Antonia räusperte sich.

»Und Sie meinen, dieses Boot könnte Teil eines Ufers gewesen sein?«

»Ja. Ich halte es für möglich, dass das Boot das Ufer einer Insel befestigt hatte.«

»Einer Insel, die untergegangen ist?«, fragte Dario aufgeregt.

»Schon möglich.«

»Untergegangen, weil Hochwasser herrschte?«

»Sagen wir, weil der Wasserspiegel zu hoch war.«

»Antonia, es kommt mir fast so vor, als wenn deine bloße Anwesenheit die merkwürdigsten Dinge in Gang setzt! Und wo lag diese Insel?«, fragte Dario, wieder an Vinicio gewandt.

Dieser stand müde auf und holte aus einer braunen Holztruhe eine alte Landkarte hervor.

»Hier, Venedig sieht aus wie ein riesiger Fisch. Und das sind die Fischteiche im Norden, wo ich mit deinem Großvater immer unterwegs war. Und hier im Nordosten lag die Insel, wo der Fluss Lama, ein Seitenarm des Brenta, in die Lagune fließt.« Vinicio räusperte sich.

»Ich war so froh, davongekommen zu sein, dass ich es gar nicht genauer wissen wollte. Die Lagune hat viele Geheimnisse, und nicht alle sind für die Augen von uns Menschen bestimmt.«

»Hör zu, ich möchte gerne mehr über dieses Kapitel aus der Vergangenheit erfahren. Es könnte wichtig sein.« Aufgeregt war Dario aufgestanden und stellte sich vor Vinicio.

»Das stimmt«, mischte sich Antonia mit ruhiger Stimme ein. »Wenn Dario und die anderen nachweisen können, dass schon einmal eine Insel wegen des hohen Wasserspiegels untergegangen ist, dann wäre das eine entscheidende Wendung. Die Warnungen der Umweltschützer würden endlich gehört werden.«

»Meinen Sie wirklich? Ich stelle mir die Neugier und die Sensationslust, die Journalisten und das Fernsehen und all die Schaulustigen vor«, entgegnete Vinicio resigniert.

Den alten Mann schien Antonias ruhige Argumentation mehr zu überzeugen als Darios plötzliche Aufregung.

»Bedenk doch, Vinicio, du würdest allen, denen Venedig am Herzen liegt, einen Riesengefallen tun.«

»Wären Sie denn bereit, hinauszufahren, um uns die Stelle zu zeigen?«, fragte Antonia.

»Auf keinen Fall!«, mischte sich Pupa ein. »Papà braucht Ruhe. Seht ihr nicht, wie schwerfällig er geht?«

»Entschuldige, Pupa, aber Bootsfahren ist für einen alten Seemann etwas anderes als Gehen«, grinste Dario. »Und ich pass schon auf, dass meinem alten Freund nichts passiert.«

»Kinder, lasst mir einen Augenblick Zeit. Vor zwei Tagen war ich noch in dem schrecklichen Altenheim und hatte Angst, mein Leben dort zu beschließen. Und jetzt habt ihr schon wieder Abenteuer mit mir vor.«

»Das ist der Antonia-Effekt«, sagte Dario lachend und sah seine Begleiterin liebevoll an. »Den kenn ich schon.«

Pupa hatte währenddessen eine einfache Pasta mit Tomatensauce zubereitet, die sie in einer großen weißen Porzellanschüssel servierte.

Vinicio seufzte. »In meinem Alter lässt man den Dingen manchmal gern ihren Lauf. Aber gut. Ich denke darüber nach, Ihnen zuliebe, Antonia. Wenn ich Ihnen einen Gefallen tun kann, dann natürlich gern. Und jetzt lasst euch das Essen meiner wunderbaren Schwiegertochter schmecken. Ich hätte nicht gedacht, dass ich noch mal so einen guten Teller Pasta bekomme. Wenn ich an den Brei im Altersheim denke!«

Antonia lächelte und ließ sich Pupas Pasta und Leles Malvasia schmecken.

»Darf ich Ihnen einen Rat geben? Fahren Sie nach *San Francesco del Deserto*. Dort gibt es eine ausgezeichnete Bibliothek. Eine der wenigen, in denen kluge Menschen und viele Reisende ihre Aufzeichnungen zurückgelassen haben«, sagte Vinicio, bevor er sich für den Rest des Tages erholen musste.

※

»Canaletto?«

Mimis bester Freund hatte es sich wie so oft vor den Stufen zu Adas Garten bequem gemacht und wachte erst auf, als Mimi ihm den Bauch kitzelte. Der Mond ging schon hinter der Lagune auf, und Mimi war immer noch verwirrt von den vielen Ereignissen der letzten Tage. Vielleicht musste man die Stadt einfach für ein paar Tage verlassen.

»Mimi, du Gute, gibt es etwas Dringendes, was du mit mir besprechen möchtest?«

»Weißt du, manchmal bin ich diese ganzen Gemäuer und komplizierten Angelegenheiten der Venezianer einfach leid.«

»Ja, aber so ist das nun mal.«

»So byzantinisch verwickelt wie hier ist es sonst nirgendwo«, fand Mimi.

»Was schlägst du vor?« Sofort war Canaletto auf der Hut.

»Hast du schon mal daran gedacht, nach Mestre zu ziehen?«

»Nein! Was soll ich denn da? Ich frage mich schon lange, was hat Mestre eigentlich mit Venedig zu tun?«

»Sehr viel, weil die *Comune di Venezia* aus den Teilen Venedig, Mestre und Porto Marghera, dem Hafen mit seinen Industrieanlagen, besteht. Du musst dir das wie die beiden Enden eines amphibischen Wesens vorstellen.«

»Kopf und Schwanz?«

»Nein, natürlich zwei Köpfe!«, antwortete Mimi, leicht ungehalten wie immer.

»Also ein Ungeheuer. Und wer kam auf die Idee, dass die beiden zusammengehören?«

»Mussolini, schon 1926! Er hatte nämlich als Erster die Idee von einem *Grande Venezia*.« Canalettos Blick drückte gesteigerte Missbilligung aus.

»Aber nun zu Mestre«, setzte Mimi noch einmal an. »Das Wasser hat Venedig schon immer Grenzen gesetzt, Mestre aber nicht. Deshalb ist es heute eine moderne Stadt, ganz ohne Moos, Moder und ohne Ratten! Es gibt eine normale Piazza, viel Grün, breite Straßen mit normalen Läden und ein Kaufhaus, von dessen Terrasse man einen wunderbaren Blick auf die Lagune genießt. Außerdem gibt es in Mestre neue Universitätsgebäude und richtige Einkaufszentren, wo die Venezianer das Wochenende beim Shoppen und Flanieren verbringen.«

»Was du nicht sagst!«

»Doch, glaub mir ruhig! Inzwischen sind auch schon die Touristen da, weil die Hotels in Venedig für junge Leute einfach zu teuer sind. Und in Porto Marghera sollen in Zukunft die Anlegestellen für die Kreuzfahrtschiffe entstehen.«

»Und du meinst, viele Venezianer ziehen dahin, nicht nur weil die Mieten niedriger sind, sondern auch, weil das Leben da ganz angenehm ist?«, fragte Canaletto.

»Ja, ich glaube, Venezianer mögen Mestre inzwischen, weil es einfach eine normale Stadt ist. Und hin und wieder muss man ja dem Wasser und dem ganzen alten Zeug entfliehen.«

»Und da willst du jetzt also hin?«

Mimi blinzelte. »Heute nicht unbedingt. Ich wollte dir nur sagen, dass es in Venedig ganz verschiedene Welten gibt, die man manchmal erst auf den zweiten Blick erkennt. Also, lieber Freund, für uns beide gibt es noch viel zu entdecken.«

Für einen Augenblick wusste Canaletto nicht, ob er sich freuen oder fürchten sollte.

KAPITEL 11

Von einem Augenblick auf den anderen hatte sich der Himmel über Adas Garten rosa verfärbt. Es war ein zartes, launisches Rosa, flüchtig und leicht. Schon bald ging es über in Hellblau und setzte sich in einem dichten Muster aus dunkelgrauen Wolken fort. Ada hörte sanften Regen, der leise in die Kanäle prasselte und einzelne Tropfen über das Pflaster springen ließ. Wie immer bei Regen wollte sie es sich zusammen mit Mimi auf ihrem blauen Sofa bequem machen. Doch Mimi hielt es nicht lange aus, sie miaute ungehalten, Adas Gesellschaft schien ihr im Moment lästig zu sein. Sobald der Regen schwächer wurde, sprang sie auf und eilte zum Tor.

Ada seufzte und zog ihre Decke enger um sich. Sie mochte es nicht, bei Regen ohne ihre Katze zu sein.

Von allen Räumen ihres Palazzo mochte sie ihren blauen Salon am liebsten, um den sich, wie in jedem venezianischen Palazzo, die anderen Räume, zwei kleine Salons, ihr Schlafzimmer und eine Bibliothek, öffneten. Die Sessel und das Sofa hatten die Farbe von Lavendel, die sie immer sofort beruhigte. Sie gähnte. Irgendetwas musste sie an diesem langweiligen Tag unternehmen.

Im *mezzanino*, dem Zwischenstockwerk des Ca' Foscarini, hatte zunächst die Dienerschaft, später ihre verwitwete Großmutter gewohnt. Als Kind schon hatte es Ada erstaunlich gefunden, wie viele Menschen vor allem im Winter – Verwandte, Besucher und Bedienstete – in den verwinkelten Räumen der Zwischenstockwerke unterkamen. Brauchte man mehr Platz, wurde einfach irgendwo angebaut, ein Stück Treppe oder eine Nische ergänzt, ein Balkon zum Salon erweitert. Mit seiner hellen Fassade und den sandsteinfarbenen Säulen zu beiden Seiten der gotischen Fenster sah Adas Palazzo von außen prachtvoll, wenn auch etwas verwittert aus. Aber dahinter hatten sie schon immer ein ganz normales Leben geführt. So war das eben in Venedig: Nach außen setzte man sich in Szene, und nur wer genau hinsah, merkte, wie eifrig jeder darauf bedacht war, sich selbst und die anderen Mitspieler nicht allzu ernst zu nehmen.

Nur Adas Küche lag Richtung Garten im Erdgeschoss, die Ada jedoch Marta überließ und nur zum Kaffeekochen betrat. Sie hatte im Lauf der Zeit gelernt, Martas bizarre Manien nicht weiter ernst zu nehmen, und freute sich meist über die Kreativität der jungen Frau. Marta dekorierte nicht nur Kuchen und ihre Frisur, sondern passte auch auf, dass der Kühlschrank voll war und Ada regelmäßig etwas aß. Sie konnte sich nicht erinnern, wann sie sich zuletzt selbst ein Essen zubereitet hatte.

Plötzlich verspürte sie das Bedürfnis, Fische zu säubern und Knoblauch zu schälen. Sie öffnete die Kredenz in ihrer Küche und überprüfte die Vorräte. Vor sich sah sie mehrere Sorten Pasta, Gläser mit Sardellen und Kapern, außerdem Oliven und Artischocken. Alles, was sie für die Zubereitung der venezianischen *bigoli in salsa* brauchte, war da. Die eigentümlich dicken Nudeln in der würzigen Sardellensauce erinnerten Ada an die wogenden Weizenfelder des Veneto und die Fischteiche im Norden. Sie öffnete den Kühlschrank und holte eine Flasche Malvasia heraus. Wie liebte sie diese Kombination! Sie sah auf die Küchenuhr, es war erst zwanzig nach elf. Im Alter bleibt das Zubereiten von vertrauten Speisen, hatte ihre Schwester Agnese immer gesagt, weil es den Geschmack unseres Lebens in sich trägt. Sorgfältig deckte Ada mit dem weißen Porzellan ihrer Großmutter den kleinen Tisch in ihrer Küche, die gemütlicher als der großzügige *salotto* war. Sie öffnete das Fenster, der Regen hatte aufgehört, Touristen hätten wahrscheinlich schon wieder draußen gegessen. Venezianer würden niemals draußen ein Essen zu sich nehmen, es sei denn, es handelte sich um eine Landpartie.

Sie musste an ihre Schwester denken. In den Wochen vor ihrem Tod hatte sich Agnese nur noch kräftige Minestrone gewünscht, die Ada ihr, fast als Wiedergutmachung für ihr lebenslang angespanntes Verhältnis, mit großer Hingabe zubereitet hatte. In ihrer Jugend gab es noch frischen Aal aus Murano, mit Lorbeer in den Brennöfen geschmort, abgehangene Rinderbraten, die im Winter vor den *macellerie* hingen und mit Nelken und Wacholder gespickt waren; Köstlichkeiten aus Kutteln, Sehnen, Milz und Leber. Für all diese typischen venezianischen Gerichte gab es heute nur noch begrenzte Abnehmer, seitdem sogar das alte Schlachthaus in Cannaregio in Hörsäle für Studenten verwandelt worden war.

Wie schade, dass sie und ihre Schwester es sich so schwergemacht hatten. Im Nachhinein fiel Ada kein Grund mehr ein, warum sie sich so schlecht mit ihrer Schwester verstanden hatte. Sicher, es hatte die übliche Konkurrenz gegeben, Eifersüchteleien um die Zuneigung der Eltern, das schönste Kleid, die Anzahl der Verehrer. Rein äußerlich konnte man sich keinen größeren Gegensatz als zwischen den beiden Schwestern vorstellen: Im Gegensatz zur blonden Ada war Agnese dunkelhaarig gewesen, mit schweren Locken und dunkelbraunen Augen. Ada hatte noch ihr lautes Lachen im Ohr und wie unpassend sie es oft gefunden hatte. Auch Agneses draufgängerische Art, mit der sie alles anging, war ihr manchmal suspekt gewesen. Agnese hatte vor nichts Angst, jedenfalls hatte sie immer so getan. Wie gut sie sich ergänzt hätten, hatten sie leider zu spät bemerkt.

»Contessa, sind Sie da?« Ugo, der junge Architekt aus Darios Umweltgruppe, war am Gartentor aufgetaucht und versuchte, mit seinem lockigen Wuschelkopf darüber zu sehen. Ada stand auf und ging, mit der Serviette in der Hand, zum Tor.

»Oh, Sie essen gerade, pardon! Ich habe versucht, Sie anzurufen, aber niemand hat sich gemeldet.«

»Wahrscheinlich habe ich es nicht gehört, weil ich schon beim Mittagessen war. Im Geist habe ich Gespräche mit meiner verstorbenen Schwester geführt.«

»Verzeihen Sie vielmals, Contessa, ich dachte, kurz nach elf sei eine gute Zeit, um Sie zu besuchen.«

»Aber es ist immer eine gute Zeit, Ugo! Vor allem für einen angenehmen Gast wie Sie.«

Ada erinnerte sich, wie galant ihr Ugo neulich in der *calle* die Hand geküsst hatte. »Und außerdem, wie können Sie wissen, dass ich mir schon so früh einen Teller Pasta koche. Im Alter wird man eben ein bisschen wunderlich. Kommen Sie, setzen Sie sich zu mir. Möchten Sie mitessen? Es ist genug da. Wissen Sie, es geht ja gar nicht um den Hunger, sondern um den Geschmack der Erinnerung.«

Ugo nickte verständnisvoll und freute sich über die unverhoffte Einladung. Schnell ging Ada zur Kredenz und legte ein zweites Gedeck auf. Großzügig füllte sie Ugos Teller und nahm selbst einen Nachschlag.

Genießerisch sog der junge Mann den Duft der würzigen Sardellensauce ein.

»*Bigoli* sind mein Lieblingsgericht!« Er rückte seine randlose Brille zurecht.

»Dann sind wir ja schon zu zweit«, freute sich Ada. »Was führt Sie zu mir?«

Ugo schaufelte schnell ein paar Gabeln mit Pasta in sich hinein, bevor er Luft holte, als interessierte ihn das Essen im Moment mehr als alle Umweltprojekte dieser Welt. Jeder Mensch brauchte ab und zu eine Pause in seinem Idealismus, vor allem, wenn es *bigoli* gab.

»Contessa, wir brauchen Ihre Hilfe«, sagte er schließlich eindringlich zwischen zwei Bissen und sah sie aus großen Augen an.

»Gerne, wie kann ich einem so engagierten jungen Menschen wie Ihnen helfen?«

Ugo hob abwehrend die Hand. »Ich bin nur ein winziges Rädchen. Aber Sie, Contessa, sind eine der angesehensten Persönlichkeiten der Stadt – und darüber hinaus eine der wenigen aus den alten Familien, die im Stadtzentrum geblieben sind. Über den Tourismus kann man klagen oder auch nicht, das ist nun einmal so. Mir persönlich machen die vielen Menschen nichts aus, außer, wenn ich es eilig habe und sie mir den Weg versperren. Wir wohnen nun einmal in dieser außergewöhnlichen Stadt. Und Schönheit muss geteilt werden. Aber was wir nicht hinnehmen dürfen, ist der Zustand der Kanäle und der Lagune, diesen gefährlich hohen Wellengang, den die Motorboote mit ihrer Raserei verursachen.«

»Ich bin völlig Ihrer Meinung und freue mich, dass Sie zu mir gekommen sind – auch wenn ich Sie natürlich immer gerne in den *calli* treffe.«

In Erinnerung an Ugos charmanten Handkuss kicherte Ada wie ein junges Mädchen. »Ich glaube, wir wissen alle, was die Folge dieser Verwahrlosung ist«, pflichtete sie Ugo bei.

»Und es wird immer schlimmer. Ich glaube zwar nicht, dass Venedig untergeht, das ist Unsinn. Im Zweifelsfall wird die Lagune zur Adria hin verschlossen, dann wird sie ein lebloser Teich, dem Luft zugeführt werden muss, damit er nicht abstirbt«, stellte Ugo sachlich fest.

»Was Sie nicht sagen, darüber habe ich mir noch gar keine Gedanken gemacht!«

»Neulich habe ich wieder einen Beitrag darüber gelesen. Ich glaube, das haben internationale Wissenschaftler in allen Details erforscht. Aber wie so oft wäre die nächstliegende Lösung viel einfacher: Durch weniger Motorboote auf dem Canal Grande und vor allem durch strikte Geschwindigkeitsbegrenzungen könnten wir einen Teil des Problems lösen.« Ugo lehnte sich einen Augenblick satt und glücklich zurück.

»Leider ist das immer so bei uns: Die kleinen Lösungen übersieht man, solange noch Zeit wäre, um mit wenig Aufwand etwas zu verändern. Und am Ende muss man zu den großen und kostspieligen Lösungen greifen, wenn es fünf vor zwölf ist«, pflichtete Ada bei.

»Sie sagen es, Contessa.«

»Und was habt ihr nun vor?«

»Nun, wir planen ein paar Aktionen, mit denen wir auf die Missstände aufmerksam machen möchten. Sie haben sicher von unserer Gruppe ›Acqua e isole‹ gehört. Sie wissen ja, Dario macht auch mit, aber er ist gerade mit anderen Aufgaben auf San Giacomo betreut. In letzter Zeit wirkt er allerdings etwas abgelenkt.«

»Oh ja, den Eindruck hatte ich auch. Er hat kaum noch Zeit, um bei mir vorbeizuschauen.« Ada nickte vielsagend.

»So ist das nun mal. Jeder von uns übernimmt das, was er gerade leisten kann. Aber jetzt haben wir einen Plan.«

»Ach ja?«

»Ja.« Ugo legte zufrieden seine Gabel beiseite und wischte die restliche Sardellensauce mit einem Stück Brot auf. Ada machte es ihm auf der Stelle nach. *Fare la scarpetta*, die Sauce auftunken, wie hatte sie das als Kind geliebt.

»Das größte Problem besteht eigentlich darin, die Aufmerksamkeit der Öffentlichkeit auf sich zu ziehen. Im Falle Venedigs meine ich natürlich die Weltöffentlichkeit. Deshalb dachten wir, dass wir dieses Jahr die Regatta am Himmelfahrstag nutzen wollen. Denn dann blicken wirklich alle auf Venedig: die Politiker, das Fernsehen, die ausländischen Journalisten. Auch die Venezianer selbst sind dann endlich stolz auf ihre Stadt und beuten sie nicht nur aus.«

Ugo wirkte zuversichtlich.

»Ich kann mich erinnern, wie im letzten Jahr die Ruderer einen Salut zu meinem Fenster heraufriefen«, sagte Ada und freute sich über die Erinnerung.

»Sehen Sie, und das meine ich! Die Regatta führt genau unter Ihrem Fenster vorbei, auch wenn Ihr Palazzo etwas abseits von der Hauptroute liegt. Deshalb haben wir uns überlegt, dass wir an Ihrem und den anderen Palazzi, an denen die Regatta vorbeiführt, Manifeste aushängen wollen.«

»Manifeste?«

»Ja, ich meine weiße Tücher, Laken, was auch immer, die wir mit dem Ziel unserer Aktion beschriften können und die von weitem gut sichtbar sind.«

Ada lachte. »Junger Mann, sosehr ich Ihre Idee unterstütze, meine Bettlaken werde ich nicht hergeben. Aber ich hätte ein paar Standarten im Schrank. Wenn ich mich nicht täusche, stammen sie noch von meiner Urgroßmutter.«

»Hauptsache, Sie unterstützen uns.« Ugo war begeistert aufgesprungen. »Wir wollen also diese weißen ... äh Fahnen mit der Aufschrift *Stoppt die Motorboote* gut sichtbar überall aushängen, so dass weder die Politiker noch die Presse daran vorbeikommen. Stellen Sie sich nur vor, ein Fernsehteam würde die Sieger genau vor diesen Manifesten filmen! Wir könnten sicher sein, dass unser Thema endlich wahrgenommen wird. Das wäre immerhin ein Anfang.«

»Unsere Politiker würden sich entsetzlich blamieren!«

»Das hoffe ich doch. Vom Ergebnis unserer Aktion abgesehen, würde mich das allein schon unglaublich freuen.«

Ada reichte Ugo die Hand. »Ich bin dabei.«

Er strahlte.

»Unter einer Voraussetzung ...«

»Alles, was Sie wünschen, Contessa.«

»Dass Sie mich nicht mehr Contessa und meine alten Standarten nicht mehr Laken nennen.«

»Abgemacht, Signora Ada.« Er strahlte mit der Sonne um die Wette, die gerade am Himmel hervorkam.

Als Ada am späten Vormittag hinausging, hing der Regen nur noch in schweren Tropfen an den Blättern in ihrem Garten. Am Himmel tanzten ein paar weiße Wolken, und alles sah wie reingewaschen aus.

Rechtzeitig zu Adas Mittagsschlaf war Mimi zurück. Allerdings machte sie keinerlei Anstalten, ihr Gesellschaft zu leisten, sondern hatte sich im Garten unter die Palme gesetzt und putzte sich.

Ada war ausgesprochen gut gelaunt. Sie hatte zusammen mit einem Gast *bigoli* gegessen und freute sich auf alles, was sich in der nächsten Zukunft ereignen würde. Wie sehr sich ihr Leben verändert hatte, seitdem Antonia im Haus war. Ihr alter Freund Ettore Del Vecchio hatte ihr damit wirklich ein Geschenk gemacht. Auch die Idee mit der Presseaktion gefiel ihr immer besser, denn es musste endlich etwas geschehen.

Als sie in den Garten hinunterging, um frische Luft zu schnappen, sah sie Mimi, die sich immer noch putzte.

»Los, Mimi, lass uns hinauf in den Mezzanin gehen! Wir müssen ein paar Standarten für Ugo suchen. Du magst ihn doch auch, oder?«

Sofort war Mimi auf den Beinen und maunzte Ada zustimmend an.

Alle Dinge, die niemand mehr brauchte, befanden sich in einem ungenutzten Zimmer im Mezzanin, das Ada seit gefühlten zwanzig Jahren nicht mehr betreten hatte. Als sie die Tür öffnete, sprang eine fette Spinne ins Dunkel zurück, kurz bevor Mimi sie schnappen konnte.

»Ich suche nach etwas, und du hältst mir gefälligst das Getier vom Leib! Du willst doch nicht, dass Venedig untergeht.«

Mimi bedachte sie mit einem schrägen, ziemlich hochmütigen Blick.

Ada schob die erste hohe Holztür beiseite, hinter der sich breite Fächer mit bunten Stoffen, Kleidern und Wäsche befanden.

»Puh, und wer soll hier denn was finden!« Ada fasste in ein Regal, dessen ganzer Inhalt ihr entgegenfiel: grüne und gelbe Damaststoffe mit feingewebten Blumenmustern, weiße Stoffbahnen und Tischwäsche aus feinstem Leinen, die nach Glück und vergangenen Sommern rochen.

Ada griff nach dem Damast. »Ich muss Baldassare anrufen, damit er sich die Muster ansieht. Meiner Ansicht nach sind sie wertvoll.«

Ada konnte sich an den alten Schreibtisch aus Eichenholz erinnern, der früher im Arbeitszimmer ihres Großvaters gestanden hatte. Sie strich über die glatte, mit grünem Leder bezogene Oberfläche. Im untersten Fach, unter einer Fülle von vergilbten Papieren, stand eine blaubezogene Schachtel mit winzigen Blumen. Vorsichtig zog sie sie heraus. Eine Staubwolke schlug ihr entgegen. Mimi, die hinter Ada geblieben war, nieste verärgert und strich sich mit der Pfote über die Barthaare.

»Ich glaube, wir haben gerade einen wichtigen Fund gemacht. Dario wird sich wundern.«

Sie packte die blaue Schachtel unter den Arm und ging die steile Treppe hinunter, Mimi blieb ihr dicht auf den Fersen. Im Garten angekommen, öffnete sie sie. Zuoberst lagen Briefe, die so vergilbt waren, dass man die Jahreszahl kaum lesen konnte: *1940* konnte Ada mühsam entziffern und *Liebe Letizia*, den Namen ihrer Mutter. Ada blätterte die Seiten um, bis ihr ein Foto vor die Füße fiel, das ihre strahlende Mutter am Meer zeigte, neben ihr Adas lachender Vater. Beide saßen auf einem Felsen, er hatte zärtlich den Arm um sie gelegt, im Hintergrund sprühte die Gischt. Ada verzichtete darauf, den Text zu entziffern. Sie wusste, wie die Ehe ihrer Eltern geendet hatte, der Anfang war trügerisch. Sobald sie an ihre Mutter dachte, überkam sie tiefe Melancholie. Wie konnte jemand, der so klug und schön war, sich selbst so viel Unglück bereiten. Kein Wunder, dass ihr Vater, der als *geometra* zu Beginn noch die Landgüter der beiden Familien im Veneto betreut hatte, sich immer mehr anderen Frauen zugewandt hatte. Jedenfalls munkelte man das in ihrer Familie. Mit leisem Seufzen wühlte Ada sich durch verblasste, schwer leserliche Briefe, vergilbte Gedenkschriften und Rechnungen über Pflanzen und Gewächshäuser, über Material zum Ausbessern von landwirtschaftlichen Geräten und Booten. Ganz unten, als sie ihre Suche bereits aufgeben wollte, lag ein Schiffstagebuch, eingeschlagen in ein schwarzes Tuch. Erschrocken legte sie die Hand auf Mimis Fell, was sie auf der Stelle beruhigte. Der erste Eintrag war mit *Konstantinopel, der 21. Januar 1828* datiert.

In seiner steifen, stolzen Schrift, einem wahren Abbild

seines Charakters, schrieb ihr Urgroßvater an eine Frau, als wenn die letzten Tage seines Lebens vor ihm lägen. Ada zitterte leicht, als sie zu lesen anfing.

Meine innig geliebte Amira, Liebe meines Lebens!

Ich weiß, dass es für meine Taten kein Verzeihen gibt. Aber ich rufe Gott an als meinen Zeugen, wie schwer mein Herz an dem Leid trägt, das ich dir und unserem geliebten Achmad zugefügt habe. Achmad ist, genau wie du, meine Liebste, mein Augapfel, mein Herzblut, die Freude all meiner Tage, seitdem du ihn mir schenktest. Gott möge mir meine Feigheit verzeihen, dass ich dich nie zu meiner rechtmäßigen Ehefrau gemacht habe. Doch mein Herz gehörte dir. Alles andere, was unser Glück verhindert hat, waren gesellschaftliche Konventionen und hätte nicht die Macht verdient, das zu trüben, was ich mit dir genoss.

Der Abschied von dir war wie immer schwer, doch noch schwerer war die Verantwortung für unseren Sohn, den du mir anvertraut hattest. Achmad kannte die Sitten des Orients, des Landes seiner Mutter. Aber der über alles geliebte Sohn hat nie das Land seines Vaters, die Serenissima di Venezia, kennengelernt, die ihrer Schwester Konstantinopel, dem alten Byzanz, der Hauptstadt des oströmischen Reichs, mehr gleicht, als ihre Bewohner wahrhaben wollen. Kannst du dich an die Abende mit Achmad erinnern, Geliebte, im Garten mit den Orangen, deren schwerer Blütenduft die Nacht erfüllte? Es war der Duft unserer Liebe, der Duft Konstantinopels, der Duft des Lebens, der doch in seiner schweren Fülle die Verbindung zur Serenissima herstellte. Denn hier, in der Nähe der alten Naranzaria, hatte ich den Palazzo gekauft, der für uns alle Heimat werden sollte. Es kostet mich viel Kraft, dir zu schreiben, aber nach meinem langen Schweigen muss ich mein Gewissen erleichtern, bevor es mit meinem Leben zu Ende geht.

Als in jener Nacht ein verheerender Sturm aufkam, befanden wir uns vor der venezianischen Küste. Achmad hatte mehr unter der Fahrt auf dem tobenden Meer gelitten, als ich vorausgesehen hatte. Auf meinem Schiff befanden sich nicht nur Menschen, die mir lieb und teuer waren, sondern auch die Gewürze, Spezereien aus dem Orient, die ich für einen venezianischen Kaufmann transportiert hatte.

Die Ereignisse in jener Nacht bestimmten mein ganzes weiteres Leben. Ich weiß, dass mein Verschwinden für dich ein Rätsel war und ich dir damit eine große Kränkung zufügte. Du kanntest den Grund für mein Verhalten nicht. In jener Nacht habe ich, um unseren Sohn zu retten, das Gelübde abgelegt, mich fortan aus dem weltlichen Leben zurückzuziehen, falls Achmad überlebt, und mein Leben in Zukunft nur noch meinem spirituellen Dasein zu widmen.

Ich weiß, ich missachtete nicht nur die Gesetze der Republik, die es Schiffen verbietet, bei Nacht und Sturm ihre Fahrt fortzusetzen. Ich missachtete auch dein Vertrauen, indem ich Achmad einer solchen Gefahr aussetzte.

Liebste, mein Schmerz ist groß bei der Erinnerung an den Sturm, der unser Schiff fast zum Kentern gebracht hätte, und vor allem an die Gefahr, in die ich Achmad durch meine Leichtsinnigkeit gebracht hatte.

Ich erinnere mich an diesen Augenblick, als ich vor der byzantinischen Madonna in meiner Kabine dieses folgenschwere Gelübde ablegte. Ein Geschenk von dir, liebste Amira, das mich auf all meinen Reisen begleitete. Vielleicht erinnerte mich ihr gütiges und doch verschlossenes Gesicht an dein geheimnisvolles Wesen, das sich mir, bei aller Faszination, immer auch entzog.

Im selben Augenblick, als ich das Gelübde ablegte und mich erhob, spürte ich an der Bewegung des Schiffes, dass der Wind nachließ. Achmad war in meiner Kabine eingeschlafen, das kleine Bild von dir fest ans Herz gedrückt. Er wirkte gleichermaßen schutzlos und doch stark, wie es nur ein glücklich heranwachsender Mensch sein kann. Er war gerade sechzehn Jahre alt. Vielleicht habe ich durch mein Gelübde sein Leben gerettet.

Günstige Winde haben das Schiff bis vor die Lagune gebracht, wo endgültig die Maste brachen. Eine Welle hat die Brücke überrollt, die Ladung hat sich auf einen einzigen Punkt am Bug des Schiffes konzentriert. Uns blieb nicht viel Zeit. Aber in diesem Augenblick wiesen uns ein paar Fischer den Weg und nahmen uns auf ihrer kleinen Insel auf: San Marco in Boccalama. Ich konnte gerade noch dort anlegen, bevor unser Schiff sank. Die Madonna, vor der ich mein Gelübde ablegte, vermachte ich den Mönchen.

Ada seufzte so laut, als wären ihr mehrere Steine gleichzeitig vom Herzen gefallen. Ihre arme Großmutter. Deshalb hatte sie also Trost in der Lagune gesucht. Und das Schiff ihres Urgroßvaters Nicolò lag irgendwo verborgen auf ihrem Grund. In der Erinnerung kam es ihr so vor, als hätte ihre Großmutter etwas von Nicolòs Doppelleben geahnt, ohne es sich selbst einzugestehen. Hätte sie es gewusst, wäre es eine ungeheure Kränkung für sie gewesen. Plötzlich verstand Ada, warum die Atmosphäre im Haus Foscarini ein Leben lang so bleischwer gewesen war.

༄

Mimi hatte ein paarmal an den *Fondamente nove* nach Canaletto gerufen und sich dann auf die Suche nach ihm gemacht. Wahrscheinlich hatte er sich im Garten der Malteser beim *Cortile delle gate* versteckt. Phantastisch, dieser Garten im Stadtteil Castello, wenn er nicht schon von allerlei fliegendem Getier bevölkert gewesen wäre, das Katzen nicht besonders mochte. Reiher und Möwen, diese Abfalljäger! In so einer Gesellschaft hielt es wirklich nur eine Ratte aus.

»Canaletto, ich merke, dass ich dich einfach brauche«, sagte sie, als sie ihn endlich gefunden hatte.

»So, freut mich.«

»Ohne dich ist es mir viel zu langweilig.«

»Dir ist langweilig? Weißt du, wie lange unser letztes Abenteuer zurückliegt?«, fragte Canaletto betont langsam.

»Ja, ein paar Tage, Vinicio geht es gut.«

»Vergiss bitte nicht, ich habe mein Leben für ihn riskiert«, fand Canaletto etwas pikiert.

»Ich finde, solche guten Taten könnten wir öfters vollbringen.« Mimi verdrehte charmant die Augen.

»Aber nicht mit mir!«

»Nein, natürlich keine Überfälle im Altenheim, aber Aktionen, die Sinn machen.«

»Zum Beispiel?«

»Das sehen wir dann schon. Du merkst ja auch, dass

durch den Besuch dieser jungen Frau einiges in Bewegung gerät, und das müsste doch ganz in deinem Sinn sein.«

»Wieso?«

»Neulich hast du mir stolz erklärt, dass du als Ratte dich für die Umwelt interessierst.«

»Und, wundert dich das?«

»Nein. Die Menschen machen das doch auch so. Ich meine, diese Antonia und dieser Dario …«

»Eine Liebesgeschichte?«

»Ja, auch, aber jetzt planen sie eine richtige Umweltaktion!«

»Und?« Mit Mimi war immer äußerste Vorsicht geboten, zumal, wenn sie wie jetzt leicht schielte.

»Du weißt doch, dass der *moto ondoso* die Gebäude bedroht.«

»Erklär mir erst mal richtig, was das ist!«

»Also noch mal auf Anfang, wie immer«, seufzte Mimi. »Venedig wurde auf eine ganz besondere Weise erbaut. Die ersten Venezianer haben lange Eichen- oder Lärchenstämme nebeneinander an schlammigen Stellen in den Boden der Lagune getrieben. Dadurch entstand ein ebener Holzteppich, auf den Balken horizontal aufgenagelt wurden. Auf das Holz wurden Ziegel gemauert, darauf, über dem Wasser, Steine für die Häuser aufgeschichtet. Das hölzerne Fundament der Häuser lag unter Wasser und versteinerte im Lauf der Zeit.«

»Aha. Und jetzt?«

»Und jetzt sind diese Fundamente zum ersten Mal bedroht. Denn die schnellen Motorboote bilden einen Sog, der den Zement aus den versteinerten Fundamenten saugt, verstehst du? Was in vielen Jahrhunderten erbaut wurde, könnte dann von einem Tag auf den anderen zusammenbrechen. Wo sollen wir dann wohnen?«

»Na, ich in diesem Garten und du bei Ada.«

»Und wenn es weder den Garten noch Adas Wohnung gibt?«

»Du meinst, am Ende ertrinken wir alle in der Lagune?«

»Genau.«

Die Sonne war höher gestiegen, die Luft im Garten vibrierte. Plötzlich sprang Canaletto auf.

»Ich hab eine Idee. Wir verbannen die Motorboote und kehren wieder zu den Gondeln zurück.«

»Ach Canaletto. Weißt du, wie viele Menschen am Tag nach Venedig kommen? Fünfzig- bis sechzigtausend, manchmal auch mehr. Willst du die etwa alle mit der Gondel transportieren?«

»Ich würde es versuchen. Und wer will, kann ja hinterherschwimmen.«

KAPITEL 12

Beim gemeinsamen morgendlichen Kaffee war Ada schweigsam und zerstreut. Antonia erfuhr, dass die Contessa auf der Suche nach Dokumenten war, und zog es vor, das Haus zu verlassen, um Ada bei ihrer Suche nicht zu stören.

Trotz des heftigen Regens zog es sie zu den nördlichen *Fondamente*. Sie mochte die flachen Uferbefestigungen, die Verbindung zwischen Wasser und Stein, deren Muster nur durch schmale Kanäle und Brücken unterbrochen wurde. Von hier aus sah die Lagune wie ein samtener Wasserteppich aus, von dem sich die Inseln mit ihren weithin sichtbaren Kirchtürmen wie ferne, stolze Gestalten abhoben. Genau gegenüber der Anlegestelle lag die Friedhofsinsel San Michele mit den weißen, verschnörkelten Konturen an den hohen Mauern, so als wäre auch der Tod in Venedig heiter und als würde das Leben bis zuletzt versuchen, ihm ein Schnippchen zu schlagen. Überall an den *Fondamente* umfing die Lagune die Stadt wie in einer schützenden Umarmung.

Langsam ließ der Regen nach, der Himmel klarte auf. Zusammen mit der reingewaschenen Stadt bildete die Lagune eine Wasserlandschaft in Grau und Weiß. Am Ufer waren

Menschen und Boote, Wolken und Wellen in unablässiger Bewegung.

Neugierig blickte Antonia von den vorbeiziehenden Touristen zum Himmel und dann wieder in das unergründliche Wasser.

Wie tief das Wasser wohl war? Nicht so tief, wie man annehmen würde, war alles, was Dario und Ada gesagt hatten. Langsam hatte sie das Gefühl, dass es Dinge gab, die Venezianer lieber für sich behielten oder die sie selbst gar nicht so genau wissen wollten.

Am liebsten hätte sich Antonia den Möwen und Kormoranen angeschlossen, die sich nach ihrem kreisförmigen Tanz über dem Wasser hoch hinauf zum Himmel schwangen, mit viel Geschrei zurückkehrten, um dann noch höher zu fliegen. Plötzlich stand sie neben einer Möwe, die gemächlich zwischen den Menschen spazierte und majestätisch nach links und rechts blickte.

Ehe Antonia es sich versah, hatte die Möwe elegant ihre Flügel ausgebreitet und schwang sich in Richtung einer höher gelegenen Terrasse davon.

»Antonia!« Die Stimme kam von einem vorbeirauschenden Boot, das abrupt anhielt. Zwischen zwei lauten Schulklassen und ein paar Amerikanerinnen mit schweren Rollkoffern erkannte sie Giordano, den Hüter der Insel *Lazaretto Nuovo*.

»Antonia, so ein Zufall! Kann ich Sie ein Stück mitnehmen?« Sie freute sich und zögerte keinen Augenblick. Giordano streckte die Hand aus, um ihr beim Einstieg zu helfen. Er wirkte hocherfreut, sie zu sehen. »An diesem unschuldigen Montag und nach so viel Regen hätte ich nicht erwartet, ausgerechnet Ihnen zu begegnen! Ich sehe schon, Sie schrecken vor nichts zurück.«

»Ich glaube langsam, Venedig ist eine Stadt, in der man kein Handy braucht, um sich mit jemandem zu verabreden.«

»Ja, wenn man weiß, wo man die richtigen Leute trifft.«

»Passiert das häufig?«

»Sich draußen zufällig zu treffen, ohne große Verabredung? Ich glaube schon.«

Er zögerte. »Wie wir auch die Angewohnheit haben, Menschen, die wir mögen, spätestens beim zweiten Mal zu duzen.« Er sah Antonia etwas unsicher an, gespannt auf ihre Antwort.

»Aber gerne.«

Giordano lächelte. Bereits auf *Lazzaretto Nuovo* hatte sie das Gefühl gehabt, in ihm einen Freund gefunden zu haben.

»Wieso hast du ausgerechnet bei diesem schlechten Wetter deine Insel verlassen?«

»Ich habe eine Schulklasse abgeholt und zurückgebracht und wollte noch mal auf die Insel zurück. Montag ist bei mir Besichtigungstag, seit ich mir das Wochenende freihalte. Meine Tiere mögen es nicht, wenn sie lange alleine sind.« Er seufzte. »Was soll ich machen? Tiere darf man nicht vernachlässigen.«

»Ich beneide Sie – dich.«

»Ach ja? Worum?« Geschickt bewegte Giordano das Boot wieder vom Ufer weg.

»Um deine Insel, darum, dass du jeden Tag mit so viel Geschichte lebst. Nicht nur für eine kurze Zeit wie ich oder die Besucher, sondern jeden Tag. Ich stelle mir das wie einen paradiesischen Zustand vor.«

Giordano lachte. »Freut mich, dass du es so siehst. Damit bist du wahrscheinlich ziemlich allein. Die meisten laufen davon, wenn es um Venedigs Probleme geht. Es ist nicht einfach, sie zu verstehen. Von den schwierigen Transportwegen ganz zu schweigen. Dabei muss man eigentlich nur das System begreifen. Aber das Leben hier empfinde ich auch als Verantwortung, vor allem auf einer Insel wie meiner, die ständig den begehrlichen Augen von Investoren oder Spekulanten ausgesetzt ist. Die rücksichtslosen Einheimischen sind allerdings noch viel schlimmer. Manchmal erdrückt mich diese Verantwortung fast.«

»Ich glaube, ihr müsst euch einfach zusammenschließen, ein Netzwerk bilden. Nach dem, was ich bis jetzt erlebt habe, kann das doch nicht so schwierig sein. In Berlin machen das alle so.«

»Ach ja? Vielleicht hast du recht. Aber wahrscheinlich sind wir Venezianer dafür zu eifersüchtig aufeinander. Wo wolltest du eigentlich hin?«

»Am liebsten möchte ich nach *San Francesco*. Aber dahin fährt gar kein öffentliches Boot, wie ich gerade gesehen habe.«

Giordano schmunzelte und griff nach dem Handy in seiner Hosentasche.

»Dafür, dass du keine Einheimische bist, findest du dich schon ziemlich gut zurecht. Der Abt von *San Francesco* ist ein alter Freund von mir. Ich frag mal an, ob es ihm heute passt, und bringe dich hin.«

Antonia hörte ihm zu, wie er telefonierte.

»Ja, ich bin mit Antonia auf dem Boot. Sie ist Archäologin und kommt aus Berlin. Natürlich, sie ist zuverlässig. Klar, ich bin schon auf dem Wasser, ich bring sie einfach vorbei.«

Dann wandte er sich ihr wieder zu. »Adelmo freut sich. Also nichts wie hin.«

Er wendete das Boot Richtung Norden, und nach wenigen Meilen, fast wie aus dem Nichts, tauchten mitten im Wasser wie in einem Märchenwald hohe, dunkle Bäume auf. Als sie das Tuckern des Bootes vernahmen, stob eine Schar schwarzweißer Seeschwalben auf.

»*San Francesco* mochte ich schon als Kind, weil es die einzige dunkle Insel in der Lagune ist. Alle anderen sind hell und bergen längst keine Geheimnisse mehr. Doch alles, was dunkel ist, regt unsere Phantasie viel mehr an, findest du nicht?«

Antonia nickte stumm. Sie empfand eine unbestimmte Seelenverwandtschaft mit Giordano.

»Die ganze Stadt mit ihrem klaren Licht kommt mir manchmal wie eine gefallsüchtige Frau vor, die vor Eitelkeit keine Geheimnisse mehr verbirgt«, bemerkte Giordano. »Dabei sind diese doch das Schönste im Leben! Stell dir mal einen Menschen ohne Geheimnis vor, wie langweilig.«

»Als ich hier ankam, ist mir zuerst das klare Licht aufgefallen. Es war ganz anders als in Berlin, nicht grau, sondern durchdringend, als würde es mein Innerstes ausleuchten. Es war, als würden auch meine Gedanken klarer, als ich in dieses Licht eingetaucht bin.«

»Ja, aber mit seinem klaren Licht korrumpiert Venedig alle, die sich ihm aussetzen. An manchen hellen Tagen verdreht die Stadt allen den Kopf. Dann wird sie eitel und verkauft sich aus lauter Selbstsucht, weil sie allen gefallen will«, erklärte Giordano zynisch.

»Du sprichst nicht gut über deine Stadt.«

»Oh doch, ich liebe sie. Aber wie alles, was man liebt, kenne ich sie nur allzu gut. Venedig ist wie eine Frau, der bewusst ist, dass sie schön ist und die deshalb ihre dunkelsten Seiten ausgelagert hat.«

Antonia horchte auf, weil sie die leichte Bitterkeit in Giordanos Worten sehr wohl vernahm.

»Man kann sich der Faszination des klaren Lichts gar nicht entziehen. Die Inseln dagegen sind ganz anders. Sie sind unablässig in ein Spiel aus Helligkeit und Schatten getaucht. Manche sind bunt wie *Burano*, gesättigt mit allen Farben des Regenbogens, damit die Bewohner selbst sie auseinanderhalten konnten, wenn sie durch das dunstige Wasser der Lagune zurückkamen. Andere sind grün wie *San Giacomo* oder *Sant'Erasmo*, wo seit Urzeiten Gemüse angebaut wird. Sie sind weiß und unschuldig wie *Lazzaretto Nuovo*, das fast unverändert in seiner Geschichte verharrt, oder dunkelrot wie Murano, wo sich die Farbe der Brennöfen auf die ganze Insel gelegt hat. Aber *San Francesco* ist dunkel und geheimnisvoll, die dunkelste von allen. Außerdem findet kaum jemand dorthin. Den Mönchen sind Besucher zwar durchaus willkommen, aber sie haben ein paar geschickte Hindernisse eingebaut, damit sie nicht zur Gewohnheit werden.«

Antonia lachte. »Manchmal habe ich das Gefühl, als hätte jeder seine eigene Sicht der Dinge, die sich am Ende wie ein etwas widersprüchliches Mosaik zusammensetzt. Faszinierend und byzantinisch, wie die ganze Stadt.«

Giordano lachte. »Das Wort hast du also auch schon gelernt.«

»Allerdings habe ich es bisher noch nicht verstanden. Ich

verstehe, dass damit komplizierte Angelegenheiten gemeint sind.«

»Byzanz ist der alte Name für Konstantinopel, die Hauptstadt des Römischen Reichs im Osten und Venedigs Gegenspielerin zu einer Zeit, als die Republik noch ständig in ihre eigenen Machtspiele und Machenschaften verstrickt war.«

»Ich verstehe. Und das ist natürlich bis heute so geblieben.«

»Natürlich, als Lebenshaltung ihrer Bewohner sogar«, sagte Giordano und lachte.

Er drosselte den Motor und hielt auf das Ufer zu. An der Anlegestelle war ein sympathisch wirkender Mann um die sechzig aufgetaucht, in Jeans, blauem Hemd und mit einem hellen Strohhut, und winkte den beiden zu.

»Ciao Adelmo!«

»Ciao Giordano! Endlich hast du einen Anlass, zu mir herauszufahren.«

Bevor Giordano ihr die Hand reichen konnte, war Antonia mit einem Satz aus dem Boot gesprungen.

»Das ist Antonia, von der ich dir erzählt habe. Das ist Abt Adelmo. Wenn es jemanden gibt, der alles über die Lagune weiß, dann er. Nicht nur, weil er sehr klug ist, sondern weil er eine wohlbestellte Bibliothek zur Verfügung hat.«

»Eine junge Frau, die mit einem Notizblock unter dem Arm in der Lagune herumfährt und mit einem Satz aus dem Boot herausspringt, das gefällt mir. Und meine Bücher warten auch nur darauf, wieder gelesen zu werden.«

Zu ihrer Verwunderung blieb Giordano im Boot.

»Ich komme auf dem Rückweg wieder vorbei und hole dich ab. Sagen wir in drei Stunden?«

»Das ist wohl ein Scherz! Nur drei Stunden für meine Insel? Ich rufe dich an, wenn wir mit allem fertig sind.« Er lachte und breitete die Arme aus.

Antonia stand schweigend auf dem Landungssteg, dann setzte sie ihren Fuß auf festen Boden. Sie nahm einen durchdringenden Duft von Zypressen und Pinien wahr.

»Dann viel Glück, Antonia. Ich weiß dich in allerbesten Händen.« Giordano verschwand hinter dem aufspritzenden Wasser. Fasziniert betrachtete Antonia den Schweif aus weißen Dreiecken, den Giordanos Boot hinter sich herzog. Manchmal hatte sie den Eindruck, dass Venezianer sehr gute Geschichtenerzähler waren. Die Stadt bot sich ja auch geradezu an, die Realität mit der eigenen Phantasie zu vermischen.

Abt Adelmo, der mit seinem Strohhut eher wie ein bodenständiger Bauer als wie ein Kirchenmann aussah, freute sich über den unerwarteten Besuch.

»Ein Gast ist ein Geschenk Gottes. Willkommen auf *San Francesco del Deserto*!« Es war die kleinste Insel, die Antonia jemals betreten hatte, ein winziges, fragiles Stück Erde. Durch die Bäume hindurch konnte sie auf der anderen Seite der Insel das blaugrüne Wasser erkennen. Vom Ufer aus betrachtet ragte das alte Klostergebäude wie ein Märchenschloss zwischen den Bäumen auf. Es war, wie Giordano gesagt hatte: Aus dem klaren Licht der Stadt war Antonia in das geheimnisvolle Zwielicht von San Francesco eingetaucht.

»Danke, dass Sie mich aus meiner Einsamkeit erlösen. Auch für einen Abt kann das Leben im Kloster, vor allem wenn es mitten im Wasser liegt, manchmal ganz schön eintönig sein. Meine Mitbrüder sind bis zum Wochenende in

Padua. Der Älteste von uns liegt im Krankenhaus, die anderen beiden leisten ihm Gesellschaft. Unter uns Brüdern ist das eine Regel. Kranksein verlangt unbedingt nach Gesellschaft, die Anteil nimmt. Bei Ihnen in Deutschland ist das sicher ganz anders?«

»Oh ja, wie so vieles!«, bestätigte Antonia, während sie an der Seite Adelmos durch eine Zypressenallee zum Klostergebäude ging.

»Haben Sie bemerkt, wie dunkel die Insel ist, ganz anders als Venedig?«

»Giordano hat mich schon darauf aufmerksam gemacht.«

Antonia lauschte auf die Geräusche um sie herum: die Grillen in den Zweigen der Bäume, den sanft knirschenden Kies unter ihren Schritten und die tiefe, wohlklingende Stimme des Abts.

»Wie viele Mönche leben hier?«

»Wir sind sieben und damit genug, um das tägliche Leben ohne allzu große Anstrengung in unserem Alter noch alleine zu meistern. Wir haben hier einen Garten, aus dem wir uns größtenteils versorgen, sogar ein paar Rebstöcke gibt es. Dreimal die Woche kommt eine Haushälterin aus Murano herüber. In die Stadt fahren wir nur selten, an hohen kirchlichen Feiertagen, wenn der Patriarch in der Markus-Basilika predigt. Sie sollten ihn einmal kennenlernen. Er ist eine beeindruckende Persönlichkeit. Manche sagen, das Patriarchat in Venedig sei das Sprungbrett nach Sankt Peter in Rom.«

Rechts vom Weg, in einer Art Grotte, hinter blauen Hortensien verborgen, hörte Antonia das Plätschern einer Quelle. Das Wasser schoss aus der weit geöffneten Fratze eines steinernen Ungeheuers. Das dreistöckige Klostergebäude war von vielen Fenstern durchsetzt, wie aufmerksame Augen, die auf die Lagune hinaussahen.

»Es ist selten, dass sich jemand nach *San Francesco* verirrt. Und wenn überhaupt, dann um die schwarze Madonna zu sehen, die hinter dem Altar aufbewahrt ist. Angeblich ist sie das Werk eines Malers aus Konstantinopel, der wie viele andere auf verschlungenen Wegen auf unsere Insel gelangt ist.«

Abt Adelmo öffnete die Tür zur Kirche und ging voraus. Der Kirchenraum war vom Licht zweier kristallener Murano-Leuchter erfüllt.

»Sehen Sie nur, unsere Madonna hat die Mandelaugen der byzantinischen Frauengesichter, undurchdringlich und allwissend unter ihrem schwarzen Schleier. Ein Auge ist etwas kleiner und halb geschlossen, als wollte sie nicht alles wissen von dieser Welt. Das macht sie uns Menschen ähnlicher.«

Adelmo betrachtete das Bild, als sähe er es zum ersten Mal.

»Auch viele Mosaiken aus dem dreizehnten Jahrhundert zeigen diese Merkmale, nur dass diese Madonna in ihrem Ausdruck schon weniger statisch ist.« Antonia nickte geistesabwesend. Sie war nicht wegen der Madonna hier.

In einer dunklen Seitennische befanden sich abenteuerliche Votivbilder, auf denen fragile Segelschiffe auf einem bedrohlich tobenden Meer unterwegs waren.

»Die Inseln sind dem Meer näher als die Stadt, deshalb entstanden hier zuerst Herbergen für Pilger und Reisende. Natürlich konnte man so auch leichter kontrollieren, was auf den Inseln geschah. Ins Stadtgebiet ließen die alten Venezianer nur, wer vertrauenswürdig war. Und auch dann mussten die wichtigen Kaufleute in eigens für sie bestimmten *Fondachi* leben, wo man sie nachts unter Verschluss hielt.«

Der Abt kniete rasch vor dem Altar nieder. Dann erhob er sich und zeigte auf eine seitliche Tür aus massivem, dunklem Holz.

»Haben Sie schon gegessen? Kommen Sie. Unsere Adelina hat heute einen Topf *Pasta e fagioli*, Nudeln mit weißen Bohnen, vorbereitet. Ich hoffe, Sie mögen diese einfachen Gerichte?«

»Mir ist nichts lieber.«

»Wir versuchen, mit dem auszukommen, was es auf der Insel gibt, was auch unserer Ordensregel entspricht.« Der Abt lachte mit seiner angenehmen tiefen Stimme. Ihre Schritte hallten auf den Steinplatten wider wie Geräusche aus einer anderen Zeit. Das Wasser trennt das Kloster von der Welt, was für ein beneidenswerter Zustand, dachte Antonia. Mit einer einladenden Handbewegung öffnete der Abt die quietschende Holztür und ging in die Küche voraus, in der sich ein Wandschrank und ein alter, langer Holztisch befanden.

»Bitte, nehmen Sie doch Platz.«

Adelmo öffnete die hohe Kredenz, die in die kalkweiß getünchte Wand eingelassen war, und holte zwei blau-weiße Porzellanteller heraus.

»Wie sind Sie darauf gekommen, uns einen Besuch abzustatten?«

»Ich forsche über die unbekannten Laguneninseln. Zuerst hat mir ein alter Fischer von *San Francesco del Deserto* und Ihrer Bibliothek erzählt. Und, ehrlich gesagt, ich hatte sofort das Gefühl, dass ich die Insel kennenlernen möchte. Alte Klöster haben mich schon immer angezogen, und ein Kloster mitten in der Lagune ...«

Abt Adelmo setzte sich ihr gegenüber auf den Holzstuhl.

»Es ist sehr selten, dass sich jemand für *San Francesco* interessiert. Die meisten kennen die Bibliothek von *San Lazzaro degli Armeni*, die natürlich viel größer und umfassender ist. Sie enthält zahlreiche naturwissenschaftliche Schriften, vor allem über Heilkunst und Chirurgie, und wird heute noch von vielen Gelehrten aufgesucht. Unsere Bibliothek ist eher etwas für Liebhaber, Menschen, die ein besonderes Anliegen haben.«

Antonia lachte. »Ein Anliegen? Oh ja, das habe ich bestimmt.«

Der Abt sah ihr ernst in die Augen.

»Das spürt man.«

»Wirklich?«, fragte Antonia erstaunt.

»Ja. Ein Anliegen verleiht uns offene Augen und jene Aufmerksamkeit, die nötig ist, um sicher durch die Welt zu gehen. Ich wundere mich immer wieder, wie wenigen Menschen das bewusst ist.«

Antonia ließ sich die heiße *Pasta e fagioli* schmecken. In ihrem Kopf jagte ein Gedanke den anderen – sie wusste instinktiv, hier war sie auf der richtigen Spur und konnte mehr darüber erfahren, ob es die versunkene Insel, von der der alte Fischer berichtet hatte, wirklich gab und warum sie gesunken war.

»Haben die Reisenden, die hier haltmachten, denn auch schriftliche Aufzeichnungen zurückgelassen?«

Der Abt lächelte. »Das kann man so sagen. Am besten, Sie

überzeugen sich gleich selbst davon. Unser Gründer, Abt Gerolamo, hat genaue Regeln darüber aufgestellt, wer die Bibliothek betreten darf. Aber in Ihrem Fall ist das natürlich selbstverständlich.«

Nach dem Essen spülte er rasch die beiden Teller und stellte den großen Topf auf den Herd zurück. Mit leicht schlurfenden Schritten ging er in einem schmalen Flur voraus und führte Antonia durch ein Labyrinth von engen Gängen, die nur gelegentlich vom Licht, das durch quadratische Fenster fiel, erhellt waren. Der Geruch der Zeit vermischte sich mit dem von Weihrauch und dem Wachs der abgebrannten Kerzen, die in Haltern aus schwarzem Metall steckten.

Der Abt öffnete eine schwere Eisentür, hinter der sich ein weiterer winziger Gang befand.

»Wir sind vorsichtig geworden, seitdem hier vor vielen Jahren ein Brand ausbrach. Eigentlich merkwürdig, mitten im Wasser. Seitdem sind die Bücher nicht nur durch das Labyrinth, sondern auch hinter einer eigens angebrachten Eisentür geschützt. Mein Vorgänger hat damals sein Leben riskiert, um die Bücher zu retten.«

Antonia blickte in einen langgestreckten Raum, an dessen Wänden bis zur Decke Bücherschränke standen. Der Abt holte einen Schlüsselbund hervor.

»Wie Sie sehen, gibt es hier mehrere Abteilungen, unterteilt nach Sprachen. Es gibt Bücher in persischer und arabischer Sprache und eine eigene Abteilung auf Latein und Italienisch.«

Er öffnete den linken Schrank aus dunkelrotem Holz und blätterte in einem in dunkles Leder gebundenen Buch.

»Hier, die Erinnerungen an meine wichtigste Reise: vom persischen Meschhed ins afghanische Herat, auf den Spuren der Zoroastriker. Für diese Reise habe ich sogar die Sprache dieser gebildeten zentralasiatischen Völker gelernt.«

»Sie sprechen Persisch?«, fragte Antonia erstaunt.

»Ich habe es einmal gelernt, mit Begeisterung sogar, aber leider ist es wie mit allen Sprachen: Man vergisst sie, wenn man sie nicht spricht.«

Antonia nahm das Buch in die Hände und besah die Landkarten, die auf den ersten beiden Seiten abgebildet waren.

»Sie sind also weit gereist, bevor Sie sich hierher zurückgezogen haben?«

»Eigentlich waren es nur ein paar Reisen, aber die haben mich nachdrücklich geprägt. Wissen Sie, ich stamme aus einer sehr traditionellen Familie aus dem Veneto, die keinen Handel trieb, sondern Land bestellte und die Sommerfrische bestenfalls in ihrer Villa am Brenta-Kanal verbrachte.«

Antonia nickte beeindruckt. Der Abt hatte die Weisheit eines Menschen, der viel gesehen, einiges bewegt und viel hinter sich gelassen hatte.

»Insofern war ich mit meinem Fernweh ein Außenseiter. Ich bin wegen meiner Interessen gereist, nicht etwa, weil ich mit dem Orient Geschäfte machen wollte. Nach meinen drei Reisen nach Zentralasien fiel es mir leicht, wieder hierher zurückzukehren. Nicht in die Stadt wohlgemerkt, sondern auf diese Insel.«

»Und Ihr Leben im Orden? Fühlten Sie sich nie eingeschränkt?«

»Sie meinen, durch die Regeln des Klosters, die Abgeschiedenheit und das Zölibat?« Der Abt lachte. »Das wirkt von außen betrachtet wie eine Beschränkung, ist in Wirklichkeit aber eine große Freiheit. Für mich fing das Leben erst an, als ich mich von den weltlichen Dingen verabschiedet habe. Dabei war ich der Welt noch nie so nah wie als Mönch. Der große Unterschied zu meinem früheren Leben ist, dass die Welt nicht mehr an mir zerrt. Und mit dieser neuen Freiheit konnte ich mich meinen Interessen widmen.«

»Seit wann leben Sie hier?«

»Seit vielen Jahren, ich habe irgendwann aufgehört, sie zu zählen. Denn Zeit spielt hier keine Rolle mehr.«

»Und von was handeln all diese Bücher?«

»Von allem, was die Menschen in ihrem Leben beschäftigt hat: ihre Herkunft, Familiengeheimnisse, glückliche und unglückliche Lieben, Reisen und Abenteuer, wichtige Begegnungen. Abt Gerolamo, mein Vorgänger, hat sein gesamtes Leben damit verbracht, sie zu archivieren. Ich glaube, dass er die meisten sogar gelesen hat.«

Er stellte das Buch zurück und öffnete den mittleren Schrank.

»Das ist die Geschichte eines Adligen aus dem neunzehnten Jahrhundert, der alle Lagunen dieser Welt besucht und gezeichnet hat. Sehen Sie nur.«

Antonia nahm das Buch zur Hand und betrachtete aufmerksam die Abbildungen.

»Die Everglades? Die Camargue? Natürlich habe ich davon gehört.«

»Ja, es gibt überall Lagunen in jeder Größe, nicht nur in Venedig. Allerdings mit dem Unterschied, dass sich normalerweise nicht mittendrin eine Stadt befindet, sondern dass sie reine Naturschutzgebiete sind.« Er stellte das Buch zurück und ging ein paar Schritte weiter. »Hier sind zweifellos die interessantesten Bücher, alle auf Arabisch oder Persisch verfasst. Das hier zum Beispiel ist ein Buch aus dem siebzehnten Jahrhundert über den Mystiker Rumi. Wir vergessen immer wieder, wie sehr unsere gesamte Kultur vom Gedankengut Zentralasiens und der arabischen Länder geprägt war.«

Vorsichtig griff Antonia nach dem Buch. »Wie kamen all diese Bücher hierher?«

»Unser Kloster hat viele Menschen aufgenommen, die unterwegs oder auf der Flucht waren. Häufig haben sie vom Heiligen Land geträumt, waren auf dem Weg dorthin oder kamen müde und erschöpft aus Jerusalem zurück. Es gehörte zu den Regeln des Klosters, sie alle aufzunehmen, ohne nach ihrer Geschichte zu fragen. Das war einmalig auf *San Francesco*. Und all diese Menschen haben Bücher mitgebracht: Bücher, die sie auf ihrer Reise erworben hatten, oder eigene Aufzeichnungen. So kam es, dass *San Francesco* eine der wichtigsten Bibliotheken überhaupt hat. Nur wenige kennen dieses Geheimnis. Bis heute ist sie in keinem offiziellen Reiseführer erwähnt.«

»Ich wäre nie auf die Idee gekommen, auf einer Insel eine Bibliothek zu vermuten.«

Adelmo lächelte.

»Die wichtigen Dinge findet man häufig im Verborgenen, vor allem in Venedig. Das ist durch alle Zeiten hindurch so geblieben.«

»Wer hat dieses Kloster gegründet?«, erkundigte sich Antonia.

»Franziskanermönche, im dreizehnten Jahrhundert. Das Kloster ist daher auch dem heiligen Franziskus gewidmet, doch der erste Abt, der illegitime Sohn eines venezianischen Adligen, hieß Gerolamo.«

Er hielt inne und blickte durch eines der halbgeschlossenen Fenster in die Lagune hinaus. In der Ferne fuhr ein Schiff vorbei. Für einen Augenblick schloss Antonia die Augen und dachte an Dario. Als sie die Augen wieder öffnete, war das Schiff hinter grauem Dunst verschwunden, als hätte es nie existiert.

»Hier suchten oft Menschen Schutz, die in ihren Ansichten ihrer Zeit voraus waren oder Dinge äußerten, die ihre Umgebung nicht verstand. Dazu kamen Familienangelegenheiten, Erbschaftsstreitigkeiten unter Brüdern etwa. Viele von ihnen haben ihre Reiseerinnerungen niedergeschrieben: In den vergangenen Jahrhunderten war es oft die einzige Möglichkeit, sich ein Bild von anderen Ländern zu machen. Auch für die venezianischen Handelsbeziehungen war das von großer Bedeutung. Im Lauf der Zeit wurde das Kloster zu einem wichtigen Studienort, auch wenn wir Mönche selbst nie viel Aufhebens darum gemacht haben.«

»Ich habe viele Klöster kennengelernt, die bereits im siebten Jahrhundert bedeutende Studienorte waren«, stellte Antonia fest, die sich in der Vergangenheit mit alten Abteien beschäftigt hatte. »Manchmal blieben Zeugnisse von illustren Gästen erhalten.«

»Das war hier auch Brauch. Abt Gerolamo war nach einem Sturz in seinen letzten Jahren ans Bett gefesselt, er konnte nicht mehr gut sehen. Deshalb ließ er die heimkehrenden Reisenden manchmal am Abend in seine Zelle rufen und sie von ihren Erlebnissen berichten, die sie hier aufschrieben. Er verstand nicht nur Latein, sondern auch Arabisch und Persisch. Ich glaube, er war einer der wenigen, die verstanden haben, was der Orient für Venedig und das ganze Abendland wirklich bedeutet.«

Der Abt wandte sich einer seitlichen Nische zu, wo hinter dichtem Glas verborgen ein paar Bilder in der Manier von Heiligendarstellungen aufbewahrt waren. Er nahm eines davon in die Hand, das einen alten Mann mit Bart und gütigen Augen im braunen Mönchsgewand zeigte.

»Das ist Abt Gerolamo.«

»Er sieht weise aus, als hätte er die ganze Welt gesehen.«

»Sie haben recht, aber sein Wissen kam aus Büchern. Man muss nicht immer selbst reisen, um die Welt zu verstehen. Es reicht auch, wenn man den richtigen Büchern vertraut.«

»Wie alt wurde Abt Gerolamo?«, fragte Antonia, gefangen von der Atmosphäre in diesem geheimnisvollen Raum, in dem es nach Büchern und unentdeckten Geheimnissen roch.

»Kurz vor seinem sechsundneunzigsten Geburtstag ist er friedlich eingeschlafen, obwohl er durch seine Krankheit große Schmerzen erdulden musste. Die Aufzeichnungen, die über seine Zeit im Kloster erhalten sind, beschreiben ihn als einen gütigen, glücklichen Menschen. Es waren zweifellos die Bücher und mehr noch die Begegnung mit den Menschen, die ihn zufrieden gemacht haben.«

Der Abt wies auf einen Schreibtisch aus dunklem, fast schwarzem Holz, der zwischen zwei Regalen stand.

»Hier, mit dem Blick hinaus auf die Lagune, sind viele Aufzeichnungen entstanden. Jedem Besucher wurde die Zeit gewährt, die er brauchte, um seine Aufzeichnungen und Erlebnisse niederzuschreiben. Menschen waren immer auf der Flucht, zu jeder Zeit. Der zugefügten Gewalt Gastfreundschaft entgegenzusetzen ist ein Akt wahrer Menschlichkeit.«

Antonia war beeindruckt von den Worten des Abts.

»Auch wenn ich schon lange hinter diesen Mauern lebe und die Insel kaum noch verlasse, habe ich bei weitem nicht alle Bücher gelesen«, fuhr er fort. »Viele haben mit der Geschichte ihrer Reise auch ihre Familiengeschichte erzählt. Denn häufig war sie es, die die Menschen überhaupt hinaus in die Welt getrieben hat. War man glücklich, hat man geheiratet, eine Familie gegründet und ging seinen Geschäften nach. Venedig bot schließlich den richtigen Boden dafür.«

»Ich hatte ja keine Ahnung, dass es in Venedig einen Ort wie diesen gibt.«

Der Abt lächelte. »Die meisten wissen das nicht. Manchmal glaube ich an Vorhersehung, oder – um es anders zu sagen –, wer hierherkommen will, findet den Weg. Aber Abt Gerolamo hat noch etwas weiter gedacht. Er wollte die Bücher nicht nur aufbewahren, sondern dass jedes Buch den richtigen Leser findet. Verzeihen Sie mir bitte diese Einschränkung, Antonia, aber zu jener Zeit haben Frauen wohl eher im Verborgenen gelesen.«

Antonia betrachtete die Bände, die, sorgfältig gebunden, in drei verschiedenen Schränken standen. »Hat denn jemand Abt Gerolamos Lebensgeschichte aufgezeichnet?«, wollte Antonia wissen.

»Nein, aber wir wissen trotzdem vieles über seine Gedanken, weil sie von Generation zu Generation überliefert wurden. Außerdem hat er vor gerade einmal hundertfünfzig

Jahren gelebt, das ist nicht besonders lange her. Die Zeit hat ihre eigenen Gesetze, und sie vergeht schneller, als wir selbst es bemerken. Das ist vielleicht der größte Fehler, den wir Menschen machen, wir haben kaum jemals ein wirkliches Gefühl für das Vergehen von Zeit.«

»Ja, das stimmt. Ich lebe viel zu oft in der Zukunft, in meinen Wünschen, und vergesse dabei, wie wichtig die Gegenwart ist.«

»Wenn Sie länger hierbleiben, werden Sie merken, dass man in Venedig ein Gefühl für das Verstreichen von Zeit bekommt. Ich glaube, es kommt daher, weil die Stadt seit Jahrhunderten in ihrem Aussehen fast gleich geblieben ist. Vor dieser Kulisse wirken unsere flüchtigen und oft überstürzten Handlungen manchmal geradezu lächerlich. Venedig ist heiter und erhaben, wie sein Beiname. Den ganzen Tag sieht uns die *Serenissima* bei unserem Treiben zu, und am Abend schüttelt sie ihr schönes Haupt und wirft alles Unnötige und Oberflächliche von sich ab.«

»Ich hätte Abt Gerolamo gern kennengelernt.« Antonia fühlte sich fast erdrückt von den Bildern und Informationen, die in der alten Bibliothek auf sie einstürzten. Sie öffnete ein Fenster zur Lagune, um frische Luft hereinzulassen. Ein sanfter Wind war aufgekommen, der durch die Zypressen und Steineichen strich. Fast zärtlich fingen sie ihn in ihren Kronen auf und warfen ihn in die Luft zurück. Schwarzweiße Seeschwalben warfen ihr neugierige Blicke zu. Antonia gefielen die Tiere, weil sie mit ihren schwarzen Kappen und gelben Schnäbeln wie verkleidet aussahen.

»Sie haben … von einem Geheimnis gesprochen?«, erkundigte sich Antonia vorsichtig.

»Das Geheimnis dieser Bibliothek besteht darin, dass der Suchende auf unerklärliche Art und Weise genau auf das Buch zu stoßen scheint, das er gerade braucht. Aber vielleicht liegt darin gar nichts Geheimnisvolles, sondern es ist normal, dass ein Leser auf das richtige Buch zur richtigen Zeit stößt.«

»Das habe ich häufiger erlebt. Es gibt außerdem Bücher für die trüben Stimmungen von Winternachmittagen und andere, die heiter wie ein strahlender Sommertag sind.«

Der Abt sah Antonia mit großer Sympathie an. »Bücher sind unsere Gefährten, es gibt kaum bessere als sie. Aber sie sind stumme Gefährten, und ihre Aufgabe ist es, uns zu den Menschen zu führen.«

Adelmo sah aus dem Fenster und prüfte den Stand der Sonne. Er nahm an dem langen Holztisch Platz. Mit der Hand wies er auf den Platz gegenüber. Antonia setzte sich.

»Und nun bitte ich Sie, genau meinen Worten zu folgen: Schließen Sie die Augen.«

Antonia folgte dem Abt und spürte mit allen Sinnen, wie die warmen Sonnenstrahlen ihr Gesicht wärmten.

»Nun erheben Sie sich bitte, und gehen Sie einmal um diesen Tisch.«

Mit leicht zitternden Knien ging Antonia um den Tisch.

»Welches Bücherregal hat Sie am meisten angezogen?«

Ohne zu zögern, wies Antonia auf den grünen Schrank zu ihrer Rechten.

Der Abt lachte und sah sie wohlwollend an.

»Dieses Regal enthält die Bücher über Venedig und seine Lagune. Greifen Sie nun in das Regal, und ziehen Sie einen Band heraus.«

Antonia ging einen Schritt auf das Bücherregal zu und holte tief Luft. Ohne zu zögern, griff sie nach einem Band, der etwas weiter vorgerückt war und über den Rand des Holzregals stand, als hätte ihn jemand absichtlich dorthingestellt, eine Aufforderung an spätere Leser. Verzaubert von der geheimnisvollen Atmosphäre im Raum, drehte sie sich um. Abt Adelmo lächelte sie ermutigend an. Genau in dem Augenblick, als sie nach dem Buch griff, erfüllte ein goldener Sonnenstrahl die Bibliothek, gefolgt von einer Staubwolke. Antonia musste heftig niesen. Adelmo trat hinter sie und griff nach dem Buch, bevor sie es aufschlagen konnte. *Die Geschichte der versunkenen Insel von San Marco in Boccalama* stand auf dem Einband.

༄

Canaletto saß bei einem seiner Lieblingsverstecke, unter der Brücke bei *Ca' Farsetti*, der venezianischen Kommunalverwaltung.

»Hast du eigentlich verstanden, warum so viele Leute aus Venedig weggezogen sind?«, erkundigte sich Mimi.

»Nein, es ist doch schön hier.« Er seufzte. »Aber das normale Leben verschwindet immer mehr. Es gibt weniger Bäcker, Metzger, normale Supermärkte, was natürlich auch das Leben von uns Ratten erschwert.«

»Und dafür gibt es immer mehr Touristen?«

»Ja, das siehst du doch. Dafür gibt es sogar ein neues Wort: ›overtourism‹, wenn es mehr Touristen als normale Leute gibt.«

»Das klingt ja schrecklich.«

»Ehrlich gesagt, das ist es auch. Das heißt, dass die Leute hier den letzten Keller an Touristen vermieten und selbst nach Mestre ziehen.«

»Ich kann verstehen, dass jeder einmal im Leben Venedig sehen will«, sagte Mimi verständnisvoll.

»Ja, aber wenn das nicht gesteuert wird, dann wird Venedig ein Disneyland. Es sind doch die Menschen, die an einem Ort leben und ihn lebenswert machen. Die Leute wollen doch am normalen Leben der Venezianer teilnehmen!«, fand Canaletto. »Wozu natürlich auch wir Ratten gehören. Und mit den Menschen verschwinden auch die Ratten. Das ist eben der Teufelskreis an allen schönen Orten«, seufzte er.

»Und was soll man dagegen tun?«, erkundigte sich Mimi besorgt.

»Na ja, einiges ist ja schon passiert. Man hat die Universität ausgebaut, vor allem in Mestre, auf der Giudecca sind Studentenwohnungen entstanden und in Cannaregio Sozialwohnungen.«

»O ja, und Freizeitparks im *Bosco di Mestre* und auf San Giuliano. Weißt du übrigens, dass man lange auch über eine U-Bahn diskutiert hat?« Mimi war plötzlich ganz wach. »Tunnel unter der Lagune, so schlecht war die Idee ja nicht! Natürlich haben das viele für einen *fake* gehalten, war es aber nicht!«

»Ich glaube, das Problem ist, in Venedig hat niemand mehr das große Ganze im Blick«, konstatierte Canaletto nachdenklich.

»Du meinst, so wie bei den alten Dogen?«

»Ja, die Republik war wirklich ein sehr weises System. Sie konzentrierte sich immer auf ihre eigenen Interessen.«

»Canaletto, du hast recht: Vielleicht sollten wir jetzt *unsere* Interessen zum Konzept für alle erheben.«

»Einverstanden.«

»Dabei fällt mir ein, wir sollten uns mal bei den Sozialwohnungen in Cannaregio treffen. Der Blick auf die untergehende Sonne ist phänomenal.«

»Ja, gerne. Und was die U-Bahn anbetrifft, so werde ich das bei Gelegenheit mit der Oberratte besprechen. Vielleicht können wir einen Beitrag leisten.«

»Wie das?«

»Na du weißt doch, dass wir Ratten ausgesprochen gute Nager sind, ein paar unterirdische Kanäle, und schon ist es geschafft!«

»Canaletto, du unternimmst nichts ohne mich, verstanden?«

»Ist ja gut, Mimi, einverstanden.«

KAPITEL 13

»Und, wie hast du die Nacht verbracht?«, fragte Dario, und Antonia bildete sich ein, einen Anflug von Eifersucht in seiner Stimme zu hören. Sehnsüchtig und ein wenig bedauernd sah sie wieder die Insel vor sich, wie Adelmo noch am Landungssteg winkte, bis das Boot aus seinem Blickwinkel verschwunden war. Sie hatten das lange Gespräch später noch in der Küche fortgesetzt, und Antonia hatte die Unterhaltung sehr genossen. Merkwürdig, wie schnell sie in Venedig mit Menschen in Berührung kam. Es war wie selbstverständlich und fühlte sich leicht und richtig an.

»Den Abend habe ich bei einem Glas Wein in der Klosterküche verbracht, die Nacht in einer Zelle.«

»Ach ja, alleine?«

»Nein, in allerbester Gesellschaft – in der eines wunderbaren Buchs«, zog sie ihn auf.

»Und das soll ich dir glauben?«, scherzte Dario. Diese Eifersucht musste man sofort im Kern ersticken, dachte Antonia.

»Musst du nicht. Ich war nicht wirklich allein. Ständig schwirrten Glühwürmchen um mich herum, sogar bis in mein Bett, und um Mitternacht hat mich eine Fledermaus ziemlich erschreckt, weil sie direkt auf meinen Kopf zugeflogen ist«, amüsierte sich Antonia. »Außer einer ausgezeichneten Bibliothek gibt es im Kloster einen hervorragenden Weinkeller. Der Raboso war wirklich gut.«

»Ich muss aufpassen mit dir«, neckte Dario sie. »In der kurzen Zeit bist du schon zur richtigen Weinkennerin geworden.«

»Ich geb mir Mühe.«

Dario stand am Steuer und drehte sich kurz zu Antonia um, die es sich auf der Holzbank in seiner Nähe bequem gemacht hatte.

»Nicht, dass du mir vor lauter Raboso noch ins Wasser fällst. Ich hol dich jedenfalls nicht raus!«

»Schade. Ich dachte schon, ich hätte in dir einen richtig guten Verbündeten gefunden.«

»Hast du auch. Aber nicht, wenn du ohne mich auf gefährlichen Abwegen bist. Venedig ist voller abenteuerlustiger Gondolieri.«

Antonia hielt ihre Nase in den Wind und genoss die Sonnenstrahlen, die auf ihrer Nasenspitze tanzten. Sie würde unzählige Sommersprossen bekommen, aber was soll's, dachte sie.

»Ach, abenteuerlustige Gondolieri mag ich nicht. Mir gefällt nur einer, aber der ist kein Gondoliere mehr. Ich glaube, er ist zurzeit meistens mit einem Motorboot unterwegs.« Kokett stützte sie das Kinn mit der Hand.

Oh Gott, sie hatte in der kurzen Zeit sogar flirten gelernt! Wahrscheinlich war ihr die Sonne zu Kopf gestiegen.

»Du hast Glühwürmchen gesehen? In der Stadt gibt es

schon lange keine mehr, auch keine Grillen. Im Feigenbaum unter meiner Wohnung allerdings schon.«

Dario strahlte mit der Sonne um die Wette und hatte Mühe, sich auf das Steuer zu konzentrieren, so sehr lenkte ihn Antonias Gesellschaft ab. Sie betrachtete ihn. Er war braungebrannt, sicher lag es nicht nur an der warmen Jahreszeit, sondern daran, dass er immer im Freien unterwegs war. Seine graumelierten Haare waren kürzer geschnitten, was seinem Gesicht etwas Markantes und Männliches verlieh. Natürlich passte es ihm nicht, dass sie so selbständig war, dachte sie.

Der Abt hatte nicht nur ihre Gesellschaft genossen, sondern auch das Interesse, das endlich wieder jemand der Bibliothek entgegengebracht hatte. Noch am Abend hatte Antonia aus dem alten Buch alles über die Lagune notiert, was sie interessieren konnte: Die ursprüngliche Bestimmung der Inseln, der Bau der ersten Klostergebäude, die Entfernung zur Stadt und ihre Anordnung innerhalb der Lagune. Zum Glück war der ganze Norden der Lagune rechtzeitig zum Naturschutzgebiet erklärt worden, so dass die ursprüngliche Fauna und Flora erhalten blieben. Nach ihrer Übernachtung im Kloster hatte Antonia am Morgen nicht wie verabredet Giordano, sondern Dario angerufen. Er war derjenige, der ihr am nächsten stand. Einen Fremden anzurufen wäre ihr wie Verrat vorgekommen.

»Hast du trotz des Raboso etwas in Erfahrung gebracht?«, fragte Dario interessiert.

»Natürlich, deshalb war ich doch dort. Im Kloster gibt es ein paar Regale mit höchst interessanten Büchern. Ich habe ein bisschen darin gestöbert, soweit es in der kurzen Zeit möglich war. Ich kann dich das nächste Mal gerne mitnehmen.« Sie lächelte. »Ich meine, auch ein Venezianer kann nicht alles wissen, deshalb bin ich ja hier.«

»Sieh an, sieh an.« Dario brauchte einen Moment, um sich von ihrer ungewohnt frechen Antwort zu erholen. »Gerne, wann immer du willst.«

»Was Vinicio über die versunkene Insel gesagt hat, stimmt übrigens. Wir sind auf der richtigen Spur.«

Dario hatte den Motor ausgemacht und sich neben Antonia gesetzt. Ruhig glitt das Boot über das türkisblaue Wasser. Die Sonne kam nach dem Regen allmählich hinter einem leichten Wolkenschleier hervor.

»Aus dem Buch in der Bibliothek habe ich jedenfalls erfahren, dass *San Marco in Boccalama* tatsächlich als Pilgerherberge entstanden ist, aber weil es so winzig war, bei Hochwasser von Anfang an von den Fluten bedroht war. Ich kann noch nicht einschätzen, ob die Mönche die Gefahr nicht sahen oder von der Lage so fasziniert waren, dass sie das Risiko eingingen. Die Insel lag im Nordosten, wo der Fluss Lama, ein Seitenarm des Brenta, in die Lagune fließt. Die Mönche hatten zur Lagune hin hinter dem Klostergebäude einen Schutzwall aus Holz und Lehm errichtet. Auch ausgediente Boote, alte Galeeren, die für die Meere zu morsch waren, hatten sie zur Befestigung verwendet. Mit ihren sieben Metern Durchmesser waren die Galeeren schließlich auch breit genug. Das war in der damaligen Zeit normal. Die erste Ansiedlung ist wahrscheinlich schon im zehnten Jahrhundert, während der Kreuzzüge, entstanden. Wenig später war dann nicht mehr Venedig, sondern Genua Ausgangspunkt, weil die Genueser angeblich bessere

Schiffe bauten, auch wenn die Route etwas länger war. Das stand jedenfalls in dem Buch, das ich heute Nacht gelesen habe.«

Dario holte tief Luft und griff nach Antonias Hand. Ein leichter Wind kam auf und bewegte sanft die Wellen, in denen sich die Sonnenstrahlen fingen. Es war, als wenn es an diesem Tag nur Harmonie und Wohlbefinden gäbe. Sogar der Himmel wirkte gutgelaunt und hatte alle Wolken Richtung Norden vertrieben.

»Eigentlich gefällt es mir gar nicht, dass du so oft alleine unterwegs bist. Ich habe mir Sorgen gemacht«, bemerkte Dario.

»Was heißt denn ›so oft‹, machst du Witze? Jetzt komme ich nach Venedig und habe es tatsächlich mit einem waschechten Macho zu tun.«

Dario lachte. »Ein Macho würde sich für eine Frau wie dich gar nicht interessieren.«

»Und ich mich nicht für ihn.«

»Lass mich raten, wie du auf die Insel gekommen bist: Giordano?«

»Ja, genau.«

»Dachte ich's mir doch! Und nach dem Nachmittag auf den Vignole hast du es natürlich nicht ausgehalten und konntest kaum abwarten, dass wir gemeinsam hinfahren?«

»Wenn mein Bauchgefühl mir sagt, dass ich auf einer wichtigen Spur bin, muss ich ihr sofort folgen. Männliche Begleitung ist manchmal angenehm, aber nicht notwendig.« Sie sah ihn herausfordernd an. »In Berlin habe ich mal allein eine Badewanne transportiert.«

Dario lachte schallend. »Das hätte ich verhindert. Leider

kannte ich dich damals noch nicht. War denn keiner da, der dir geholfen hat?«

»Doch, an jeder Straßenecke.« Antonia warf ihm einen verschwörerischen Blick zu. »Badewannen transportiere ich zwar nicht mehr, aber manchmal bin ich eben gern alleine unterwegs. Wenn du meine Gesellschaft möchtest, wirst du dich daran gewöhnen müssen.«

»Ich versuche es. Weißt du, ich habe langsam das Gefühl, dass deine Forschungen uns ausgesprochen nützlich sind«, bemerkte Dario anerkennend.

»Ach ja? Gerade hast du dich beklagt, weil ich alleine unterwegs bin! Du bist launisch wie Adas Katze!«

»Kann schon sein, sie ist ein Tier mit ausgesprochen menschlichen Zügen. Aber mir gefällt dein unvoreingenommener Blick. Er hat mich nachdenklich gemacht. Wir von ›Acqua e isole‹ wollen die Lagune erhalten. Aber manchmal muss man die Zusammenhänge von außen betrachten, damit man die Dinge versteht. Außerdem glaube ich, es stimmt einfach: Wir haben uns bisher zu wenig vernetzt.«

»Es freut mich, dass du meine Erkenntnisse nützlich findest.«

»Du hast doch bestimmt schon Pläne, wie du weiter vorgehen willst?«, erkundigte sich Dario respektvoll.

»Ja, natürlich. Wann die Insel untergegangen ist, habe ich in der kurzen Zeit noch nicht herausgefunden. Dafür müsste man wohl tatsächlich archäologische Studien anstellen und vor allem nach den Relikten tauchen. Bis jetzt habe ich noch keine Idee, wie ich das anstellen kann. Aber ich bin sicher, es wird sich eine Lösung finden.«

»Du hast in jedem Fall meine volle Unterstützung.«

»Danke. Ich weiß es zu schätzen.«

Das Boot tuckerte langsam vor sich hin, der Sonne entgegen, die in einiger Entfernung genau über San Marco stand. Sie nahm das Glas Mineralwasser, das Dario ihr anbot. Dann holte sie ihren Notizblock aus der Handtasche.

»Das Buch in der Bibliothek hat ziemlich genaue Koordinaten angegeben, an denen die Insel früher lag. Der Abt wird das Buch nicht herausrücken, aber ich habe mir, so gut es ging, eine Zeichnung gemacht. Sieh mal.«

Dario sprang auf, um das Steuer wieder zu übernehmen, der Wellengang durch entgegenkommende Motorboote war nahe an der Stadt wieder stärker geworden. Sie waren fast an den *Fondamente nove* angekommen. Er steuerte mit der linken Hand und drehte sich zu ihr um.

»Jetzt lebe ich seit über dreißig Jahren in Venedig, und dann musst du aus Berlin kommen, um mich auf eine untergegangene Insel aufmerksam zu machen.« Er berührte kurz seine Stirn. »Ich kann es kaum fassen.«

»Eigentlich stammt die Anregung ja von Vinicio. Er hatte mit seiner Vermutung recht«, bestätigte Antonia sachlich. »Und ihn zu besuchen war deine Idee.« In der Nähe der *Fondamente* waren mehrere übervolle *vaporetti* unterwegs und machten ziemlichen Lärm.

»Aber den Rest erzähle ich dir erst, wenn ich dich zu einem Teller *bigoli* einladen darf. Auf deinem Boot bist du zu sehr abgelenkt. Und ich auch.«

»Was? *Bigoli*? Ich esse nie zu Mittag.«

»Dann wird es Zeit, dass du deine Gewohnheiten änderst. Ich habe Riesenhunger, mein Abendessen war nicht allzu üppig. Außerdem muss ich immer essen, wenn ich aufgeregt bin.«

»Na gut, mit einer so entschlossenen Frau wird mir nichts anderes übrigbleiben.«

»Glaube ich auch.«

Zu ihrem Erstaunen fuhr Dario nicht die *Fondamente* an, sondern bog Richtung Giudecca-Kanal ab.

»Wo wohnt ihr eigentlich, du und deine Ehefrau?«

»Wie, meine Ehefrau? Marinella ist ausgezogen. Letzten Monat schon. Sie ist nicht mehr meine Frau. Sie hat die Scheidung eingereicht, mit meinem Einverständnis natürlich.«

»Ach ja?«

»Ja, so einfach ist es inzwischen. Und wenn wir uns nicht schon vorher getrennt hätten, dann hätte ich spätestens mit deinem Auftauchen über meine Beziehung zu Marinella nachgedacht.«

»Ach ja?«

»Ja! Lass uns jetzt zu Gaspare auf der Giudecca fahren. Es ist eines der Lokale, die Lele mit frischem Fisch beliefert. Du weißt doch, was man hier über den Fisch in Restaurants sagt?«

»Nein, ich kam bis jetzt noch nicht in den Genuss.«

»Das ist auch besser so, du solltest ihn nur mit mir essen. Den frischen Fisch bekommen nur die Venezianer, nach einem Tag die Italiener und nach zwei Tagen die Touristen.«

Antonia lachte ausgelassen. »Gut, dass du mich vorgewarnt hast. Ich werde nie ohne einen ausgewiesenen Venezianer essen gehen.«

»Wird dir sicher nicht schwerfallen, bei deinem Verehrerkreis.«

»Ich könnte das nächste Mal mit Abt Adelmo essen gehen.«

Dario zwinkerte ihr zu, bis eine hochschwappende graugrüne Welle seine ganze Aufmerksamkeit forderte. Antonia hatte vor lauter Flirten nichts vom aufgewühlten Wasser bemerkt. Erschrocken sah sie, wie vor ihnen plötzlich eine gigantische, mehrstöckige Wand mit vielen kleinen Fenstern aufgetaucht war. Im gleichen Augenblick kam Darios Boot beträchtlich ins Schwanken, während das Wasser einen Meter über die Reling schwappte. Der Koloss vor ihnen gab ein bedrohliches Warnsignal von sich.

»Dario, um Himmels willen, was ist denn das?«

Obwohl sich das Ungetüm genau vor ihnen befand, konnte Antonia immer noch nicht genau erkennen, um was es sich handelte.

»Tja, da siehst du es, das ist eines der leibhaftigen Ungeheuer, denen Venedig jeden Tag ausgesetzt ist: ein Kreuzfahrtschiff mit ein paar tausend Leuten an Bord, das durch den Giudecca-Kanal fährt, weil sich die verschiedenen Behörden nicht einig sind, wer wo langfahren darf. Und das ist die Folge davon.«

»Aber …« Antonia bemerkte ihr nasses Kleid und erholte sich nur langsam von dem Schreck, weil das Riesenschiff etwa zehnmal so hoch war wie Darios Motorboot.

»Ja, das ist die eigentliche Gefahr für die Stadt, nicht das Hochwasser. Für die Touristen ist es natürlich das besondere Highlight, wenn sie mit einem Glas Prosecco in der Hand von der Reling aus den Markusplatz sehen. Ich finde den Anblick manchmal richtig obszön.«

Vor ihnen lag die Stadt in ihrer ganzen Schönheit, mit ihren morschen Eingeweiden und all ihrer Pracht.

Antonia sah an sich herunter und bemerkte, dass ihre Füße im Wasser standen.

»Und was machen wir jetzt? Ich kann unmöglich so in ein Restaurant gehen.«

»Brauchst du ja nicht. Wir gehen zu mir.«

»Hast du *bigoli* im Haus?«

»Ja, und trockene Kleidung für dich.«

»Und Sardellen?«

»Ja. Und guten Malvasia und ein gemütliches Sofa. Und meine Gesellschaft bekommst du natürlich auch. Nur, wenn es dir recht ist.«

Antonia nickte stumm und war plötzlich so aufgeregt, dass sie am liebsten auf jegliches Essen verzichtet hätte. Als der Bug des Schiffes mit fröhlich winkenden Touristen an ihnen vorbeizog, schwappte noch einmal eine Welle Lagunenwasser in Darios Boot.

»Pah, hoffentlich ist das Wasser sauber! Ich glaube, wenn ihr Venezianer nicht bald etwas unternehmt, wird die Stadt wirklich untergehen.«

»Ja, an der Gleichgültigkeit ihrer Bewohner. Aber du und ich sind dabei, das zu verhindern«, sagte Dario gutgelaunt und nahm Antonia in den Arm.

»Sind wir das?«

»Ja. Ich weiß zwar noch nicht, wie, aber in dir habe ich eine richtig gute Verbündete gefunden.«

Inzwischen waren schon die alten Industrieanlagen der Giudecca zu sehen. Mit ihren unterschiedlich hohen Backsteinhäusern hatte die Insel ihr proletarisches Aussehen behalten, was im angenehmen Kontrast zur süßlichen, weichen Schönheit Venedigs stand.

Dario fuhr links um die Insel und in einen Seitenkanal, der so still war, dass man das sanfte Plätschern der Wellen hörte. Es stimmte, was Ada sagte, dachte Antonia, Venedig war immer von Geräuschen durchdrungen, aber es waren keine fremden Geräusche wie von Autos und Verkehr, sondern Geräusche, die die Stadt selbst hervorbrachte. Antonia beobachtete, wie Dario das Boot geschickt durch den schmalen Kanal und an den festgemachten Booten vorbeilenkte. Sie kamen an einer Schiffswerft vorbei.

»Hey Dario, dein Freund Flavio macht ja ganz Venedig verrückt! Was ist denn plötzlich los, dass er sich so aufführen muss?«

Der Mann im weißen T-Shirt hatte gerade ein Boot mit gelben Flanken hochgezogen und seine Arbeit für einen Augenblick unterbrochen. Als er sich Darios Boot näherte, las Antonia den Spruch auf seinem Hemd: *Il mare unisce i paesi che separa,* das Meer verbindet die Länder, die es trennt.

»Frag ihn am besten selbst, Carlo! Mir wird das langsam zu viel, ich hab mir einen Tag Auszeit genommen.«

Carlo warf einen bewundernden Blick auf Antonia und wischte sich die Hände an einem ölverschmierten Lappen ab.

»Recht hast du. Man muss das Leben genießen, solange es möglich ist. Sag mir Bescheid, wenn ihr meine Hilfe braucht.«

»Danke, Carlo, ich weiß, dass ich mich auf dich verlassen kann.«

»Siehst du, was hab ich gesagt? Im Leben gewinnt, wer die richtigen Verbündeten hat«, kommentierte Antonia.

»Stammt der Satz von dir?«

»Nein, von meiner Freundin Katia. Aber ich bin sicher, dass er stimmt.«

Antonia hielt die Nase in die salzige Luft und genoss den Wind, der ihr zärtlich die Haare aus dem Gesicht strich. Im Osten, zum offenen Meer hin, war das Wasser eine Spur dunkler, leer und unbeweglich. Nur ein einsames Schlauchboot trieb auf die Giudecca zu.

»Weißt du, was ich hier zum ersten Mal gesehen habe?«

»Einen ehemaligen Gondoliere, der sich auf den ersten Blick in dich verliebt hat.«

Antonia lachte, griff nach seiner Hand und beugte sich über das Wasser.

»O ja, das auch.« Sie sah ihn an. »In Venedig habe ich zum ersten Mal gesehen, dass das Wasser eine Landschaft ist.«

Dario hatte den Arm um Antonia gelegt und ließ das Boot Richtung Ufer treiben.

»Ja, eine Lagune ist eine bewohnte Wasserfläche. Wie ein riesiges, verlängertes Wohnzimmer«, bestätigte Dario.

»Man muss es sich darin nur gemütlich machen.«

»Am besten zu zweit.« Dario lächelte vielsagend.

Vor einem hölzernen Landungssteg machte er das Boot zwischen anderen fest und half Antonia beim Ausstieg.

»So, hier wohnst du also.«

»Ein Freund, der zurzeit in Portugal lebt, hat mir die Wohnung vorübergehend überlassen. Es sieht nicht danach aus, als wenn er zurückkommen würde. Und davor hat die Wohnung Vinicio gehört. Er hat meine Großtante geheiratet. Das ist meine besondere Verbindung zu dem alten Mann.«

»Vinicio hat mich übrigens mächtig beeindruckt. Und

ihm habe ich es schließlich zu verdanken, dass es mit meinen Recherchen weiterging.«

»Und du hast ihn beeindruckt. Lele hat mich vorhin angerufen. Vinicio findet, dass du Feuer unterm Hintern hast.«

»Ach ja, das hat er wirklich gesagt?« Antonia freute sich über das Kompliment, unverhofft und ganz nach ihrem Geschmack. Undenkbar, dass jemand in Berlin einen solchen Satz zu ihr gesagt hätte.

»Ja, hat er. Langsam kann ich deine Verehrer nicht mehr zählen.« Er warf ihr einen schnellen, prüfenden Blick zu.

»Weißt du, ich hätte gern, dass du in Venedig bleibst.«

»Vielleicht mit dir?«

»Ja. Hast du Lust, mich zu heiraten?«

»Ja, wenn du mir ein Fest in der Lagune ausrichtest.«

»Mach ich. Wenn deine Forschungen erfolgreich sind, sowieso.«

»Hast du Zweifel daran?«

»Nein.«

Vor ihnen lag ein vergittertes, langgestrecktes Gebäude.

»Wohnst du hier?«, fragte sie aufgeregt.

»Nicht unbedingt«, entgegnete er lachend. »Das ist das alte Jugendgefängnis. Falls du mich da unterbringen möchtest, um mich loszuwerden, bin ich dafür inzwischen leider zu alt.«

Für einen Augenblick entlud sich die Spannung zwischen ihnen in einem prickelnden Lachen.

Dario ging auf die Stirnseite einer kleinen Piazza zu. Vor dem Haus, in einem kreisrunden Beet, standen bunte Blumentöpfe und in der Mitte ein Feigenbaum. Antonia sah an sich herunter. Ihre nasse Kleidung war in der warmen Sonne schon getrocknet.

»Ach, du musst dich gar nicht umziehen?«

»Nein, nicht unbedingt.«

Sie besann sich einen Augenblick. »Aber du wolltest mich doch zum Essen einladen.«

»Stimmt. *Bigoli* und Malvasia biete ich übrigens allen Frauen an.«

Antonia nahm all ihren Mut zusammen.

»Das weiß ich schon.« Ruhig ließ sie ihre Augen von seinem Gesicht zu den Füßen streifen. »Aber vielleicht bist du genauso aufgeregt wie ich. Ich rieche deine Haut und möchte in deine Arme fallen, schon seit ich dich zum ersten Mal bei der Versammlung in der Kirche gesehen habe.«

Dario holte tief Luft.

»Also keine *bigoli*?«

»Doch, natürlich. Und ein Glas Malvasia bitte, damit ich mir Mut antrinken kann.«

»Einverstanden«, antwortete Dario und drehte den Schlüssel im Schloss. Er zog Antonia in einen nach altem Holz riechenden Flur und drückte die schwere Haustür hinter sich zu.

Antonia nahm die hellgrau gestrichene Wohnung kaum wahr, nicht die etwas improvisiert ausgestattete Küche oder das Schlafzimmer, das mit wenigen Möbeln aus hellem Holz eingerichtet war. Sanft strich sie mit zitternden Fingern über Darios Haut, und es kam ihr vor, als wäre es ihre eigene Haut. Sie fasste in seine Haare, erstaunt, wie dicht sie waren, und ließ sie zwischen ihren Fingern hindurchgleiten. Sie legte ihre Lippen auf seinen Arm, atmete den Duft in der Beuge seines Ellbogens ein und hatte plötzlich eine Ahnung, wie er als Kind gewesen war. Sie strich sachte über sein Gesicht und küsste ihn, bis sich die Grenzen zwischen ihnen verloren.

»Vorsicht, schöne Frau, die Fahrt mit dir auf dem Boot hat mich Schweiß und Mühe gekostet. Wahrscheinlich habe ich zwei Kilo abgenommen.«

»Du warst auch aufgeregt?«, flüsterte Antonia und konnte nicht aufhören, ihre Hände über seinen Körper wandern zu lassen.

»Ja«, raunte er mit den Lippen ganz dicht an ihrem Ohr. Antonia roch das Salz auf seiner Haut.

Der Mond war bereits als schmale Sichel über Darios Haus aufgetaucht, als Antonia ein riesiges blaues Leinenhandtuch um sich schlang und sich mit einem letzten Glas Malvasia auf Darios *Poggiolo* setzte, was die venezianische Variante einer überdachten Miniterrasse war. Dario hatte das Licht ausgemacht, um den Mond besser zu sehen. Im Osten war schon ein winziger Streifen Morgenlicht zu erkennen. Genauso hatte sie sich das gute Leben immer vorgestellt: hemmungslos verliebt in einen Mann, in dessen Armen sie jede Fassung verlor, während sich vor ihr die phantastische Stadt ausbreitete, die in ihrer überwältigenden Schönheit fast irreal wirkte. Als sie aufblickte, sah sie, dass die schmale Mondsichel genau über Darios Terrasse stand, den lauter strahlende Sterne aus seiner Einsamkeit erlöst hatten. Sie lehnte sich über das Geländer. Von Darios Wohnung aus sah man lauter schmale Kanäle, die die Giudecca wie ein feines Muster durchzogen. Ein paar Möwen, ein Kormoran in ihrer Mitte, nahmen ein Bad im Wasser, dem der Mond einen sanften Goldton verpasst hatte. Für einen Augenblick fühlte sich Antonia wie in einem Liebesfilm.

»Meinst du, dass Glück von Dauer sein kann?« Wie albern

diese Frage war, fiel ihr erst auf, als sie sie schon ausgesprochen hatte.

»Natürlich, in Venedig immer. Man muss nur die Augen schließen, einen Schluck eiskalten Malvasia trinken und ein Stoßgebet an die Göttin der Liebe richten. Dann erfüllt sich der Wunsch ganz bestimmt.«

»Soll ich es ausprobieren?«

»Ja, unbedingt. Du wirst schon sehen. Hast du noch genug Malvasia im Glas?« Antonia mochte die selbstverständliche Art, mit der Dario auf die unmöglichsten Fragen antwortete.

Sie schlang das blaue Tuch fester um sich. Sie war in Venedig und überließ sich der Nacht und dem Mondlicht und diesem schönen Mann.

»Jetzt warst du aber ganz weit weg mit deinen Gedanken.« Dario hatte sich neben sie gestellt und berührte sie zärtlich am Arm.

»Ich habe mir gerade vorgestellt, was meine Freundin Katia sagen würde, wenn sie mich hier sähe.«

»Wenn sie eine Freundin ist, freut sie sich mit dir.«

»Seit wann kennen wir uns?«

»Ich glaube, ein paar Wochen sind es schon.«

»Eigentlich ist das Leben im Moment ziemlich aufregend, findest du nicht?«

»Ja, du findest eine Insel und verzauberst einen Mann. Und das hast du alles ganz allein angerichtet.«

»Stimmt. Das hätte ich mir vor einem halben Jahr noch nicht vorstellen können.«

»Ein halbes Jahr? Ich plane nie so weit im Voraus.«

»Manchmal habe ich auch Angst. Es ist alles noch so neu.«

»Das ist normal, wenn man allein auf Reisen geht.«

»Und was macht man dagegen?«

»Malvasia trinken, den Mond betrachten und die Dinge auf sich zukommen lassen.«

»Das sagst du so einfach«, maulte Antonia im Spaß.

»Einen anderen Ratschlag habe ich nicht. Du könntest dich natürlich auch einfach in meine Arme werfen und an nichts mehr denken.«

»Das mache ich schon seit Stunden.«

»Stimmt. Dann muss ich darüber nachdenken.«

»Über was?«

»Darüber, dass du es faustdick hinter den Ohren hast. Seit wir uns kennen, hast du mir nur einen Bruchteil von dem anvertraut, was dich beschäftigt. Außerdem weiß ich immer noch nichts von deiner Vergangenheit«, beklagte sich Dario.

Antonia lachte und schnupperte in die Luft wie Adas Katze. »Hier riecht es nach Feigen.«

»Schau mal unter dich.« Genau unterhalb von Darios Terrasse sah sie einen Feigenbaum mit ausladenden Zweigen.

»Den habe ich gar nicht bemerkt.«

Dario lachte verschwörerisch. »Natürlich nicht, du warst ja auch abgelenkt. Schau mal, sie hängen schon voller Früchte. In ein paar Wochen sind sie reif.«

»Dann …« Unsicher zögerte Antonia einen Augenblick. »Muss ich wieder vorbeikommen und ein paar ernten.«

»Was? Erst in ein paar Wochen? Ich kenne noch keinen Zauberspruch, um sie schneller reifen zu lassen. Aber wenn du mir versprichst, dass du morgen wiederkommst, pflanze ich dir einen Baum.«

»Einverstanden«, lachte Antonia.

Irgendwann wurde es auch nach dieser verrückten Nacht wieder hell, und Dario winkte Antonia vom *Poggiolo* aus zu, als sie unter der dichten Krone des Feigenbaums hindurch zur Anlegestelle ging. »Versprochen, ich werde einen Feigenbaum für dich pflanzen!«, rief er ihr nach.

Sein Angebot, sie zu Ada zu bringen, hatte sie entschieden abgelehnt. Venedig war jetzt auch ihre Stadt, in der sie sich alleine zurechtfinden musste. Seltsam, sie verspürte hier kein Gefühl von Fremdheit. Das sei typisch für die Städte am Meer, hatte Dario ihr erklärt. Hier hätten schon seit jeher Menschen aus aller Welt Aufnahme gefunden, ohne dass man nach ihrer Herkunft fragte. Das gelte nicht nur für Venedig, sondern für alle alten Seerepubliken, Pisa, Amalfi, Genua. In allen herrsche bis heute diese besondere Atmosphäre. Ein Seemann wie er wisse das eben, hatte er irgendwann in der Nacht stolz behauptet, bevor sie ein weiteres Mal voneinander überwältigt gewesen und verstummt waren.

Das Wasser in dem schmalen Kanal war dunkelblau und bewegte sich ganz leise, nur eine einsame Möwe schwamm darin. Plötzlich, wie aus dem Nichts, stob ein Schwarm schmutzig grauer Vögel auf die Anlegestelle zu. Aus der Bar kam eine Gruppe Touristen gerannt, die kreischend ihre Smartphones in Position brachten. Ob es in anderen Ländern keine plantschenden Möwen gab?

Antonia nahm das nächste Boot zurück zu den *Zattere*.

༒

»Canaletto?«
»Hm?«
Er drehte sich noch im Halbschlaf um. Warum hatte er

sich auch ausgerechnet eine Katze als Freundin ausgesucht! Bevor er das zweite Auge öffnen konnte, saß Mimi schon abenteuerlustig vor ihm und blitzte ihn aus grüngelben Augen beängstigend gutgelaunt an.

»Mimi, ich bin noch müde! Ich habe die Nacht bei einer Versammlung mit der Oberratte verbracht.« Canalettos Ton ließ keinen Zweifel daran, dass es sich dabei um eine besondere Ehre handelte.

»Ach, du warst bei der Oberratte? Und wo?« Mimi konnte ihre Neugier kaum bremsen.

»Sag ich dir nicht.«

»Musstest du ihr auch erklären, warum du mit mir, einer Katze, befreundet bist?«, fragte Mimi und lachte.

Canaletto verdrehte die Augen.

Hoffentlich war sie jetzt still, er brauchte dringend noch etwas Mittagsschlaf. Die Oberratte hatte in einem Geheimtreffen, bei dem nur er und ihr persönlicher Adjutant anwesend gewesen waren, neue Regeln über das Zusammenleben von Ratten, Menschen und Katzen in Venedig definiert.

»Ich mag Katzen, weil sie so pragmatisch sind! Sie wollen nicht, dass ihr Fell nass wird, sie wollen, dass genug Futter im Napf ist und sich das Leben einigermaßen unterhaltsam genießen lässt. Außerdem, nach meiner Erfahrung halten sich Katzen an Absprachen, was Menschen leider nicht immer tun.«

»Aber das sind doch alles ganz einfache Dinge!«

»Liebste Mimi, das Leben besteht nur aus einfachen Dingen: dass der Bauch voll ist, dass man sich am Tag gut unterhält und nachts gut schlafen kann. Genau, das hatte ich vergessen: Guter Schlaf ist ganz wichtig.«

Er räusperte sich kurz und gähnte.

»Menschen nehmen sich außerdem zu wichtig, häufig ohne Grund. Deshalb benehmen sie sich oft so dramatisch, das ist doch nicht interessant! Wer will sich schon jeden Tag die Dramen anderer Leute anhören?«

»Hhm.« Mimi war an diesem Tag nicht so recht zu überzeugen.

»Weißt du, was mir am wenigsten gefällt?«, rief Canaletto mit Impetus und machte einen Kopfstand. Den hatte er sich letzte Nacht bei der Oberratte, Donna Gelsomina, abgeschaut.

»Na sag schon«, forderte Mimi ihn neugierig auf und verdrehte ebenfalls den Kopf, damit sie ihn wieder aus der richtigen Perspektive sah. Sie fragte lieber noch nicht, was diese neue Angewohnheit bedeutete.

»Na ja, die meisten Menschen sind zu wenig aufmerksam. Sie hören nicht zu und achten schon gar nicht darauf, wo sie ihre Füße hinsetzen. Sie sehen ihre Umgebung, geschweige denn ihre Mitmenschen, noch nicht einmal genau an!«

»Vielleicht hast du recht.«

»Natürlich. Schau dir doch irgendeine Ratte an: Unsereins muss doch aufpassen, wo er seine Pfoten hinsetzt, sonst landet man im Kanal, in einer Falle, mitten unter Menschen, die einem nicht wohlgesonnen sind …«

»Oh ja, oder wie du neulich im Haselnussstrauch?«

Gekonnt beendete Canaletto seinen Handstand und setzte wieder mit den Füßen auf.

»Und genauso wenig sehen sich die Menschen ihre Umgebung an.«

»Ja! Ein schneller Blick ist nicht genug!«

»Genau. Man muss immer die zurückliegenden Ereignisse recherchieren, sorgfältig Schlüsse daraus ziehen und dann zu einem allgemeingültigen Plan übergehen.«

»Hhm. Schon möglich. Und was schließt du daraus, wenn wir uns die letzten Ereignisse ansehen?«, fragte Mimi.

»Ich finde, dass Venedig immer noch eine Stadt voller Geheimnisse ist«, antwortete Canaletto nachdenklich. »Vielleicht, weil es mitten im Wasser liegt. Manchmal ist es trüb, und man erkennt nichts, und dann wieder liegt so dichter Nebel über der Stadt, dass man die Kanäle nicht sieht. Alles zusammen ergibt eine milchige Sauce, hinter der sich alles Mögliche verbirgt. Zum Glück hat unsere liebe Antonia ja schon ein Geheimnis entdeckt, aber ich bin mir ganz sicher, dass es noch weitere gibt.«

»Canaletto, ich hätte da noch eine Frage: Meinst du, dass manche Leute sich nicht vorstellen können, dass es uns gibt, ich meine dich und mich?«

»Hm, vielleicht. Aber die sollen einfach durch die Calle Fontana gehen und das Gedicht auf uns *pantegane* lesen. Oder eine Kugel Canaletto-Eis essen, dann begreifen sie es schon.«

»Danke, Canaletto.«

»Gerne. Für was?«

»Dass du meine Frage so ausführlich beantwortet hast.«

Mimi machte einen Luftsprung und sauste durch Adas Garten davon. Im Palazzo nebenan hatte sie am Morgen einen wunderschönen weißen Perserkater am Fenster gesehen.

KAPITEL 14

Antonia war auf dem Weg Richtung *vaporetto*, als ihr Handy klingelte. Voller Vorfreude nahm sie ab.

»Hallo Antonia!«

»Katia, ach du bist es.«

»Na sag mal, begeistert klingst du ja nicht gerade, deine beste Freundin zu hören.«

»Sei doch nicht gleich beleidigt, ich habe heute Nacht kaum geschlafen.«

»Und deshalb hast du jemand anderes erwartet, ich verstehe. Nach einer Nacht voller Arbeit klingst du nämlich nicht, eher müde und glücklich, als gehörte dir die ganze Welt.«

»So klinge ich also?«

»Ich frage dich lieber nicht, wie er heißt. Also schön, wie heißt er? Sieht er gut aus? Komm schon, mach's nicht so spannend!«

»Ja, und ich glaube, ich habe mich richtig verliebt.«

»Und er?«

»Er sich auch. Es sieht jedenfalls so aus.«

»Ich freue mich riesig für dich.« Leise fügte sie hinzu: »Heißt das, dass du vielleicht in Venedig bleibst?«

Katia hatte zu dem vertrauten Ton mit ihrer besten Freundin zurückgefunden.

»Ich rufe dich noch aus einem anderen Grund an: Gestern habe ich deinen Freund – oder soll ich sagen Ex? – in eurer Stammkneipe gesehen. Ich wollte dir aber sagen, dass Stefan wieder in Begleitung dieser anderen Frau dort war. Ich hoffe, die Nachricht verletzt dich nicht allzu sehr.« Sie wartete auf Antonias Antwort, die jedoch auf sich warten ließ.

Antonia wusste nicht, ob sie erleichtert oder betroffen sein sollte. Stefan hatte also tatsächlich eine andere, das würde ja bedeuten, dass er mit ihr genauso unglücklich war wie sie mit ihm. Und keiner hatte den Mut gehabt, es auszusprechen.

»Berlin fühlt sich gerade sehr weit entfernt an.« Antonia versuchte, ihre Gedanken zu sammeln.

»Kann es sein, dass du so was erwartet hast? Vielleicht wart ihr beide unglücklich miteinander und habt es einfach nicht über euch gebracht, euch zu trennen«, bemerkte Katia. »Und jetzt bist du ja sowieso in Venedig.«

»Ja, ich bin ziemlich weit weg, aber das heißt doch nicht, dass der Teil meines Lebens, der in Berlin zurückgeblieben ist, keine Bedeutung mehr hat«, sagte Antonia ziemlich betroffen.

»Anscheinend habt ihr nie darüber gesprochen, wie es mit euch weitergehen sollte. Was macht eigentlich deine Arbeit?«

»Die läuft ganz gut, obwohl ich im Moment noch nicht viel sagen kann. Ich glaube, dass das Unglück bringt«, fügte Antonia leise hinzu.

»Sehr auskunftsfreudig bist du nicht gerade. Erzähl doch von dem Mann, den du kennengelernt hast!«

Antonia dachte an Dario, und ein Gefühl tiefen Glücks kehrte nach einem Moment des Schreckens zurück. »Es ist alles noch so frisch. Im Augenblick bin ich vor allem verwirrt. Lass uns einfach das Thema wechseln. Wir sollten sowieso aus dem Boot der jammernden Frauen aussteigen.«

»Das heißt, du bist in ein anderes Boot eingestiegen? Es ist nicht zufällig eine Gondel?« Katia lachte.

»Aber lass bitte die Klischees!«, bat Antonia geduldig. »Ja, ich kenne jemanden, und wie alle Venezianer besitzt er ein paar Boote.«

»Ein paar?«, fragte Katia erstaunt.

»Ja, dafür gibt es hier keine Autos.«

»Das muss schon eine merkwürdige Stadt sein. Also, lass uns bald wieder telefonieren, ich höre an deiner Stimme, dass du es eilig hast.«

»Danke, Katia«, sagte Antonia leise.

»Wofür bedankst du dich denn? Das ist doch selbstverständlich.«

»Ich weiß. Aber in dieser verrückten Stadt lernt man auch Achtsamkeit. Nichts ist selbstverständlich auf der Welt, und schon gar nicht in Venedig.«

Nachdem sie aufgelegt hatte, ging sie raschen Schrittes bis zur Anlegestelle und bestellte in der kleinen Bar einen *caffè macchiato*, den sie als ihr neues Lieblingsgetränk entdeckt hatte. Neben ihr frühstückte *al banco*, an der Theke, ein stark tätowiertes Paar mit seinem Sohn und einem braunen Pitbull an der Leine. Die blonde Frau mit Pferdeschwanz war so schmal, dass sie mit ihrem tätowierten Hals wie eine

Schlange aussah. Der kleine Junge stand verloren neben dem großen Hund und versuchte, die Aufmerksamkeit des *barista* zu gewinnen.

»*Patatino!*«, rief der freundliche *barista* endlich und reichte dem Jungen ein sprudelndes Getränk. Der Kleine nahm es mit einem Strahlen entgegen, der Hund hatte sich wieder hechelnd auf den Boden gelegt.

Als das *vaporetto* an den *Palanche* ablegte, lag der Venedig zugewandte Teil der Giudecca noch im Schatten. Zu dieser Uhrzeit waren nur Menschen auf dem Boot, die zur Arbeit fuhren, was Antonia ein angenehmes Gefühl von Alltag vermittelte. Sie sah zurück auf die alte Arbeiterinsel mit ihren weißen, bescheidenen Palazzi und dem roten Backstein des *Mulino Stucky*, der früheren Getreidemühle, die zum Luxushotel geworden war. Immer noch besser, als wenn man das Gebäude verkommen ließe. Sie versuchte, sich vorzustellen, wie ein Leben mit Dario aussehen könnte, wagte jedoch den Gedanken kaum zu Ende zu denken. Nach ihrem ursprünglichen Plan hatte sie noch einen Monat Zeit in Venedig, was für ihre Forschungsarbeit wohl kaum ausreichen würde. Sie musste Del Vecchio in Berlin unbedingt um eine Verlängerung bitten.

Sie nahm sich vor, Stefan endlich einen Brief zu schreiben, in dem sie ihm zumindest erklärte, wie es ihr ging. Katias Anruf hatte ihr einen ziemlichen Schlag versetzt. Sie erinnerte sich an das fast dumpfe Gefühl im Magen, das Stefans Lieblosigkeit in letzter Zeit immer häufiger bei ihr ausgelöst hatte.

Eine Frau im eleganten schwarzen Sommerkleid, die unablässig in ihr Handy sprach, saß zwischen zwei jungen

Mädchen, die eifrig SMS schrieben. Eine schöne ältere Frau mit schneeweißem kurzem Haar hatte sich neben Antonia gesetzt.

Sehnsüchtig sah sie den vorbeifahrenden Booten nach. Ob Dario darunter war? Sie wusste, dass er sich mit Flavio treffen wollte, um weitere Aktionen zu besprechen. Plötzlich wurde sie von ihren Gefühlen überwältigt. Sie sah auf die Wellen, die sich leise bewegten, als wollten sie das flüchtige Glück der Menschen noch nicht einmal mit ihren Geräuschen stören.

Schon als Antonia den Garten betrat, hörte sie laute Rufe. Von Ada keine Spur. Irgendetwas war anders. Auf der Steinbank stand ein Farbtopf, drei weiße Stoffbahnen lagen im Garten ausgebreitet. Wahrscheinlich war Ada ausgegangen, um dem Chaos in ihrem Haus zu entgehen.

»Hey Marta, halt mal die Holzleiste fest!«

»Lass mich mit deinen dilettantischen Handwerksarbeiten in Ruhe, Ugo! Außerdem muss ich noch Muffins backen.«

»Das sind keine Handwerksarbeiten, sondern Vorbereitungen für eine wirklich wichtige Aktion!«

»Was soll die blaue Schrift? Das hebt sich zu wenig von dem weißen Stoff ab. Warte mal, ich muss mein Malzeug holen.«

Marta beeilte sich und malte konzentriert die Buchstaben nach. »Hier sieh mal, in Schwarz wirken sie viel besser.«

Sobald die Aufschrift fertig war, versuchte Ugo, die Fahnen an den Läden von Adas Salon zusammengerollt festzumachen, so dass er sie am Morgen der Regatta mit einem Handgriff lösen konnte. Schließlich sollte die Überraschung nicht vorher bekannt werden.

»Wo bleibt Dario eigentlich? Und Antonia ist auch verschwunden. Na ja, wer zwei und zwei zusammenzählt …«

»Hallo ihr zwei, so beschäftigt heute?« Antonia hatte gerade noch den letzten Satz gehört.

»Antonia, weißt du, wo Dario steckt?«

»Er wollte sich mit Flavio treffen, aber wo, weiß ich nicht.«

»Na gut, hoffentlich behält er den Überblick. Kennst du die Leute im Nachbarhaus? Wir haben noch zwei Bahnen übrig.«

»Warte lieber, bis die Contessa zurück ist.«

»Ich werde sie bitten, mal nachzufragen.«

»Weißt du, wo Ada steckt?«, erkundigte sich Antonia bei Marta.

»Sie wollte zu Baldassare, um ihm Muster zu bringen. Sie war ziemlich aufgebracht, weil sie in ihrer Kammer alte Briefe gefunden hat. Ich habe ihr schon immer gesagt, dass man dort mal aufräumen muss.«

»Briefe?« Antonia wurde sofort neugierig.

»Ja, und sie schien ziemlich aufgewühlt, aber irgendwie auch erleichtert. Ich glaube, dass es in den Briefen um ihre Familiengeschichte ging.«

Hoffentlich kommt sie bald, dachte Antonia und machte sich Sorgen um Ada. Aufregungen konnten einen ganz schön aus der Bahn werfen, vor allem in ihrem Alter.

»Danke, Marta, ich glaube, wir haben es geschafft.« Ugo rollte sein Material zusammen. »Es kann losgehen! Und dass ihr ja alle morgen zur Stelle seid!«

Antonia seufzte und beschloss, sich im Garten ihren Gedanken zu überlassen.

Dario stand mit seinem Boot vor der Guglie-Brücke und schaute auf seine Kollegen, die wie Pferde vor einem Rennen die Muskeln spielen ließen. Remigio Fuson, der Schichtleiter der Gondolieri an der Rialto-Brücke, hatte bis zuletzt versucht, Dario zur Teilnahme an der Regatta zu bewegen. Doch Dario hatte abgelehnt, zum Trainieren war er in diesen stürmischen Zeiten nicht gekommen, und er machte ungern eine schlechte Figur. Außerdem war sein Anliegen wichtiger. Die Regatten, von denen es im Lauf des Jahres einige gab, waren eine der wenigen Gelegenheiten, wo auch unter den muskelbepackten Kollegen, von denen manche olympische Ehren erlangt hatten, keine Eitelkeit, sondern ausschließlich sportliches Können zählte. Es gab sie seit der Zeit der Dogen an hohen Festtagen wie dem *Redentore* als Dank zum Ende der Pest im sechzehnten Jahrhundert. Vielleicht schaffte er es, am Palio der früheren Seerepubliken Pisa, Amalfi, Venedig und Genua teilzunehmen, der dieses Jahr in Venedig stattfand. Venezianer wuchsen mit dem Wasser auf und liebten jede Sportart, die mit dem Wasser zu tun hatte. Jugendliche in anderen Städten bekamen zu ihrem achtzehnten Geburtstag ein Moped geschenkt, in Venedig ein Boot.

Die Ruderer machten nicht viel Aufhebens darum, dass viele von ihnen im Hauptberuf Gondolieri waren. Das Ansehen, das sie immer noch in der Stadt genossen, hing mit ihrem sportlichen Können bei den zahlreichen Regatten im *centro storico* und auf den Inseln zusammen. Die Männer in weißen Hosen und weißen T-Shirts, die schwarzen Boote und die roten Fahnen mit dem Löwen von San Marco: Zusammen mit dem alles überstrahlenden Blau des Himmels waren es die Farben Venedigs, die Farben des Prunks und der Macht, die das Leben der Stadt über Jahrhunderte hinweg bestimmt hatten.

Die Autoritäten hatten bereits auf der Tribüne Platz genommen. Der Bürgermeister im dunkelblauen Anzug, der Patriarch in seiner roten Bischofsrobe, der *prosindaco* von Mestre, der Dario von allen am liebsten war, trug wie immer Jeans. Obwohl er nicht gläubig war, verehrte er wie viele Venezianer den Patriarchen, der diesen Namen aus der Frühzeit des Christentums behalten hatte. Immerhin hatte er im Stadtzentrum ein paar vernünftige Entscheidungen getroffen und Laien stärker mit einbezogen.

Darios Bedauern darüber, nicht teilzunehmen, hielt sich in Grenzen, als er aus der Ferne das wichtigtuerische Gehabe der Honoratioren sah. Sie schmückten sich mit Venedigs Tradition, zu deren Erhalt sie so gut wie nichts beitrugen.

Schade, dass die heutige Politikerklasse in Italien nur auf ihren eigenen Vorteil bedacht war, statt im Sinn des Gemeinwohls zu handeln wie die alten Venezianer.

Zum Glück hatten die Teilnehmer nicht die historischen Gewänder an wie bei der *regata storica* im September, was er persönlich einfach lächerlich fand. Dario ließ den Blick über das Wasser und die Menschen streifen. Gondolieri arbeiteten heute nicht mehr jeden Winter in der Fabrik wie sein Großvater, denn Tourismus war zu einem wichtigen Teil des eigenen Lebens geworden. Nur war das Reisen nicht mehr mit Neugier oder Aufmerksamkeit verbunden, wie noch im neunzehnten Jahrhundert, als es sich wenige leisten konnten. Seitdem die Menschen in Massen unterwegs waren, ging ihre Aufmerksamkeit leider verloren.

Doch trotz aller Probleme liebte Dario seine Stadt. Remigio fuhr mit seinem Boot an der Guglie-Brücke vorbei, bevor er sich zu den anderen gesellte.

»Ciao Dario, lass dir keine grauen Haare wachsen. Ich weiß, wie viel du zurzeit um die Ohren hast. Im nächsten Jahr bist du wieder dabei.«

»Danke, Remigio, und *buona fortuna*.«

Darios Leben hatte sich verändert, seitdem Antonia da war. Sie hatte ihm Kraft gegeben, die Dinge zu Ende zu denken. Vielleicht war er wirklich manchmal zu zögerlich gewesen und hatte sich hinter seinen Streitereien mit Marinella und seinem chronischen Zeitmangel versteckt. Antonia forderte Aufmerksamkeit von ihm, auch wenn sie es nie ausgesprochen hätte und vielleicht selbst gar nicht merkte. Deshalb war Venedig die richtige Stadt für sie. Doch jetzt war Schluss mit den Ausreden, sein Anliegen duldete keinen Aufschub. Er wollte mit »Acqua e isole« die Insel *San Giacomo* pachten und daraus ein Umweltzentrum machen. Flavio hatte ihm verraten, dass es bereits entsprechende Pläne der Kommune gab. Zumindest sollten ein paar Inseln von der kommerziellen Verwendung ausgeschlossen werden und ausschließlich venezianischen Interessen dienen. Gelegentlich gab es sogar in der Kommune jemanden, der weiterdachte. Von seinem Hang zur Dramatik abgesehen, hatte Flavio oft gute Ideen, die manchmal schon lange im Gespräch waren und die er einfach nur wiederaufnahm. Es war Dario schon lange ein Rätsel, warum es nicht gelang, ein paar ganz banale Regeln für den Schiffsverkehr aufzustellen, die das Leben hier wesentlich angenehmer machen würden. Vorschläge gab es genug. Eine Gruppe um Flavio war dabei, alternative Möglichkeiten für die Kreuzfahrtschiffe zu erarbeiten, zum Beispiel eine Anlegestelle in Porto Marghera zu nutzen.

»Du siehst aus, als hättest du tiefschürfende Gedanken, und das an so einem schönen Tag!« Dario schreckte auf, als er Flavios Koboldlachen neben sich hörte. Er konnte ein ironisches Grinsen nicht unterdrücken.

»Ich habe schon gehört, dass du wieder wohlauf bist!«

Flavio war inzwischen wieder wohlbehalten aus seiner Versenkung aufgetaucht. Das Attentat hatte sich als Unfall und als Explosion einer Schrotflinte entpuppt, die irgendein unvorsichtiger Jäger an dem Abend gereinigt und aus dem Fenster gehängt hatte. Gut, dass es so ausgegangen war.

In allem, was das *Consorzio Grande Venezia* anbetraf, hatte die Staatsanwaltschaft ihre Ermittlungen begonnen. Die schlimmste Korruption war also gestoppt. Da sich viele angesehene Venezianer hinter Flavio gestellt hatten, war er zumindest als Person aus der Schusslinie geraten.

Dario stand am Rand, hatte den Motor ausgemacht und sah auf die Uhr. Noch eine halbe Stunde bis zum Beginn. Er erinnerte sich an die Nacht mit Antonia auf der Giudecca und holte tief Luft. Nie hätte er gedacht, dass er sich in eine Frau aus Berlin verlieben würde, die mit ihrer mediterranen Seele und ihren strahlend blauen Augen das Wesen Venedigs so gut verstand, dass sie sogar ein Geheimnis entdeckt hatte. Sicher lag es daran, wie aufmerksam sie den Menschen begegnete. Die anderen erzählten ihr gerne etwas, und so war sie auf die richtige Spur mit der versunkenen Insel gekommen. Verrückt, wie sehr er sich in diese Frau verliebt hatte. Und jetzt hatte er ihr sogar versprochen, ihr einen Feigenbaum zu pflanzen! Hoffentlich gab es den irgendwo in einem Gewächshaus in Mestre.

Venedig hatte sein Festtagskleid angelegt, der Himmel strahlte mit den Menschen um die Wette. Die Sonne warf goldene Kreise auf das Wasser, so als hätte es schon immer einen geheimen Bund zwischen der Sonne und der strahlenden Stadt in Feierlaune gegeben. Ein paar weiße Wolken hatten sich zur Feier des Tages rosa Kronen aufgesetzt. Auf dem Bahnhofsvorplatz strömten immer mehr Menschen zusammen. Auch wenn viele gar nicht wussten, um was es ging, wurden sie von der festlichen Stimmung angesteckt.

Ein paar hundert schwarz glänzende Gondeln standen startbereit. Dario betrachtete seine Kollegen und war einen Augenblick lang stolz, zu ihnen zu gehören. Er lebte hier, hatte die Liebe seines Lebens gefunden und wollte nicht, dass dieser Stadt noch mehr Schaden zugefügt wurde. Dario dachte an Antonia, sie fehlte ihm bereits.

Die ersten Fernsehteams waren schon angerückt, um die besten Plätze zu besetzen. Manche hatten sich gleich in den angrenzenden Palazzi eingemietet. Dario grinste. Mit Hilfe von Flavios Beziehungen war ihm ein besonderer Coup gelungen, er hatte ein Team aus Mailand im Garten von Ada einquartiert. Natürlich würden sie den Palazzo filmen, die gotische Fassade aus istrischem Stein, die weißen Säulen, zwischen denen Ugos Standarten hingen. Zufrieden schaute er auf die Uhr. In wenigen Minuten würde der Startschuss fallen. Dann war es Zeit, über ein paar Seitenkanäle zu Ada zu gelangen. Schließlich musste er vor den Ruderern dort sein.

Der Schuss erklang, die beiden Bürgermeister und der

Patriarch erhoben sich, die Menge feuerte die Männer jubelnd an und war deutlich auf der Seite Remigios. »*Dai, Remo, sbrigati, dai, vecio!*«

Gleichzeitig und in schnellem Rhythmus tauchten die Männer ihre Ruder in das blaugrüne Wasser, johlten und trieben sich gegenseitig an. Remigio hatte eindeutig den besten Start, aber die Gruppe um Flavio überholte ihn in der ersten Kurve des Canal Grande. Remigio würde es schon schaffen, dachte Dario, und außerdem gönnte er beiden den Gewinn.

Er ließ den Motor an und verschwand in einem Seitenkanal.

Ada kam in den Garten und hatte sich bei Baldassare untergehakt. Die Unordnung schien sie nicht im mindesten zu stören. Ugo räumte gerade auf.

»Contessa, entschuldigen Sie, ich meine Signora Ada ... die Bahnen hier sind übrig. Meinen Sie, dass Sie die Nachbarn fragen könnten?«

»Aber selbstverständlich, Ugo! Ich tue alles, was der guten Sache dient. Danach müssen wir aber schnell weg, die Regatta beginnt.«

»Baldassare, kommst du mit zu den Nachbarn?«

Der alte Mann wirkte plötzlich leichtfüßig und beinahe jugendlich, alles Schwerfällige war von ihm abgefallen. Ada war es recht, dass seine Gesellschaft sie von ihren Gedanken an die Funde abgelenkt hatte.

»Antonia, wir haben Plätze auf der Ehrentribüne, zusammen mit Conte Coliandro«, rief Ada begeistert, als sie hinausging. »Und sehen Sie nur, Baldassare hat mir diesen seidenen Schal geschenkt. Er hat einen ganz wichtigen Auftrag bekommen. Wir haben gemeinsam alte Mustervorlagen gefunden, morgen geht der Schal für eine Mailänder Modefirma in Großproduktion.«

Bewundernd betrachtete Antonia den Helldunkelkontrast des raffinierten Musters und die feine, dichte Qualität.

»Der Schal ist wunderschön, die Farben gefallen mir gut. Danke für Ihr Angebot, Ada, aber ich wollte lieber hier im Garten bleiben. Dario muss jeden Augenblick kommen. Mimi freut sich bestimmt, wenn ich ihr Gesellschaft leiste.«

»Mimi, pass gut auf unseren Gast auf! Ach, was sage ich? Sie sind ja gar kein Gast mehr, sondern gehören längst zu uns.« Und schon schwebte sie davon, als wenn sie gerade siebzehn wäre.

Das Fernsehteam war am Morgen gekommen und hatte im Garten eine Menge Chaos angerichtet. Ada hatte es Antonia überlassen, das Team zu empfangen.

Der betont schnoddrige Tonmann schniefte durch die Nase. »So, so, dieses alte Gemäuer gehört einer echten Contessa. Gibt's die denn überhaupt noch?«

»In Venedig schon«, antwortete Antonia knapp und beschloss, freundlich zu bleiben, da es ja um eine wichtige Sache ging. Dario war bestimmt bald hier.

»Und geht Venedig jetzt unter oder nicht?«

»Hoffentlich nicht. Zumal die Häuser eigentlich auf einem soliden Fundament stehen. Wenn die Boote nur nicht ständig den Zement aus den Fundamenten heraussaugen würden. Sind Sie das erste Mal in Venedig?«

»Ja, und ich mag das ganze Wasser nicht. Wenn man schnell wegwill, hat man kein Auto, und zu Fuß geht's auch nicht.«

»Venedig hat eine perfekte Anbindung an Venetien, es gibt einen Flughafen, und von Treporti aus können Sie auch mit dem Auto fahren.«

»Na ja, so genau wollte ich es eigentlich gar nicht wissen«, meinte er gelangweilt.

»Schade, das geht wohl den meisten so. Wir wollen jedenfalls verhindern, dass Venedig noch mehr Schaden nimmt.«

»Wen meinen Sie? Sie sind doch keine Venezianerin?«

»Doch, ist sie«, rief Dario, der gerade angelegt hatte. »Und mit ›wir‹ meint Antonia meine Freunde und mich von der Gruppe ›Acqua e isole‹.«

Der Kameramann band sich seinen Zopf neu und benahm sich offensichtlich, als hätte er gerade den Oscar gewonnen, denn er überließ es dem Tonmann und der Journalistin, die Kabel in Adas Garten zu tragen.

»Ich hab mal gelesen, dass jemand die ganzen Kanäle zuschütten wollte. Fände ich richtig cool.«

»Das hat Marinetti im *Futuristischen Manifest* formuliert. Ernsthaft vorgehabt hat das eigentlich niemand«, erklärte Antonia geduldig.

»Eine Stadt, in der es noch nicht einmal ein Kino gibt«, verkündete jetzt der Tonmann entrüstet. »Wäre nichts für mich.«

»Ja, das sind die Nachrichten, die man so liest. Sie werden es nicht glauben, aber in der Altstadt gibt es sogar drei Kinos, alle mit dem neuesten Programm. In Venedig ist man vor Überraschungen nie sicher. Und man darf nicht alles glauben, was in der Zeitung steht.«

»Aber dreckig ist es, das viele Wasser …«, befand der schnoddrige Kameramann wieder.

»Nein, die Kanäle werden im ständigen Zyklus gereinigt.«

»Das sind Neuigkeiten für mich. Übrigens, Sie können mir doch sicher einen Tipp geben, wo ich eine schöne Glasschale kaufen kann, als Mitbringsel für meine Frau.«

Antonia lachte. »Also, wenn Sie ein wirklich schönes Stück kaufen wollen, müssen Sie tief in die Tasche greifen. Auf Murano gibt es drei Glashütten, alles andere wird in China hergestellt. Aber vielleicht hätte ich einen Tipp für Sie. Conte Coliandro, ein Freund der Contessa …«

»Und hier kommen also diese Ruderer vorbei?«, unterbrach die junge Journalistin sie, noch bevor Antonia ihren Satz zu Ende sprechen konnte. Sie hatte sich als Bianca vorgestellt.

»Ja, sie kommen hier vorbei, und manchmal rufen sie bei Leuten, die sie besonders mögen, einen Salut hinauf.«

»Sind das Profis?«

»Oh ja, in Venedig gibt es zahlreiche angesehene Rudervereine, die bei den Regatten ihr Können unter Beweis stellen.«

»Und was drehen wir jetzt?« Der Kameramann hatte sich an die Journalistin gewandt. Plötzlich waren die Rufe der sich gegenseitig anfeuernden Männer von der nächsten Ecke zu hören. Antonia ging, gefolgt von Mimi, zum Landungssteg, während Dario das Kamerateam in Adas Salon führte und das Fenster öffnete.

Im selben Moment, als die Ruderer um die Ecke und vor Adas Fenster über den glitzernden Kanal schossen, rollte Ugo die Standarte aus, andere Freunde aus Darios Gruppe taten es ihm in den umliegenden Palazzi nach. Plötzlich sah man keine gotischen Fassaden mehr, sondern weiße Laken mit weithin sichtbaren schwarzen Buchstaben: *Stop al moto ondoso!*

»Und was bedeutet das jetzt?«, erkundigte sich der bezopfte Kameramann neugierig, und alle waren plötzlich ganz Ohr.

»Das ist eine Protestaktion, um den erhöhten Wellengang der Motorboote zu bekämpfen. Denn das ist hier das eigentliche Problem.«

»Können Sie mir das schnell genauer erklären?«, fragte die Journalistin, die ihr Handwerk offensichtlich doch verstand und eine Geschichte witterte.

Nach einem halben Satz von Dario hatte sie die Nummer ihrer Redaktion gewählt. »Gebt mir das Pressebüro des Bürgermeisters, bitte schnell, ich brauche ein Interview. Ich glaube, ich habe hier eine Sensation: Während der Regatta findet eine Protestaktion von Umweltschützern statt. Leute, macht schnell, ich bin ganz nah dran.«

Dario und Antonia sahen sich erleichtert in die Augen. Mimi warf beiden einen Blick zu, als wollte sie sagen: Na bitte, es geht doch, wenn man nur will.

༶

Canaletto hatte es sich, unsichtbar für Menschen, auf der moosbewachsenen Stelle des Landungsstegs bequem gemacht, als Mimi mit einem Satz aus dem Garten auftauchte.

»Wie, ist niemand da? Das gab's ja noch nie!«

»Na, seitdem diese Antonia aufgetaucht ist, hat sich viel verändert im Haus. Eigentlich mag ich sie ganz gern. Mal sehen, was Ada längerfristig zu den Veränderungen sagt.«

»Bist du sicher, dass sie wieder abreist?«

»Ja, das hoffe ich doch!«

»Die jungen Frauen von heute sind ziemlich unberechenbar, ich wäre mir da nicht so sicher.«

»Na ja, eigentlich ist sie ja ganz sympathisch. Zurzeit ist sie vorwiegend auf den Inseln unterwegs.«

»Die Inseln, früher waren sie ein Paradies.«

»Woher weißt du das denn?«

»Das ist unter uns Ratten Teil der kollektiven Erinnerung, wie man so sagt. Schließlich wurden sie eingerichtet, um uns Ratten zu entgehen.«

»Bitte erklär dich genauer.«

»Na ja, es ist so: Mit den Schiffen kamen auch wir Ratten an Land, deshalb musste man Quarantäne-Inseln vor Venedig einrichten. Die alten Venezianer wollten sich nicht ihre Geschäfte von uns Ratten verderben lassen.«

»Ach nein?«

»Nun, sie haben es versucht. Soweit die Erinnerung in meiner Familie erhalten blieb, haben wir es aber doch immer wieder geschafft, ins Zentrum zu gelangen. So viele gutriechende Lagerhallen, wohlgefüllt mit Getreide, Gewürzen und Stoffen, das konnten sich meine Vorfahren einfach nicht entgehen lassen! Das verstehst du doch, oder, Mimi?«

»Ja, obwohl ich es nicht unbedingt nett finde!«, zierte sich Mimi.

»Ha, was ist schon nett auf der Welt! Und wenn du es dir recht überlegst, sind Menschen zerstörerischer als Ratten«, fand Canaletto.

»Weißt du denn, wie viele Inseln es in der Lagune gibt?«

»Um die sechzig, auch wenn manche nur so groß wie ein Stricknadelkopf sind.«

»Und da wart ihr Ratten überall?«

»Nein, bei weitem nicht! Es gibt Inseln bei den Fischteichen im Norden, die reines Naturschutzgebiet sind. Auf die hat noch niemand von uns einen Fuß gesetzt, sie sind ausschließlich Heimat von Möwen, Seeschwalben und Kormoranen.«

»Na, hoffentlich fressen die sich nicht gegenseitig auf!«, feixte Mimi.

»Mimi, ich muss schon bitten! Da zu wohnen wäre für unsereins ja langweilig, nur gute Luft, frisch und gesund. Auch auf Sant'Erasmo waren wir nie. Du weißt doch, da wird seit den Dogen Gemüse angebaut. Wenn du willst, fahren wir mal hin. Die Vignole sind übrigens tabu, da gibt es mehr Katzen als Menschen, alle pechschwarz. Ziemlich kräftig, die Viecher, alle aus Kroatien eingewandert. Und frech sind sie auch.«

»Du kennst dich ja wirklich gut aus.«

»Ja, obwohl ich noch nicht überall war. Wir Ratten haben untereinander ein ziemlich gutes Kommunikationssystem. Und dann gibt es Inseln wie San Clemente, die werden wieder bewohnt, weil man dort Luxushotels errichtet hat. Das finde ich allerdings die schlechtere Möglichkeit. Ich finde, die Inseln sollten für normale Zwei- und Vierbeiner sein.«

»Und jetzt?«

»Wie, und jetzt?«

»Ja, ich meine, wo würdest du denn gerne hinfahren?«

»Also wenn ich's mir aussuchen könnte, am liebsten nach

Lazzaretto Vecchio, um in den Gerüchen vergangener Zeiten zu schwelgen.«

»In welchen Gerüchen?«

»Na, der Pest!«

»Canaletto!«

KAPITEL 15

»Antonia?« Darios Stimme klang aufgeregt. »Ich habe noch mal mit Lele gesprochen, er und die anderen Fischer bestätigen, was Vinicio beobachtet hat: Zwischen den Fischteichen im Nordosten gibt es eine Stelle mit besonders vielen Fischgründen, was auf eine geringere Meerestiefe schließen lässt.«

»Und warum hat bislang noch niemand nachgeforscht, was es damit auf sich hat?«

»Lele meint, ein paar alte Fischer hätten von einer Geisterinsel erzählt – schwarzgekleidete Mönche, die bei Vollmond ans Ufer kommen.«

Antonia lachte. »Von mir aus können sie lila Gewänder oder Anoraks tragen, Hauptsache, ich kriege raus, was sich an dieser Stelle verbirgt. Hast du sonst noch etwas in Erfahrung gebracht?«

»Lele berichtet, dass dort aufgrund der großen Menge an Fischen schon immer mit Netzen gefischt wurde, wodurch manchmal auch Relikte, Holz- und Eisenteile, aufgetaucht sind. Es ist übrigens ganz typisch für Venedig, dass es die Fischer sind, die auf Relikte unter Wasser aufmerksam gemacht haben.«

»Hm. Ich glaube, so ist das auch an anderen Orten. Wer ist denn sonst so viel auf dem Meer unterwegs wie sie?«

»Stimmt. Ein paar ehemalige Gondolieri vielleicht noch. Geht es dir gut?«

»Ja, ich habe den ganzen Tag in der *Biblioteca marciana* verbracht, Ada hat mich eingeführt.«

»Ach, ich dachte, du findest dich inzwischen allein in Venedig zurecht?«, scherzte Dario. »Immerhin bist du schon dein halbes Leben lang hier.«

»Ada hat darauf bestanden, sie wollte mir einen Gefallen tun«, sagte Antonia fast entschuldigend.

»Sie hat selber ein bisschen geforscht. Ich glaube, es geht ihr eher um alte Stoffe und dieses Stück Segel, weil sie es schon so lange auf dem Nachttisch liegen hat. Vielleicht stammt es von ihrem Urgroßvater, ich würde der Sache jedenfalls gern nachgehen.«

»Verstehe. Und damit ergibt sich aufs Neue eine Verbindung zu Baldassare. Nennt man das Liebe im Alter?«

»Kann schon sein, fände ich wunderbar.«

»Wann kommst du?« Seine Stimme klang erwartungsvoll. »Ich habe nämlich eine Überraschung für dich.«

»Was, noch eine? Ist dir eine versunkene Insel nicht Überraschung genug?«

»Meine Überraschung ist kleiner«, sagte Dario und lachte, »und grün. Du solltest bei mir übernachten, auch wenn ich weiß, dass du ohne Adas verrückte Katze kaum einschlafen kannst. Wir müssten morgen ganz früh bei Ebbe los, um die Stelle noch mal zu überprüfen. Wenn du wirklich die Taucher bestellen willst, sollten wir bestens vorbereitet sein. Solche Aktionen sind aufwendig und teuer.«

»Ja, ich weiß. Ich habe heute mit Del Vecchio in Berlin telefoniert. Er ist mit dem Auftrag an die Taucher einverstanden und hat gleich meinen Etat erhöht.«

»Wunderbar, das müssen wir feiern. Soll ich dich abholen?

»Nein, ich finde den Weg zu dir. Ich genieße es, in Venedig allein unterwegs zu sein.«

»Darauf wäre ich nicht gekommen. Also um halb acht bei mir?«

»Gerne. Auf deine Überraschung freue ich mich.«

»Und ich mich auf dich.«

An den Zattere verzichtete Antonia darauf, sich noch ein Eis zu kaufen, obwohl die Versuchung groß war. Lachende junge Leute bildeten geduldig eine Schlange vor der Eisdiele »Da Nino«.

Antonia genoss die letzten Strahlen der untergehenden Sonne, die sich in leuchtenden Kreisen im Wasser fingen. Bei der Überfahrt kam es ihr vor, als tauchte sie in eine andere Welt ein, die schon auf den ersten Blick ganz anders war als in der Altstadt. Auf der Giudecca verlief das Leben der Menschen noch in normalen Bahnen. Von ihrem ersten Rundgang mit Dario wusste sie, dass es hier Studentenwohnheime, Gebäude der Fakultät für Architektur und eine Schiffswerft gab. Sie konnte sich vorstellen, hier zu leben.

Als sie Punkt halb acht bei Dario auftauchte, blieb sie einen Moment unter dem Feigenbaum stehen, um den Duft der prallen Früchte einzuatmen. Er beobachtete sie vom *Poggiolo* aus und rief dann: »Komm schnell herauf, die Überraschung wartet.«

Als sie mit einem Strahlen im Gesicht oben ankam, sah sie, dass zwei winzige Feigenbäume auf dem Tisch standen, an denen jeweils zwei Feigen hingen. Er freute sich sichtlich, dass seine Überraschung geglückt war. »Nächstes Jahr wirst du bestimmt pro Baum vier Früchte ernten, das bedeutet eine Steigerung des Ertrags um hundert Prozent!«, scherzte Dario.

Antonia besah die festen Blätter mit der feinen hellgrünen Zeichnung und die erstaunlich prallen Früchte. »Wo hast du die denn her?«, fragte sie erstaunt.

»Extra für dich bei einem Gärtner in Mestre besorgt. Lele hat mich darauf gebracht, der Laden liegt in der Nähe des Altenheims. Vorläufig lasse ich die Bäume auf dem *Poggiolo* stehen. Wenn sie größer sind, schenke ich dir eine Insel dazu. Und da pflanzen wir sie dann ein.«

Antonia lachte und umarmte ihn. »Ach Dario, deine Hilfe bei meinem Forschungsprojekt ist doch schon ein Geschenk.«

»Die du aber gar nicht brauchst. Du vergisst, wie sehr ich von deinen Forschungen profitiere.«

»Wenn du willst, können wir einander den ganzen Abend lang Komplimente machen.«

»Gerne, keine schlechte Idee.« Er löste sich aus ihrer Umarmung. »Aber zuerst gibt es Feigen mit Salami.«

»Was, die winzigen Dinger willst du ernten? Der arme Baum!«

»Na klar, an jedem Baum hängen zwei, das reicht genau. Wir hätten sogar noch zwei Leute einladen können. Aber das machen wir lieber ein andermal.«

Er deckte den Tisch mit großen grauen Keramiktellern, die ein phantasievolles, verschnörkeltes Muster zeigten.

»Hast du in der Bibliothek etwas Neues herausgefunden?«

»Ich habe mich durch ein paar Artikel aus den sechziger Jahren gelesen. Anscheinend hat sich immer wieder jemand Gedanken zu *San Marco in Boccalama* gemacht. Sie war wie die anderen auch zuerst eine Pilgerherberge, dann eine Pestinsel. Am meisten wundert mich, wie viele Menschen in den vergangenen Jahrhunderten unterwegs waren, und das auch noch zu Fuß. Vom elften Jahrhundert an gab es eine wahre Völkerwanderung von Westen nach Osten und umgekehrt. Und dann kam die Pest. Merkwürdig, wie diese Geißel das Leben der Menschen in der Vergangenheit bestimmt hat.«

»Man war ihr einfach ausgeliefert, musste sich von seinen Liebsten trennen, um selbst davonzukommen.«

Er sah Antonia tief in die Augen.

»Ich hätte dich nie aufgegeben und wäre mit dir auf jede Pestinsel gegangen. Selbst mit lauter Pestbeulen hätte ich dich noch begehrt.«

Er berührte leicht ihren Arm. »Und was hast du jetzt eigentlich vor? Wir könnten die Insel bergen und dorthin ziehen«, sagte Dario zwischen zwei Bissen *fichi e salame*. An seinem Gesichtsausdruck konnte Antonia nicht erkennen, ob er es ernst meinte.

Sie lachte. »Oh, *veneziano*, das ist meine Insel!«

»Ach was! Die Insel liegt seit tausend Jahren hier, und jetzt soll sie auf einmal dir gehören? Ich muss aufpassen, wer weiß, was du hier noch anstellen wirst.«

»Ich habe die Insel doch entdeckt! Allerdings interessiert mich fast genauso wie die Insel selbst das Schiff, das dort gesunken ist, allein schon wegen Ada. Ich glaube, sie fände endlich ihre Ruhe, wenn sie mit ihrer Familiengeschichte abschließen könnte. Ich habe sie wirklich ins Herz geschlossen. Und was die Insel anbetrifft – natürlich möchte ich sie vermessen, eine wissenschaftliche Arbeit darüber schreiben und sie in die Karte der Lagune einzeichnen.«

»Willst du, dass sie deinen Namen trägt?«, scherzte Dario, auf alles gefasst.

»Nein«, antwortete Antonia ernst. »Einen Namen hat sie ja schon. Und ich glaube auch nicht, dass man alles den Augen der Nachwelt preisgeben muss. Manchmal sollte man die Dinge einfach so ruhen lassen, wie man sie findet. Für mich ist das das eigentliche Geheimnis der Archäologie: die Entscheidung zu treffen, was man bergen oder einfach nur an seinem Fundort lassen und nur so weit analysieren soll, wie die Umstände es zulassen.«

»Das leuchtet mir ein. Wenn die genauen Koordinaten bekannt werden, würde wahrscheinlich so eine Art Unterwassertourismus in der Lagune einsetzen. Mit ihrer Stille wäre es dann ein für alle Mal vorbei.«

»Ja, das ist bei aufregenden Funden immer das Problem. Allerdings ist es mit Erkenntnissen wie mit der Schönheit – beides muss geteilt werden. Wissen und Schönheit darf niemand für sich allein beanspruchen – und dennoch auch nicht allzu neugierigen Augen preisgeben.« Mit Genuss aß sie das letzte Feigenviertel.

»Finde ich auch. Und schon gar nicht einen Schatz wie dich.«

»Ich bin wie eine Insel?«

»Ja, schön, geheimnisvoll, und nur ich darf dich besuchen.«

»*Veneziano*, wenn du mich so ansiehst, wird mir schon wieder heiß und kalt.«

»Bitte nur heiß.«

»In Ordnung«, sagte Antonia lachend. »Auch wenn ich die Insel entdeckt habe, gebe ich zu, dass du oft die besseren Ideen hast. Übrigens schön, deine Wohnung. Sind das die Sachen von dir und deiner Ex?«

Dario sah sie verblüfft an. »Von meiner Ex? Wie kommst du denn darauf? Das sind teilweise Sachen meines Freundes, der in Portugal lebt. Seine Surfschule funktioniert, deshalb bleibt er wahrscheinlich dort. Ein paar Sachen habe ich von meiner alten Wohnung hergeschafft.«

Antonia sah sich um und sah ein blaues Sofa, helle Möbel, ein Bett mit einem hellblauen Bettüberwurf. Dario folgte ihrem Blick. »Gefällt es dir?«

»Ja, sehr. Blau wie die Lagune. Ist mir neulich gar nicht aufgefallen.«

»Konnte es ja nicht, es war ja dunkel, obwohl es erst früher Nachmittag war.« Dario grinste. »So machen wir Venezianer das eben manchmal – einfach Läden zu und im Dunkeln schöne Frauen verführen.« Antonia musste unweigerlich an die vielen Häuser mit geschlossenen Läden bei ihrer Zugfahrt denken und wurde plötzlich verlegen. Bei ihrer letzten Begegnung war es Nacht gewesen, ihr gegenseitiges Begehren hatte sich in schnellen Gesten entladen. Außer Darios Körper hatte sie nicht das mindeste in seiner Wohnung wahrgenommen.

»Feigen mit Salami gibt es in Berlin nicht. Höchstens Melone mit Schinken.«

»Hat es dir geschmeckt?« Dario stand vom Tisch auf und

zog sie neben sich aufs Sofa. »Komm zu mir, geheimnisvolle Frau. Ich weiß immer noch nicht viel von dir, aber ich weiß, dass ich dich bei mir haben will.« Er schlang ihre Beine um seine Hüfte und hielt sie in seiner Umarmung fest. »So, jetzt kommst du mir nicht mehr aus, bis du mir deine Pläne anvertraut hast – jedenfalls die, die mich betreffen.« Er küsste sie, seine Leidenschaft war mit jeder Faser zu spüren.

»*Piano, veneziano.*«

»*Sei tutta mia, veneziana bella*, und glaub ja nicht, du könntest mit fremden Männern in die Lagune entkommen«, neckte er sie mit rauer Stimme.

Als Antonia einen letzten Blick nach draußen warf, spürte sie die milde Luft des beginnenden Sommers. Der Feigenbaum unter Darios Schlafzimmerfenster verströmte einen betörenden Duft von prallen Früchten und der Möglichkeit eines Neuanfangs. Für einen Augenblick hielt sie den Atem an und blickte zum Himmel, zum ersten Mal seit langer Zeit, voller Dankbarkeit. Der zunehmende Mond war eine schmale Sichel, die ein winziger Stern in dieser Sommernacht aus ihrer Einsamkeit erlöst hatte.

Draußen verfärbte sich der Himmel rosa, als Antonia aus dem Schlaf schreckte.

»Weißt du, wie lange wir geschlafen haben?«, murmelte Dario, der ebenfalls gerade aufgewacht war.

»Nein«, antwortete sie.

»Du sahst im Schlaf ziemlich glücklich aus.«

Sie rekelte sich wohlig in den blauen Laken.

»Aber jetzt musst du aufstehen, wir fahren hinaus.«

»Für das Schiff, das wir suchen, ist die Lagune wie ein schützendes Bett.«

»Hab ich da gerade ›wir‹ gehört? Willst du mich etwa zu deinem Partner machen?«

Sie zog Dario an sich. »Nach dieser Nacht schon.«

Hand in Hand gingen sie durch die lautlose Stadt. Wortlos machte Dario das Boot los und steuerte Richtung nördlicher Lagune.

»Schau mal, wie blau das Wasser hier ist, und die vielen Fische!«, rief Antonia. »Man kann sogar den grünen Untergrund erkennen.«

»Sieh mal, wo es blau wird, werden die Strömungen deutlich stärker«, bestätigte Dario und wies auf das Wasser.

Antonia suchte die Stelle auf ihrer Landkarte. »Ja, das ist der Punkt, der eingezeichnet ist.« Eine dunklere Stelle erschien unter der Wasseroberfläche. »Hier in der Mitte erkennt man helleres Grün, als würde sich eine Schneise durch die Insel ziehen.«

Ein paar Kormorane kreischten auf und flogen aufgeregt über Darios Boot, als hätte man ihre persönlichen Jagdgründe gestört. Ein blaugrau schillernder Fisch mit glänzenden Schuppen war aus dem Wasser gesprungen und sofort wieder untergetaucht. Antonia lachte. »Sieh nur, die Schwärme, was für phantastische Farben!«

Sie erinnerte sich, als ihre Augen zum ersten Mal am großen Kanal versucht hatten, das Wasser zu durchdringen. Heute war es schillernd grün und türkis, nach den ständig wechselnden Farben des Himmels, und es bewegte sich unablässig durch seinen steten Austausch mit dem Meer.

»Bestimmt wollen die Fische dir eine Geschichte erzählen«, kommentierte Dario und wirkte ausgelassen. »Schau mal, der hier hat eine Großfamilie im Schlepptau, mit fünf Ehefrauen und einem Schwarm von Kindern!«

»Wärst du gern an seiner Stelle?«

»Nein, ich hab mit dir genug zu tun.«

»Schade, dass ich nicht selbst hinabtauchen kann. Das hat mir schon immer Angst gemacht.«

»Du wirst es schon noch lernen.«

»Ich kann es kaum erwarten, bis ich Aufnahmen von den Funden sehen kann. Aber wo bekommen wir Taucher her?«

»Das ist in Venedig wirklich das kleinste Problem. Ich weiß, du magst Luisa nicht besonders, aber sie hat mit Diego gerade die *Divelaguna* gegründet. Sie bieten ihre Dienste als Taucher an. Ich glaube, die beiden haben ein ziemlich zuverlässiges Team zusammengestellt. Soll ich sie anrufen?«

»Aber natürlich!« Antonia war hocherfreut. »Was meinst du, wie tief es hier ist?«

»Zwanzig Meter bestimmt«, schätzte Dario.

»Wie lange wird es dauern, bis man hinunterkommt?«

»Eine halbe Stunde, vielleicht muss man gar nicht bis auf den Grund, wenn man die Stelle genau mit Sonargeräten bestimmt hat und die Relikte fotografieren kann.«

»Natürlich, die Taucher müssen ja nicht nur hinunterkommen, sondern auch den Fund vermessen«, antwortete Antonia, die sich bereits einen genauen Plan gemacht hatte. »Mindestens vier Taucher müssen es sein, die abwechselnd zu zweit unter Wasser gehen.«

»Keine Angst, das sind Profis, genau wie du. Schade, dass ich nicht tauchen kann. Ich stelle es mir da unten wie eine

Zeitreise vor«, bedauerte Dario. »In jedem Fall müssen wir aufpassen, dass es keine Touristenattraktion wird.«

»Meine Insel und meine Galeere – niemals!«

»Das Schiff gehört dir jetzt also auch noch, du unersättliche Frau?«

»Ja, mir oder Ada, eigentlich ist es egal. Was meinst du, warum die Galeere gesunken ist?«, fragte sie.

»Wahrscheinlich wurde sie von einer riesigen Welle überrascht. Dann könnte sich die Ladung von der einen Seite auf die andere verschoben haben, und dadurch verlor das Schiff sein Gleichgewicht. Wenn das Wasser die Brücke überschwemmt hat, ist es manchmal nur eine Frage von Minuten. Dann gibt es keine Rettung mehr. Eigentlich fuhr das Schiff ja einen ganz normalen Handelsweg, der vor der Küste nicht besonders gefährlich war. Aber wahrscheinlich kam ein Sturm auf, und der war nicht berechenbar.«

»Irgendwie ist es ja auch eine Ironie des Schicksals, dass der Mast des Schiffes so nah vor Venedig brach. Meinst du, jemand von der Besatzung ist umgekommen?«

»Die Insel war so nah, dass die Mönche die Besatzung hoffentlich retten konnten.«

»Klingt einleuchtend. In Riace dachten die Taucher auch zuerst, sie hätten einen menschlichen Arm gefunden, und dann waren es die beiden phantastischen Bronzestatuen.«

»Verrückt, dass uns die Vergangenheit so anzieht. War Archäologin eigentlich dein Traumberuf?«

Antonia nickte. »Ich habe schon als Kind davon geträumt, in ferne Welten einzutauchen, die mir Geschichten erzählen. Manchmal saß ich am Radioapparat und habe mir vorgestellt, wie es dahinter aussieht. Erst später habe ich gelernt, dass die Menschen, die da sprachen, nicht nebenan in Räumen mit bunten Tapeten lebten.«

Dario lachte. »Ich kann mir vorstellen, wie du als Kind warst – zurückhaltend, aber eigensinnig und ziemlich neugierig.«

»Ja, auf alles, und ich bin es heute noch.«

»Also geht es dir um die Menschen auf der Insel und das Schiff und nicht um die archäologische Sensation?«

»Um die auch, weil die untergegangene Insel eine venezianische Geschichte erzählt. Nach allem, was ich von dir und Ada über Venedig weiß, macht die Vergangenheit immer auch unsere Gegenwart verständlicher. Wenn wir die Vergangenheit entdecken, begreifen wir auch die Gegenwart. Und natürlich möchte ich wissen, ob sich bestätigt, was Ada in den alten Briefen ihres Urgroßvaters gelesen hat.«

Dario griff nach seinem Handy und erklärte Luisa, was sie vorhatten. Er lauschte der Stimme am anderen Ende der Leitung, und Antonia hielt gespannt die Augen auf ihn gerichtet.

»Das freut mich. Wann habt ihr Zeit, und mit wie vielen Leuten kannst du kommen? Gut, mit vier Tauchern.« Dario warf Antonia einen erleichterten Blick zu. »Und wann? Diese Woche noch? In Ordnung, ich rufe dich gleich zurück.«

»Also, Luisa freut sich, weil sie schon lange der Ansicht ist, dass die Lagune voller Relikte ist. Natürlich bleibt es dein Fund, keine Angst. Aber natürlich würde es ihr gefallen, bei einer so aufregenden Entdeckung dabei zu sein. Es wäre ein guter Einstieg für ›Divelaguna‹.«

»Gut, wenn sie die Entdeckung vorläufig für sich behält. Wann kann sie kommen?«

»Sie wollte sich kurz mit Diego besprechen und sich gleich melden. Wahrscheinlich nächste Woche.«

Ada hatte darauf bestanden, dass Baldassare mitkam, weil sie ohne ihn keinen Schritt mehr machte, was beiden ausgesprochen gutzutun schien. Antonia beobachtete die beiden mit leisem Lächeln. Wenn sie alt wäre, möchte sie genauso sein, dachte sie. Vielleicht ja mit Dario.

Der war mit Antonia, Ada und Baldassare im Morgengrauen vorausgefahren. Luisa leitete das Taucherteam auf einem zweiten Boot, das Lele fuhr. Vinicio war mit dem Argument, dass sein Herz die Aufregung nicht aushalte, lieber auf den Vignole geblieben. Luisa und Antonia hatten sich respektvoll begrüßt. Bewundernd betrachtete Antonia die schwere Taucherausrüstung und hörte Luisas Kommandos an die anderen. Sie hatte Lele mehrfach gebeten, die Stelle einzukreisen, dann das Sonargerät im Wasser versenkt. Zwei weitere Taucher sollten an Bord bleiben, falls es Probleme gab. Das Wetter war nicht vielversprechend, aber weder Antonia noch Luisa wollten die Aktion deswegen verschieben. Es machte fast den Eindruck, als wären die beiden Frauen neue Verbündete.

»Alle Meere sind voller Relikte, und was glaubt ihr, wie viele Schiffe heute noch bewusst versenkt werden, und niemand erfährt jemals davon«, verkündete Luisa, bevor sie sich das schwere Sauerstoffgerät umhängte.

»Deshalb haben wir ja auch ›Divelaguna‹ gegründet. Vielleicht werden wir irgendwann einmal reich damit. Von dem ersten großen Gewinn kaufe ich mir jedenfalls einen alten Jaguar und fahre ohne Nummernschild auf Sant'Erasmo herum. Davon habe ich schon immer geträumt. Auf drei geht es los.« Luisa schien sich ihrer Sache ganz sicher. Um ihren Hals hing die wasserdichte Kamera.

Die beiden Taucher verschwanden im blaugrünen Wasser, in dem sich der strahlende Himmel spiegelte. Antonia hielt es vor Spannung kaum aus und drückte sich eng an Dario. Ada wirkte völlig gelassen. Sie habe ihre Aufregungen schon hinter sich, spätestens als sie die Briefe fand, hatte sie am Morgen verkündet.

»Wollen wir ein Lied singen?«, fragte sie in die Runde.

»Das ist doch wohl nicht dein Ernst!«, mahnte Dario.

»Doch, eines der alten Lieder, wie sie die Fischer in der Lagune sangen, um die Fische in die Netze zu treiben, die *Peregrinazioni lagunari*! Oder wollt ihr jetzt dauernd auf die Uhr sehen?«

Mit klarer Stimme fing Ada das alte, rhythmische Fischerlied zu singen an, Baldassare fiel mit zitternder Stimme ein, die anderen hörten gebannt zu.

Luisa und Diego tauchten nach vierzig Minuten aus dem Wasser auf und machten sofort das Zeichen, dass alles okay war. Als sie die Tauchermasken und das Sauerstoffgerät ablegten, konnte man ihr strahlendes Lächeln sehen.

»Erst dachten wir, wir hätten eine Leiche gefunden!«, rief sie und wedelte mit einem Stück Stoff in der Hand herum. »Hier, seht mal!«

Luisa hielt ein winziges Stück Stoff von roter Farbe in der Hand. Ada legte sich ihre Hand auf die Brust. Schnell half Dario den beiden Tauchern, ins Boot zu klettern. »Ich glaube, wir haben was für euch. Lasst mich einen Moment Luft holen.« Sie ließ sich auf die Bank hinter dem Steuer fallen und atmete schwer.

»An die vielen Fische muss ich mich erst noch gewöhnen.« Sie nahm den Fotoapparat, den sie um den Hals getragen hatte, und reichte ihn Antonia. »Lasst uns gleich mal die Fotos ansehen.« Als Luisa das erste Bild öffnete, erkannte Antonia ein breites Schiff aus Holz, dessen gebrochene Masten in den Grund der Lagune ragten.

Die Pressekonferenz in der Kirche von San Leonardo war in der ganzen Stadt angekündigt. Sowohl Ada als auch Dario hatten die Information noch über ein paar private Kanäle verbreitet. Antonia wollte Luisas Aufnahmen zum ersten Mal einem größeren Publikum zeigen. Zuvor hatte sie die wichtigsten an Ettore Del Vecchio in Berlin geschickt, der begeistert und mit wichtigen Informationen zur Stelle war. Am liebsten wäre er selbst gekommen, aber seine Gesundheit erlaubte es nicht.

Luisa hatte den Beamer und die Leinwand aufgebaut, schon eine halbe Stunde vor Beginn war der Saal brechend voll. Dario sollte die Einleitung übernehmen, Ugo das Schlusswort. Flavio hatte beschlossen, sich zurückzuhalten, auch wenn er Antonias Forschungsergebnisse zum erhöhten Wasserspiegel durchaus für sich und seine Sache nutzen wollte.

Eine kleine Glocke schlug fünf Uhr, als Antonia zwischen Dario und Luisa Platz nahm. Sie erinnerte sich an jenen Nachmittag, als sie zu Beginn des Frühjahrs in Venedig angekommen war. Einen solchen Erfolg hätte sie sich vor ein paar Monaten nicht vorstellen können. Lachend sah sie Dario an. Also war Venedig wirklich die Stadt, in der sich Wünsche erfüllen konnten.

Baldassare, Ada und Conte Coliandro saßen in Antonias Blickwinkel in der ersten Reihe.

»Ich darf mich vorstellen, liebe Freunde, ich bin Dario Trevisan von der Umweltgruppe ›Acqua e isole‹, neben mir sitzen die Archäologin Antonia Lichtenfels aus Berlin und Luisa Acerbi von ›Divelaguna.‹ Ich bitte euch um einen Augenblick Geduld, denn ich muss etwas weiter ausholen. Eigentlich bin ich kein Freund langer Reden, doch die jüngsten Ereignisse sind wirklich außergewöhnlich.« Er machte eine Pause und blickte Antonia an.

»Schon länger haben wir versucht, die Stadtoberen zu überzeugen, dass der Bootsverkehr auf den Kanälen besser geregelt und begrenzt werden muss. Wir wollen niemanden daran hindern, nach Venedig zu kommen, aber das fragile Gleichgewicht der Lagune muss in jedem Fall geschützt werden. Für die Protestaktion neulich möchte ich auf meine Kollegen Ugo und Flavio verweisen, die euch noch im Anschluss über weitere Aktionen informieren werden. Aber heute möchte ich vor allem Antonia Lichtenfels danken. Denn ihre Anwesenheit und ihr Forschungsprojekt haben uns auf völlig neue Ideen gebracht.« Er räusperte sich. »Danken möchte ich ihr auch ganz persönlich – für die Bereicherung, die sie in mein Leben bringt.«

Antonia sah ihn an, und plötzlich gefiel es ihr, auf der Bühne zu stehen. Natürlich trug sie ihr rotes Kleid, wie damals, an ihrem ersten Tag in Venedig.

»Und es gibt noch jemanden, dem ich danken möchte, weil er uns überhaupt auf die Spur der versunkenen Insel gebracht hat: Vinicio Fiorin, meinem alten Freund, der die Lagune wie seine Westentasche kennt und zum Glück selbst wieder auf einer Laguneninsel lebt. Mestre ist kein Ort für einen alten Fischer.«

Die angespannte Stimmung im Raum wurde durch zustimmendes Gelächter unterbrochen.

Dario sprach eine halbe Stunde lang, und im Raum hätte man jede Stecknadel fallen hören. Schließlich ergriff Luisa das Wort und sprach vom Jagdinstinkt, den man entwickeln musste, von Relikten im Meer, von denen manche fünfzig und andere fünfhundert Jahre alt waren.

»Wir gehen immer in drei Schritten vor: Wir sammeln Informationen, die wir in diesem Fall dank Antonias Forschungen ausreichend erhalten haben, dann folgen erste Recherchen mit dem Sonar, um den richtigen Punkt zu finden, am Ende folgt die Tauchaktion. Dabei haben wir die Insel und das Schiff fotografiert und vermessen, und Antonia hat die Daten ausgewertet.«

Dann stand Antonia auf und zeigte die Fotos: Pläne und Zeichnungen, wie die Insel zur Zeit, als sie bewohnt war, ausgesehen hatte. *San Marco in Boccalama* war tatsächlich im neunzehnten Jahrhundert gesunken, als sich der Wasserspiegel durch den Zulauf des Süßwasserflusses zu sehr erhöht hatte. Für Dario und seine Gruppe der beste Beweis, dass man den weiteren Anstieg unbedingt verhindern und weiterem Raubbau in der Lagune entgegenwirken musste.

Antonia zeigte eine Reihe von Dias, auf denen aus verschiedenen Perspektiven ein braunes Eiland und eine morsche Geleere zu sehen waren, was unter den Anwesenden für größte Aufregung sorgte.

»Und das Schiff soll geborgen werden?« Es war ausgerechnet Conte Coliandro, der das fragte, und alle blickten ihn wegen seines verrückten Anzugs an.

»Vielleicht«, antwortete Antonia vorsichtig. »Sobald es einen geeigneten Raum dafür gibt. Wir müssen noch herausfinden, unter welchen Bedingungen ein solches Schiff auch an der Luft weiterbestehen kann. Im Moment bergen wir es nicht, weil es keinen geeigneten Ort für die Archivierung gibt. Das ist in der Archäologie übrigens nichts Ungewöhnliches. Wichtig ist, dass wir von der Insel und dem Schiff erfahren haben und die Daten weiterhin auswerten und mit ähnlichen Funden vergleichen können. Und natürlich, wie Dario Trevisan schon bemerkt hat, dass wir Schlüsse daraus ziehen.«

»Weiß man, wem dieses Schiff gehört hat?«

»Ja, wahrscheinlich meinem Urgroßvater, der wegen seiner Fahrt bei Sturm aus dem Goldenen Buch der Stadt ausgeschlossen worden war.« Ada war aufgestanden, gestützt von Baldassare, und hatte das Wort ergriffen. Sie hatte Antonia unterbrochen, denn schließlich ging es nun um ihr Geheimnis und ihren Urgroßvater.

Am Ende der Veranstaltung war Antonia zufrieden und wäre am liebsten in Darios Arme gefallen. Die anschließende Diskussion, die öffentliche Anerkennung und das Presseecho, das nach der Konferenz folgte, waren über Antonia hinweggerauscht. Sie fühlte sich wie in Trance und hatte zweifellos Feuer gefangen: Wer wusste schon, wie viele Geheimnisse sich noch in Venedig verbargen?

Del Vecchio hatte noch einmal aus Berlin angerufen und ihr Komplimente gemacht. »Ich hatte so ein Gefühl, als ich Sie nach Venedig geschickt habe, und ich habe mich nicht getäuscht.« Del Vecchio war nicht nur ein Kenner alter Steine, sondern auch der Menschen. Antonia war auf dem besten Weg, eine international anerkannte Archäologin zu werden. Del Vecchio versprach, weitere Forschungsgelder lockerzumachen. »Ich habe Sie an meiner Stelle nach Venedig geschickt, liebe Antonia, am besten, Sie bleiben dort.«

»Nichts lieber als das!«

»Es wird wohl nicht lange dauern, bis Sie sich in einen Venezianer verlieben.« Er seufzte.

»Das glaube ich auch«, rief Antonia und lachte. Sie warf Dario einen liebevollen Blick zu und fühlte sich rundum glücklich. Alles kam ihr wie ein Wunder vor.

Über Adas Garten hatte sich an diesem Abend eine fast lautlose Stille gelegt. Ada saß auf der Bank und war nicht erstaunt, als ein winziges Glühwürmchen vor ihrer Nase vorbeiflog. Antonia hatte sich neben sie gesetzt und legte liebevoll die Hand auf ihren Arm.

Ada lächelte unbeschwert. »Ich wusste, dass du mir Glück bringen würdest.«

»Manchmal glaube ich, es gibt doch ein geheimes Muster, das die Menschen zusammenführt«, entgegnete Antonia.

»Bevor ich die Geheimnisse meiner Familiengeschichte nicht kannte, hatte ich manchmal das Gefühl, als wenn mich ein großer, dunkler, schwerer Schatten einhüllte.«

»Das ganze Haus strahlt eine andere Atmosphäre aus, seitdem du die schweren Truhen mit dem ganzen Papierkram entfernt hast«, mischte sich Dario ein, der mit dem Boot vom Treffen mit seinen Mitstreitern gekommen war.

»An Gegenstände sollte man sich nicht klammern, sie lähmen uns nur«, sagte Ada.

»Wegen einer Sache bin ich etwas besorgt«, fügte sie hinzu. »Ich habe beobachtet, wie meine Katze eine Kugel Eis gegessen und in der *Calle Fontana* mit aufrechten Vorderpfoten ein Gedicht gelesen hat.«

»Oh, um was ging es denn in dem Gedicht?«, wollte Antonia wissen, die sich grundsätzlich über nichts mehr wunderte.

»Um eine Ratte, die ›Königin von Venedig‹!«

»Ach so«, antwortete Antonia ganz nebenbei, »das hatte ich mir fast gedacht.«

Dario beschloss, die gute Stimmung des Abends nicht durch unnötige Fragen zu trüben. Schon möglich, dass Adas eigenwillige Katze mit einer Ratte durch Venedig zog. Ihm war alles recht, Hauptsache, Antonia blieb hier, und er bekam seine Insel.

Mitten in der Nacht sah Antonia im hellen Mondlicht auf das milchig weiße Wasser hinaus und hatte sich noch nie so glücklich gefühlt. Irgendwann würde sie nach Berlin fahren und Stefan besuchen, und vielleicht würden beide sich über das neue Glück des anderen freuen. Alles, was zählte, war, dass sie hier sein und mit Dario über die weite Lagune mit den Umrissen der Inseln und dem graublauen Wasser schauen konnte, in dem sich unablässig die Farbe des Himmels spiegelte. Plötzlich wurde sie von einem Gefühl tiefen Friedens erfasst. Sie war dankbar für das Leben, das sie führte. Es war ein Geschenk, das sie nur annehmen musste, an jedem Tag, in jeder Minute, immer. Antonia war in diesem Moment sicher: Sie wollte in Venedig bleiben, sie wollte Dario neben sich haben, und sie wollte weiterhin nach verborgenen Schätzen suchen. Das Glück lag vor ihr, und sie hielt es mit offenen Armen und Augen fest.